ACTES NOIRS
série dirigée par Manuel Tricoteaux

ROGER ALAN SKIPPER

Le Baptême
de Billy Bean

roman traduit de l'anglais (Etats-Unis)
par Yoann Gentric

ACTES SUD

*comme tout
comme toujours
pour Connie*

1

Comme un harpon le cabriolet fusa du virage dans un rugis-
sement de moteur inassouvi. Mais il n'y avait plus à accélé-
rer et si le camion de charbon ne s'était pas trouvé sur sa
trajectoire la petite voiture rouge se serait probablement jetée
contre la première fourche d'un chêne châtaignier tourmenté
par la foudre planté à flanc de montagne à une trentaine de
mètres en contrebas. Seulement il était là, le camion, ployant
le dos sous vingt tonnes de houille aussi noire et maussade
que le ciel de la Virginie-Occidentale qui étreignait la Cheat
Mountain en cette fin du mois d'août. Quand la voiture s'en-
castra sous l'essieu relevable le camion bondit de l'arrière et
piqua du nez comme s'il avait pris un coup de pied entre les
jambes tandis que les tandems trouvant prise grimpaient sur
le châssis léger. Le frein Jacobs pétarada et les pneus qui tou-
chaient encore le sol dérapèrent dans les gravillons qui bor-
daient la chaussée. Du côté opposé, du charbon coula de sous
la bâche. Une sphère pâle que l'homme qui roulait derrière
le camion prit un instant pour une citrouille jaillit à travers
la cascade de charbon, rebondit dans les gravillons et dévala
entre les arbres.
   L'homme freina pour garer son pick-up Ford bleu layette
ou presque sur le bas-côté derrière le camion et ses feux de
détresse s'allumèrent et il descendit mince et grand s'il n'avait
eu le dos voûté. Un visage brut de sciage adouci par le carac-
tère inédit de la situation. Il tira la fermeture éclair de sa veste
Carhartt trop grande et gratta sa tête dégarnie et marcha tran-
quillement jusqu'à la porte du camion et monta sur le réser-
voir et examina le chauffeur qui gardait ses yeux tout ronds
fixés droit devant et ses gros doigts cramponnés au volant.

Semblant penser que s'il évitait de jeter un regard dans les rétros le passé disparaîtrait sans qu'on s'en rende compte.

Le grand tendit le bras par la fenêtre ouverte et toucha l'épaule du chauffeur.

Y a rien que vous pouviez faire, dit-il. D'une voix calme et douce.

La tête du chauffeur se tourna vers lui au ralenti. Sa lèvre inférieure prise d'un méchant tremblement. Dix-sept ans que je roulais, pas un accident.

Et pas un seul à ce jour qui soit de votre faute. Plus que si vous vous étiez pris une météorite en pleine poire. Sauf si vous êtes du genre à vous persuader que vous auriez pas dû être ici maintenant.

Devait au moins rouler à cent dix.

Facile. S'il avait l'intention de passer ce virage il s'est trompé sur toute la ligne. Allez. Descendez et essayez de faire un demi-nœud à cette respiration. L'air c'est bon mais c'est comme tout. A consommer avec modération.

Le chauffeur resta un instant la tête en arrière et les yeux fermés puis il relâcha l'air comprimé pour bloquer les freins et coupa le gros Cummins diesel et quand le moteur eut cessé de tourner ils mirent pied à terre et s'accroupirent pour regarder sous le camion. Le chauffeur en marcel, short en jean et godillots sans chaussettes, le grand couvert d'un gros manteau, comme si c'était les saisons et pas les véhicules qui venaient d'entrer en collision. Le grand se glissa en canard le long de ce qui avait été un cabriolet, passa doucement la tête entre les traverses du camion afin de regarder dans l'épave et lorsqu'il ressortit du même pas dandinant, il avait du sang sur le menton.

Faut que j'aille à la radio demander de l'aide, dit le chauffeur.

Si c'est pour lui, y a pas d'urgence.

Oh non. Il est quand même pas mort, si ? La voix grosse de l'espoir désespéré que la chair et l'acier bouchonnés sous ses pneus aient seulement subi des dégâts superficiels.

Je suis à peu près sûr que sa tête a roulé dans la pente. Sauf s'il en avait pas au départ.

Cette information digérée, le chauffeur marcha jusqu'à l'avant du camion et appuya son front contre l'aile et ses épaules se voûtèrent plusieurs fois et il cracha entre ses pieds après chaque spasme. A l'arrière d'une de ses jambes nues un tendon frémissait comme l'avait fait sa lèvre. Le mugissement d'un autre camion en train de gravir la côte parut le raffermir. Il essuya sa bouche contre son bras velu et attendit qu'un Mack 89 rutilant s'arrête à grand fracas.

Pas de mal, Harry ? hurla le nouveau venu par sa vitre ouverte.

J'ai rien pu faire, dit Harry. Ce gars-là l'a dit lui-même.

Je vois bien. Bouge pas, je nous sors des balises de détresse, qu'on se fasse pas écraser.

Il ouvrit la porte et fouilla derrière le siège et sortit deux cylindres rouges et un lot de triangles réfléchissants et le grand dit : Donnez-m'en la moitié, je m'en vais les poser plus haut dans la côte. Après avoir placé les triangles dans le virage et au bout d'une portion de ligne droite il frotta le feu de détresse pour déclencher le grésillement écumant du phosphore en incandescence, l'installa sur son pied métallique et regagna le lieu de l'accident.

Le Remorqueur appelle les secours, dit Harry. D'une voix plus calme. Vous restez là au moins ?

Oui. Sûr. J'ai assisté à toute la scène. Il s'accroupit et regarda à nouveau sous le camion. Les fluides suivaient chacun leur chemin dans la pente. Vous avez déjà vu un truc aussi rouge ? fit-il.

La lèvre de Harry se remit à frémir et il lança un regard au grand maigre et dit : Vous en avez juste au-dessous de la bouche. Feriez mieux de l'essuyer avant que ça sèche.

Le grand porta ses doigts à son cou, les examina puis il sortit un mouchoir bleu à motifs cachemire et s'essuya le menton. Je parlais de la voiture, dit-il. Quand Dieu a créé le rouge c'est à ça qu'il pensait.

Une Impala d'un vert passé descendit doucement la montagne suivie par un pick-up Datsun déglingué, et une fourgonnette des boulangeries Strohman arriva d'en bas et bientôt il y eut une longue file de feux de détresse et des gens qui parlaient par trois ou quatre et les flashes rouges et bleus du shérif du comté de l'Union et une dépanneuse de Ralph Remorquage à plateau basculant et gyrophares jaunes et puis ceux rouges et blancs de l'équipe de secours.

Il doit pas être loin, dit Harry au shérif Dick Trappel. C'est son pick-up qu'est là. Il a vu toute la scène. Il a dit que j'aurais rien pu faire.

Ce F-150… bleu ? dit le shérif. C'est celui de Lane Hollar. Y en a pas deux de cette couleur-là sur terre. Lane Hollar, où c'est que t'es ? hurla-t-il à l'adresse des badauds.

L'est descendu dans le bois, lui brailla quelqu'un en réponse.

D'ailleurs comment vous appelez cette couleur, vous autres ? Au cas où j'aurais à le noter.

Bleu caca d'oie ? dit l'un des hommes.

Bleu Tiffany, dit le Remorqueur. Quand Tiffany est pas dans son assiette.

Le vlà qu'arrive, dit un homme qui portait des bretelles vert vif de cinq centimètres de large aux couleurs du géant du papier Weyerhaeuser et qui ne quittait pas des yeux le bouquet de peupliers et de chênes rouges en contrebas de la route. Puis un autre dit : Oh mon Dieu. Il y eut de la bousculade pour voir et un grommellement collectif et la tête du grand apparut au bord du talus et il se battit avec un buisson de sassafras mais pas une main ne se tendit pour l'aider et lorsqu'il se hissa sur le bas-côté une masse striée et sanglante comme un nouveau-né sale et glacé et sans membres était pendue au bout de son autre bras.

Le grand tapa des pieds pour débarrasser ses baskets de la terre du remblai et inspecta chacune de ses semelles. Me semblait bien que j'avais vu la tête voler, dit-il. Elle avait carrément roulé jusqu'au ruisseau. Il se pencha et la posa par terre, extirpant son pouce enfoncé tout entier dans la bouche déformée et les bouts de ses deux doigts logés dans les trous de nez. Comme on se libérerait d'une boule de bowling trop petite. Il s'essuya les doigts dans une bouillée de pas-d'âne poussée dans les graviers puis dans son mouchoir.

Le cercle autour de lui se resserra. Personne n'avait envie de voir mais personne ne voulait être le seul à n'avoir pas vu.

Ça sent l'alcool, remarqua Dick Trappel. T'as bu, Lane ?

Une bière ou deux. Mais cette tête-là ne peut pas en dire autant. Il remua la tête chauve du bout de sa chaussure. Il schlingue comme une brasserie.

C'est la seule façon que tu connais de porter la tête d'un homme ?

Ça fait tellement longtemps que j'ai quitté le lycée que je sais même plus qui nous apprenait ça, le port de tête. C'était dans quelle matière, déjà ? Y a pas de cheveux à tenir. Et j'ai essayé les oreilles. C'est comme de prendre une huître de quinze kilos avec des gants en caoutchouc. Tu crois qu'y a quoi là-dedans pour que ce soit si lourd ? Du sang gouttait à côté de sa chaussure et lorsqu'il vit que ça coulait de sous son pouce il l'enveloppa dans son mouchoir. Je vous embrasse pas, des fois qu'il aurait un truc qui se soigne pas à la pénicilline. J'ai bien pensé à faire sauter ses dents de devant mais il avait déjà eu le temps de me ronger la moitié du pouce. Il regarda leurs têtes et se mit à rire. Je plaisante.

Suis-moi jusqu'à la voiture, dit le shérif. Et une fois là-bas : Ferme les yeux et pose tout doucement ton doigt sur ton nez.

Non. Si tu tiens tant à ce que quelqu'un fasse un test d'ébriété fais-le toi-même. T'as qu'à sortir ton petit picolotest et je soufflerai dedans si ça te fait plaisir. Mais comme je te l'ai dit j'ai bu que deux bières. Pas assez pour me faire faire le clown devant tout le monde.

Le bout d'une racine noueuse, noire de terre fraîche, dépassait de la poche de la chemise de Lane et le shérif la tira pour y jeter un œil. Où c'est que t'as trouvé du ginseng ?

Ces trucs-là poussent pas sur les routes.

Me dis pas que t'as déterré ça pendant que tu...

Une semaine par an, Dick. C'est tout ce que je prends de vacances. Je prends tous les ans la semaine de mon anniversaire pour aller au ginseng et c'est à ça que je la passe. Tant pis si un chauve de la plaine a choisi ce jour-là pour essayer de pousser un camion de charbon dans le ravin.

Le shérif détourna les yeux en faisant à peu près la même tête que Harry lorsqu'il avait posé son front contre l'aile du camion. Quel âge ça te fait ?

Lane regarda sa montre. Le temps que t'aies terminé ça me fera quarante et un.

Je sais pas, Lane Hollar. Le shérif secoua la tête. Toi, j'arrive vraiment pas à te cerner.

T'as pas besoin. Sauf si j'enfreins la loi. Et c'est pas le cas. Inquiète-toi plutôt de ceux qui le font. Il remit son manteau et marcha jusqu'à son pick-up et fit glisser la racine de ginseng au fond d'un sac à pain vide et mit le contact et baissa sa vitre. Harry n'aurait jamais rien pu faire pour éviter ça. Rien. La vitre remonta et le pick-up se fraya lentement un chemin entre les gens et les voitures.

Lorsque les feux de stop eurent disparu Dick Trappel rejoignit les hommes attroupés devant le camion de charbon. Ou ce qu'il y avait en dessous. T'arrives à quelque chose, Ralph ? demanda-t-il au chauffeur de la dépanneuse.

Pas avec ma bécane. Je fais venir un gros camion.

Merci de t'en être chargé.

Est-ce que t'as déjà vu pire ? Ralph hocha le menton en direction de la tache sombre que la tête avait laissée dans les graviers.

Rien que j'aie choisi de me rappeler.

Porter ça comme ça. Ralph secoua la tête et cracha comme si cette pensée lui avait raclé la langue.

M'étonne pas que ce Lane Hollar garde son manteau tout l'été, dit le chauffeur qu'on appelait le Remorqueur. L'a le sang froid ce fideputain.

2

Lorsqu'ils se croisèrent dans l'allée du WalMart ils échangèrent un regard et leurs yeux firent marche arrière et le plus petit des deux dit : Eh. Je vous connais. Vous êtes Lane Hollar.

Ce n'est qu'au tressaillement de la lèvre inférieure que Lane réussit à faire abstraction des cheveux gris, des lunettes à double foyer et de l'embonpoint. Harry ? dit-il. Harry, le chauffeur du camion de charbon.

Comment va ? La main était froide et ferme comme de la glaise à moitié dure. Pas sa voix.

Mieux mais ça finira bien par passer.

Moi et l'épouse on venait souvent danser quand votre groupe de *bluegrass* jouait au Legion. Ça nous manque. Il jeta un regard par-dessus son épaule. Elle est devenue trop grosse pour danser de toute façon alors c'est pas plus mal.

Si Lane avait un jour aperçu le visage de Harry dans les volutes de fumée mal éclairées du Legion, il ne l'avait pas remis. Ouais, dit-il. Pour dire.

On est aussi montés à Cumberland une fois pour le championnat de banjo du Mid-Atlantic. On vous a vu gagner. Vous pincez toujours un peu de banjo ?

Des années que j'ai pas joué une note.

Dommage. Y a plus que de la musique country de nos jours. Si on peut appeler ça de la musique. Moi j'appelle plutôt ça du bruit.

Ouais. Impatient de faire ses courses et de s'en aller mais accroché à une écharde d'expérience commune. Comme quand le slip de Mary se prenait dans ses durillons. Toujours dans le transport de charbon ?

Oh non, ça non. J'ai continué quelques semaines après que l'autre chauve m'est passé dessous mais j'y pensais tellement

17

que je dormais plus. A chaque virage je m'attendais à ce qu'une autre petite voiture rouge vienne se jeter sous le camion. A ce qu'une autre bille s'en aille ricocher dans le ravin.

Ça s'oublie pas. Même après, quoi… dix ans ?

Harry éclata de rire. 1989 que c'était. La même année j'ai commencé dans la soudure. Chez Union Container. La meilleure idée que j'aie jamais eue. Même si ça m'esquinte les yeux.

Dix-sept ans, dit Lane. M'en paraissent cinq.

Ou cent des fois. Et d'autres fois c'est comme si c'était hier. Mais je m'en suis enfin remis. Ma tête savait depuis le début que c'était pas de ma faute mais maintenant mon cœur le sait aussi. Ça vous a travaillé un peu ?

Plus maintenant qu'à l'époque, dit Lane. Se demandant pourquoi il racontait à un inconnu ce qu'il ne confierait pas à son meilleur ami. Même s'il en avait un.

Toujours à la scierie ?

Non, dit Lane. J'ai perdu ma femme en 1997. C'est à ce moment-là que mon banjo et moi on a quitté le groupe. Après mon palpitant est devenu paresseux et j'ai eu un pontage et après ça je suis retourné vendre du contreplaqué pendant quelque temps mais un beau matin je me suis dit à quoi bon. J'ai acheté une boutique de pêche sur Ford Road. Je bricole dans le secteur.

C'est vous qui tenez ça ? Sans blague. Je passe tout le temps devant.

Faites un saut un de ces quatre, dit Lane. Se demandant si Harry n'allait pas changer d'itinéraire à seule fin d'éviter la boutique. Maintenant qu'ils avaient remué un passé que ni l'un ni l'autre ne voulaient réveiller.

Harry tendit le cou et regarda à la ronde comme si les quelques centimètres gagnés pouvaient lui permettre de voir au-dessus des rayonnages. Il faut que je trouve Susie, dit-il. Si je la laisse en liberté au rayon chips il va me falloir un deuxième prêt pour nous sortir d'ici.

Ils se serrèrent la main et Lane le regarda s'éloigner mais ne vit qu'une tête chauve restée coincée entre un chêne blanc et un rocher couvert de lichen alors qu'elle s'apprêtait à rouler jusque dans le ruisseau.

Lane n'avait jamais vu quelqu'un serrer un chat mort contre sa poitrine après l'avoir ramassé sur la nationale, et il n'avait jamais vu un chat aussi mort que pouvait l'être une tête détachée.

Lorsqu'il avait vu qu'elle était sans cheveux il avait senti qu'elle n'allait pas être facile à transporter et il aurait bien laissé ce plaisir à quelqu'un d'autre. Mais il n'était pas comme ça, ni à l'époque ni maintenant.

Le manteau Carhartt qu'il portait ce jour-là était un cadeau d'anniversaire de Mary. Tout neuf, soixante dollars. Ces oreilles glissantes lui revinrent tout à coup en mémoire, ainsi que le poids invraisemblable de la sphère. Il n'y avait pas deux façons de la porter. Mais il regrettait de l'avoir fait.

Le moteur calé au milieu du rayon du WalMart, il se demanda s'il en avait fini avec la mort. Pas les décès de tous les jours qu'il lui faudrait encore endurer, mais les fins violentes, telles qu'il en avait vu au Viêtnam. La mort du petit de Nashville lorsqu'il avait croisé la route d'une *bouncing Betty*. Ou ce lieutenant du Nevada qui buvait à sa gourde en écoutant un tir d'obus quand tout à coup l'obus fut là et le lieutenant plus. Ou ce jeune Noir de Bangor qui était en train de danser lorsqu'il s'effondra criblé de balles. On l'appelait Bang Bang. Jusqu'à cet instant. Lane n'avait plus jamais parlé de lui, pas plus qu'il n'évoquait ceux que notre camp avait tués, les boys de l'autre armée.

La mort n'était même pas la pire chose qui puisse arriver. Etre mort ne pouvait être plus terrifiant que cette invasion de suceurs de sang qui n'étaient ni des sangsues ni des punaises mais de vrais instruments de torture tout droit sortis de l'enfer. Comme dans l'Apocalypse de Jean. Il n'avait jamais rien vu de tel, ni avant ni depuis. Ils avaient passé la moitié de la nuit à les brûler avec des cigarettes, la nuée les rongeant toujours plus profondément même s'ils grillaient et se racornissaient un à un. Le lendemain matin le petit gros d'Arizona était mort. Il continuait de marcher et de cligner des yeux et de péter mais tout ce qui fait qu'on est en vie avait été sucé à sec. Peu de temps après on l'avait renvoyé à la maison mais Lane s'était demandé s'il arriverait un jour. Ou ce qu'on ferait de lui s'il arrivait.

Lane ne se rappelait pas leurs noms. Seulement d'où ils venaient. La seule information intéressante. Au cours de sa vie il avait été en Virginie-Occidentale et dans les environs et sur la base d'entraînement de Parris Island et en Asie du Sud-Est, mais pour les deux derniers ça remontait à si loin qu'il aurait été incapable de s'en faire une image entière. Seulement quelques touches çà et là. Même quand il voulait s'en souvenir.

Mon Dieu faites qu'il n'y ait pas de Viêtnam pour Toby le jour où il sera majeur, pensa-t-il en se demandant s'il était en train de prier et qui. Sans l'amusement habituel que lui procurait ce genre de pensée. Faites que cette histoire d'Irak soit derrière nous et qu'il n'y ait rien d'autre à la place. Même s'il n'était pas sûr que l'école vaille beaucoup mieux. Toby ne parlait pas beaucoup de l'école – pour ménager sa sensibilité de vieil homme – mais Lane ne pouvait y échapper à la télé : aux armes dans les sacs à dos et à la dope dans les casiers et au sexe dans les toilettes. Et s'ils avaient triomphé de ces embûches il fallait encore affronter le lycée.

Lane regarda autour de lui et poussa son caddie et balaya les rayonnages des yeux comme si, quelque part au milieu de ces belles rangées de boîtes, de bouteilles et de conserves, il allait trouver ce qu'il avait laissé là-bas. Cet élément manquant qui faisait qu'il pouvait poser la tête d'un homme, déterrer une racine de ginseng et reprendre la tête comme s'il s'agissait de son pique-nique.

Reste que cela avait changé. Il avait tenu la main de Mary et senti la vie la quitter et alors même qu'il aurait dû finir de tomber dans l'inhumanité, ce qui s'était évanoui de Mary avait trouvé une place en lui. A l'instant où Mary était morte il avait compris ce que la vie avait d'extraordinaire. Mary était morte et Frank, l'espèce de bon à rien qui lui tenait lieu de fils, c'était tout comme, mais il avait encore Toby et Darlene. Et là, en plein rayon, avec les boîtes de saumon et de thon et de viande et de pâté et de saucisses de Vienne pour seuls témoins, Lane se jura qu'aussi longtemps qu'il serait de ce monde rien ne pourrait fiche leur vie en l'air. Pas s'il avait son mot à dire.

3

Nickel Ballew s'attendait à un relent de peur mais à la place il eut droit aux odeurs de cigarette, de bière de la veille, d'anti-gel, d'engrais pour le jardin et de solvants pour armes à feu. Le jeune homme qu'ils venaient voir posa la canne à pêche qu'il était en train de monter contre l'établi du garage, puis il s'alluma une Camel et s'adossa contre le plateau de fer cabossé. Billy Bean avait les mains aussi rugueuses et abîmées qu'un vieil homme, les bras maigres et tannés. Comme si ses extré-mités avaient vu le jour avant le reste de son corps. Cinq centi-mètres de moins que Ballew, mais grand quand même.

T'as pas compris, c'est ça, dit Billy Bean au petit homme au visage couvert d'ecchymoses qui se tenait derrière Ballew. Il observa ses visiteurs comme deux merdes de souris déposées sur le sol de son garage. A balayer dans la grille d'évacuation qu'il avait entre les pieds. Ses yeux s'attardèrent sur les bottes en cuir d'autruche de Ballew et un coin de sa bouche grimaça.

C'est *à moi* que tu parles, fils, dit Ballew. Harold est seule-ment venu pour le plaisir. Il se tenait là, grand, tranquille et détendu, faisant tinter des pièces de monnaie dans la poche de son jean noir, mais une certaine tension émanait de sa per-sonne.

Les yeux de Billy Bean coururent une dernière fois sur la queue-de-cheval, la veste en jean graisseuse et les bottes de Harold puis se refixèrent sur Ballew. Un trémolo dans la voix, d'adrénaline peut-être. Vous méprenez pas, monsieur Henry. Je sais que du côté de Cumberland vous passez pour un homme important. Mais en ce qui me concerne le jour où vous avez commencé à faire circuler de la dope par ici vous avez perdu toute respectabilité.

Monsieur Henry ?

Et c'est pas parce que vous avez du sang nègre, hein. D'ailleurs avant de vous voir ça je le savais même pas. Ça veut rien dire pour moi. Et pareil pour les Messicains.

Ballew se tourna et jeta un regard soupçonneux à Harold qui se contenta de hausser les épaules, maussade.

D'où est-ce qu'il sort ce nom ?

C'est pas comme si j'étais idiot au point de pas pouvoir le deviner tout seul, dit Billy Bean.

Tout ce que je lui ai dit c'est qu'il savait pas à qui il avait affaire, dit Harold.

Tu lui as pas donné mon nom ?

Nickel, je te jure que…

Ballew secoua la tête. OK, ferme-la.

Je croyais que vous étiez Larson Henry, dit Billy Bean. C'était écrit sur l'étiquette. Larson Henry Auto.

Bien, dit Ballew en se retournant vers lui. Je t'avais réservé un cours accéléré de circonspection. Mais ce mot en N je le hais à mort.

Quel mot en N ?

Toi faut tout te prémâcher pour que ça rentre dans ton petit crâne, hein. Ta petite tête d'opossum. T'as peut-être été créé le *matin* du sixième jour ? Queques heures avant nous autres ?

Le visage de Billy Bean se ferma et il pinça les lèvres. Faut pas me traiter d'idiot.

Ballew se tourna vers la porte ouverte du garage qui leur avait permis d'arriver jusqu'au petit avec une surprenante facilité. Comme s'il les attendait. Les frondaisons se fondaient dans la nuit pâlissante, les oiseaux s'accordaient pour la symphonie du matin. Des phares dansaient de temps à autre derrière les arbres qui bordaient la longue allée. Il surprit son reflet dans une fenêtre et ajusta son col de chambray.

Libéré du regard de Ballew, Billy Bean prit de l'assurance. Je sais pas qui vous êtes, vous deux, mais il va être temps que vous retourniez à votre place, de l'autre côté de cette colline. Avant que je rouvre ma boîte à beignes.

Le seul problème, vois-tu, c'est ma fierté. Une chose difficile à guérir quand on l'a blessée.

Y a pas de fierté pour les dealers. Et encore moins pour cette fiotte que t'as là.

La haine tordit un peu plus la face meurtrie et déformée de Harold. Ça et la peur.

Qui t'a investi d'une telle autorité ? dit Ballew de sa voix de prédicateur. La Bible n'avait jamais bien pris dans son cœur mais il en savourait les mots, les rythmes, les inflexions. Et la violence. Est-ce Dieu qui t'a élevé ? Que je doive te craindre et obéir ? Ou t'es-tu ordonné toi-même ? Prêtre terrestre à vocation stupide. Ballew observa le reflet de Billy Bean dans la fenêtre, vit le doute et la confusion s'insinuer en lui. Il se retourna, sortit un papier plié de sa poche et le tendit au jeune homme. Est-ce que tu lis, mon fils ?

Billy Bean regarda le papier sans comprendre. Y a écrit quoi ?

Tu tiens dans ta main le message du salut. As-tu le temps de t'en pénétrer l'âme ?

Tout ce que je dis c'est que j'ai une fiancée qu'était au collège où tu vends ta dope. Où nos gamins iront.

Il ne nous manquait plus que ça. Des attardés de mariés analphabètes. Qui pondent des amputés mentaux.

Ttention, prévint Harold, mais Ballew avait vu venir le danger et flanqua un méchant coup du tranchant de la main juste au-dessus de l'oreille de Billy Bean, qui laissa bruyamment tomber sur le ciment le marteau à panne ronde dont il s'était saisi. Dans ses yeux l'assurance le céda au vide sans avoir le temps de passer par la case doute et il roula contre l'établi, puis glissa sur le sol.

Je vais te faire cracher tes tripes, dit Harold en s'avançant, le pied prêt à frapper.

Ta ta ta, fit Ballew.

Il faut qu'on lui donne une leçon qu'il ne risque pas d'oublier.

Pourquoi pas une dont il ne risque pas de se souvenir. Ballew ramassa le tract qui avait volé par terre et souffla la poussière des mots : LE SALAIRE DU PÉCHÉ, C'EST LA MORT.

La peau du visage de Harold tressaillit comme si son cerveau venait de sauter sur un nid-de-poule. Barrons-nous de là, alors. Si on lui casse pas la gueule. Il commence à faire jour.

Billy Bean allait à la pêche ce matin, dit Ballew. Je vous ferai *pêcheurs d'hommes*, cria-t-il, les yeux jaunes – fous. Serez-vous un *pêcheur d'hommes*, monsieur Bean ? Ou serez-vous noyé dans la marée humaine ? Je veux voir tous les yeux fermés, toutes les têtes baissées. Dieu *parle aux cœurs*, mes frères.

Allons-y, dit Harold. Steplaît.

Ballew jeta un œil dehors. Vit ce qu'il y avait à voir. Des arbres. Qui commençaient à se découper sur le ciel. Il considéra le canoë à l'arrière du pick-up rouillé de Billy Bean. On passe devant un lac pas loin de la route ?

C'est pas vraiment un lac. Juste un réservoir d'eau.

Et non de ?

Harold le regarda, perplexe. Arrête de faire l'idiot.

Es-tu baptisé, Harold ? Est-ce que ton âme est à l'abri ?

Si une once de compréhension était montée au cerveau surmené de Harold, elle ne se lisait pas dans ses yeux.

Donne-moi un coup de main, Harold.

Qu'est-ce que tu veux faire ?

Nous allons mettre ce nouveau converti dans le canoë et irons le baptiser dans le lac. Lorsqu'ils se penchèrent pour soulever Billy Bean, Ballew sentit l'odeur puante de la peur sur Harold alors qu'il l'aurait attendue sur le gamin. D'un coup d'épaule, grognant, il fit basculer le corps lâche dans l'embarcation. Il astiqua le bout de ses bottes de cow-boy contre l'arrière des jambes de son jean puis il saisit la poignée d'une boîte à pêche avec un chiffon et la plaça dans le canoë et ajouta une canne. Allons voir ce lac. Ce réservoir d'eau, plutôt. Il ouvrit la porte du pick-up et lorsqu'il vit les boîtes de conserve, de sardines et les paquets de cigarettes et les emballages de bâtonnets de saucisson sec vides il dit : Tiens, mon brave Harold, tu sais quoi ? Toi tu vas conduire celui-là, et moi je vais te suivre dans ma voiture.

Et si quelqu'un m'arrête ?

Dis-leur que tu vas aux urgences. Et si c'est mentir qui te dérange, ça peut devenir la vérité.

Des émotions frémirent aux lèvres de Harold mais ne produisirent aucun son et quand son regard se décrocha de celui de Ballew il se posa çà et là sur le paysage, puis comme un vieil ours entre dans une cage, Harold se glissa dans le pick-up de Billy Bean.

Une dernière chose, Harold.

Harold actionna le démarreur et quand le fracas dur des soupapes se fut stabilisé, il dit par la fenêtre ouverte : Oui chef ? Regardant droit devant lui.

Le paquet n'était-il pas où je te l'avais dit ? Ne suis-je pas un homme de parole ?

Si chef. Ça en a l'air.

J'ai commis une erreur en m'approchant du petit sachet de friandises que je t'ai donné. Ça fait pas une semaine que déjà tu t'es mis dans le pétrin et risques de m'y entraîner.

Je suis désolé.

Nous allons régler ça, tu vas faire le travail que tu me dois et après tu ne prononces plus jamais mon nom, même dans ta tête.

Tu m'as même pas dit ce que j'allais devoir faire.

Tu le sauras en temps et en heure. En attendant tu gardes tes distances.

Mais c'est toi qu'es…

Tu ne prononceras jamais mon nom en vain. Ou tu rejoindras notre petit copain, là. C'est clair ?

Harold saisit le volant et plissa les yeux pour voir à travers la brume matinale et le nuage de fumée d'échappement. Ses mains blanches et son visage noirci improbablement vissés au même corps. Compris, dit-il.

4

Lane prit son petit-fils par l'épaule et avança d'un pas dans les roseaux. Doucement, dit-il. Parce que tu me sers de canne, pensa-t-il sans l'ajouter. Dans les bas-fonds l'eau était tiède mais suçait déjà le peu de chaleur qu'acheminait à ses jambes un sang qui semblait ne faire le tour qu'une fois tous les quinze jours. Des racines lui attrapaient les pieds, la boue lui collait aux baskets. Les bords finement crénelés des roseaux lui cinglaient les bras lorsqu'il trébuchait. Il aurait mieux valu une chemise de laine qu'une flanelle. Une masse dure mais vivante heurta sa jambe. Une petite tortue serpentine. Quand l'eau clapota jusqu'en haut de ses cuisses il serra les dents, inspira l'air humide et ferma les yeux.

Ça pue la merde, dit Toby.

Lane toqua du poing sur la petite tête blondie au soleil. Surveille ton langage sinon j'en prends et je te lave ta bouche sale avec.

Avec quoi ?

Avec ce que t'as dit.

Qu'est-ce que j'ai dit ? Le garçon sourit de toutes ses dents.

Une chose qui ne mérite pas qu'on la répète. Tiens-moi ce moulinet hors de l'eau. Je ne compte pas passer mes nuits à graisser des moulinets parce que tu es trop nonchaleux pour en prendre soin.

Toi t'essaies de pas tomber en renversant les vifs et moi je m'occupe du moulinet.

Lane écarta les dernières tiges et plongea son regard dans la brume de début d'été. L'eau calme et claire, opaque au-dessus des fonds obscurs. Maintenant pas un bruit. S'agit pas de lui faire peur.

C'est ici qu'il a pris le canard ? Toby déjà en train de dévider la tresse du gros moulinet Ambassadeur, de vérifier sur l'ongle de son pouce qu'elle ne présentait pas de points d'abrasion, de tâter le nœud Palomar à la jonction avec la crinelle.

C'est pour ça qu'on est là. Qu'on pêche pas depuis le ponton.

Faudrait peut-être qu'on attrape un canard, pour l'appâter.

Ça se fait pas. On fait pas souffrir une bête à sang chaud. Jamais.

C'est un canard adulte qu'il a mangé ?

Je te l'ai déjà raconté dix fois.

Raconte-le-moi une onzième.

C'était un petit qui nageait à la queue leu leu derrière les autres. Le dernier de la file.

Le garçon fixa à la ligne un bouchon rouge et blanc gros comme un poing à un mètre environ de l'hameçon en inox forgé. Les yeux pleins de maskinongés assez gros pour manger un canard, même si ce n'était qu'un petit canard.

Ne sois jamais le dernier de la file, dit Lane. Retiens la leçon.

Je croyais qu'on allait à la pêche. Pas à l'école. L'enfant sourit jusqu'aux oreilles et plongea la main dans le seau de vifs qui flottait entre l'homme et lui.

Quel âge ça te fait déjà ?

Tu le sais très bien.

Douze ans et t'as déjà la langue si bien pendue. Continue comme ça et tu ne connaîtras jamais l'adolescence. Je m'occuperai de ton cas. Tiens, attrape le plus gros.

Le garçon retira sa main du seau et y jeta un coup d'œil. Y en a que trois.

S'il en mord pas trois il en mordra pas trente.

Il replongea sa main dans le seau et en sortit un meunier noir de presque trente centimètres de long.

Hameçonne-le derrière la dorsale si tu veux pouvoir le remonter et le ramener vers nous. Pas dans la lèvre. Le garçon l'avait déjà fait, plus habilement que Lane en eût été capable. Et ne le claque pas contre l'eau, ce serait dommage de le tuer avant qu'il ait pu se faire gober. Lance-le par en dessous.

La ligne fila en sifflant dans les anneaux et l'appât et le bouchon atterrirent en deux légers ploufs à seulement quelques mètres d'eux. C'est assez loin ?

C'est parfait. Maintenant tends bien la ligne, qu'il s'éloigne. Ne le laisse pas revenir sinon on l'aura dans les pieds. Déjà le bouchon dodelinait alors que le meunier tentait d'échapper à ce qui le tenait par la queue. Qu'est-ce que tu crois que le poisson pense quand le vif le tire brusquement de l'eau ? demanda le garçon.

Je crois pas que ça philosophe beaucoup, un poisson. A mon avis il prend ça pour ce que c'est. Une expérience courante, même si pour lui c'est une première.

Tu crois qu'il est gros comment ce vieux maski ?

Ne parle pas si fort. Il sent les vibrations. Presque exactement aussi gros que la dernière fois que tu me l'as demandé.

Neuf kilos ça fait gros comment ? chuchota l'enfant.

Il fait même peut-être plus. Douze ou treize.

En cours de sciences on nous a dit qu'il n'y avait pas de maskinongés dans ce lac.

Ça doit être dur à déterminer depuis le collège. Et je n'ai jamais vu ton prof de sciences par ici.

Ma prof de sciences. C'est une femme. Miss Davis.

Ah. Ben elle, c'est sûr, je l'ai jamais croisée par ici.

Plus haut, derrière eux, une voiture sans pot d'échappement passa en pétaradant sur Ford Road et l'espace d'un instant Lane perçut derrière elle la voix plus discrète d'un moteur plus puissant équipé d'un bon silencieux. Vlà Billy Bean qu'arrive, dit le garçon.

Le bruit qui criait à la négligence mécanique longea le bord du lac et le gravier crissa au niveau du chemin d'accès à la rampe de mise à l'eau, à près de deux cents mètres en face d'eux. Le moteur rugit et eut un raté et cala et la portière claqua à grand fracas. Après des bruits de canoë glissant du plateau rouillé, le moteur se remit à vrombir sur la rampe pour caler à nouveau sur le parking.

Son embrayage fout le camp. Soit ça, soit il est trop bourré pour débrayer à fond. Lane jeta un œil à sa montre.

Ça fait quoi l'embrayage ?

Ça relie le moteur aux roues. Ou ça le relâche quand tu ne veux pas qu'il tourne.

S'il y a des maskis là-dedans, comment ça se fait que personne en attrape ?

Nom d'un dimanche, gamin. Tu poses plus de questions qu'une bonne femme.

28

Comment ça se fait ?

Bah, je crois que t'es fait comme ça. Sûrement parce que tu n'as pas d'homme à la maison.

Mais non, comment ça se fait que personne en attrape ?

Parce que personne ne vient pour ça. De temps en temps certains en ferrent mais le matériel qu'ils ont n'est pas assez solide pour qu'ils aient le temps de savoir ce qu'ils avaient ferré. La plupart pensent qu'il s'agissait d'une grosse tortue.

Et ils n'en ferrent jamais des petits ?

Des petits, y en a plus. C'est des maskinongés tigrés. Des hybrides. Un croisement de maski et de brochet. Ils peuvent pas se reproduire.

Alors comment ils sont arrivés là ?

C'est le comité de pêche qui les a mis là y a une quinzaine d'années. J'ai même aidé à porter le bidon de lait qui les contenait jusqu'au bord de l'eau. Ils sont tous morts sauf quelques-uns. Sauf celui-ci peut-être bien. Chuchoter lui irritait la gorge. Maintenant tais-toi ou je te fais châtrer, que tu puisses pas te reproduire.

Ils font ça comment ?

Lane lui toqua à nouveau sur la tête et le garçon sourit de toutes ses dents.

La brume se dispersait rapidement à mesure que le soleil de juin se glissait dans le ciel, émergeait au-dessus des arbres. Tapi dans les roseaux, Lane avait l'impression d'être accroupi dans une haute et froide prairie. Contre le canoë de Billy Bean un choc violent. Une voix – basse, mécontente. Un splash – bruyant, sans gêne.

Billy Bean est avec quelqu'un, chuchota le gamin.

Non. Il pêche toujours seul. On dirait qu'il est tombé. Il doit être soûl. Si tôt le matin.

Une paire de voix – un ton de dispute.

Je te l'avais bien dit, fit le garçon.

Lane remua dans l'eau visqueuse, essaya de faire circuler le sang dans ses jambes.

De l'autre côté du lac, un moteur démarra, gronda et deux portières s'ouvrirent et se fermèrent et le gravier crépita sous les roues d'un autre véhicule. D'où il sort, celui-là ? dit Lane.

Ils devaient être là avant.

On les aurait entendus. Ils ont dû arriver en même temps que Billy Bean. Elle fait tellement de bruit son épave qu'elle couvrirait un char d'assaut. Le bruit de moteur diminua puis s'accrut quand le véhicule quitta la voie d'accès à la rampe de mise à l'eau et accéléra dans leur direction sur Ford Road. Surveille ton bouchon.

Regarde, le canot de Billy Bean. Il est pas dedans.

Lane scruta le brouillard, ne vit rien.

Derrière eux un crissement de coups de frein secs, le bruit sourd du levier passé en marche arrière, l'accélération saccadée de quelqu'un qui recule. Jusqu'à l'endroit où Lane lui-même avait quitté la route et reculé dans les broussailles.

Quand Lane regarda à nouveau vers le lac le canot était là, non en train d'émerger de la brume mais tout entier devant eux, poussé par une brise des plus douces qu'ils sentirent soudain contre leurs visages. Monochrome si l'on exceptait une tache cramoisie sur le plat-bord et sur le flanc. Posé sur l'eau, vide.

Lane se pencha en avant pour mieux voir. Derrière eux sur la route des portières s'ouvrirent et claquèrent et tout à coup la boue qui les entourait se mit à sentir le buffle d'Asie et les déjections humaines. Les roseaux exotiques, étranges.

Lane posa un doigt sur la bouche de son petit-fils comme s'ils étaient à l'affût d'un cerf. Il le regarda dans les yeux jusqu'à ce qu'il soit certain d'avoir été compris puis le poussa à sortir des roseaux et s'avancer à découvert dans l'eau qui les couvrait jusqu'à mi-corps et puis il sortit à son tour, lui prit la canne des mains et s'accroupit et força le petit à en faire autant. Le froid lui coupa la respiration sans discussion ni préambule.

Comme une balise orange le seau de vifs flottait dans les roseaux alors il tendit le bras et le récupéra et le poussa entre ses jambes. Les deux meuniers noirs cognaient contre la paroi alors il actionna l'ouverture du couvercle et les sentit tournoyer et s'enfuir.

Le gamin parut sur le point de poser une question. Lane secoua la tête et ses lèvres mimèrent un : Non.

Juste de l'autre côté des roseaux quelqu'un toussa et Lane entrevit une tache bleue. Il s'enfonça encore dans l'eau jusqu'à ce que seul son nez dépasse de la surface et tira le gamin par le jean pour l'obliger à faire de même.

Y a personne par ici. Une voix tout enfumée. Barrons-nous de là.

Derrière eux, le bouchon plongea en faisant floc.

D'un seul et même mouvement, Lane trouva la ligne et la plaça au bon endroit entre ses dents et la coupa et la sentit filer entre ses doigts et attrapa le garçon par le cou pour l'empêcher de se retourner.

C'était quoi ça ? Une voix plus douce. Ohé. Y a quelqu'un ?

L'aube était tellement silencieuse que les rides provoquées par les frissons de Lane à la surface de l'eau produisaient d'infimes clapotements contre les roseaux.

Dix mètres plus loin il y eut un bouillonnement d'eau brassée et peu après le claquement d'un projectile puissant à travers la surface et une fraction de seconde plus tard l'aboiement grave d'un pistolet de gros calibre. Le clac caractéristique d'un automatique.

Non, vieux, commence pas à tirer. Pas après...

C'était quoi ?

Ça devait être un poisson. Je t'en prie arrête de tirer. On va se faire repérer.

Il faudrait un sacré poisson pour faire un foin pareil.

Sûrement une carpe. Je sais pas. Mais rien qui mérite qu'on lui tire dessus. Les voix s'éloignèrent vers un point qui s'avançait dans le lac et Lane avait déjà empoigné le gamin par la chemise pour le relever et le remettre dans les roseaux. La canne à pêche craqua sous sa chaussure et le seau à vifs refit surface alors Lane l'attrapa et le traîna derrière lui et il poussa le gamin au milieu des tiges et se tapit au-dessus de lui et enfonça le seau dans la boue. T'avise pas de gigoter, chuchota-t-il, avant de se barbouiller une pleine poignée de vase sur la figure et de baisser les yeux et de passer sa main sur la figure du petit et de lui appuyer sur la bouche pour étouffer ses protestations. Ce n'est qu'après avoir entendu les portières claquer et le bruit du moteur s'éloigner qu'il le relâcha et se releva, frissonnant parmi les roseaux.

Mais pourquoi t'as coupé la ligne ? Toby avait la voix tremblante et Lane crut d'abord que c'était le froid mais c'était de la colère à l'état pur. Il *mordait*. On le *tenait*.

La brume se dispersait déjà et Lane aperçut l'arrière du pick-up de Billy Bean. Garé au mauvais endroit et en marche avant. De sorte qu'il eût été impossible de brancher des câbles en cas de panne de batterie. Tu saisis pas qu'on vient de te tirer dessus ? dit-il.

Il *mordait*. Et toi tu coupes la ligne.

Allez, mon grand, viens. Lane ramassa la canne brisée et le seau et poussa le garçon vers la rive.

On va où ? Il est juste là, *Pap.*

Allez, allez, allez. Lane pressa le pas jusqu'au pick-up.

Le gamin se retourna vers le lac. Bon Dieu de nègres, lâcha-t-il.

Ne redis jamais ce mot en ma présence. Ne dis rien du tout, bon Dieu. *Bouge.*

Tu l'as dit. Tu viens de le dire toi-même.

Pas ce mot-là. L'autre.

5

Monte dans la voiture. Allez. Tous deux empestaient la vase qui gargouillait dans leurs chaussures. Lane jeta le scau et la canne brisée à l'arrière du pick-up et démarra et se pencha sur le volant pour encourager la voiture alors qu'elle patinait dans les ornières molles qui montaient vers Ford Road. Le gamin à genoux sur le siège, regardant par la lunette arrière comme si un effort d'attention suffisant pouvait renouer la ligne coupée. Lorsqu'ils se furent hissés sur le bitume, Lane accéléra en direction de la rampe de mise à l'eau et le volant lui rentra dans les côtes quand ils basculèrent sur la voie d'accès et le gamin enfonça ses ongles dans le tableau de bord.

Ils glissèrent sur la rampe et s'arrêtèrent et Lane passa vivement la marche arrière, coupa le moteur et courut bruyamment jusqu'au bout du ponton, écartant les jambes pour garder l'équilibre sur les planches mouvantes. Billy Bean, hurla-t-il.

Il est pas là, dit le garçon. Le ponton résonna et tangua lorsqu'il rejoignit Lane.

Chut. Ecoute un peu.

Ils entendirent des oies, le floc d'un poisson qui se frayait un chemin parmi les roseaux, le cri rocailleux d'un corbeau. Billy Bean, hurla-t-il à nouveau.

Il est là-bas, dit le petit, et au bout d'un moment Lane distingua les épaules et la tête d'un homme le long de la rive, après les cabanes à carolins. C'est toi, Billy Bean ? L'écho de sa voix lui revint des bois, accompagnée d'une autre.

Tu veux te faire botter le cul, à m'appeler Billy Bean.

Qui c'est ? Qui est là ?

Arrête donc de brailler, vieux schnock.

La silhouette de l'homme s'approcha et lorsque la forme sombre et trapue et l'épaisse chevelure noire qui foisonnait sous la casquette furent visibles, Lane le reconnut instantanément, agacé. NonBob Thrasher, dit-il.

Ou ce qu'il en reste.

Lane parcourut lentement les bords du ponton en regardant vers l'eau. Aide-moi à chercher, dit-il au garçon. Il est là dans l'eau quelque part.

Le lourd pantalon de toile de NonBob bruissait à chaque pas et quand le bruit s'arrêta NonBob dit : Qu'est-ce que tu cherches ? T'as perdu ton dentier ? Il posa sa canne à pêche contre la passerelle du ponton et extirpa une cigarette de sa chemise de travail foncée et l'alluma, le tout en un seul mouvement exercé.

Billy Bean est quelque part là-dedans.

M'est avis que le vieux a pris trop de cachets, dit NonBob à Toby.

J'avais attrapé un énorme maski et Pap il a coupé la ligne.

Lane leva les yeux et dit : Toutes les minutes comptent en ce moment. Aide-moi à chercher nom d'un chien.

NonBob lorgna la boue dont Lane s'était barbouillé la figure et ses vêtements mouillés et il rit. Il a vraiment perdu la boule, fiston. Se croit revenu au Viêtnam.

Il était assez gros pour manger des canards, dit le garçon.

C'est pas contagieux la démence ? Sinon faudrait peut-être que je recule un peu.

Y avait deux autres gars mais ils sont partis. Lane pointa le doigt vers le canoë qui avait dérivé jusqu'à l'autre bout du lac et s'était fiché dans les joncs. Y a du sang sur son canoë et il est pas dedans. Billy Bean, brailla-t-il à nouveau, et il se mit à longer la rive, s'avançant dans l'eau aussi loin qu'il le pouvait.

En tout cas moi j'ai vu personne d'autre, dit NonBob. Et si y avait d'autres gars Billy Bean est sûrement parti avec eux. Ça ou il cuve quelque part dans les bois.

Aux dernières nouvelles les grenouilles ne portent pas d'armes de poing. Alors qui a tiré ?

Moi j'étais là avant que vous arriviez et j'ai pas entendu tirer.

Le petit, lui, il a entendu.

J'ai rien entendu du tout, dit Toby.

Lane s'arrêta et regarda vers lui. T'as entendu le coup de feu. Tu les as bien entendus en parler.

J'avais les oreilles sous l'eau. Mais j'aurais entendu un coup de feu si y en avait eu un.

Apparemment non puisque tu l'as pas entendu. T'as pas entendu ce qu'ils ont dit ?

T'as sûrement entendu claquer une queue de castor, dit NonBob. J'en ai vu un qui longeait la rive.

Lane remonta sur la berge, tapa des pieds pour faire tomber la boue et les végétaux de ses chaussures et dirigea sa colère vers NonBob. Et si c'était toi qu'étais dans l'eau ? Ça te plairait que Billy Bean reste ici à fumer pendant que tu te noies ?

Si ce cas sos était tout ce qu'il y avait entre moi et la Terre promise, j'aimerais encore mieux me noyer. Plutôt que me lever tous les matins en me disant que je lui dois la vie. Ses petits yeux noirs brillaient comme les billes d'un roulement bien graissé.

Lane sentit sa vieille dureté ressurgir. Des cas sos y en a d'autres et de différentes sortes, dit-il. Mais la plupart feraient tout ce qu'ils peuvent pour venir en aide à un homme qui meurt.

Le visage hâlé de NonBob était aussi brun que la boue sur le pantalon de Lane, mais il se rembrunit encore. S'il est dans l'eau, comme tu dis, c'est trop tard pour lui. N'importe quel imbécile comprendrait ça.

L'adrénaline de Lane s'évapora, le laissant fatigué, vieux, boueux, glacé. J'aurais pas dû dire ça. Sentant ses excuses rebondir comme un crachat sur une plaque chauffante.

NonBob hocha le menton vers l'autre bout du lac. T'as regardé dans le bateau ?

Il est trop émergé pour qu'il y ait quelqu'un dedans. Mais ça peut pas nuire d'aller voir. Toby, toi tu continues de chercher, dit-il. Comme si le garçon avait commencé. Lane et NonBob montèrent dans le pick-up et suivirent les ornières glissantes qui longeaient le lac, parcourant la moitié de son périmètre.

Quel âge il a ce machin ? dit NonBob.

Il est de 84. Surpris qu'on puisse le croire si vieux. Je l'ai acheté neuf.

Quand Lane jugea qu'ils devaient être à proximité du canot il s'arrêta et NonBob et lui se frayèrent un chemin à travers la végétation et, les pieds dans l'eau, ils inspectèrent le bateau vide. Le sang sur le plat-bord avait commencé à sécher et noircir et une touffe de fins cheveux blonds rebiquait d'un rivet comme un hackle sur une mouche sèche. Crénom de Dieu, dit Non-Bob. T'as peut-être raison. Il baissa sa casquette juste au-dessus de ses yeux et se retourna pour regarder vers la rampe où il aperçut Toby qui scrutait la surface depuis le ponton. Ça m'étonne qu'il flotte pas.

Tu parles, comme une enclume. S'il avait eu un gramme de graisse Billy Bean se la serait prélevée pour l'utiliser en friture.

Ça restera peut-être une journée noire pour les brasseries Pabst Blue Ribbon.

Remontons ce rafiot avant que le vent tourne et le pousse loin d'ici. Chacun d'un côté, ils empoignèrent les barrots et traînèrent le bateau dans l'herbe avant de le redresser et de le faire glisser sur le plateau du pick-up, puis Lane accrocha un long tendeur noir entre la fixation de l'un des sièges et un trou de rouille dans l'aile opposée de la voiture. Le canoë se mit de travers mais dépassait du côté passager et ne risquait pas de heurter les voitures roulant en sens inverse. Lane fit claquer le tendeur puis ils montèrent à bord et Lane fit des manœuvres sur l'étroit chemin boueux jusqu'à ce qu'ils puissent partir par où ils étaient venus. On aurait sûrement mieux fait de pas bouger le bateau, dit Lane. On aurait dû le laisser pour la police.

NonBob émit un son qui pouvait vouloir dire n'importe quoi. Tu te rends toujours pas compte que tu passes pour un couillon, là ?

Y a un endroit où j'ai pas regardé, c'est dans son pick-up. On ferait mieux de vérifier, au cas où. Un Ford Ranger rouillé et cabossé tout seul sur le parking désert. Lane se gara à côté et coupa le contact et ils descendirent. Ça t'arrive, toi, de te garer comme ça ? D'aller te coller en marche avant dans un coin où tu pourras pas mettre de câbles si jamais t'es en rade ?

Non. Cela dit je me suis pas grillé les neurones au même degré que Billy Bean.

Lane regarda à travers la vitre. Le frein à main est serré, le levier de vitesse au point mort. On a enlevé les clés et remonté les vitres. Il se redressa, se racla la gorge et cracha dans les herbes. Ça m'étonnerait que Billy Bean ait fait ça une fois dans sa vie. Personne ferait ça dans le coin.

C'est bien ce que je dis. NonBob fit mine de boire et de loucher.

T'es garé où ? dit Lane. T'as un téléphone portable ?

J'aimerais mieux qu'on me surprenne en train de porter des collants. Mon pick-up est plus bas, au portail de l'ancienne ferme Garner.

Je vais filer, appeler le 911 et ramener le gosse à la maison. Lane regarda sa montre. Darlene va piquer une crise. Il appela Toby en hurlant et démarra le pick-up. Tu restes là, toi, non ?

Vu que t'as foutu en l'air mon premier jour de congé de tout l'été, c'est probable.

*

NonBob alluma une autre cigarette et quand le bruit du pot d'échappement de Lane se fut évanoui, il lança un coup d'œil prudent aux alentours et regarda par la vitre du pick-up de Billy Bean. La main enroulée dans son mouchoir, il ouvrit la porte, passa la marche arrière et desserra le frein à main, mais il sentit le levier retomber d'un seul coup et sut que le câble, qui ne servait jamais, avait gelé dans les gaines. Il se glissa sous la voiture, maudissant le sel répandu sur les routes d'hiver qui attaquait tout ce qui de près ou de loin relevait du mécanique. Avec une pierre, il donna de petits coups aux tambours de frein tout en faisant jouer les câbles jusqu'à ce que les patins se desserrent. Puis du talon de sa main, qui était aussi dur que la pierre, il frotta les traces d'impact afin qu'elles se fondent dans la rouille environnante.

Il se releva, brossa ses vêtements, récupéra sa canne à pêche et longea la rive pour aller chercher sa voiture. Avant que tout le cirque se mette en branle. Plus satisfait de lui-même que la situation ne le justifiait.

6

Lane stoppa la voiture devant la cabine située juste après la voie d'accès et descendit et fouilla ses poches et dit : T'as pas dix cents, Toby ?

L'enfant ne répondit pas, gardant la tête collée contre le coin de la vitre où il boudait.

Les maskis ne sont pas la chose la plus importante au monde. On retournera le pêcher. Lane dénicha vingt-cinq cents dans le cendrier mais lorsqu'il ouvrit la porte de la cabine il s'aperçut qu'elle ne contenait rien d'autre qu'une canne tordue, un boudin de merde séchée et du papier-toilette. Tu savais qu'il n'y avait plus de téléphone là-dedans, je parie ? Mais le gamin l'ignora. Lane surprit son visage couvert de boue dans le rétroviseur et essuya le plus gros avec le pan de sa chemise. Tout en se demandant quel genre de personne il fallait être pour déféquer dans une cabine téléphonique. Un chiotte à parois de verre.

Un nuage noir de dépression s'abattit sur lui par surprise alors qu'il roulait vers la boutique le pied au plancher, et avec lui ressurgirent des souvenirs qu'il croyait disparus mais étaient seulement enfermés dans un endroit où il n'allait jamais regarder. Rapatriés dans un avion-cargo, une longue file de soldats émaciés, sanglés à la paroi, en train de vomir entre leurs jambes. Une dent cassée gisant toute seule sur le pare-chocs de son pick-up au lendemain d'une bagarre dans un bar ; NonBob la réclamant comme trophée bien qu'il n'ait pas pris part à son extraction. Fixer des yeux le calendrier dans le parc à bois de la scierie, abasourdi par les années manquantes. Pendant un bref moment le temps sortit de ses rails et le gamin assis à côté de lui, ce fut Frank, silencieux, impassible, insondable, comme un outil minutieusement ouvré mais dont la fonction demeure un mystère.

Le petit Mexicain et le citadin attendaient devant la boutique, l'enfant patient, assis dos au mur, la berline du citadin affaissée sur ses vieux amortisseurs, suintant de gamins sales qui bougeaient en tous sens et penchant vers la droite à cause de la grosse femme sur le siège passager. Lane resta un instant dans la voiture pour reprendre contenance, offrir un visage qui supporte l'examen public. Autant qu'il le pouvait.

Pas trop tôt, geignit le citadin en jetant son mégot sur le parking.

Lane ouvrit la porte et dit : Allez-y. Il ne lui avait jamais demandé son nom et ne se souciait pas de le savoir. Désolé pour le retard. Trop las pour s'embarquer dans les explications sans fin qui s'ensuivraient s'il donnait sa raison. Deux douzaines dans chaque ? Derrière l'homme maigre s'engouffra une ribambelle de rejetons de citadin tripotant çà et là et – Lane le savait – glissant la moitié de ce qu'ils touchaient au fond de leurs poches usées. Pourquoi l'État ne répandait pas d'insecticide partout où le citadin vivait, voilà qui lui avait toujours échappé.

Vos vifs, l'autre fois, ils valaient pas dix cents. Ils étaient morts avant qu'on ait eu le temps de les hameçonner.

Dans ce cas vous avez eu de la chance que je vous les fasse pas à dix cents.

De la chance, tu parles, à quatre dollars la bête. Je me souviens du temps où un vif ça coûtait cinquante cents.

Et moi je me souviens du temps où les gens travaillaient au lieu de vivre aux crochets du contribuable, pensa Lane, mais il ne dit rien. Il prit des ménés dans la grande cuve en inox et versa sans compter le contenu de son épuisette dans le seau cabossé du citadin, lui donnant probablement double dose mais n'en ayant cure, puis il attrapa deux gobelets de lombrics dans le réfrigérateur. Voilà pour vous, dit-il. Ne tenant pas à sortir la caisse de sa cachette devant tous ces citadins.

Le citadin fouilla dans un portefeuille à la forme indéfinissable et se lécha le pouce.

Aujourd'hui c'est offert, dit Lane. Puisque vous en avez eu de mauvais.

Où est-ce que ça mord aujourd'hui ? Sans un merci.

Je veux pas être malpoli mais je vais pas avoir le temps de discuter, là. J'ai un problème à régler. Il poussa le troupeau renfrogné vers la sortie, ferma la porte derrière eux puis la rouvrit le temps de faire entrer Toby et le petit Mexicain et enfin il ferma à clé. Il composa le 911 et se boucha l'oreille pour ne pas entendre le glougloutement de la cuve à vifs. Lane Hollar à l'appareil, dit-il. De… oui, monsieur, c'est bien de là que j'appelle. 94 Fort Road.

Se demandant comment ils le savaient.

Mais n'envoyez personne ici. A la boutique. Le problème est au réservoir. On a un disparu et je crois qu'il est au fond.

Le réservoir, dit-il. Là d'où vient l'eau de vos robinets. A la rampe de mise à l'eau.

Il haussa les épaules. Oui, c'est ça. Y en a qui disent comme ça.

Il regarda sa montre. Je m'y rends au plus vite.

Il appuya sur le bouton du téléphone et composa le numéro de Darlene et comme ça sonnait dans le vide il chercha ses lunettes de lecture à tâtons sous le comptoir. Tout en feuilletant l'annuaire pour retrouver le numéro du *diner*, il demanda : Combien t'en as pour moi aujourd'hui, Chico ? Le petit Mexicain s'appelait Juan, mais après s'être fait corriger deux fois – Rrrrrrrouane, pas Ruane – il avait opté pour Chico.

Le petit garçon musclé, à la peau brune, posa sa boîte de conserve au couvercle dentelé sur le bord du comptoir. Seulement dix. Le sol est trop sec.

C'est toujours dix de plus que ce que les autres m'ont apporté. Lane se faisait livrer ses appâts par un fournisseur qui passait une fois par semaine mais il était toujours prêt à récompenser les efforts des gamins des environs, même si Chico était le seul à en faire. Lane trouva le numéro, le composa et demanda à parler à Darlene. Tandis qu'il patientait il chercha de la monnaie dans sa poche et, n'en trouvant pas, il sortit de son portefeuille un billet d'un dollar qu'il posa à côté de la conserve. Apporte-moi tout ce que tu trouves, dorénavant.

Il eut Darlene en ligne et l'écouta et dit : Je sais, je sais. Je ne t'appelle jamais là-bas, tu le sais bien. Si je t'appelle…

Il secoua la tête. Tais-toi donc et laisse-moi parler, comme ça tu sauras. Un gars s'est noyé, ce matin, au réservoir. On était à sa recherche.

Non, il va bien. Mais je n'ai pas pu le ramener à l'heure, je suis désolé.

Il allait pour parler mais se passa la langue sur les lèvres. Mais au centre de loisirs ils sont déjà partis à l'heure qu'il est, donc pour la natation c'est cuit.

Je vais le garder ici. Tu sais bien que ça me gêne pas. Faudra que je m'absente un peu mais ce ne sera pas long.

Il se passa les doigts dans les cheveux et se frotta les yeux. Si je le laisse pas ici faut que je le ramène sur le lieu de la noyade. Je suis *obligé* d'y retourner.

Très bien, dit-il. Je crois que ça vaut mieux. Lane reposa le combiné et regarda deux nouvelles voitures s'arrêter sur le parking gravillonné. Toby, ça te dirait de tenir un peu la boutique ?

Le regard de Toby croisa celui de Lane pour la première fois depuis qu'ils avaient quitté le réservoir. Tout seul ? Il tourna les yeux vers Chico puis son regard revint vers Lane.

Vous m'avez donné trop d'argent, dit le petit Mexicain. Dix vers ça fait que cinquante cents.

Chico, tes vers sont les meilleurs qu'on m'apporte. Pas coupés en deux. Bien conservés. Alors pour cette fois je vais payer les tiens plus cher. Mais tu gardes ça pour toi, sinon tout le monde va en vouloir autant.

Ça ferait un dollar vingt les douze. C'est plus que le prix où vous les vendez.

Des vers de ce calibre-là, ça fait revenir les gens. Ça vaut le coup de perdre quelques cents.

Non, dit le petit. Je peux pas faire ça. Il reposa le billet sur le comptoir.

Lane réfléchit et, sous les yeux de Chico, il sortit la caisse du bac à légumes du réfrigérateur, la plaça sous le comptoir et prit deux pièces de vingt-cinq cents qu'il donna au gamin. Voilà, maintenant tu connais la combinaison du coffre, dit-il.

Merci, dit le petit qui déverrouilla la porte et sortit tandis que s'engouffraient les nouveaux clients.

Tu penses pouvoir t'en tirer si je te laisse ici ? demanda Lane à Toby. On est jeudi donc y devrait pas y avoir trop de monde.

Sauf si quelqu'un veut un permis. Ça je suis pas sûr…

Non. Ça n'essaie même pas. Il faudra qu'ils attendent mon retour. Mais les appâts tu sais faire, non ? Les poissons-nageurs ?

Oui.

Un trémolo dans la voix du garçon que Lane ressentit comme de la fierté.

Lane fit un saut dans les toilettes pour enfiler des vêtements froissés mais secs pris dans un sac-poubelle posé sur le chauffe-eau et ranger sa défroque mouillée dans un autre. J'oubliais les taxes, dit-il lorsqu'il réapparut. Ça ce sera trop dur.

41

C'est que des pourcentages. On a appris ça depuis long-temps. Je te regarde tout le temps les faire.

Très bien. Si t'as un problème t'as qu'à le noter. On le réglera après. Il faudrait que tu changes de vêtements.

Ils sont secs, dit Toby en tirant sur sa chemise de coton fin. Je peux parler du poisson qui s'est sauvé ?

Seulement si tu dis pas trop de mal de moi.

Le visage de Toby s'illumina et Lane sut qu'ils étaient récon-ciliés.

Je pourrai dire à Maman que j'ai gardé la boutique tout seul ?

Voyons d'abord comment tu t'en sors. Et ce que ça donne là-bas. Ensuite on verra ce qu'on dit à Darlene. Quand tu n'as pas de clients tu peux balayer le sol et épousseter les étagères. Raccrocher les poissons-nageurs au bon endroit. Vérifier qu'il n'y a pas de poissons morts dans la cuve. Toutes choses que le garçon était en mesure de faire.

Ça fait pas mal de choses, dit Toby, et le sens de ses vastes responsabilités se lut dans le blanc de ses yeux grands ouverts.

7

Lane revint à la rampe de mise à l'eau après s'être absenté plus longtemps qu'il n'aurait voulu et se gara derrière une voiture de police vieille de cinq ans serrée derrière le pick-up que NonBob avait récupéré en son absence. Assis sur le plateau de bois, NonBob fumait une cigarette et parlait à un garçon musclé que Lane trouvait à la fois trop petit et trop jeune pour faire respecter la loi. Lorsque Lane descendit, l'adjoint rajusta son chapeau et tapota les instruments fixés à sa ceinture. Comme un civil vérifierait que sa braguette est fermée. Son pistolet sur le devant, comme une érection. MARTIN, disait son insigne. S'il ne l'avait pas volé à un adulte.

Vous devez pas être celle que j'ai eue au téléphone, dit Lane.

C'était la standardiste.

Vous employez quelqu'un uniquement pour répondre au téléphone ?

C'est la définition d'une standardiste.

Dick ne vient pas ? Le shérif, éprouva-t-il le besoin d'ajouter. Des fois que le petit nouveau ne connaîtrait pas son chef. Ou depuis trop peu pour avoir retenu son prénom. C'était peut-être son premier jour. Les adjoints c'était censé être maigre et dégingandé, simple et cordial. Pas comme celui-ci.

Un air de contrariété qu'il ne fit aucun effort pour dissimuler traversa le visage de l'adjoint. Dites-moi à quoi vous pensez qu'on a affaire, vous.

Faisant abstraction de l'homme, Lane s'adressa à l'uniforme. On a affaire à un canoë qu'a des traces de sang, des cheveux et pas de passager. Les trois hommes regardèrent un moment dans le canot. Et le passager il est dans l'eau.

Qu'tu dis, fit NonBob. Moi j'ai rien vu qui le prouve.

Il s'est cogné la tête contre le bateau. Je l'ai entendu. Ou quelqu'un l'a cognée pour lui. Après ils ont fait le tour et ont tiré dans ma direction.

Qu'est-ce que le bateau fait dans votre pick-up ? De près, Martin sentait le cirage, une odeur qui donnait toujours envie à Lane de se tenir au garde-à-vous ou de se mettre à couvert. Où était-il quand vous l'avez trouvé ?

Il a dérivé sur le lac jusqu'à l'endroit où je pêchais. Y avait du brouillard. Lane pointa son doigt vers les roseaux de l'autre côté. C'est le bateau de William Bean. Etrange dans sa bouche, ce nom dit comme ça, en deux mots. Y a aussi son pick-up sur le parking. Mais pas lui.

Ce bon vieux Billy Bean. Si Martin avait fait le moindre effort pour cacher son plaisir, il avait été de trop courte durée pour qu'on le voie. Peut-être noyé.

Ou pas, dit NonBob.

Un grésillement surgit de la voiture de l'adjoint qui regarda sa montre, marcha jusqu'au véhicule et décrocha la radio à moitié assis sur le siège, les pieds sur le gravier.

Tu pourrais m'aider un peu, là, NonBob. Au lieu d'essayer de me faire passer pour un imbécile.

C'est pas parce que t'as la tête vermoulue qu'il faut que je prenne l'exemple. Moi j'ai ni vu ni entendu tout ce que tu racontes.

D'autres voitures longeaient maintenant le lac. Une vieille berline bleue avec une lumière rouge ventousée au toit au-dessus du chauffeur. Juste derrière, la nouvelle Crown Vic du shérif puis une Subaru Justy comme Lane pensait qu'on n'en voyait plus. Et plus loin, du côté de la ville, le whoup whoup caractéristique de l'équipe de secours.

D'où sortent ces gens ? dit Lane.

Les gens qu'ont un scanner radio, c'est tous des cow-boys. Y en aura cent de venus avant que t'aies le temps de dire ouf.

Le shérif dit quelque chose à Martin puis s'approcha, jeta un œil dans le canot et dit : C'est toi qu'as lancé ça, Hollar ?

Oui Dick, je confirme. J'étais en train de pêcher de l'autre côté du lac quand j'ai entendu un gros bruit sourd. Le genre de bruit que fait une tête contre un bateau. Y avait du brouillard et quand j'ai vu le bateau qui dérivait tout seul j'ai su qu'il y avait quelque chose qui clochait.

T'es sûr qu'il y a quelqu'un dans l'eau ? Une fois que la machine est lancée on peut plus l'arrêter. Et c'est pas bon marché.

J'aurais pas cru que ça coûtait si cher de regarder dans l'eau.

Maintenant on fait plus ça nous-mêmes. Une fois que les équipes de recherches sont alertées, ça dépend plus de nous.

Il est là-dedans. Ça ne fait pas de doute dans mon esprit.

Dans le mien si, dit NonBob.

Le shérif s'engagea sur le ponton et Lane et NonBob le suivirent et le ponton s'affaissa plus qu'il n'était agréable de le sentir et quand le pied de Martin quitta la passerelle Dick Trappel dit à NonBob : Thrasher, si tu reculais un peu pour voir. Quand Martin prit sa place le ponton s'enfonça et pencha sur le côté. Comme si Martin était fait de pierre.

NonBob se posta sur la rampe de mise à l'eau, renfrogné, les mains au fond des poches. Demandez lui donc pourquoi il avait la figure pleine de boue, dit-il.

On reviendra vers toi, fit Dick.

Si j'étais vous je lancerais l'alerte, shérif. Je ferais venir ces équipes de recherches.

Demandez-lui où il se cachait. Ce qu'il fabriquait.

Thrasher, tu la mets en sourdine. Je vais pas te le répéter. L'alerte est déjà lancée, dit-il à Lane. Ça ira jusqu'au bout maintenant. Il regarda dans l'eau, sans curiosité apparente. Je pensais que Billy Bean serait mort autrement qu'en se noyant. Dans de l'eau, du moins.

Il s'est pas noyé tout seul, je crois pas. Ceux qu'étaient avec lui ont fait le tour et m'ont tiré dessus.

On t'a tiré dessus ? Avec un flingue ?

Non. Avec une sarbacane. Evidemment avec un flingue.

Pourquoi tu me dis ça que maintenant ?

C'est ce que j'essaie de faire depuis que je suis là mais personne n'écoute.

NonBob a une autre version, dit Martin.

Ils m'ont pas tiré dessus personnellement. J'étais caché dans les herbes et ils ont tiré dans l'eau juste derrière moi.

C'était qui ?

Ils sont partis avant que j'aie pu les voir. Moi j'étais accroupi dans les roseaux. Dans l'eau.

La figure pleine de boue, dit NonBob de l'endroit où il écoutait. Rambo Hollar.

Trappel reporta son attention sur NonBob. T'étais où, toi, Thrasher ?

Après les cabanes à carolins. Je suis venu par la ferme à Garner. Mais j'ai pas entendu de coup de feu. Ou d'autre voiture, comme il raconte.

Où exactement ?

Queque chose comme quinze mètres après la cabane. Ptêt vingt. Je pourrais vous montrer.

T'as forcément dû les entendre, dit Lane. T'étais plus près que moi.

NonBob secoua la tête et cracha dans l'eau.

T'étais où quand on t'a tiré dessus ? dit le shérif.

Lane prit le shérif par le bras, regarda par dessus son épaule et pointa le doigt de façon à ce qu'ils voient tous les deux l'endroit. Sentit son haleine de café. Juste là où ces roseaux s'en viennent dans le lac.

Y avait d'autres gens dans le coin ? T'as vu quelqu'un ?

Y avait que son petit-fils, dit NonBob. Et il a entendu la même chose que moi. Rien.

Et il est où ? Le shérif regarda autour d'eux, des fois qu'ils auraient marché dessus.

Il est à la boutique. C'est de là-bas que j'ai appelé. Sa mère ne veut pas de lui ici. Elle veut pas qu'il voie des cadavres.

Ils se turent un instant pour regarder l'arrivée d'un cortège de voitures ouvert par une petite Neon blanche dont la portière était barrée d'un panneau aimanté aux couleurs du *Courrier Hebdo*. Dick grommela entre ses dents lorsqu'une rousse filiforme en descendit et jeta un œil à la ronde. Martin, tu l'interceptes. J'ai pas de temps à perdre avec ça pour l'instant. Et tire-moi du ruban sur le périmètre sinon tout le monde et sa demi-sœur va débarquer. Il se retourna vers Lane. Si on est sur les lieux d'un crime, ici, je me fiche de savoir ce que pense sa mère.

Tu lui diras parce que moi je bégaie. Mais seulement quand je lui parle.

Le shérif mit la main à sa ceinture, posa son avant-bras sur la crosse de son revolver et parcourut des yeux la surface de l'eau. Ben merde en tout cas.

Tout de suite il serait facile à trouver. Mais s'il va se perdre dans les myriophylles.

Les professionnels sont en route. Le shérif regarda sa montre.

Ou si les tortues l'emmènent. Y en a des milliers là-dedans. Juste pour dire.

Les gars de l'équipe de recherches préfèrent quand le corps est bien planqué pour pouvoir s'amuser avec leurs joujoux de luxe.

Il fut un temps où je me serais mis en slip et où j'aurais été le chercher là-dedans. Et toi aussi.

Emmène-moi de l'autre côté et montre-moi où on t'a tiré dessus.

Y a un peu de courant par ici. Quand tu remontes un bateau tu le remarques. Si ça l'emporte dans ce…

Bon Dieu, Lane, c'est pas notre boulot.

T'aimerais que les tortues te chopent, toi, si t'étais là-dedans ?

S'il est là-dedans comme tu le prétends je crois qu'il s'en fiche pas mal. Allez viens. Martin, hurla-t-il. Tu laisses passer personne jusqu'à mon retour. Uniquement le personnel d'urgence.

Bien reçu. D'un ton fat, comme si rien n'était mieux fait pour lui que de commander.

Viens, dit le shérif.

Lane monta avec lui mais avant qu'ils aient dépassé les voitures en stationnement, il dit : Attends. Arrête-toi là. Je voudrais te montrer quelque chose dans le pick-up de Billy Bean.

Quoi ? Sans s'arrêter.

Primo, il est garé en marche avant et pas en arrière. Or la moitié du temps il démarre pas. Et secundo, je suis monté voir moi-même. Le levier de vitesses est au point mort et le frein à main est tiré.

Trappel lui lança un regard dur, tourna vers le parking et ils descendirent derrière la Ranger rouillée. Le shérif regarda à travers la vitre, ouvrit la porte et fit jouer le levier. Y a une vitesse de mise. Il débraya et le pick-up recula de quelques centimètres. Pas de frein à main.

Lane se pencha au-dessus de lui et connut un de ces instants où on ne sait plus où on est ni pourquoi. Il était serré. Je te jure qu'il l'était.

Ben, là, il l'est pas. Trappel le repoussa et dit : Allons-y avant que les plongeurs arrivent.

Quelqu'un y a touché.

Qui ?

Je sais ce que j'ai vu. Elle était au point mort et le frein à main serré. On l'a trafiquée.

De toute façon ça veut rien dire. La plupart du temps Billy Bean savait plus comment s'appelait le fils de sa mère.

Ils longèrent le lac aussi longtemps que la Crown Vic put avancer dans les ornières boueuses et lorsqu'ils descendirent Trappel se retourna vers la rampe comme un petit garçon se tourne vers sa maison quand il s'en va. C'est encore loin ? On aurait dû faire le tour par la route.

Lane ne répondit pas et se lança à travers les joncs et il n'avait pas parcouru quinze mètres que son pied s'enfonça dans la boue jusqu'à la cheville. Trappel n'entendit le floc que lorsque Lane décolla sa chaussure et fit un bruit à peu près semblable. Tu voulais voir, dit Lane. Alors viens voir. Lorsqu'ils parvinrent vers où Lane et Toby s'étaient tapis dans les roseaux, les deux hommes avaient le pantalon maculé et les chaussures méconnaissables. Trappel à bout de souffle.

Ils devaient être ici quand ils ont tiré.

Et vous, vous étiez où ?

On était juste là, au bord des roseaux. Lane pointa le doigt.

Comment se fait-il qu'ils ne vous aient pas vus ?

On était sous l'eau, sauf le nez.

Le shérif regarda Lane trop longtemps pour ne pas le mettre mal à l'aise. Pourquoi ils ont tiré ? S'ils ne pouvaient pas vous voir ?

Lane tourna les yeux vers l'eau et essaya de revoir les choses comme elles s'étaient produites. Le petit avait attrapé un maski. Un gros. Il a remué par là-bas et dans la brume ça a dû leur faire peur alors ils lui ont tiré dessus.

Qu'est-ce qu'il est devenu ?

J'ai coupé la ligne.

T'as coupé la ligne.

Devrait y avoir une douille quelque part. Ça avait l'air d'un automatique. Lane se mit à fouiller l'herbe du bout du pied.

Ils ont tiré plus d'une fois ?

Non. Le mécanisme faisait le bruit d'un automatique. Ce bruit claquant.

Et la balle, quel bruit elle faisait ? Pointe creuse ? Plate ? Quel calibre ?

Je vois pas ce qu'y a de drôle, Dick. Mais si tu veux tout savoir, ça ressemblait à un gros calibre. Genre un .45 ACP. J'en ai entendu assez pour le savoir. Un gros son mat. Comme un fusil de chasse.

T'entends, là ? Juste là ?

Lane tendit l'oreille et tourna les yeux vers la rampe de mise à l'eau où de nouvelles voitures étaient arrivées. J'entends des bruits. Pas un seul en particulier. Tu veux me faire entendre quoi ?

Le shérif regarda ses chaussures et dit : Chier. Allez on rentre.

C'est alors que Lane perçut le whoup whoup whoup d'un hélicoptère qui s'approchait à grande vitesse.

C'est seulement certains sons que j'entends pas, shérif.

Peut-être que si tu te mettais là-dedans les oreilles sous l'eau, tu l'entendrais. Le shérif commença à rebrousser chemin. Puis il s'arrêta et se retourna. Si on trouve pas un corps je te promets que je te coffre pour quelque chose. Même si je dois inventer pourquoi.

Lane n'était pas si loin derrière le shérif lorsqu'ils parvinrent à la voiture mais elle partit sans lui. En rentrant à pied, il glissa dans l'ornière et de la boue vint s'ajouter à ses genoux, à ses mains et à son humeur. Je sais bien ce que j'ai entendu, dit-il, en se demandant si quelqu'un n'avait pas un téléobjectif le filmant en train de parler tout seul.

*

L'herbe s'aplatit sous le souffle de l'hélico lorsqu'il redécolla, allégé de quatre hommes et d'une palette entière de matériel. Deux des hommes étaient déjà en combinaison et, une minute après l'atterrissage, avaient déjà enfilé des bouteilles et des palmes pour se mettre à l'eau en tirant des flotteurs. Après un lent survol du lac, de haut, l'hélico piqua plus près de la surface et suivit la rive.

C'est pas là-bas qu'ils vont le trouver, dit Lane.

Va savoir. NonBob dégaina une sèche et en proposa une à Lane et sans qu'il se l'explique Lane vit sa main la prendre et la cigarette se retrouva entre ses lèvres et allumée et Lane tira une bouffée et voilà qu'il s'était remis à fumer. Comme s'il n'avait jamais arrêté.

Sauf s'il a dérivé à contre-courant.

NonBob ricana. Ce serait bien le genre de Billy Bean. Lui et son esprit de contradiction.

Lane regarda la cigarette. Sonoma ? C'est quoi ces clopes ?

NonBob haussa les épaules. J'achète tout ce qu'est pas cher.

Elles sont bonnes. Mais j'en avais jamais vu.

Ramené ça de Deep Creek.

L'hélicoptère descendit doucement et des sédiments ruisse-
lèrent des enchevêtrements de myriophylles et ridèrent l'eau
derrière lui, vers l'endroit où les plongeurs se dirigeaient. Le
tout aussi officiel, impersonnel et insouciant qu'un exercice
d'entraînement. Je me souviens du temps où on buvait l'eau
de ce lac, dit Lane.

On la boit encore.

Je veux dire sans la traiter. Evidemment, on pissait dedans
aussi. C'est toute cette végétation qui lui donne l'air sale. Ils
vont rien y voir maintenant qu'ils ont fait remonter toute la
boue.

Ils ont l'infrarouge, dit quelqu'un. NonBob regarda Lane faire
tomber la cendre de sa cigarette. Tu refumes depuis quand ?

Maintenant. Même si je me demande bien pourquoi.

Rien qu'une fois j'aimerais apprécier une clope comme t'as
l'air d'apprécier la tienne. Moi la seule chose qui me reste c'est
l'habitude. Peut-être que je devrais arrêter quelque chose pour
pouvoir reprendre et montrer à quel point c'était dur. Comme
toi maintenant.

Il restait deux bons centimètres de cigarette avant le filtre
mais Lane la fit tomber dans les graviers et l'écrasa sous sa
chaussure boueuse.

Mets-toi-la donc dans le nez, face de rat.

Ces mots pouvaient être pris des deux façons – plaisanterie
raide ou franche injure. NonBob cracha entre ses bottes et fila
s'asseoir sur le plateau de son pick-up. Je commence à me
rappeler pourquoi je t'aimais bien.

Sans se laisser embarquer dans la querelle, Lane resta là à
regretter d'avoir éteint la clope. Observant l'hélico.

Au bout d'un moment, NonBob dit : Tu sais, peut-être que
j'arrêterai de fumer avant d'être vraiment accro comme certains.

A plus de cinquante balais c'est sûrement un peu tard. J'ai
peur que t'aies attendu trop longtemps. Probablement juste
assez longtemps.

S'en est fallu d'un cheveu.

A quoi tu joues, en tout cas ? Bon Dieu, je suis sûr que t'as
entendu la même chose que moi ce matin. Et d'ailleurs depuis
quand tu pêches, toi, en semaine en plus ?

Tu vas me dire mes droits avant de me faire parler ? J'ai bossé
dix-sept jours d'affilée pour finir un boulot à Deep Creek. Si
ça ça mérite pas une matinée de congé, je me demande bien

quoi. Mais baisée comme elle est maintenant j'aurais mieux fait de continuer à bosser.

Pas très élégant vis-à-vis de ce vieux Billy Bean, tu trouves pas.

C'est pas ce que je voulais dire. Tu le sais très bien. Ces petits Blancs de merde ont pas particulièrement besoin de nous pour s'accoupler et se reproduire et bouffer et se castagner et crever. Quand ils s'entretuent pas ils meurent d'une cirrhose ou de la syphilis. Ils se saoulent au point d'oublier de s'occuper du feu, de perdre leurs pieds en engelures. Ou de s'endormir au milieu de la route et de se faire écraser.

Du lac s'éleva un cri et l'un des plongeurs brandit une casquette de treillis Je t'avais dit qu'il était là-dedans.

Ou de tomber à la baille et de se noyer. J'ai jamais dit qu'il s'était pas noyé. Seulement qu'on l'avait pas noyé comme dans ton imagination.

Sous l'hélico une bouée orange tomba dans une gerbe d'eau au milieu de la végétation. Plus loin dans le lac que Lane n'aurait pensé.

NonBob se laissa glisser du plateau de son pick-up et ouvrit la portière et considéra le pêle-mêle de véhicules stationnés. On va plus pouvoir pêcher là-dedans aujourd'hui. Je m'en vais aller couper du bois. Le moteur démarra en vrombissant et en faisant voler la poussière.

Lane garda un instant la main sur le rétroviseur de NonBob. Comme s'il pouvait le retenir assez longtemps pour désamorcer la tension. Restaurer tant soit peu de leur ancienne amitié. Ce n'était pas que ça lui importait vraiment mais il avait l'impression que ça aurait dû. A supposer que ce ne soit pas la même chose. Ça t'arrive de penser que tu vieillis ? demanda-t-il.

Penser n'y changera rien. NonBob passa le levier en marche arrière.

Ben moi j'y pense, pourtant. Peut-être trop.

Ça risquerait d'être lassant. Ça t'use un homme. Si Dieu avait voulu que je pense, Il m'aurait fait cheval. Ou chien, ou cochon. Une de ces bêtes futées qu'ont tout le temps pour penser. Pendant qu'on leur apporte à boire et à manger et qu'on les gratte derrière les oreilles.

Lane ôta sa main du pick-up. Tu penses vraiment que c'était mon imagination, ce matin ?

L'un de nous deux vivait dans un monde parallèle. NonBob sourit de toutes ses dents et recula à vitesse régulière, glissant le large plateau du pick-up entre des voitures stationnées qui ne lui laissaient que quelques centimètres pour manœuvrer.

*

Lane se rapprocha du shérif lorsqu'ils ramenèrent Billy Bean, blanc et fripé et aussi mort que le tirliberly de Mathusalem. Les cow-boys de l'équipe de secours l'escamotèrent dans l'ambulance et disparurent avant que Lane ait eu le temps de l'étudier davantage. Comme s'il leur appartenait. Comme s'ils pouvaient le ramener à la vie s'ils se montraient assez officiels. Il portait l'empreinte du plat-bord sur toute la tempe comme si sa tête avait été moulée sur le canot, mais aucun signe de ce que Lane avait craint. Aucun morceau en moins. Content qu'ils soient arrivés avant les tortues, dit-il.

Ils sont bons dans ce qu'ils font.

Le canoë de Billy Bean est dans mon pick-up. Qu'est-ce que tu veux que j'en fasse ?

Tu peux le garder chez toi ? Le temps qu'on voie ce que ça donne ?

Tu veux pas faire relever les empreintes ?

Le shérif se tourna et se pencha vers Lane, l'air confidentiel, comme pour raconter une blague cochonne un dimanche à un pique-nique d'école. Lane, on va faire une autopsie. On est obligés dans les cas de mort sans témoin comme celle-ci. Mais je peux quasiment t'annoncer ce que le docteur Crawford va trouver : qu'il est tombé, qu'il s'est assommé et qu'il s'est noyé.

Et t'as pas l'intention de parler au petit ? Au moins ça ?

D'après Thrasher le petit avait pas l'air franchement enthousiasmé par ta version des faits.

Toby était contrarié à cause du poisson.

J'imagine. Le shérif fit un pas en arrière. C'est vrai ce qu'on m'a dit ? Tu bois plus ?

Plus depuis la mort de Mary. Y a neuf ans.

Plus du tout ? Même les soirs de fête et tout ça ?

Je suis pas allé à une seule fête depuis.

Dick Trappel regarda disparaître au loin les feux clignotants de l'ambulance. Je pourrais parler au petit. Je pourrais faire ça.

Billy Bean t'en serait reconnaissant.

Billy Bean n'en a plus rien à faire. Mais alors rien du tout.

Y en a qu'ont cette chance, dit Lane. Au bout d'un moment il fit voler un caillou dans l'eau d'un coup de pied et regagna son pick-up.

8

Lane resta près de la porte de la boutique à examiner un assortiment de plombs en essayant de ne pas laisser son cœur paraître à travers son manteau tandis qu'il écoutait Toby conseiller Sid Lore. Les achigans viennent juste de frayer, dit le petit. Dans quelques semaines peut-être qu'ils se remettront à mordre, mais je perdrais pas mon temps avec eux en ce moment. Promenez votre vairon contre le fond assez loin, là où y a plus d'herbe. A cinq, six mètres du bord. Le doré et le brochet sont par là-bas, au fond. La grosse perche aussi.

Sid fit un clin d'œil à Lane.

Le petit sait ce qu'il dit, lança Lane. Sachant que Sid attacherait le nez de son bateau à la même souche que d'habitude. Fixerait son bouchon des yeux tout en écoutant la radio jusqu'à ce que les Baltimore Orioles aient fini leur match. Puis rentrerait et s'enfermerait dans sa maison où nul ne savait ce qu'il faisait. La même chose, soupçonnait Lane.

Toby fit la monnaie et Sid la mit dans sa poche sans recompter et prit son vieux seau à vifs abîmé et s'arrêta à la hauteur de Lane. La tête aussi rouillée et cabossée que son seau. Il pousse ce petit, Hollar, dit-il. Comme si Toby n'était pas là.

Dame, comme une herbe folle. Tentant de ne pas parler comme tous les grands-pères mais s'entendant rater son coup.

C'est arrangé là-bas, je vais pouvoir mettre la barque à l'eau ?

Le monde est parti. Par contre ils ont sacrément remué l'eau.

Tous les poissons seront allés se planquer dans mon trou. A tous les coups. Il risque d'y en avoir une telle couche que je vais pas pouvoir descendre mes vifs jusqu'aux gros sans me les faire boulotter en route.

Quelque part au fond de lui Lane eut la tentation de s'offusquer d'une telle indifférence devant la mort d'un homme mais c'était un détachement qu'il connaissait. Vous avez peut-être raison, dit-il.

Y a pas deux façons de le savoir.

Sid traîna ses savates jusqu'à la porte et lorsqu'il fut sorti Toby demanda : Est-ce qu'ils l'ont trouvé ?

Lane hocha la tête et avança jusqu'au comptoir pour voir ce que le gamin avait vendu. Ouais. Content qu'ils soient arrivés avant les tortues. Voulant atténuer le choc du décès et réalisant qu'il suggérait une idée bien pire. Tout s'est bien passé de ton côté ?

Y en a un qu'a voulu que je lui fasse un prix. Ça l'a fait rire quand je lui ai dit qu'il faudrait voir ça avec toi.

Mon prix c'est mon prix. Les gens le savent.

La voiture de Dick Trappel entra doucement sur le parking. Toby, dit Lane, le shérif veut te parler. Dis-lui simplement la vérité.

Le shérif ? Toby parut se rétracter de quelques millimètres. La vérité sur quoi ?

Lane lui tapota sur l'épaule. T'as pas à t'inquiéter. Dis-lui seulement ce qui s'est passé là-bas ce matin.

J'ai rien fait.

Personne pense le contraire. Lane se rappela sa propre peur injustifiée de la police lorsqu'il avait l'âge de Toby et ce souvenir fut une stalactite qui le transperça dur et profond mais d'une certaine façon doux en même temps.

Comment va, monsieur Hollar ? lança Dick en entrant.

Ça doit être à toi qu'il parle, Toby. Moi j'ai jamais droit au Monsieur.

Bien. Msieur.

Lane retourna la pancarte de la porte du côté FERMÉ. Sachant que les clients cogneraient quand même tant que son pick-up serait sur le parking.

Ça te fait rien si je m'assois ? demanda Dick au garçon. Il se laissa glisser dans le vieux rocking-chair de Lane et Lane s'assit sur le comptoir et aida Toby à grimper à côté de lui.

Tu fais du base-ball ?

Toby secoua la tête. Pas en équipe ni rien.

Pas facile pour sa mère d'aller le conduire et le rechercher. Avec les heures qu'elle fait, dit Lane. Quand il va quelque part il faut qu'il prenne le bus.

Ton père, lui, pour jouer, il jouait. Ses lancers, au Frankie, c'était des vrais boulets de canon. Et ça m'étonnerait pas que ce soit encore le cas. J'étais au grillage du champ gauche une fois et j'ai pu regarder un de ses lancers vers le marbre, eh ben je te jure que cette balle-là n'a pas eu le temps de voler à trois mètres du sol. Un seul rebond, droit dans le gant du receveur.

C'est vrai ?

Frank on n'en parle pas trop, dit Lane.

Et quand il frappait il pouvait aussi te déformer une balle comme un œuf.

Je suis pas mauvais lanceur.

Et ta frappe ?

J'ai pas souvent quelqu'un pour me lancer des balles.

Faut que tu lui en fasses lancer à ce vieux schnock. Dick tapa sur le genou de Lane qui fut tenté de lui rendre la politesse, poing fermé. Pour la première fois il comprit combien Dick connaissait son métier. Il regarda sa montre. Tu devrais peut-être lui demander ce qui s'est passé, maintenant. Vit que la sympathie du garçon avait changé de camp.

On peut faire ça. Tu tenais un gros poisson ce matin à ce que j'ai compris.

Pap a coupé la ligne. Il l'a laissé partir.

Pourquoi crois-tu qu'il a fait ça, Toby ?

Quand j'ai vu le bateau de Billy Bean il m'a fait avancer et m'a poussé la tête dans l'eau. Jusqu'au nez.

Il fait ça juste parce qu'il est vieux et méchant ?

Je suppose que non. Toby raconta que le maski avait mangé un canard et quelle taille faisait le meunier noir qu'il avait accroché à l'hameçon. Comment il l'avait accroché. Et qu'il avait les cheveux mouillés à cause du brouillard.

S'il y avait tant de brouillard tu ne voyais sûrement pas jusqu'à la rampe de mise à l'eau. Qu'est-ce que t'as entendu ?

Billy Bean est arrivé et le truc qui relie le moteur aux roues marchait pas bien.

L'arbre de transmission ?

Non, dit Lane.

Laisse le petit répondre. Est-ce que c'était l'arbre de transmission ? C'est ça qui relie le moteur aux roues.

Toby regarda Lane, saisi d'un doute, non quant à son souvenir mais quant à ce que Lane avait raconté. Je crois. Peut-être.

D'accord. L'arbre de transmission ne marchait pas bien. Qu'as-tu entendu d'autre ?

C'était l'embrayage, dit Lane.

Qu'as-tu entendu d'autre, mon grand ?

Quelqu'un qui parlait. Et y a eu un boum dans le bateau. Et j'ai entendu un pick-up partir.

C'était dans cet ordre-là ?

Je crois.

Comment sais-tu que c'était un pick-up ?

C'était un gros bruit. Comme un bruit de pick-up.

Est-ce que ce bruit que t'as entendu ça aurait pu être M. Bean en train de déplacer son pick-up vers le parking ?

Ça aurait pu. Ouais.

Tu es sûr d'avoir entendu un boum dans le bateau avant ce deuxième bruit de moteur ?

Non. Je sais pas. Toby regarda Lane avec la même inquiétude dans les yeux qu'à l'arrivée du shérif. Je faisais attention au bouchon.

Avec un gros poisson comme ça dans le coin, j'en aurais fait autant. Saurais-tu dire si le pick-up que t'as entendu se trouvait en bas, du côté de la rampe, ou bien en haut sur le parking ?

Non.

Qu'as-tu entendu d'autre ?

Rien.

Si, Toby, y a bien autre chose, dit Lane. Raconte ce que t'as entendu après que le pick-up est passé.

C'est tout ce que j'ai entendu.

T'as entendu des gens parler.

Plus ou moins.

Tu saurais dire de quoi ? Dick se glissait dans la peau du grand-père, chaleureux et intéressé.

Hum hum. J'avais les oreilles sous l'eau.

Qu'as-tu entendu d'autre ?

Quelque chose a claqué sur l'eau. Je crois que c'était un castor. Un castor qu'a claqué de la queue.

C'était un coup de pistolet, dit Lane. Plus aussi sûr de lui qu'auparavant.

Est-ce que ç'aurait pu être un coup de feu, Toby ? Qu'est-ce que t'en penses ?

Le garçon regarda Lane comme si une raclée l'attendait en cas de mauvaise réponse.

T'inquiète pas, le rassura Dick. Dis-moi simplement ce que t'as entendu.

J'ai pas entendu de pistolet.

Lane s'aperçut en soupirant qu'il s'était retenu de respirer.

On dirait que t'es le seul à avoir entendu quelque chose, Lane. Dick se tourna à nouveau vers le petit. Est-ce que t'as vu quelqu'un ?

Toby détourna les yeux, regarda par la fenêtre. Non.

Le shérif se renversa dans le fauteuil et croisa les doigts derrière la tête. Sans que son ventre lui remonte dans les côtes comme autrefois. Qu'est-ce que t'en penses, Hollar ?

J'en pense que je devrais peut-être laisser tomber cette partie des opérations et la considérer comme une cause perdue.

Mais toi t'es sûr de ce que t'as entendu ? Et vu ? De l'enchaînement ? Après ce que ton petit-fils a raconté ?

Moins qu'avant.

Tu sais quoi ? Va y avoir une autopsie. Moi je vais inspecter la maison de Billy Bean, son pick-up et tout ce qui me passera par l'esprit. Reparler à NonBob Thrasher. Mais sauf éléments nouveaux, je ne vois pas ce que je pourrai faire de plus.

Moi non plus. Lane tambourina des doigts sur le comptoir. J'ai toujours le canot de Billy Bean dans mon pick-up. Qu'est-ce que tu veux que j'en fasse ?

Si t'as de la place décharge-le ici. Sinon rapporte-le chez lui. Comme ça t'arrange. Ou bien j'envoie quelqu'un le chercher.

Je vais le rapporter directement. Est-ce que Billy Bean avait de la famille dans le coin, quelqu'un à prévenir ?

Vu comme était Cricket, Billy Bean doit bien avoir trois cents ou quatre cents demi-frères et sœurs disséminés un peu partout. Mais de parents officiels, pas un seul à ma connaissance. Peut-être que ce patrimoine génétique est enfin dilapidé.

Lane tendit la main et trouva la poigne du shérif plus ferme et plus sèche qu'elle avait jamais été. Je te remercie d'avoir donné suite. Désolé pour le temps perdu.

Je suis là pour ça. Mais plus pour très longtemps.

On te regrettera. Quel que soit le prochain.

Ce sera Martin, selon toute vraisemblance.

Martin ? Sans qu'il sache comment, le visage de Frank s'était retrouvé vissé en haut de l'uniforme du jeune adjoint. C'est un gamin.

Il est plus vieux que j'étais quand j'ai débuté.

N'empêche. C'est pas la même chose.

Quand on regarde en arrière, on voit jamais la même chose que quand on regarde devant.

Mais l'esprit de Lane vagabondait à nouveau du côté du réservoir. Il espéra qu'il était fou. Que c'était d'avoir repensé au Viêtnam qui lui avait déglingué la boussole et peut-être fait voir et entendre des choses qui ne s'étaient pas vraiment produites. Que Billy Bean s'était vraiment cogné la tête en tombant, et qu'aussitôt qu'il serait en terre la vie se réenclencherait au cran normal.

9

En fin d'après-midi ils fermèrent la boutique, passèrent l'élevage de bisons à la sortie du bourg et arrivèrent chez la mère de Toby et entrèrent sans frapper.

Coucou, Pap. Les fins cheveux blonds de Darlene étaient en bataille et sentaient la friture quand Lane la serra dans ses bras. Le moelleux qui s'accumulait sous son jogging passé et son sweat large excédait les attributs de sa féminité, mais elle le portait bien.

DeeDee, je suis désolé de pas l'avoir ramené à l'heure pour aller nager.

Les gens devraient mieux choisir leur moment quand ils se noient. De toute façon j'aime pas savoir Toby dans l'eau quand il n'y a pas de maître nageur, alors c'est pas plus mal.

Si c'était le mien, je le laisserais pas traîner avec cette bande de rats d'église de toute façon.

C'est des gens bien. Et il a besoin de fréquenter des enfants de son âge.

Je craindrais plus de le voir se noyer dans leur doctrine que dans la flotte. Tu ferais mieux de me laisser le garder tous les jours.

Il m'a laissé tenir la boutique tout seul, dit Toby. J'ai rendu la monnaie et tout.

Rho, Lane, pour l'amour du ciel. Il est pas assez grand pour ça. Si j'avais su que vous alliez faire ça j'aurais pris un moment pour venir le chercher.

Ça lui a pas fait de mal. C'est foutre mieux que de traîner au *dîner* tout l'après-midi. Pour une raison qui lui échappait, sa langue se faisait plus grossière en présence de Darlene.

Ce n'est qu'un enfant.

Lane prit Toby par les épaules et le fit tourner sur lui-même, pour inspection. Pas de blessure par balle, pas de trace de piqûre, pas de suçon, rien, dit Lane. Lorsqu'il le lâcha Toby leur décocha un regard et disparut dans sa chambre.

Me parle pas de traces de piqûres, dit Darlene. Ça me terrifie.

Mais les suçons et les blessures par balle, ça passe ?

Les blessures par balle ne sont pas récurrentes et moi-même je ne serais pas contre un suçon de temps à autre. Mais y a de cette foutue drogue partout de nos jours.

Lane considéra cette idée et la jugea exagérée. L'abus de télévision, peut-être. Il te reste un peu de ce café ? dit-il. La maison de Darlene était à peu près le seul endroit que Lane trouvait chaleureux. Il jeta sa veste sur un tapis de course acheté par correspondance avant de la reprendre, de l'épousseter et de la poser plutôt sur une chaise de cuisine.

Pendant que vous y êtes, jetez-la un peu partout. Y a besoin de faire les poussières. Elle claqua le gros mug de Lane à sa place habituelle et se laissa tomber dans la chaise d'en face. Vous voulez un hamburger, quelque chose ? J'ai pas débarrassé.

J'ai à faire. Mais je fumerais bien une clope si t'en as une pour moi.

Oh ils sont tombés, les héros. Lorsqu'elle tendit le bras pour attraper son sac sur le plan de travail, derrière elle, son sweat remonta sur un ventre crémeux et une culotte rouge vif que Lane ne put s'empêcher de regarder. Ses Salem étaient sur le dessus mais elle dut fouiller pour sortir le briquet et parmi les débris figuraient un ticket de Keno et une boîte de pilules. Je vais me faire engueuler, dit-elle en les refourrant dans le sac.

Lane alluma sa cigarette et tenta de faire abstraction du menthol pour sentir le tabac tout en se demandant à laquelle des deux choses elle faisait référence. Ou s'il y en avait d'autres qu'il n'avait pas vues. Plutôt fier qu'elle n'ait pas l'air gênée devant lui. Ce que tu fais te regarde. Je n'ai rien dit.

Vous n'avez même pas besoin de parler. Ça suinte de tous vos pores.

Je sais pas ce que tu vois suinter, mais c'est pas ce que tu crois. Lane secoua sa cigarette dans le cendrier déjà plein. Dick Trappel a parlé de Frank à Toby, aujourd'hui.

Qu'est-ce que le shérif faisait à parler à Toby ?

A croire que les femmes s'arrêtaient toujours sur la mauvaise partie d'une phrase, pensa Lane. Il lui a simplement demandé ce qui s'était passé au réservoir.

Pourquoi ?

Lane examina le bout de sa cigarette et envisagea de s'imposer un embargo sur toute communication avec le sexe opposé. A l'écouter, on aurait dit que Frank était un super-héros.

Qu'est-ce qui s'est passé au réservoir ? A part que quelqu'un s'est noyé.

Rien à ma connaissance, dit Lane en se demandant comment les femmes faisaient pour vous forcer à dire le contraire de ce que vous pensiez. Billy Bean est tombé, s'est cogné la tête contre son bateau et s'est noyé.

Ça lui apprendra à laisser vingt-cinq cents de pourboire chaque fois.

T'es dure, Darlene.

La vie est une chienne et ça c'est le bon côté. Comment se fait-il que vous vous soyez remis à fumer ?

Je crois que je sais même pas pourquoi j'ai arrêté.

Voyons voir. Cancer du poumon. Emphysème. Ostracisme. Mauvaise haleine. Vêtements qui puent.

Si je meurs sans avoir usé ou détruit tous mes organes, je vais avoir l'impression de m'être escroqué.

Elle sourit et parut dix ans plus jeune. Dressées, les pommettes encadraient les yeux différemment et semblaient transformer le bleu ciel en bleu ruisseau. La difficulté, c'est que tout foute le camp en même temps. Comme sur ma Ford.

Pas faux, dit-il en écrasant le mégot sans pouvoir s'empêcher de renifler ses doigts ni de rire lorsqu'elle éclata de rire. Sois pas surprise si Toby te pose des questions sur Frank. Maintenant que Dick l'a remis sur le tapis.

Frank est son père après tout. Ça n'aurait rien de si extraordinaire.

Un père ça reste à la maison et ça prend soin de sa famille. Contrairement à un connard. C'était un vieux sujet de discorde. Je comprends pas pourquoi tu te trouves pas un homme bien.

Un homme bien, c'est marié. Et comme j'ai déjà eu l'occasion de vous le dire, un homme bien j'en avais un et je l'ai laissé partir. Et les hommes bien c'est ennuyeux. Moi je les aime avec des anneaux dans le nez et des méchants tatouages. Et des Harley.

Darlene, voyons. Sachant qu'elle le faisait marcher mais pas autant qu'il voulait le croire.

Elle rit. Je croyais que vous aviez des trucs à faire. Même si ce n'est pas le cas, moi j'en ai. Il se leva et l'embrassa et elle ferma un bouton de sa chemise de flanelle et chassa quelque chose de son épaule. Faut que vous cessiez de vous inquiéter pour moi. Pour nous. On se débrouille bien.

Tu serais mieux avec un homme. C'est tout ce que je dis.

Dans ce cas, laissez-moi formuler la chose autrement. Occupez-vous de vos fesses. Les hommes, c'est comme ce tapis de course là-bas. Ça te paraît vachement plus utile et nécessaire dans le magasin qu'une fois que tu l'as à la maison.

DeeDee... tu sais que je disais pas ça pour te critiquer. Si tout le monde était comme toi... Ne trouvant pas les mots pour aller au bout de sa pensée, il tourna les talons, ouvrit la porte et sortit.

Je ne travaille pas demain ni samedi, alors ne passez pas chercher Toby le matin, lança-t-elle du perron. Y a du travail pour dix ici. Et dimanche, on a un pique-nique avec l'église.

Tu devrais faire la grasse mat et récupérer quand tu travailles. Laisse-moi donc le petit.

Il est temps qu'il apprenne à travailler un peu à la maison.

Bizarre que ça tombe justement maintenant, pensa-t-il sans le dire. Au moment où un peu de compagnie ne m'aurait pas fait de mal. Où la présence d'un homme ne ferait pas de mal au petit. Très bien, dit-il, c'est toi le chef, et il reprit son chemin.

Vous avez un trou dans le fond de votre pantalon. Rapportez-le-moi que je le raccommode. A moins que vous ne montriez vos fesses pour frimer. Ou alors achetez-vous un slip en jean.

Il passa la main sur son jean. Comment c'est arrivé là, ça ? Je frimais pas, je t'assure.

Vous devriez.

Il s'arrêta et jeta un regard vers sa belle-fille en se demandant une fois encore comment il avait pu engendrer un fils assez stupide pour la quitter.

Ou mieux, dit-elle, si vous vous en achetiez un neuf ? Prenez un taille basse, c'est la mode.

Ça doit faire un demi-siècle que j'en porte des comme ça. Je pense que ça fera l'affaire encore un peu.

Lane essaya la porte du garage de Billy Bean et fut surpris qu'elle s'ouvre et plus surpris encore de constater que le pick-up avait été reconduit ou remorqué jusqu'ici. Il examina la poignée et s'aperçut qu'il n'y avait pas de serrure et se demanda pourquoi ça lui semblait curieux. Puisque la sienne n'était que rarement verrouillée.

Il recula son véhicule jusqu'à la porte, fit glisser le canoë sur le sol de béton et il eut comme une sensation d'inachevé alors il accrocha le gilet de sauvetage à un clou sur le mur et resta là un instant avant de jeter un œil dans le bateau puis à l'arrière de son pick-up. Puis dans le pick-up de Billy Bean. Où est la pagaie ? dit-il, et ses yeux se dirigèrent vers l'établi contre lequel elle était appuyée, près de l'endroit où il avait suspendu le gilet. Fallait vraiment que tu sois bourré, dit-il. D'une voix vieille et solitaire. Bourré comme un coing. Pour que tu oublies ta pagaie.

Après avoir sorti la canne et la boîte à pêche et les avoir posés sur l'établi il retourna le canoë et jeta un dernier regard dans le garage avant de baisser la porte avec le sentiment de laisser quelque chose de sa vie à l'intérieur. Sans savoir avec certitude si c'était une bonne ou une mauvaise chose.

Il roula jusqu'aux Pompes Funèbres Lewis, à Hardly, et trouva porte close et patienta un peu dans la voiture puis redémarra pour aller jusqu'à la station-service où il fit la queue les mains vides parmi des inconnus tenant des sachets de chips, des packs de bière et des gobelets de café. Donnez-moi un paquet de Sonoma, dit-il en posant deux dollars sur le comptoir quand son tour fut venu.

OK, j'ai droit à un indice ? Parce que je sais pas ce que c'est.

Des Sonoma. Les cigarettes.

Jamais entendu parler.

Alors un Marlboro. Souple.

Ça fera 3,99, dit la fille.

J'en veux juste un paquet.

Peut-être que dans votre pays, là où ils font vos Sonoma, on trouve des paquets de clopes à deux dollars. En Alphabeckistan, peut-être bien. Elle répéta le prix et attendit de revoir son portefeuille pour sortir le paquet du présentoir fixé au plafond. 4,23, dit-elle. Taxes comprises. Elle tapota le comptoir du bout des ongles en attendant que Lane sorte encore un dollar.

Vous auriez des allumettes ?

Pourquoi moi, dit quelqu'un derrière lui dans la queue. C'est toujours pareil, putain.

Je peux vous vendre un briquet.

Lane ressortit de la station-service de six dollars plus pauvre et s'arrêta pour en allumer une et la regarda et lui dit : Trente cents la pièce. Ça fait dans les quatre cents le centimètre. Là t'es sûr que tu vas la fumer jusqu'au filtre. Il retourna aux pompes funèbres et comme les lieux étaient toujours déserts, il rentra à la boutique, alluma les lumières et tourna la pancarte du côté OUVERT, juste au cas où, même si presque personne n'achetait d'appâts ou de matériel le soir. Muni de sa paire de lunettes de lecture WalMart abîmées il trouva, non sans mal, le numéro de Lewis, et lorsqu'il appela il y eut une série de bruits de connexion et une petite voix basse dit : Allô ?

J'essayais de joindre les pompes funèbres, dit Lane.

Ah, oui. Ici Clifton Lewis. Que puis-je faire pour vous ?

Un homme est mort ce matin et je me demandais s'il y avait déjà quelque chose de prévu. J'imagine que non mais je me suis dit qu'il valait mieux vérifier. Ici Lane Hollar, au fait.

Pourrait-il s'agir de M. Bean, par hasard ?

William Bean. C'est ça. A nouveau ce nom en deux mots lui sembla étrange.

Toutes les dispositions ont été prises, mais il n'y aura pas de cérémonie. Il doit être incinéré à sa sortie de chez le coroner.

Lane resta un moment sans trouver ses mots.

Y avait-il autre chose ?

Eh bien, qui a pris ces dispositions ? Je savais pas qu'il avait quelqu'un.

M. Bean s'en était occupé il y a quelques années. Au moment de M. Bean père… en même temps.

Lane se rappela vaguement une histoire qu'un gars avait racontée, Billy Bean s'enlisant dans la neige et versant les cendres de Cricket sous ses pneus pour retrouver de l'adhérence. Le vieux avait enfin été utile à quelqu'un. Billy Bean a fait tout ça lui-même ?

M. Bean. Oui, monsieur.

Attendez, on parle vraiment de la même personne ? Billy Bean. Un homme maigre, l'air coriace. A peu près aussi affûté qu'une pastèque.

Il y a quelques années que je ne l'ai vu. Mais oui, pour le physique, j'imagine qu'on peut le décrire en ces termes. Quant au reste, je ne serais pas qualifié pour le commenter.

Quand est-ce que tout ça est prévu ?

J'attends le corps pour ce soir. A vrai dire, je croyais que c'était le coroner qui appelait.

Bien.

La prévoyance obsèques est une chose à laquelle vous devriez penser vous aussi, monsieur Hollar. C'est une source d'économies considérables, tant sur le plan financier qu'en termes de stress pour ceux qui vous sont chers. C'est une solution de plus en plus prisée. Quand on a le souci de sa famille.

J'ai prévu de partir nulle part avant un moment. Pour être franc avec vous, j'ai encore un peu de mal à me faire à cette idée.

Puis-je faire autre chose pour votre service ?

Non, je pense pas. Quand un type en arrive à avoir besoin de vos services, c'est que plus personne peut faire grand-chose pour lui. Pas vrai ?

Tout est une question de point de vue, monsieur. Une certaine dose de cérémonie favorise considérablement le processus de deuil.

Eh bien, moi je le vois pas d'où je suis, dit Lane, et il raccrocha et se sentit vide, fourvoyé. Après avoir fumé deux autres cigarettes, il éteignit les lumières et resta un instant les yeux plongés dans le crépuscule à regarder vers la maison de Billy Bean, à trois kilomètres de là. Il ferma la boutique et retourna au garage de Billy Bean et releva la porte et resta dans la pénombre à écouter et sentir et humer les alentours.

Le pick-up de Billy Bean était petit et sentait la graisse chaude et la bière éventée et le siège s'affaissa sous le poids d'une fesse si bien que Lane eut l'impression d'être assis dans une voiture pour enfant récupérée dans une benne à ordures. Au bout d'un moment il serra le frein à main, le desserra lentement, le resserra, le desserra d'un coup, et les deux fois il sentit qu'il ne s'était jamais desserré. Comme sur n'importe quelle vieille voiture qui a passé des années sur des routes salées.

Il alluma le plafonnier du garage mais on ne voyait rien sous la voiture alors il alla chercher une lampe torche dans son pick-up, se glissa sous le châssis et resta en arrêt devant les traces d'impact récentes sur le tambour. Que quelqu'un avait essayé d'effacer. Un frisson sans lien avec l'air du soir lui parcourut la nuque.

Son dos craqua lorsqu'il sortit d'en dessous et il gémit et resta penché le temps de parvenir à se décoincer puis il marcha jusqu'à l'établi et ouvrit la boîte à pêche qu'il avait posée là un peu plus tôt. Il resta en arrêt devant une boîte à vifs pleine de plombs, bouchons et émerillons et regarda la canne à mouche qu'il avait également posée là. Faut le faire. Lancer des plombs avec une canne à mouche. Sans appât.

Peut-être qu'il entendit un bruit, peut-être qu'il sentit un regard. Mais il n'était pas seul. Il empoigna la lampe torche, se tourna de la façon la plus naturelle possible en la circonstance et décela une forme sombre sous les arbres qui bordaient la cour et sans s'y arrêter il laissa glisser son regard jusqu'à sa montre, comme s'il était en retard pour quelque chose, puis s'avança jusqu'à la porte, éteignit le plafonnier et recula aussitôt dans l'obscurité du garage, derrière le pick-up de Billy Bean.

Ainsi caché dans l'ombre, il savait qu'on ne pouvait pas le voir alors il attendit et surveilla et au bout d'un moment l'homme posté sous les arbres approcha et Lane reconnut à la fois la silhouette courte et musclée et la voix. Nom d'un chien, Hollar, mais qu'est-ce que vous fichez là-dedans ?

J'attends de voir qui se cache dans les buissons. Comme un vulgaire criminel.

Lane sortit du garage et rejoignit l'adjoint Martin à découvert, dans l'allée, et cette fois il ne sentit pas une odeur de cirage mais une odeur de transpiration et de chaleur et il s'aperçut que l'homme était en short et en débardeur. Je faisais mon jogging et j'ai aperçu de la lumière, dit Martin. Là où il n'était pas censé y en avoir.

Je rapportais le bateau, dit Lane. Et je rangeais les affaires de Billy Bean à leur place. Se demandant combien de temps il avait été observé. Il alluma sa lampe et la dirigea vers le visage ruisselant de Martin qui recula et trébucha, sa main cherchant à saisir l'arme qu'il avait habituellement à la ceinture, et Lane s'aperçut que le jeune homme avait peur de lui. Tout beau, tout beau, dit-il. A peu près sûr que l'adjoint l'avait surveillé durant un moment.

Martin poussa un rire nerveux, chargé d'adrénaline. Vous m'avez surpris.

Je savais pas que vous habitiez dans le coin.

Je suis pas du coin. J'habite après la vieille tannerie.

Lane regarda derrière lui. Vous êtes garé où ?

Je suis venu en courant.

A pied ? Il savait combien la remarque était stupide mais fut incapable de ne pas la faire. Doit y avoir huit ou dix kilomètres.

Probablement un peu plus de onze jusqu'ici. Le jeudi je fais trente kilomètres.

Vous devriez les faire dans une autre direction. Aller là où les gens se moquent que vous rôdiez dans l'obscurité, les jeudis. Par là-bas. Le second jeudi de la semaine c'est le jour où ils s'en fichent, par là-bas.

Bon, dit Martin. Il faut que je reparte avant d'avoir des crampes. Fermez ce garage et allons-nous-en.

Lane abaissa la porte et écouta les pas de Martin s'éloigner dans l'allée. Trop légers pour un homme vraiment au pas de course. Il grimpa dans son pick-up et, parvenu au bout de l'allée, la boutique de pêche vide et solitaire lui vint à l'esprit alors il s'arrêta pour allumer une cigarette et cette odeur le ramena dans le temps et comme si le passé était à la barre sur le siège d'à côté il prit à droite au lieu de prendre à gauche, direction Rooster's Bar & Grill. Juste un moment, dit-il à voix haute. Juste histoire de parler un peu.

10

Le vieux pick-up Ford bleu se glissa à la place habituelle de Lane sur le parking comme une vache laitière dans sa stalle. Comme s'il ne l'avait pas désertée depuis neuf ans. Sous le bourdonnement du lampadaire, Lane termina sa cigarette et ne reconnut aucun des six ou sept véhicules stationnés mais la poignée de la porte lui parut familière et lorsqu'il poussa de l'épaule le battant qui frottait ce fut comme s'il entrait dans l'ombre de sa propre chambre. Comme s'il pouvait fermer les yeux et, d'un pas assuré, aller directement au bar, au billard ou aux toilettes. Il prit un tabouret en bout de bar et pivota pour jeter un regard à la ronde. Si quelque chose avait changé, il aurait été bien en peine de le dire.

Alors, Larry, dit-il lorsque le barman vint à lui.

Lane. Je savais pas que tu sortais déjà.

Lane envisagea son exil volontaire et, ne le trouvant pas sans rapport avec la prison telle qu'il se l'imaginait, il fila la plaisanterie. Encore une ou deux semaines et j'étais bon pour la conditionnelle. Mais je me suis quand même fait la belle. Je m'ennuyais trop.

Sans lui demander son avis, Larry tira pour Lane une Coors Light pression, penchant la tête pour que la cendre de sa cigarette ne tombe pas dans la chope. Il était devenu plus maigre que jamais, avait le regard éteint.

Qu'est-ce que tu deviens ? dit Lane. T'as bonne mine. Quand Larry répondit en grimaçant du coin de la bouche, Lane but quelques gorgées, les avala et ce trait froid fut une sensation intime. Comme quand on remonte sur un vélo. C'est pas aussi amer que dans mon souvenir, dit-il.

T'as bien dû en boire depuis la dernière fois que t'es venu. Ça fait combien… quatre ans ?

Neuf. 1998. Dernière bière que j'ai bue. Lane leva les yeux et regarda le bar. Je connais personne.

Larry haussa les épaules. C'est toujours la même bande. Qui c'est que tu connais pas ?

Lane plissa les yeux pour percer la fumée de cigarette. Tout le monde. Où il est Tuesday Price ?

Il s'est rangé, Tuesday, il est marié. Il a eu deux gosses. Avale-moi ça, que je sois pas obligé de revenir tout de suite.

Lane vida le fond de sa chope et la passa à Larry pour qu'il refasse le plein. Et Point Mort, je le vois pas non plus.

Larry fit un grand sourire. Non. Finalement il l'a passée, sa première. Y en a qu'arrêtent, y en a qui meurent, mais y en a toujours qui s'y mettent ou qui deviennent majeurs. Ils ont d'autres noms mais c'est la même bande.

Voilà une pensée déprimante. Il essaya de s'imaginer celui qu'il avait remplacé et se sentit un peu meilleur, réconforté à cette pensée.

Tu veux que je te fasse une note ?

Non, je vais te régler ce que je bois. Lane posa des billets pliés sur le comptoir et Larry prit un dollar qu'il mit dans la poche de sa chemise. Avant c'était vingt-cinq cents, la pression.

Ça c'était y a quatre augmentations. La première est pour la maison.

Un dollar. Je suis pas sûr qu'une pression vaille un dollar.

Ben t'es pas obligé de la boire.

J'avais oublié à quel point cet endroit était déprimant. J'aurais dû aller à l'église. Ça m'aurait mis le bourdon sans que j'aie besoin de dépenser un dollar pour une bière.

Larry éclata de rire. Lane Hollar. Comment on a pu vivre tout ce temps sans ton charme et ta grâce.

Bah. Je suis juste de mauvaise humeur. Ça fait plaisir de te voir.

Moi aussi, Lane. Très plaisir. J'y croyais plus. Est-ce que t'as ton banjo ?

J'ai pas joué depuis que le groupe s'est séparé.

Ressors-le un de ces jours. Amène-le et joue-nous un air.

Tout seul c'est pas très drôle.

Demande à NonBob. Il aime encore jouer.

Merde, dit Lane comme s'il en avait découvert un bout entre ses dents.

Eddie et Paul traînent toujours par ici. Je parie qu'ils seraient prêts à s'y remettre.

T'es au courant pour Billy Bean, j'imagine.

Qui l'est pas ? Je vais probablement devoir prendre un autre emprunt pour payer ma facture d'électricité maintenant qu'il est plus là. L'action des brasseries Pabst a perdu trente-sept cents cet après-midi.

Je me demandais s'il venait toujours ici.

Moi des fois je me demandais s'il rentrait chez lui. Larry s'éloigna pour aller resservir des clients à l'autre bout du bar et pendant ce temps Lane se rendit jusqu'au juke-box et en déchiffra le mode d'emploi et chercha la fente à monnaie mais ne trouva qu'une fente à billets et comme il n'avait rien de plus petit qu'un billet de cinq il jeta un regard vers Larry, marmonna un juron et laissa son argent se faire happer par la machine. Il finit par trouver du bluegrass à un bout, à côté de marches militaires allemandes et de morceaux de big bands. Il n'y avait que deux albums alors il parcourut la liste et tapa les numéros jusqu'à ce qu'il arrive au bout de ses crédits. Bien plus tôt qu'il n'aurait pensé.

Tiens, dit Larry lorsqu'il regagna son siège. Tu vois que t'aimes toujours le bluegrass. Si t'as l'intention de revenir j'en mettrai davantage sur la bécane. La plupart de ceux qui viennent maintenant en écoutent pas.

Lane regrettait son billet de cinq dollars et dit : T'embête pas. Il alluma une clope et s'aperçut que Larry n'avait jamais pu savoir qu'il avait arrêté. Il traînait avec qui, Billy Bean ?

Avec tous ceux qui voulaient bien l'écouter. Ça fait pas grand-monde. Il considéra les clients un par un. Sandy, peut-être. Elle arrivait à le supporter s'il était pas rendu trop loin dans sa cannette.

Lane jeta un nouveau coup d'œil et finit par repérer la jeune femme brune, à moitié cachée derrière une borne de jeu vidéo qui trônait à l'autre bout du comptoir.

On dirait Jodie. Sous cette lumière, du moins.

Sandy est la petite à Jodie. Jodie a pas trop la santé. Elle sort pas beaucoup.

La dernière fois que j'ai vu Sandy c'était qu'un tout petit bout de fille. Elle a fait du chemin.

Paraît que c'est toi qu'as appelé le 911 pour Billy Bean.

Ouais. On était en train de pêcher avec le petit-fils et j'ai entendu un boum sur le bateau et au bout d'un moment le voilà qui sort du brouillard avec des traces de sang.

Je me disais bien qu'il finirait par se noyer, mais j'aurais cru que ce serait dans une bouteille. Larry posa deux verres à liqueur sur le comptoir, les remplit à ras bord d'un liquide transparent qui coulait d'une bouteille sans étiquette et en poussa un devant Lane.

Tiens tiens, qu'est-ce que ça peut bien être ? Goûtant déjà la brûlure nette et dure du bourbon de baignoire que Larry facturait aux touristes deux fois plus cher que le blended whisky.

De l'eau minérale, dit Larry. A ce bon vieux Billy Bean.

Ils trinquèrent et Lane sentit l'alcool couler dans sa gorge comme un glaçon recouvert de cayenne. L'embrasement froid se propageant depuis le cœur comme un champignon atomique.

Billy Bean s'est endormi sur le bar hier soir, dit Larry. Je l'ai réveillé et je lui ai dit : Je pisse pas dans ton lit alors tu dors pas dans mon bar. C'est les derniers mots que je lui ai dits. Peut-être les derniers qu'il ait entendus.

Ça a pas de sens. Ça a l'air de vouloir dire qu'un bar c'est fait pour pisser.

Quand tu parles à Billy Bean t'as pas besoin de dire des choses sensées.

Il avait des problèmes ? A ta connaissance ?

Quand est-ce qu'il en avait pas ? Rien de particulier à ce que je sache.

Je me disais juste qu'il avait peut-être parlé de quelque chose.

Tu devrais passer une semaine derrière le comptoir. Entendre tout ce que j'entends. Tout se mélange.

Ecoute ce morceau. "Muddy Waters". C'est les Seldom Scene qui jouent ça. La moitié d'entre eux sont morts aujourd'hui. Duffey. Charlie Waller.

Waller faisait pas partie des Scene. Il en a jamais fait partie.

Ouais, mais c'est dur de penser à Duffey sans Waller. Toutes ces années ensemble. Ils sont tous les deux morts, en tout cas. Tous les grands anciens le sont. Jimmy, Carter, Lester*.

Pas Auldridge. Ecoute-le taquiner ce Dobro. Tout le talent musical de Larry aurait tenu dans un verre à liqueur et il y aurait

* Jusqu'à la fin des années 1960, John Duffey joua aux côtés de Charlie Waller et des Country Gentlemen, l'un des plus importants groupes de musique bluegrass avec les Seldom Scene. Les autres musiciens mentionnés sont Jimmy Martin, Carter Stanley et Lester Flatt. (*Toutes les notes sont du traducteur.*)

encore eu de la place pour trois centilitres d'alcool, mais il connaissait les paroles de toutes les chansons que Lane avait jamais entendues, la marque des instruments dont jouaient les musiciens, l'épaisseur de leur médiator et le nom de leurs petits-enfants.

Maintenant il faut dire guitare à résonateur, dit Lane. Dobro aime pas que son nom soit galvaudé.

Voilà comment le monde reste branché. On change le nom des choses et si tu connais pas le nouveau nom t'es qu'un imbécile arriéré. Même si la chose est strictement la même et qu'eux ne se souviennent pas de l'ancien.

Y a pas grand-chose qui change, dit Lane. Seulement notre façon de voir. Quelles choses on choisit de regarder.

Larry fit le tour du comptoir et à son retour il dit : Alors qu'est-ce que t'as fait tout ce temps à part ne pas boire ?

Rien de rien. Vendu des vers de terre.

T'es ennuyeux comme gars, je sais pas si t'as idée.

Lane rit. T'aimerais peut-être mieux que je sois comme papy Hollar. En vlà un qu'était pas ennuyeux. Lui et ses six frères descendaient en ville dans l'unique but de se battre.

Et mon grand-père à moi, tu crois qu'il faisait quoi pendant ce temps ? Larry passa un chiffon taché sur le zinc.

Sans blague.

Dans la famille on est barman de père en fils.

Pas étonnant que tu me traites comme un chien.

Larry haussa les épaules. Ils payaient pour tout ce qu'ils cassaient, et ils étaient pas ennuyeux.

Lane jeta un œil à la ronde. Qu'est-ce que tu veux que je te casse ? Pour me montrer à la hauteur ?

Larry éclata de rire. C'était Rubin Tichnell le shérif à l'époque. Y a son adjoint qu'a déboulé dans son bureau et qu'a fait : Ces foutus fils Hollar sont encore là. Rubin s'est renversé au fond de son fauteuil et il a dit : Smokey, quand ces fideputains arrivent, je les entends. Ton boulot à toi c'est de me faire savoir *quand ils partent.* Lane avait eu vent de cette histoire, dans une version légèrement différente, mais il la laissa passer sans la rectifier.

Larry remplit une nouvelle fois leurs verres à liqueur derrière le comptoir et ils levèrent le coude et frémirent. Tu penses qu'il ferait quoi Dick Trappel s'il devait s'occuper des fils Hollar ? demanda Lane.

La même chose que Rubin. Dick est bon vieux shérif à l'ancienne. Il a assez de bon sens pour faire la différence entre

73

l'illégal et l'inévitable. Entre un camé et un gamin qu'a besoin de grandir.

Y a beaucoup de drogue dans le coin, Larry ? demanda Lane de but en blanc. Pas encore autant qu'en ville, j'imagine.

Des fois je me dis que c'est pire. C'est comme la spongieuse pour les arbres. Y a davantage à abîmer ici.

Lane prit le temps d'avaler cette information, du moins autant qu'il le pouvait en une seule fois. Comment ça fait un shérif à l'ancienne pour gérer ça ? La drogue c'est autre chose que des chaises cassées et des gueules de bois.

Ça fait pas. Ça prend sa retraite et ça passe la main à une nouvelle génération qui saura comment traiter le problème. Comme Dick prévoit de le faire.

Martin.

J'en connais pas de meilleur. S'il avait quelque chose à se reprocher j'en aurais entendu parler. Parce que j'en vois passer des habitués du bureau du shérif.

Là je suis vraiment inquiet. S'il faisait son boulot, ces types pourraient pas l'encadrer.

C'est le cas. Mais ils le détestent en toute honnêteté.

C'est déjà ça, je suppose.

Tu sais qui il me rappelle, Martin ? Ton gars Frank. Il a cette même espèce d'intensité. Comme un opossum qui fixe une cerise qu'il arrive pas à attraper.

C'est peut-être ça que j'aime pas chez lui.

Larry lui jeta un regard et retourna à ses autres clients et Lane retourna à sa bière et à la douce chaleur du bourbon qui commençait à faire effet et il imagina ce que c'était d'être shérif adjoint. Le shérif gagne correctement sa vie mais toi t'es pas le shérif. Toi tu vis dans une caravane et tu conduis un pick-up vieux de dix ans qu'a cinq cent mille bornes au compteur, qui tourne plus depuis quatre ans. Si t'as réussi à accumuler assez d'argent pour te marier, tes gosses ont vraiment besoin d'un appareil et t'as une assurance dentaire mais pas de quoi payer ta quote-part. T'as réussi à finir le lycée mais on peut pas dire que t'en aies profité pour te surcharger de vocabulaire. Tout à coup t'as un 41 Magnum avec lequel tu joues dans le noir comme si c'était popol et une grosse berline avec assez de sirènes et de gyrophares pour retenir l'attention d'un mort. La puissance de la loi là où n'avait jamais régné que le sentiment d'être prédéterminé, d'être un péquenaud sans autre choix.

74

Jusqu'ici. Là-bas, aux abords du lac et des pistes de ski, y a les villas de plaisance. L'une d'entre elles compte pas moins de seize chambres et trois cuisines. C'est plein de drogues, de putes, d'argent. Le choix numéro un consiste à remonter le flot de Porsche et de Lexus qui s'en déverse, à bloquer la route secondaire et à frapper à une porte qui à elle seule vaut plus cher que ton ancienne caravane. En sachant que le dandy à balles blindées qui va t'ouvrir est à tu et à toi avec le gouverneur. Que ce sera peut-être le gouverneur lui-même. Ou alors tu peux faire tes rondes sur les petites routes et surveiller les bars et chercher des gens comme Delbin qui vient de se faire coffrer pour conduite en état d'ivresse sur sa tondeuse. Son avocat va se faire trois mille dollars, le tribunal va se faire trois mille dollars, et toi on te filera un bon point. Et si tu gagnes assez de bons points sans tomber sur une couille qui vient tout mettre par terre, tu seras l'adjoint du mois. Tu auras ton nom dans le journal pour avoir effectué cinquante-sept contrôles routiers, réglé onze conflits domestiques et délivré des assignations dans quarante-trois affaires civiles. Dieu te préserve de te retrouver coincé au tribunal pour un long procès qui se réglerait de toute façon dans un dîner au *country club*.

Un beau jour l'idée que les avocats sont riches et que les juges sont riches et que tous les gens qui vivent au bord du lac sont riches et que ton gosse, lui, il a toujours besoin d'un appareil dentaire, transperce enfin l'épaisseur de ton crâne. Alors ta prochaine interpellation pour conduite en état d'ivresse, tu la gardes pour quelqu'un que tu connais à moitié et que t'as jamais trouvé particulièrement antipathique, quelqu'un qu'avait touché son chèque juste avant de s'arrêter au bar et qu'est assez bourré pour te faire une offre, et comme tu es bien disposé, ce cas-là se règle sur place, et c'est gagnant pour toi gagnant pour lui. C'est tout bénef.

Tu fais ça plusieurs fois et tout à coup t'es plus très fier de toi. T'as vendu ton âme aux tarifs d'un orthondiste et il est trop tard pour la récupérer. Tout ce que tu peux faire, c'est de rentabiliser. Alors un soir tu arrêtes une Corvette conduite par deux gamins qu'ont plus d'argent, plus de cocaïne et plus à perdre que leur bon sens et leur éducation ne le leur permettent alors c'est reparti pour le même refrain, en juste un peu plus fort, juste un peu plus vilain. Et sans t'en rendre compte, te voilà délinquant. Et tu n'es pas le seul à être au courant. Alors tu te dis que tu vas pas vendre ton âme en une seule transaction. Le bruit circule. Ton patron – le shérif – n'est pas un imbécile. Mais son regard est tourné vers la ligne d'arrivée et il a des œillères et il voit que le pick-up qui roule trop vite dans la petite rue. Ce qu'il veut c'est encore une année tranquille, une année sans scandale, sans que personne soit tué par un chauffard bourré, sans qu'un fils de sénateur doive passer la nuit dans sa cellule de dégrisement. Sans meurtre. Pour pouvoir gentiment prendre sa retraite, sa réputation intacte. Pour que les gens viennent s'asseoir à sa table au *diner* quand il sera vieux. Partout, il sait que toutes sortes de violences, de perversions, de vices prolifèrent comme des lianes de kudzu. Mais pas ici. Encore un an et les gens diront : C'était jamais comme ça quand Dick était shérif.

Durant un instant Lane vit le tableau complet. Dick Trappel ne pensait qu'à sa retraite. Martin devait tremper dans de petites combines sans aller jusqu'au meurtre. NonBob était un sournois mais Lane le voyait mal en criminel. Et s'il lui fallait arrêter de croire en Toby, la vie ne lui disait plus grand-chose.

Mais quelqu'un avait trafiqué le pick-up de Billy Bean. Ça il en était sûr. Mais si Billy Bean avait tellement bu qu'il avait lui-même serré son frein à main et fait ces traces de coup sur les tambours ?

Lane se demanda si ça arrivait à d'autres fous d'être conscients au moment où leur dernier reste de raison fichait le camp. Ou de se promener en pensant avoir le don d'entendre et de voir des choses qu'ils étaient les seuls à déceler. Subitement Lane se vit comme il avait dû apparaître à son petit-fils. De la boue plein la figure, du Viêtnam plein les yeux, aussi piqué que s'il était tombé sur un nid de frelons.

Larry revint, agita sa main devant la figure de Lane et fit : Coucou. Y a quelqu'un ?

J'étais juste en train de réfléchir.

Je me disais bien que j'avais senti le chauffé. Tout en remplissant la chope de Lane, Larry dit : Hier t'aurais pu demander à Billy Bean pour la drogue. Il a dit qu'il avait botté le cul à un dealer.

Sous les pieds de Lane le monde tournait d'une façon insolite si bien qu'il ne sut plus s'il était soûl ou s'il était fou, mais comme il n'avait bu que quelques verres, il n'était pas soûl. Peut-être était-il simplement en train de réarranger le réel pour qu'il se conforme à la vérité ou à un fac-similé de vérité. Un dealer ? dit-il. Billy Bean ? Dis-moi tout ce qu'il t'a raconté.

Voyons. Il m'a raconté qu'il trouvait du ginseng là où personne d'autre en trouvait et que George Bush était vraiment Jésus-Christ et que quand tu joues au Keno tu choisis tes quatre chiffres mais tu laisses passer cinq tirages d'affilée sans qu'aucun soit sorti pour les parier et que si la Budweiser est pas bonne c'est parce qu'ils la fabriquent avec du riz que les Chinois font pousser dans de la merde...

Je veux dire à propos des dealers.

Ce que j'en sais, moi. Je prête pas attention à ses conneries. C'était seulement pour dire. Puisqu'on parlait drogue. Beanette essayait certainement d'impressionner les filles, Larry secoua son torchon en direction de l'autre bout du bar. Mais il a pas pu inventer un dealer si y en avait pas. L'homme a pas la capacité d'imaginer des choses qui existent pas.

Voilà que tu te mets à parler comme un philosophe.

L'instruction que tu reçois derrière un bar fait pas un pouce de profondeur, mais elle est large comme le jambon gauche de Mildred Gooding.

Lane se concentra sur sa bière jusqu'à ce que Larry s'éloigne puis il marcha jusqu'au bout du bar et se posta derrière Sandy qui jouait à un jeu vidéo dont il ne saisit pas l'objet. De derrière c'était Jodie, pas Sandy, et Lane sentit une odeur de parfum par-dessus celles de la bière et de la cigarette et quelque chose se réveilla en lui qui sommeillait depuis longtemps.

A la fin de la partie et avant qu'elle ait le temps d'en commencer une autre, il fit : Sandy ?

Elle se retourna comme si elle ne s'était pas aperçue qu'il était là et sourit et dit : Salut. Elle avait exactement la même voix que Jodie. Les mêmes yeux sombres. Les mêmes cheveux épais, le même sourire fugace. La même petite carrure. A peine lui avait-elle jeté un regard qu'elle retourna à son jeu. Mais Lane sentit qu'il avait toujours son attention.

Je suis Lane Hollar. Je connais ta mère depuis longtemps. Je t'offre une bière ?

Bien sûr Lane. Je sais qui vous êtes. Maman parle de vous. Elle dit que vous étiez fou amoureux d'elle, mais trop timide pour lui cracher le morceau.

Oh. Elle a dit ça ?

C'est vrai ?

Lane sentit ses oreilles rougir. Je sais pas. Ça remonte à un bout de temps. On était que des gosses à l'époque.

Sandy éclata de rire comme Jodie autrefois et Lane dut détourner les yeux pour se remettre les idées en place.

Je savais pas qu'elle s'était douté de quelque chose.

On cache pas ce genre de choses à une fille.

Lane regarda le bar et le trouva plus agréable vu de ce bout, plus grand, les lumières se reflétant dans les fenêtres. Larry dit que Jodie ne va pas fort. C'est sérieux ?

Sandy haussa les épaules. Ils voulaient lui faire passer des tests mais elle a pas d'assurance maladie alors elle a répondu qu'elle allait pas dépenser une fortune qu'elle a pas pour apprendre ce qu'elle sait déjà.

Ce qui part pas dans la poche du percepteur part dans celles des docteurs. Faudra que je passe la voir.

Ça lui ferait plaisir.

Larry apporta les bières et dit : Deux billets, chaud lapin, et Lane se sentit rougir tandis qu'il cherchait l'argent dans sa poche.

C'est triste pour Billy Bean, hein, dit-il quand Larry fut parti. Paraît que tu le fréquentais un peu.

Nan. C'est seulement que contrairement à d'autres je m'enfuyais pas quand il venait s'asseoir à côté de moi. Billy Bean était une grande gueule toujours en train de montrer son poing mais en fait c'était un grand tendre. S'il avait pris un bain plus souvent, il aurait pu se trouver quelqu'un.

Tu sais s'il avait des ennuis ?

Il a dit qu'il avait flanqué une tannée à un dealer. Il l'a pas vraiment dit dans ces termes. Mais vous savez comment il était.

C'était quand ?

Hier ou avant-hier. Je sais jamais quel jour on est.

Je commence tout juste à me faire à l'idée qu'il y a de la drogue partout mais qu'il y ait des dealers, ça j'ai vraiment du mal.

Elle se retourna et lui jeta un regard apitoyé. Y a rarement l'un sans l'autre.

Lane essaya d'imaginer Toby en train de tendre l'argent de son déjeuner pour s'acheter de la drogue et n'y parvint pas et comprit que cette incapacité résidait en lui, pas en Toby. Est-ce que Billy Bean a dit autre chose ? Où ça s'est passé, qui c'était ?

J'essaie de me souvenir. C'était à l'arrière de son terrain, je crois. Là d'où on voit l'école. Il a dit qu'il avait surpris un fourgon garé là et qu'il avait senti une odeur de marijuana et s'était

78

glissé pour jeter un œil à l'intérieur et en avait découvert un gros sac sur le siège. Elle porta sa chope à ses lèvres et appuya sur les boutons comme si l'histoire s'arrêtait là.

Et alors, qu'est-ce qui s'est passé ?

Il a dit au gars de se tirer et le gars l'a branché et vous savez comment il prend les choses.

Ils se sont battus, j'imagine.

A entendre Billy Bean y a pas eu grand combat. Il a dû lui en coller une sacrée. Après le gars lui a dit qu'il savait pas à qui il s'en prenait. Que quand cette personne en aurait fini avec lui, il regretterait de pas être resté à l'étable à s'occuper de ses vaches. Alors Billy Bean a dit qu'il lui en avait collé une deuxième à transmettre à ladite personne. Mais vous savez comment il est. Son imagination s'enflamme de temps en temps.

Est-ce qu'il a mentionné des noms ? Dit qui ça pouvait être ?

Ouais, mais je m'en souviens pas. Henry quelque chose.

Lane fit le catalogue des Henry qu'il connaissait : Henry Paugh ? Henry Gnegy ? Henry Moats ?

Non. C'était pas quelqu'un d'ici. Pas quelqu'un que je connais.

T'es sûre que tu t'en souviens pas ?

Sandy éclata de rire. Ça ouais, certaine.

C'est bien dommage. J'ai un petit-fils qui fréquente cette école. Dieu sait que j'aimerais pas voir la drogue y circuler.

C'est ballot, parce qu'il y a plus de drogue dans ce bahut que de neige en hiver.

Mais c'est une école *primaire*, bon sang de bois. Pour moitié.

Pour moitié seulement. Et la came se soucie pas trop de ce genre de détails.

Ça me dépasse. Lane termina sa bière et, après hésitation, s'abstint de repasser commande. Quelqu'un d'autre ? Qui pourrait avoir entendu et se rappeler ce qu'il a dit ?

Vous êtes un vieil entêté, vous. Mais elle sourit et passa le dos de sa main contre le ventre de Lane comme s'ils étaient amis de longue date. Elle exhuma un téléphone du fond de son sac et pressa une touche sans regarder. Coucou, dit-elle. A qui Billy Bean a fait une grosse tête, déjà ? Non, pas toute la liste, y a un jour ou deux… Génial. Elle raccrocha et remit le téléphone dans son sac. Larson Henry. Me demandez pas qui c'est.

Larson Henry. Ce nom résonnait lointainement dans un coin de la mémoire de Lane. Un nom important sans qu'il arrive à retrouver pourquoi. A qui parlais-tu ?

Lisbeth. Taylor. Elle aussi elle était toujours sympa avec Billy Bean. Il l'a demandée en mariage et elle a répondu qu'elle aimerait mieux bouffer du verre pilé servi dans un crachoir. Mais après ça il a raconté à tout le monde qu'ils étaient fiancés. Juste parce qu'il avait eu le courage de faire sa demande.

Lane rit et posa sa chope sur le bar. Ça ressemble au Billy Bean que je connaissais. En tout cas, Sandy, merci de m'avoir parlé. Dis bonjour à Jodie de ma part.

Vous devriez lui dire vous-même.

J'en ai bien l'intention. Vraiment. Allez, prends soin de toi.

Hé, chaud lapin, hurla Larry alors que Lane poussait la porte. On se remet pas à boire juste quelques verres pour mieux replonger dans l'abstinence.

Certains le font, dit Lane. Il ferma la porte derrière lui et regagna la boutique.

11

Assis dans son rocking-chair fatigué dans l'obscurité de la boutique, Lane fuma des cigarettes et but du café froid en écoutant la pompe de la cuve à vifs. Il essaya de réfléchir au cas Billy Bean mais c'était Jodie qu'il avait en tête, un béguin d'enfance jamais terni par la réalité. C'était à la fois roboratif et honteux. Il était incapable de penser à autre chose.

A tâtons il chercha sa caisse qui avait passé tout l'après-midi sous le comptoir à la portée du premier venu et la secoua et dit : Si vous aviez un cerveau, vous seriez dangereux. Il la rangea dans le bac à légumes du frigo dont la lumière l'arracha à sa vision nocturne et lui procura un sentiment de chaleur et de bien-être. Comme s'il était dans le ventre maternel. Plutôt que dans un commerce qui périclitait et rapportait à peine de quoi payer la facture d'électricité. Il ouvrit un coca et en but la moitié et tint la cannette froide contre sa tête, en savourant la fraîcheur.

Lorsqu'il commença à piquer du nez, il vida la cannette et se cala un moment au fond de son fauteuil. A son réveil sa vessie était sur le point d'éclater, son cou et son dos étaient raides et cuisants et les fenêtres pâlissaient à la lumière du petit matin. Au bout d'un instant il réalisa qu'il n'était pas chez lui, qu'il avait encore dormi à la boutique, et il se lava la figure dans le lavabo des toilettes, se mouilla les cheveux et se peigna en arrière avec ses doigts. Une vague de clients matinaux égaya mais encombra le début de journée puis la boutique redevint sombre, humide et solitaire. Lane refit du café et balaya et lança : Et puis merde, avant d'abandonner le balai dans un coin sans ramasser la poussière.

La dépression ne s'emparait pas souvent de Lane mais lorsqu'elle s'installait c'était du lourd, du dur. Il promena son regard dans la boutique et vit une bauge de sanglier sale et solitaire peuplée par des lombrics réfrigérés, des poissons oxygénés et un vieil homme dont plus rien ne soutenait l'existence.

Non sans difficulté, Lane tira un sac-poubelle de vêtements sales de derrière le chauffe-eau des toilettes puis ferma la boutique, donna un tour de clé et lança le sac à l'arrière du pick-up. Un client klaxonna en pénétrant sur le parking mais Lane le salua de la main sans regarder de qui il s'agissait et il parcourut les trois kilomètres qui le séparaient de chez lui la vitre baissée, remarqua une odeur de foin coupé et se demanda s'il avait perdu l'odorat, ces derniers temps, ou si c'était seulement qu'il ne s'était pas donné la peine d'en faire usage. Les minutes qu'il avait passées dans les roseaux lui avaient ravivé les sens mais cassé le moral à tel point qu'il n'était pas certain d'avoir gagné au change. Lorsqu'il atteignit sa maison, il s'arrêta dans l'allée pour considérer la pelouse et secoua la tête et dit : Racaille. Il se gara sous l'auvent et rentra.

La maison sentait le renfermé mais il n'ouvrit pas les fenêtres. Il se fit un sandwich au fromage avec du pain surgelé qu'il passa au grille-pain et huma le lait et en but un peu au goulot et vida le reste dans l'évier. Il regarda les napperons et bibelots qui le faisaient se sentir gauche et claustrophobe et songea à en remiser quelques-uns au grenier et décida que ce n'était pas possible.

Après avoir lancé une machine bien pleine, il sortit. La tondeuse était dure à démarrer et caractérielle et il transpira à grosses gouttes avant d'avoir pu couper le moindre brin d'herbe. Il rasa la pelouse de devant, se désaltéra au tuyau du jardin dont le goût de vinyle lui tira une grimace et termina par les côtés et la pelouse de derrière et songea à ratisser l'herbe et dit : De la merde. Comprenant qu'il en aurait au moins pour jusqu'à la fin de ses jours.

Pendant que le sèche-linge tournait à grand fracas, Lane sortit doucement l'étui de sous le lit de la petite chambre et l'ouvrit, admira le vieux banjo Gibson et en frotta du pouce les cordes au timbre assourdi par la corrosion. J'ai vu des courges à cou tors qui sonnaient mieux que ça, dit-il en sortant l'instrument de l'étui, à nouveau surpris par son poids. Il ôta les vieilles cordes une à une pour les remplacer par un nouveau jeu, tourna les clés au juger jusqu'à ce que l'instrument lui paraisse accordé, gratta une corde ou deux, déplaça légèrement le chevalet afin de rectifier la justesse et retourna le banjo et passa son pouce le long du dos en érable ondé, sentant la zone râpeuse égratignée par la boucle de sa ceinture.

Les onglets métalliques étaient devenus trop petits alors il les desserra jusqu'à ce que ses doigts puissent les supporter et joua quelques arpèges puis un couplet et un refrain de "Cripple Creek" et la première partie d'un morceau mélodique dont il ne se rappelait plus le nom. Je ne sais plus quoi des Appalaches. Les doigts de sa main droite tâtonnaient un peu pour retrouver la profondeur et l'espacement des cordes mais la gauche se souvenait de choses qu'il avait oubliées. Et déjà il se lassait de la chanson. Comme autrefois. Trop paresseux pour apprendre de nouveaux morceaux lui-même et trop las et inefficace pour inciter les autres à le faire. Les autres contents de jouer en suivant l'ornière, prenant plaisir à répéter incessamment les morceaux qu'ils savaient déjà.

Voyons, dit-il, et il régla les butées de ses clés Keith pour descendre en gamme de ré, coinça la cinquième corde sous un clou capodastre et s'essaya un peu sur "Home Sweet Home" et "Reuben's Train". A mesure qu'il jouait, il voyait renaître les restes de son vieux *drive* et il frappa fort les notes graves et assourdit la deuxième corde en haut du manche et il entendit le train et son pied aussi et tout sourire il sauta sans transition à "Randy Lynn Rag" et après la première tentative ses doigts trouvèrent les clés au bon moment et il détendit puis retendit les cordes comme dans son souvenir.

Lane joua jusqu'au moment où il entendit le sèche-linge s'arrêter, et comme si un autre bouton s'était relâché quelque part, la maison fut à nouveau aussi vide et solitaire qu'une caverne. Il rangea le banjo, fourra son linge dans deux taies d'oreiller et sortit et les jeta sur le siège passager et s'en alla sans se retourner.

Où c'est que tu vas comme ça ? demanda-t-il au pick-up qui venait de prendre à droite au lieu de prendre à gauche au bout de l'allée. Comme s'il prenait Lane par surprise.

*

La maison avait commencé à suivre le contour du coteau et durant un instant Lane se demanda s'il était à la bonne adresse.

Si du gravier avait un jour revêtu l'allée, la terre n'en gardait pas souvenir. Une explosion de myrtes dévorait ce qu'il avait pu y avoir de pelouse mais pas au point d'empêcher les pissenlits de fleurir au milieu.

Les lisses basses étaient pourries et les pilastres s'enfonçaient dans l'argile, le parement d'aluminium passé et cabossé, une latte arrachée au bas du mur, découvrant le bois brut de la charpente. Le faîtage affaissé et arrondi par d'innombrables couches de papier bitumé. Une planche du perron cassée et la galerie encombrée par des sacs-poubelle, un chariot qui n'avait plus que trois roues et un barbecue dont le fond rouillé laissait passer le jour. Lane frappa contre le bois de la porte moustiquaire qui s'avéra tellement semblable à une citrouille qu'il aurait aussi bien pu frapper sur son bras. Il ouvrit la moustiquaire et donna un coup sec contre le panneau vitré.

Une voix lui parvint de la maison ou il l'imagina alors il ouvrit la porte et passa la tête dans l'obscurité pour dire : Jodie ?

C'est toi qui défonces ma porte, Lane Hollar ?

Certains m'accusent d'être ce gars-là.

Viens-t'en de ce côté si t'y arrives. La bonne est pas encore passée aujourd'hui.

Lane traversa précautionneusement une cuisine aussi encombrée que la galerie mais infiniment plus sombre. Il passa la tête à travers un rideau et resta un moment à scruter une pièce qui sentait le chat, le tabac, la vieillesse et la maladie. T'es où ?

Une lumière s'alluma sur un bout de canapé, un bras décharné se retira sous une couverture et guida le regard de Lane jusqu'à la femme qu'il cherchait. Ou jusqu'à un bout de femme. Pas assez de bosses sous cette couverture pour une femme entière. Comment ça va, Jodie ?

A quoi bon se plaindre ? Personne t'écoute de toute façon. La réponse qu'elle faisait toujours depuis que Lane la connaissait. Assieds-toi donc.

Lane se glissa dans un fauteuil aux allures biscornues à son bout de la pièce, le trouva confortable et le tourna pour faire face à son hôte.

T'as pas changé un brin, dit-elle. Toujours le même freluquet.

Elle avait l'air encore plus mal en point à mesure que les yeux de Lane s'accommodaient à l'obscurité et commençaient à la distinguer de son environnement. Les cheveux toujours noirs mais mats, aussi ternes que son regard. Un visage tout à la fois pâle et marqué de rougeurs. Si maigre. Je suis tombé sur Sandy, dit-il. Elle m'a dit que t'avais pas la grande forme.

Cette gosse a toujours parlé plus qu'elle avait intérêt à le faire. C'est qu'elle a plus grand-chose d'une gosse. Une vraie adulte. Pour certaines choses, du moins.

Alors, qu'est-ce qui va pas ?

Insuffisance cardiaque. Je manque de cœur, à ce qu'il paraît.

Sérieux, alors.

C'est pas parce que j'ai l'air d'une sorcière rachitique atteinte de syphilis que je suis pas en pleine forme. Si tu me voyais les mauvais jours.

T'as bonne mine. Vraiment, t'as bonne mine. Mais on voit bien que tu te sens pas comme il faut. Il parlait comme s'il le pensait, comme il l'avait toujours fait avec elle pour une raison qui lui restait confuse.

Elle se dressa sur son séant, laissa la couverture tomber sur ses hanches et la pesanteur fit quelque chose à ses traits qui ne les gâtait nullement et il put voir qu'elle était toujours Jodie. Toujours belle sous l'écorce de mauvaise santé. Ses seins toujours des masses et non des taches sous le fin tissu de sa chemise de nuit. Trop fumé de ces machines-là, j'imagine, dit-elle. D'un paquet elle fit glisser une cigarette comme Lane n'en avait jamais vu d'aussi longue et lorsque le briquet s'enflamma il vit comme ses cils étaient longs. Comme ils étaient épais et sombres. Elle toussa un instant, tira à nouveau sur sa cigarette puis la posa dans un cendrier, se rallongea et ramena la couverture sous son menton.

Maintenant qu'il l'avait vue assise, elle n'avait plus l'air si mal en point allongée. La pesanteur n'était plus aussi déconcertante une fois qu'on avait vu comment elle fonctionnait. Lane avait eu envie d'une cigarette mais le spectacle de Jodie l'avait douché.

Tu veux boire quelque chose ? Je peux faire du café.

Lane repensa à sa traversée de la cuisine et répondit : Non merci.

Paraît que t'as eu une journée riche en émotions, hier.

Ouais. Billy Bean a eu son tour. Lane baissa les yeux et trouva à ses pieds un chat noir et lustré et sursauta mais son pied partit sans l'atteindre. Comme un gars qui shooterait pieds nus dans un serpent à sonnette. En rentrant la jambe plus vite qu'il l'avait lancée.

Il est aussi méchant qu'il a l'air. Plus même. Pas vrai, Loup-garou.

Au lieu de ronronner ou de se frotter contre sa jambe le chat le regarda de ses yeux jaunes fendus verticalement dont l'entaille donnait sur un feu. Lane détourna les yeux mais sentit que le chat le regardait toujours. Maintenant qu'il en avait vu un il s'imagina des dizaines de chats mais n'en détecta aucun autre. C'est dommage, dit-il. Billy Bean n'était qu'un gamin.

Jodie rit. C'est exactement ce que Bo Heller a dit quand Arthur est mort à soixante-douze ans. Faut dire qu'il en avait cent trois, lui, à l'époque.

C'est relatif, tout ça.

Ouais. Y a un instant tu racontais que Sandy était une vraie adulte, or Billy Bean était plus vieux qu'elle. Jodie porta sa cigarette à ses lèvres et tourna les yeux vers le mur comme s'ils avaient percé une vérité qu'il fallait contempler avant qu'elle s'évapore.

Lane sortit son paquet et s'en alluma une et déjà elles avaient perdu leur saveur et n'étaient plus qu'une habitude. Il chercha des yeux un autre cendrier mais ne vit que celui de Jodie alors il retourna le bas de son jean et fit tomber la cendre dans son revers. Si Jodie le vit faire, elle ne pipa mot, mais le chat, lui, réprobateur, s'évanouit à travers le fourbi et l'obscurité.

Raconte-moi ce qui s'est passé, dit-elle, et Lane s'entendit faire exactement ça, tout lui raconter, le camouflage au milieu des joncs, ses soupçons et la découverte que quelqu'un avait trafiqué le pick-up de Billy Bean pendant qu'il était parti appeler les secours, et sa peur d'être en train de perdre la boussole et qu'il s'était à nouveau endormi dans la boutique et qu'il se sentait seul, perdu. Il avait oublié à quel point Jodie avait l'oreille attentive ou peut-être s'en souvenait-il inconsciemment et c'est pour ça qu'il était venu et lorsqu'il s'aperçut de ce qui se passait il dit : Tu n'as pas besoin d'entendre toutes ces sottises.

Tu crois vraiment que quelqu'un a pu liquider Billy Bean ? Ce serait comme de reculer sur une chenille que t'as déjà écrabouillée. Autant tuer un mort.

Je sais. Ça paraît idiot. Mais Sandy raconte que Billy Bean s'est battu avec un dealer pas plus tard qu'avant-hier. Un dénommé Larson Henry.

Jodie éclata de rire.

Ç'a pas dû être une grosse bagarre. Même moi je viendrais à bout de Larson Henry.

Qui est-ce ? Le nom me dit quelque chose mais j'arrive pas à le remettre.

Tu lis pas le journal ?

Seulement sous la contrainte.

Il vend des voitures, des mobile homes, des boîtes de conserve de pêches cabossées et des vêtements d'occasion, tout ce que tu peux imaginer. Du côté de Cumberland. Je lui ai acheté aussi bien des voitures que des fripes. Y avait pas une grande différence entre les deux, maintenant que j'y repense.

Lane se souvint des publicités, voyantes, effrontées et extravagantes, contenant plus de superlatifs qu'il n'en tenait sur la page.

Mais il est pas dealer. Ça je t'en fiche mon billet.

En tout cas quelqu'un manigance quelque chose.

Qui aurait touché au pick-up de Billy Bean ?

Y avait NonBob. Le shérif adjoint, un certain Martin. En voilà un qui ne m'inspire pas confiance.

Benêt est un petit trou de cul prétentieux, mais je le vois mal trafiquer des preuves. Si ça s'est passé comme tu le dis.

Benêt ?

Benêt Martin. L'adjoint Martin. Le neveu de mon ex.

J'ignorais ça.

Benêt est réglo. C'est le seul qui me rende visite avec Sandy. Il est brillant comme un seau à charbon mais il veut tellement être shérif que ça parfume ses galettes le matin. Il ferait rien pour compromettre ça. Shérif c'est le summum de son imagination et la place est à prendre l'année prochaine. Il a jamais rien eu dans sa vie, mais ça il l'aura.

Lane chercha en quoi le décès de Billy Bean pouvait aider Martin à devenir shérif et lorsqu'il renonça il dit : Dans ce cas je vois vraiment pas pourquoi NonBob irait toucher le pick-up.

Non. Ça semble pas non plus très plausible. Jodie écrasa son mégot, s'allongea et ferma les yeux. J'aurais besoin d'une valve artificielle, dit-elle. Elle rouvrit les yeux et sourit, peut-être à cause de la tête qu'il faisait. J'en ai une qui fuit. Enfin je crois, d'après ce qu'ils disent à la télé.

T'es pas allée voir un médecin ?

Tu parles. Pas depuis vingt ans. Je suppose que toi si.

Quand mon cœur papillotait, oui. Tu devrais te faire soigner, Jodie. La pose de valves, c'est une opération de routine aujourd'hui. Bien moins casse-pieds que d'en changer une sur une voiture.

C'est pas une question d'argent. Je suis assez pauvre pour que quelqu'un prenne ça en charge. Mais je me sens bien même si je suis tout le temps fatiguée.

Au bout de quelques semaines tu te retrouverais dehors à courir. Ou à faire ton jardin.

C'est vraiment les deux meilleures raisons que je peux avoir de me faire charcuter.

Pêcher, alors. Ça t'as toujours aimé, pour autant que je me souvienne.

La douleur me fiche une trouille bleue. C'est pour ça que je suis une vieille femme seule. Quand j'ai eu Sandy, j'ai décidé que ça ne se reproduirait jamais plus. Il n'y a pas un mariage en ce monde qui résisterait à pareille résolution. J'aime mieux rester allongée ici fatiguée et me sentir bien que de me faire ouvrir le sternum comme on fend du petit-bois.

Il devait bien y avoir quelqu'un quelque part qui s'était fait opérer du cœur sans en passer par de grandes douleurs mais Lane ne voyait pas qui cela pouvait être.

Mes artères aussi doivent être encrassées. Il faudrait qu'ils m'en prennent dans les jambes pour arranger ça. Lynn Sweitzer l'a fait faire et on aurait dit qu'ils l'avaient recousue à l'agrafeuse-cloueuse. Une jambe nue, mince mais bien galbée, sortit de la couverture, une culotte bleu foncé affleurant au sommet, et ils l'examinèrent tous deux, Lane se concentrant délibérément sur le bas plutôt que sur le haut, où elle s'ancrait au corps. Mes jambes sont trop belles pour qu'on les découpe.

Lane se demanda quel genre de malade il faut être pour porter une culotte bleue quand on est alitée et du bas de son ventre resté trop longtemps silencieux monta un gémissement et il déglutit et ne voulut pas se risquer à dire un mot avant que cette jambe ait disparu et que le bleu se soit fondu dans le noir.

J'ai toujours été mieux vue de ce bout.

T'es encore une jeune femme, Jodie. Peut-être que si tu te faisais opérer tu souffrirais pendant un moment. Mais pense à ce que tu gagnerais en qualité de vie. Sandy serait certainement contente de ne pas devoir rendre visite à sa mère au cimetière.

Aucune chance.

Lève-toi et habille-toi qu'on sorte manger un morceau. Ça te fera du bien.

Je suis pas sortie de la maison depuis un an au moins. Je doute que ça se produise avant qu'on me dégage d'ici sur une planche.

Quand tu laisses ton monde devenir tout petit il devient difficile de l'agrandir. Quand t'essaies tu ne fais plus que rétrécir la petitesse. T'arrêtes de regarder la télé au lieu de lire plus. Tu manges moins au lieu de manger mieux.

Je savais pas que tu t'étais mis à la philosophie.

Obligé, c'était ça ou devenir fou.

Y a des moments où un peu de folie t'aurait fait du bien. Etre toujours si logique et si rationnel ça te rendait insensible.

C'est ça un fou. Quelqu'un qu'est tellement rationnel qu'il est incapable d'aller au-delà de sa propre logique. Incapable de laisser des questions sans réponse même si sa réponse doit être fausse.

T'es en train de dire que t'as dépassé ça ?

Non seulement je ne sais rien, mais il n'y a plus grand-chose que je soupçonne. Allez. Bouge-toi de là et allons manger.

Si tu me l'avais proposé y a vingt ans les choses auraient peut-être été différentes.

Le temps que je trouve le courage toi t'avais déjà un mari. Et j'ai trouvé Mary avant que tu te sois débarrassé de lui.

C'est ce qui te rendait si séduisant. Cette timidité. Caché derrière ton vieux cœur dur. Un sourire rehaussa encore les traits de Jodie et c'est seulement quand le chat noir réapparut à côté de sa jambe, regardant cette fois sa maîtresse, que Lane se rendit compte qu'elle s'était endormie. Combien de temps il resta là à la regarder, il l'ignorait. Rongé de chagrin de perdre un amour qui n'avait jamais été. Les paroles d'une chanson d'Uncle Charlie Osborne – *ils n'ont jamais vu de mule mais ils sont nostalgiques quand même* – lui revinrent à l'esprit et il sortit et laissa la voiture rouler au bas de la pente avant de mettre le moteur en marche afin de ne pas la réveiller.

Il s'éloigna au creux d'une dépression formée non par une expérience vécue mais par une expérience qu'il avait crainte et qu'il n'avait jamais connue. Pas même assez pour mettre un nom dessus.

Non loin de la boutique, alors qu'il passait devant le réservoir, Lane freina brusquement, fit marche arrière en regardant dans les rétroviseurs et se gara au bout de la route glissante où il avait déjà stationné la veille au matin. Il resta un instant à tambouriner des doigts sur le volant avant de sortir, de descendre jusqu'aux roseaux et de contempler l'étendue du lac. Dans un concert de cacardements rauques, un vol d'oies nicheuses rejoignit la rive d'en face, leurs fientes éclaboussant la surface immobile comme une pluie immonde.

Lane examina les roseaux cassés à l'endroit où Toby et lui étaient entrés puis sortis de l'eau et l'herbe écrasée sous leurs pas mais s'il y avait des enseignements à tirer des empreintes, l'analyse dépassait sa compétence. Il marcha jusqu'à l'endroit d'où les deux hommes lui avaient tiré dessus et tout en fumant la dernière cigarette de son paquet il jeta un œil à la ronde pour s'assurer que personne ne l'observait.

Il balança le mégot dans l'eau, s'accroupit et se mit à passer l'herbe au peigne fin, comme on cherche des lentes au milieu d'une chevelure. Une cartouche de calibre 16 délavée, un œuf de tortue cassé, un tas de crottes de raton laveur érodé, un emballage de saucisse à croquer, une tong verte à la lanière défaite. Plus près de l'eau un crapet arlequin desséché – une peau décolorée collée sur un squelette – et un bout de monofilament enchevêtré prêt à prendre un oiseau au piège, mais nulle part l'éclat cuivré d'une douille de revolver. Puis, à la lisière des roseaux, un éclat blanc. Un mégot de cigarette tombé dans l'herbe, pas encore altéré par la rosée, la poussière ou la pluie.

Il le tint à bout de bras, lut le nom Sonoma au-dessus du filtre et comme s'il lui brûlait les doigts il le jeta dans l'eau.

Lorsqu'il se releva trop vite le sang reflua, le monde tangua et il chancela un instant avant de retrouver ses repères. Ou ce qu'il en restait.

12

Nickel Ballew quitta le comté de l'Union en roulant vers l'ouest sur la Route 50. La régularité avec laquelle l'interminable rangée d'éoliennes de Backbone Mountain fendait l'air humide l'investissait d'un but. Aussi idiot soit-il. Son pick-up noir était glacé de pollen et il abaissa la vitre et leva le bras pour se tenir à l'arceau de sécurité et inspira l'air estival à pleins poumons. Là où la nationale plongeait pour serpenter sur le versant d'Allegheny Front, il poussa le moteur du gros pick-up à plein régime et du gravier mitrailla la glissière quand son pneu mordit sur le bas-côté. Sans ciller il doubla trois camions de charbon qui roulaient à touche-touche dans un virage sans visibilité. Sachant que ce jour n'était pas celui où il quitterait ce monde. Trouvant cette information dans le mordant de ses freins chauds, dans le soleil qui par saccades traversait son pare-brise.

Peu avant Clarksburg, là où la campagne subissait les coups de boutoir de la ville et où les appentis et les antennes paraboliques s'effaçaient des pelouses, il s'arrêta dans une station-service pour passer aux toilettes. Se sentant fou et comme un dieu. Comme un dieu pourrait – devrait – *mérite* de se sentir.

Les toilettes étaient grandes mais nues, équipées d'un unique urinoir, d'un WC sans cloisons et d'un lavabo minuscule. Ballew défit sa ceinture et son pantalon et se tint à bonne distance de l'urinoir et avant qu'il en ait fini un grand maigre aux cheveux grisonnants, dont le visage respirait la gaieté, l'honnête labeur et son petit succès, apparut dans l'entrebâillement de la porte et fit Oups et Ballew le détesta et dit : Ça va, mon frère. C'est un deux-places.

L'homme hésita, entra et jeta un regard à Ballew, sa bouche composant ce qui ressemblait à une moue. Mais était autre chose. Cet air qui ouvrait la porte à la folie de Ballew.

T'as un problème ? dit Ballew.

L'homme pivota petit à petit pour se cacher et fixa la cuvette sans dire un mot.

Je te parle, mon frère. Je t'ai demandé si y avait un problème.

J'ai rien dit ni rien fait. Alors je vois pas comment il pourrait y avoir un problème. Les yeux toujours baissés, fuyants.

Ballew se rajusta, ferma sa braguette, boucla sa ceinture. Le problème c'est que tu entres ici en balaçant tes opinions et qu'après tu fais mine d'être innocent comme l'agneau qui vient de naître. Il alla se poster juste derrière l'homme.

J'ai pas dit un mot. Et je n'ai aucun problème avec vous.

Ta tête a dit tout ce que j'avais besoin d'entendre.

C'est ça. L'homme tira la chasse d'eau et s'esquiva en hâte mais moins vite que Ballew qui se tenait entre lui et la sortie.

Tu te laves même pas les mains ?

Et toi ? D'un ton de défi apeuré, une veine palpitant sur son front.

Pas avant d'avoir terminé le boulot. Surtout si c'est un sale boulot.

L'homme recula, chercha le lavabo derrière lui et s'y adossa, bras croisés. J'ai pas de problème avec toi, mon pote. Et je veux pas en avoir.

Il n'y a que les tarés qui *veulent* des problèmes. Ce n'est pas dans notre nature. Sa voix montant à mesure qu'il s'emballait. Et pourtant c'est notre *nature* qui attire les problèmes sur nos têtes. C'est inévitable. Cette guerre avec notre *nature*.

L'homme regarda la porte. J'aimerais partir maintenant.

Tu ne t'es pas encore repenti, mon fils. Ne franchis pas cette porte le cœur lourd de *péché*.

L'homme se regarda dans le miroir et lorsqu'il se vit une rougeur se propagea du col de sa chemise jusqu'à la racine de ses cheveux. Me repentir de quoi ? Qu'est-ce que je t'ai fait à la fin ?

Tu es entré dans mon existence le cœur lourd de péché. Un péché *visible sur ton visage.*

L'homme haussa les épaules. Ben, je suis désolé. Je pensais vraiment pas à mal.

Désolé. Tu penses que *désolé* c'est *se repentir* ? Désolé ça veut rien dire. Désolé ça vaut pas les six lettres qu'on met dedans.

L'homme jaugea la taille de Ballew et sa mise et le ton de sa voix et son regard et une conclusion se raffermit dans ses propres yeux. C'est pas moi qu'ai fait le langage.

Ballew déroula l'une des manches de sa chemise western. Peut-être que si tu le disais à genoux. Peut-être qu'un peu d'expression corporelle tirerait ce désolant mot désolé *de la vase du bourbier* et lui prêterait un peu de sincérité. Même s'il est artificiel.

L'homme fut saisi d'un raidissement. Son visage, sa voix. Nom de Dieu, pas question que je me mette à genoux. Je me suis excusé et j'irai pas plus loin.

L'arrogance précède la ruine et l'esprit altier la chute. Les gens se trompent toujours là-dessus. Ils disent l'arrogance précède la chute. Mais vu que tu maudis le nom de Dieu tu ne connais probablement même pas la version fautive. Le suivant aussi il est excellent mais personne ne le connaît. Mieux vaut être humble avec les pauvres qu'avec les superbes partager le butin.

Si c'est après l'argent que t'en as, je te donne tout ce que j'ai. Y a pas vingt dollars. L'homme ne fit rien pour sortir son portefeuille.

Ces mots sont tirés des Proverbes, chapitre XVI. Versets 18 et 19. Dommage que tu n'aies plus l'occasion d'aller y voir par toi-même. Ballew ouvrit la porte pour jeter un œil dehors et la referma, la verrouilla et quand il se retourna vers l'homme son visage reflétait les flammes de l'enfer et il tenait un pistolet automatique dont le canon ouvrait sur un grand trou. Ceux qui ne s'abaisseront pas d'eux-mêmes seront abaissés.

L'homme laissa échapper une plainte, posa la main sur le rebord du lavabo et regarda le sol en faisant la même tête qu'à son arrivée avant de se laisser glisser sur les genoux. Je suis désolé. Sincèrement désolé. Je me repens.

L'enfer est plein de gens qui se repentent à l'instant où je te parle. Mais leur temps a passé et je ne peux plus rien faire pour eux. Et le tien aussi. Il y a un temps pour tout bon dious – pardonne-moi, mon Père. Un temps pour détruire et un temps pour bâtir. Un temps pour mourir. Un temps pour tuer.

L'homme gémit, plaça ses mains devant ses yeux et baissa la tête sur ses genoux. Comme s'il priait Allah de lui donner de nouveaux yeux. Les relents de détergent au pin, de pastilles désodorisantes et de pisse tombée à côté étaient si forts au ras du sol qu'ils lui tirèrent des larmes. Il resta un long moment à trembler mais ne trouvait pas les mots pour se repentir et lorsqu'il releva la tête pour mourir l'homme au pistolet avait disparu bien qu'il n'ait pas entendu la porte s'ouvrir ni se fermer. Il rebaissa la tête durant quelques secondes puis regarda le plafond comme s'il cherchait des araignées et se releva, se brossa les genoux les mains tremblantes, verrouilla la porte et se lava les mains et les bras jusqu'aux coudes avant de les passer sous le séchoir. Il se pencha sur le lavabo, se regarda dans les yeux à quinze centimètres de distance et dit : Salaud de fils de pute.

Il se peigna et vit qu'il avait bavé sur son pantalon de toile alors il aspergea sa chemise d'eau pour faire comme s'il avait renversé quelque chose puis baissa son pantalon et s'assit sur le siège, les mains pressées contre les orbites, se bouchant les oreilles.

*

Juste devant la porte des toilettes, un break Subaru qui avait une aile froissée et les passages de roue couverts de rouille était garé en avant contre le trottoir. En passant à côté, Ballew s'arrêta pour considérer le petit chien noir croisé qui jappait dans l'ouverture de cinq centimètres de l'une des vitres passager. Salut, toi, dit-il. La banquette arrière était couverte de paquets de prospectus entourés d'élastiques pour des clôtures en PVC. De blocs de clôture de quinze centimètres. Une veste et deux chemises étaient suspendues derrière le siège du conducteur. Une carte routière fourrée entre la console centrale et la banquette. Un paquet de cigarettes ouvert sur le tableau de bord. Emblèmes de détermination et de désir et de nécessité et de plaisir.

Ballew jeta un œil du côté d'une adolescente qui téléphonait tout en mettant de l'essence dans une Ford Taurus, puis il glissa son pouce et son index par l'entrebâillement de la vitre. Le chien lui lécha les doigts en couinant. Sa petite queue tronquée tournant frénétiquement, en quête d'approbation. Ballew attendit de pouvoir lui saisir le museau et quand l'occasion se présenta il plaça son pouce entre les deux yeux et appuya de plus en plus fort jusqu'à ce que les pattes arrière martèlent la banquette et que les pattes avant glissent du bord de la vitre. Il accrut la pression jusqu'à ce qu'un petit os s'effondre sous son pouce et que le chien s'affaisse, comme si la vie l'avait quitté en douce. Ballew fit demi-tour et pénétra dans les toilettes pour dames et se lava et se sécha les mains et regagna son pick-up sans un regard pour le Subaru et mit cap au sud sur la I-79 direction Charleston, direction la maison.

13

Lane rouvrit la boutique et passa la journée à marmonner et bougonner et lorsque l'heure du dîner arriva il se dit qu'il aurait dû avoir faim mais il n'avait pas faim alors il prit un coca-cola dans le frigo et vint à bout de la cohue du vendredi soir, soit cinq clients, et à la brune il ferma la boutique, rangea la caisse et s'installa dans la lueur douce de la pendule Trilene, se balançant et savourant l'instant et détestant sa solitude.

Lorsqu'un véhicule pénétra sur le parking, que les phares s'éteignirent et que la porte bringuebala sous des coups de poing, Lane se glissa au fond du fauteuil pour ne pas être vu et ne pipa mot.

Allez, vieux tas qui perd son froc, fit la voix de NonBob. Ouvre la porte.

Lane alluma une lumière et tourna le verrou. Qu'est-ce que tu veux ? Je suis fermé, là.

NonBob le poussa pour passer et se rendit directement au réfrigérateur dont il retira un plateau de lombrics afin de faire de la place pour son pack de trente Keystone Light.

Vas-y, fais comme chez toi, dit Lane. Tu vas pas nous faire ton timide. Sans vraiment rire. D'une main il attrapa la cannette que NonBob lança dans sa direction. S'y attendant.

Après la cigarette, il paraît que tu t'es aussi remis à boire ?

Content de savoir que ma conscience fonctionne toujours. Qu'elle se pointe quand on lui a rien demandé comme le font les consciences. Mais n'est jamais là quand on a besoin d'elle.

La prochaine fois ça va être les femmes.

Dans sa paume la bière était froide et revigorante et lorsqu'il but la morsure nette et familière éteignit quelque chose en lui tandis qu'autre chose s'allumait. Ça y a pas grand danger, dit-il. Je crois que je saurais plus me rappeler ce qu'on en fait. Ça a un rapport avec les talons hauts, je crois. Enfin, une fois que je l'aurais entre les mains ça reviendrait sûrement.

Faut pas me demander en tout cas.

Pourtant tu devrais savoir. T'es toujours marié, non ?

On m'appelle toujours NonBob, non ?

Je crois bien.

Tu rentres jamais chez toi ? J'espère que t'as pas laissé la tondeuse dans la pelouse. Ou tu risques de pas la retrouver.

On voit que t'es mal informé. C'est tondu de frais, prêt à faire la couverture d'un magazine. T'es passé quand ?

Hier soir. Pas moyen de te mettre la main dessus. Le bar est le dernier endroit où je serais allé te chercher.

Lane but encore un peu de bière et la laissa combler un peu plus du vide qu'il avait à combler. Faudrait que je trouve un gamin pour tondre la pelouse. La moitié du temps je dors ici dans le rocking. Pas le courage de rouler trois kilomètres pour profiter de mon lit.

T'as qu'à demander à ton petit-fils. Toby.

Si je fais ça j'aurai plus personne avec qui aller pêcher.

Pas faux, dit NonBob. Dans sa chemise pâle à rayures fines et pressions brillantes, il était couleur de tabac à chiquer. Alors comme ça t'étais au Rooster's. Parti jouer les Dick Tracy. Après avoir transféré une boîte de papiers sans importance et d'antiques magazines sur le sol il s'assit dans une vieille chaise pliante en métal et passa une jambe par-dessus l'accoudoir tandis que Lane s'installait dans son rocking-chair et plantait ses talons à leur place usée sous le comptoir.

T'as coupé ton bois hier ? dit Lane.

Non. Un vent de paresse a soufflé avant que j'aie eu le temps d'affûter la tronçonneuse.

T'as commencé à compter ton argent et ça t'a pris toute la journée.

N'importe quoi. Je peux compter tout mon argent sans le sortir de ma poche. Sauf les pennies et les dix cents. Dur de les distinguer.

Tu travailles où après ?

Du côté de Sugarcamp, sauf si quelqu'un fait plus de foin que cette femme. Le chantier de Deep Creek m'a mis en retard.

Lane découvrit que sa bière n'était plus et alla en chercher deux autres au frigo. Tu me rappelleras de remettre ces vers au frais quand il y aura de la place. Il s'assit et se frictionna les bras. Tu trouves pas qu'il fait froid ici ? Je déteste faire du feu en plein été mais je me les suis gelées toute la journée.

NonBob écrasa sa cannette vide et sourit de toutes ses dents. On était à la cabane pour chasser le cerf, la saison dernière, dit-il. Bobby, Mutt et moi. Mutt avait laissé le feu s'éteindre et le lendemain matin, quand on s'est levés, y avait ces trucs marron pas nets qui roulaient partout sur le plancher. Pas moyen de savoir ce que c'était. Alors après le petit-déj, une fois que le feu est bien parti, je balaye et je te balance tout ça dans le poêle et les vlà qui font *pchhh pchhh* au point de rouvrir la porte du poêle. Bon sang mais qu'est-ce que c'est que ça, que je fais, et Bobby se marre et me dit c'est des pets congelés. Je vois pas ce que ça peut être d'autre. Des haricots qu'on a mangés hier soir.

Lane rit. J'ai su que c'était un bobard quand t'as dit que t'avais balayé. Ça demande un effort d'imagination que la mienne peut pas faire sans que ça craque aux jointures.

C'est ce que t'es. Un vieux pet congelé.

Lane s'alluma une cigarette avec son briquet neuf et réduisit la flamme pour qu'il dure plus longtemps. Qui se ressemble pète ensemble. Il leva sa cannette et NonBob se pencha en avant et trinqua et ils burent et rotèrent et ils rirent.

Ils restèrent assis là à contempler leurs pieds jusqu'à ce que Lane dise : C'est quoi que tu veux, NonBob ? T'es pas venu jusqu'ici pour me raconter des blagues.

NonBob dodelina un moment dans sa chaise avant de parler. Cette histoire avec Billy Bean. J'aimerais autant que tu laisses tomber.

J'avais cru comprendre.

Je l'ai dit comme je l'avais vu. Ou entendu. Y avait rien à voir. Pas de coup de feu. Ni rien de tous ces trucs que t'as racontés. Les autres pick-up et tout.

J'ai toujours su quand tu mentais. Y a tes lèvres qui font ce drôle de truc. De mouvement.

A cet instant même les lèvres de NonBob firent un drôle de truc mais n'émirent aucun son.

Lane repensa à tout ce qu'il avait dit au réservoir. Qui est-ce qui a parlé d'autres pick-up ?

Pas moi. Et le gamin n'a rien entendu. Alors ça doit être toi.

Qu'est-ce que t'essaies de cacher, l'ami ?

Je vois pas de quoi tu parles.

Le pick-up de Billy Bean était pas dans le même état quand je suis parti et quand je suis revenu.

Ça c'est toi qui le dis.

Et t'es peut-être mal-comprenant mais t'es pas mal-entendant. Ce coup de feu tu l'as entendu. T'as même fait le tour pour aller récupérer la douille. J'ai trouvé un mégot à toi. Sonoma.

Les yeux de NonBob, sombres et sauvages, trouvèrent ceux de Lane. J'ai fait le tour. Juste pour voir si je trouvais quelque chose. Mais y avait rien. Tu sais, ça t'arrive de pas tout comprendre.

Tu m'as fait passer pour un imbécile et tu t'es rendu criminel.

NonBob s'alluma une clope et fit tomber la cendre dans sa cannette vide. T'as toujours été un imbécile et je suis pas plus criminel qu'avant.

Va encore falloir me convaincre.

NonBob fuma un moment en silence. Est-ce que tu sais comment je gagne ma vie ?

Aux dernières nouvelles t'étais maçon.

Ça c'est qu'une partie. J'ai deux lignes de ramassage scolaire et une tournée de courrier que je sous-traite.

J'ai effectivement vu ton nom sur un car scolaire. J'avais trouvé ça ironique.

J'en étais sûr. C'est pour ça que tous ceux qui te connaissent t'aiment tant. Tu laisses jamais passer une occasion de rabaisser les gens.

Etre aimé n'est pas le but que je me suis fixé quand j'ai commencé cette vie.

Ben c'est une réussite. La cendre de cigarette de NonBob était longue et solide, le tabac n'ayant pas le temps de se consumer correctement. Des maisons aussi. J'en loue quelques-unes.

Celle près du Dairy Queen j'étais au courant.

J'en ai sept en tout.

Je savais pas qu'y avait encore des gens qui louaient. Les mensualités de crédit sont moins chères que les loyers.

Tout le monde peut pas obtenir un crédit.

Lane considéra la chose durant un moment. Ceux-là je crois pas que je les logerais dans mes maisons, moi. S'ils sont trop bons à rien pour avoir un crédit.

Y a plein de gens bien qui travaillent dur et qui peuvent pas emprunter. Et ça n'a rien à voir avec le fait d'être bon à rien ou pas. Il faut bien qu'ils logent quelque part.

J'en connais pas.

C'est parce qu'ils s'appellent Juan, Alfredo, Emilio ou Marcos. Ce genre-là.

Des Mexicains ? Tu loues à des Mexicains ?

Des Mexicains. Des Cubains. Des Salvadorains, ou je sais pas comment ça s'appelle. Je demande pas.

Le visage brun et calme de Chico passa par l'esprit de Lane. Y en a quelques-uns dans le coin, paraît-il. Mais pas sept familles. Pas de quoi remplir tes maisons.

NonBob étrangla un rire. Sept familles rempliraient même pas trois maisons.

Oh, tu te fous de moi. Et où est-ce qu'ils travaillent ?

Dans les entreprises forestières. Les fermes. Les restaurants. Les femmes font des ménages. Les concessionnaires les prennent pour laver et rénover les voitures. Y en a deux qui travaillent pour moi. A gâcher le mortier et me monter le matos. On les emploie partout où il y a des tâches ingrates.

Le tic-tac de la pendule Trilene martela le silence.

Je pensais vraiment qu'y en avait qu'une poignée dans le coin.

Rester assis ici à surveiller des vifs est pas le meilleur moyen de comprendre le vaste monde.

Enfin bref, quel rapport avec Billy Bean ? Avec ta falsification des preuves ?

C'est le genre de trucs que je fais sur un coup de tête. Je suis comme ça. Si j'avais fait ce que tu dis, ç'aurait été pour ça. Mais ça veut pas dire que je l'ai fait.

Lane savait que l'impulsivité était l'un des principaux traits de caractère de NonBob et s'abstint de contester ou de le gratifier d'une réponse.

C'est aussi que le seul jour, le seul et unique jour de toute l'année que je prends pour aller à la pêche, ce truc arrive.

Billy Bean a probablement pas choisi ce jour-là exprès pour te contrarier.

Si Billy Bean s'est vraiment fait buter, t'peux être sûr de chez sûr que c'est lié à la drogue. Sandy elle m'a raconté la même chose qu'à toi.

Tes locataires vendent de la drogue ? C'est ça que t'es en train de dire ?

Si c'est le cas je suis pas au courant. Mais c'est les premiers vers qui on va se tourner.

Lane dressa des sourcils interrogateurs. Y a un truc qui m'échappe, là.

Ecoute. Mes locations faudrait pas qu'on y regarde de trop près. Mais avec toi c'est sûr qu'ils allaient y regarder. Après ils auraient mis le nez dans mes autres affaires. Je fais rien de malhonnête. Mais j'ai beaucoup d'opérations en cash. Moins je donne d'argent aux impôts, plus j'ai l'impression d'être un bon Américain. Me regarde pas comme ça. Tu déclares chaque centime que tu gagnes ici, peut-être ?

Lane regarda le plateau de lombrics. J'espère que ces vers vont pas se perdre. Ils tiennent pas très longtemps au chaud.

C'est bien ce que je pensais.

Tu penses mal. Peut-être qu'un jour je gagnerai assez pour payer des impôts, mais pas cette année. Mes comptes seront les mêmes d'une façon ou d'une autre. Pourquoi dire la vérité avec ta bouche et mentir avec ton crayon ? Un jour les deux vont se rentrer dedans et t'auras un choix difficile à faire.

Toi t'en as un à faire maintenant. Faire du foin pour un cas social qu'avait pas la plus petite chance de survivre jusqu'à trente ans dans cette vie ou dans la suivante. Même s'il s'est vraiment fait tuer personne irait jamais en taule. Et c'est pas le cas de toute façon.

Lane admira ses pieds durant un instant puis se leva et colla ses mains à la vitre pour regarder dehors, laissant retomber un bouillonnement de colère. Rien de tel qu'un cas social pour ré-véler les mêmes qualités chez les autres, dit-il.

Ton autre choix c'est de remuer une merde qui va éclabous-ser des gens qui faisaient que s'occuper de leurs oignons. Et là tu vas pas te faire d'amis. Notamment Dick Trappel. Il veut pas de vagues.

Regarde les lucioles, dit Lane. Y en a jamais eu autant. Il éteignit la lumière pour qu'ils puissent observer de leur siège cette constellation mouvante.

Si, dit NonBob. C'est arrivé plein de fois.

Avec les lucioles pour seul éclairage Lane se sentit plus dé-tendu. Comme si la barrière entre les deux hommes était vi-suelle. Billy Bean est quelqu'un qui m'a jamais plu, dit-il. Un fardeau pour le contribuable.

Là-dessus t'as raison.

Pourtant, quand j'ai réalisé qu'il était foutu, ça m'a touché une corde que je croyais cassée.

J'ai vu ça. NonBob alluma une cigarette. Dans la flamme son visage avait la couleur et la texture d'un à-pic érodé. Et ça m'a fait quelque chose. J'aimerais avoir encore un endroit où t'as mal sans qu'y ait besoin de taper dessus à coups de marteau.

Quand même. Billy Bean était un être humain. Avec des sentiments, des besoins, des chagrins.

Les chiens ont ça aussi. Les salamandres.

T'as cinquante-huit ans, comme moi, non ?

Cinquante-neuf. J'ai redoublé le CE1.

J'avais pas l'intention de devenir si vieux. Sans quoi j'aurais pris davantage soin de moi.

Prends une autre bière, dit NonBob.

Je préfère m'en tenir là.

La cendre chuintait dans la cannette de NonBob, ténor accompagnant le doux lead de la pompe. Tu penses dans la bonne direction. Va pas te coincer la quéquette dans un piège à rats en faisant du petit matin un problème gigantesque qui de toute façon ne sera jamais résolu. Laisse un peu ça comme c'est.

Le gamin n'a jamais eu sa chance. Cricket le traînait au bistrot et lui donnait de l'argent pour le faire jurer alors qu'il savait à peine dire maman. T'appelles ça une éducation ?

Comment on devient un cas social, ça, c'est pas mon problème. C'est comme les chiffons gras. Combustion spontanée.

Ils se turent pendant un moment et Lane pensa avoir déballé ce qu'il avait sur le cœur mais d'autres mots se pressèrent à ses lèvres. Au moins il a échappé aux tortues.

NonBob lança sa cannette vide dans la poubelle et grogna en se levant de la chaise. Il faut que je me trouve un boulot plus facile. Je suis plus un jouvenceau.

Quoi de plus facile que maçon ? Ramasser des petites pierres, les poser sur le mur et tasser du ciment dans les trous ?

NonBob pouffa et se rendit aux toilettes où il urina sans fermer la porte.

Lorsqu'il eut regagné sa chaise, Lane dit : Tu penses qu'elle va devenir quoi, sa maison ?

Finissons-en avec Billy Bean. Je suis pas venu jusqu'ici pour une veillée funèbre.

Elle doit valoir pas mal. Là où elle est, sur la nationale. Pas loin de l'école.

Tu peux pas lâcher le morceau, hein ? Très bien. Dis tout ce que t'as à dire et qu'on en parle plus, bon Dieu. Voyant que Lane se taisait, NonBob dit : Ça t'a fait quoi de reprendre la clope ? Et cette première bière, c'était comment ? Je t'ai envié. Rien qu'une fois j'aimerais revivre ça. Mais faudrait d'abord que j'arrête.

Lane ruminait en silence. Entendait à nouveau la tête de Billy Bean heurter le canoë. Sans s'en douter, il se retourna, flanqua un coup de pied dans la poubelle et l'enfonça et dans un brassage de cannettes et de papier il se dirigea vers l'interrupteur et alluma et s'appuya sur le comptoir, la tête dans les mains. Chier, dit-il.

NonBob hocha la tête un peu plus fort. Va pas péter les plombs devant moi, vieux frère.

Je vais en reprendre une. Lane sortit deux bières du réfrigérateur, posa la sienne sur le comptoir et commença à ramasser les déchets et à les remettre dans la poubelle cabossée. Ça t'a détraqué, le Viêtnam ?

Sur le coup seulement. Moi c'est le CE1 qui m'a mis dedans. Mais j'ai pas vu ce que t'as vu toi.

Comment tu sais ce que j'ai vu moi ?

Parce que t'étais jamais à te vanter comme nous autres. A essayer de grossir l'histoire.

Tu m'as traité de vieux pet congelé. Trente-trois ans que j'ai quitté cet enfer. Pendant presque trois jours, là-bas, je me suis caché dans l'eau et j'ai vieilli, j'ai gelé, et depuis j'ai plus jamais été jeune, plus jamais eu chaud. Mais c'est seulement aujourd'hui que j'ai compris à quel point ça m'avait changé. Dans ma tête.

T'étais contrariant quand t'es parti. Tu l'étais toujours à ton retour. Un poil plus nonchaleux, peut-être. Alors tu dois parler d'autchose.

Lane s'assit dans son rocking-chair, se laissa tomber contre le dossier et ferma les yeux. Pendant la guerre de Sécession Pap racontait que son grand-père avait vraiment bien servi jusqu'à la bataille de Shiloh. Et qu'après ça il avait posé son fusil, était rentré à la maison et s'était planqué jusqu'à ce que tout soit terminé. Il a plus jamais rien fait à la ferme, plus jamais tiré ne serait-ce qu'un putois. Il se contentait de rester assis sur la galerie à boire de la gnôle et disait de temps en temps qu'après ce qu'il avait vu la face sud d'une mule n'avait rien de très spectaculaire. Il laissait les gamins faire tout le travail.

Y en a eu quelques-uns comme ça. Ils détestaient le combat mais ils ont gardé ça dans le sang. Ça a rendu tout le reste trop fade pour qu'ils s'écrasent.

J'avais jamais compris ça jusqu'à aujourd'hui. Accroupi dans ces joncs je me suis retrouvé à An Loc, et le pire c'est que *j'aurais voulu* y être. Depuis que je suis parti de là-bas j'ai jamais respiré une bouffée d'air qui contienne autant de vie. Même si je détestais ça.

Quand j'ai commencé à fumer et à boire j'avais la tête qui tournait. Mais pas autant que toi en ce moment. Tu ferais mieux de lever un peu le pied, le temps d'avoir les idées claires.

Du temps du groupe t'avais bossé du côté de Cumberland pendant un moment.

Cette conversation prend un chemin que je compte pas suivre. Tu vas me demander si j'ai travaillé pour Larson Henry et la réponse à ta question suivante c'est qu'y a pas l'ombre d'une petite chance que ce couillon-là vende de la drogue. Peu importe ce que Sandy dit que Billy Bean a dit. Passer des faits dans leurs moulinettes c'est comme de manger deux fois la même bouffe. La deuxième fois c'est plus la même.

Parle-moi de Larson Henry.

Je vais te dire ce que t'as besoin de savoir. Ce gars est trop radin pour allonger l'argent qu'il faudrait pour dealer. Et puis c'est pas son genre. Par pitié arrête avec ça. Par pitié.

Pour me remettre derrière la mule ?

Tu crois que t'es le seul à avoir jamais observé le mauvais côté d'une mule ? Des culs de mule y en a de toutes les formes et de toutes les textures. Comme les pierres. Va te faire faire un tatouage. T'acheter une moto. Fricoter avec la femme de Buster Doolan. Trouve un moyen de te fouetter le sang sans fiche la pagaille dans la vie des autres.

Y en a à qui ça ferait pas de mal qu'on leur secoue un peu l'existence.

Nan mais qu'est-ce que ça veut dire, ça ?

Ça veut dire ce que ça veut dire.

T'es vraiment qu'un crétin de fideputain de chauve de merde à la con qui sait rien si tu laisses pas tomber c'te affaire, dugland.

Je suis pas chauve. Lane passa ses doigts dans ses cheveux qui n'étaient pas aussi épais qu'il l'aurait voulu. Mais qui étaient bien là.

La stupidité, dans le secteur, c'est pas franchement un signe particulier mais si tu continues comme ça t'as quand même des chances de te faire remarquer.

Lane but un peu de bière et resta silencieux.

Et le gamin ? Tu te rends compte dans quel caca tu vas le tremper ? Si Billy Bean s'est vraiment colleté avec des durs, tu crois qu'ils vont rester boire du chocolat chaud pendant que tu rameutes la police ? Demande un peu à Billy Bean.

Lane pensa à Toby puis tenta de ne pas y penser mais en fut incapable.

Ça t'arrive jamais d'aller aux toilettes ? dit NonBob alors qu'il en prenait le chemin.

Ferme la porte cette fois. On croirait entendre une vache qui pisse sur une pierre plate.

T'es jaloux.

J'y vais quand j'ai besoin, lança Lane des toilettes alors qu'ils avaient échangé leurs places. Pas toutes les deux minutes comme les vieillards. Lane se lava les mains et contempla l'obscurité derrière la vitrine, mais comme la lumière était allumée, il ne vit rien. Le reflet de NonBob qui l'examinait de chaque côté.

Fais-moi une fleur, dit NonBob. Prends le week-end pour y réfléchir. Si tu te sens toujours obligé de jouer les chamboule-tout laisse-moi un jour ou deux pour faire le propre dans mon merdier. Juste ça. Au nom du bon vieux temps.

Je suis désolé que tu te retrouves au milieu de tout ça.

Ça, c'est une première : Lane Hollar qui s'excuse. NonBob sourit de toutes ses dents. Preston Ringer, là, il avait qu'un seul bras. Prétendait qu'il s'était réveillé un matin avec une femme qui dormait sur son bras et qu'après l'avoir bien regardée, il avait préféré se couper le bras avec les dents pour se libérer au lieu de la réveiller. Il disait qu'il serait toujours désolé d'avoir trop bu la veille mais qu'il avait jamais regretté une seule fois de pas l'avoir réveillée.

J'aimerais autant que rien de tout ça soit jamais arrivé. Tu le sais très bien.

Ouais. J'aimerais autant être jeune et riche et monté comme un âne. Mais y a deux de ces trucs qui sont hors de question et je suis pas loin de renoncer au troisième. Elle a quasiment arrêté de pousser.

Lane rit et rit encore d'avoir été surpris par un éclat de rire. Il pensa à Toby, pensa aux mules. Il songea combien la vie pouvait être douce jusqu'à ce que le mal l'atteigne et la secoue, et qu'après ça elle n'était plus jamais la même. Aussi bonne qu'elle ait pu être.

Ça marche ? Tu me préviens avant de faire quoi que ce soit ?

Ouais. J'imagine. En tout cas pour l'instant.

14

Le samedi matin Lane se réveilla avant l'aube, une fois encore dans le rocking-chair de la boutique, le dos courbaturé, la tête souffrante, avec la sensation de s'être enfilé une chaussette sale sur la langue. Son cerveau se débattit et s'embrouilla jusqu'à ce qu'il ne sache plus démêler ses pensées de ses rêves. Comme s'il n'avait jamais arrêté de boire. Comme si toutes les mauvaises passes qu'il avait connues dans sa vie avaient été distillées dans ce pack de trente bières et qu'il les avait bues une deuxième fois. Avant de se lever il fuma l'une de ses trois dernières cigarettes et la trouva âpre, impropre à lui procurer la moindre satisfaction, et il se demanda ce qu'il y avait au fond de si rebutant chez une mule. Il repensa aux événements des deux jours précédents et les trouva surréalistes, invraisemblables, et par une intuition qui le parcourut comme un frisson il comprit qu'il ne ferait rien. Que le temps de l'action était passé sans qu'il s'en aperçoive ou soit partie prenante.

Il se brossa les dents et se débarbouilla dans la salle d'eau, puis il ramassa les cannettes de bière qui traînaient sur le comptoir et sortit pour les jeter dans la grande poubelle. Les lombrics étaient toujours là, eux aussi, et il huma chacun des gobelets de polystyrène avant d'en refermer le couvercle et de les remettre au frigo. Espérant que ce serait un samedi où personne n'aurait besoin de lombrics. Autant dire un jour où personne en enfer n'aurait envie d'eau fraîche.

Il alluma les plafonniers, fit tourner sa pancarte et lorsque les clients s'en vinrent il se montra aussi aimable que possible mais entendit la morosité affleurer. Non, seulement attrapé un microbe quelconque, dit-il à ceux qui demandèrent s'il était malade. Le virus de la bière, mais ça il ne le dit pas. Ils le savaient probablement. Ce n'était jamais dur à déceler.

Quand les clients matinaux furent partis il sortit dans l'air humide des montagnes pour s'éclaircir l'esprit et se rappeler ces instants dans les joncs où il avait senti et vu et entendu comme jamais depuis des années et il compara cet état avec ses sinus enfumés et ses sens brouillés par l'alcool en ce samedi matin. Pressentant que la vie allait maintenant foncer dans cette mauvaise direction, que ces moments de sensations vives allaient se faire plus brefs et plus épars jusqu'à ce qu'il ne puisse peut être plus se les rappeler. Mais pressentant aussi qu'il n'aurait pas cette chance. Ne trouvant pas de repos dans l'inactivité, entre des clients qui passaient au compte-goutte, il ramassa les languettes de cannettes et les mégots qui jonchaient les graviers, balaya le trottoir et passa la débroussailleuse le long de la boutique pour couper les gerbes d'or et les bardanes qui gagnaient régulièrement du terrain. Les herbes folles coupées, le bord inférieur déchiqueté du parement en fausse brique découvrit des planches pourrissantes et Lane eût aimé pouvoir recoller la végétation. Ce peu d'exercice lui ranima le sang et il rentra pour débarrasser la cuve à vifs des poissons morts – bien trop nombreux – et alors qu'il venait de décider de la vider pour la nettoyer, la vieille Malibu tricolore cabossée de Lester Kelso s'engagea sur le parking, son chauffeur beuglant wouhouhouuu par la fenêtre ouverte.

Une fonction cachée du cerveau de Lane qui dépassait la raison ou en était peut-être dépourvue saisit la cause de cette exubérance et il lâcha un Chier et regarda Lester tirer de son coffre un poisson aussi long que sa jambe. Il n'était que dix heures du matin mais le poisson était raide comme du bois et pâle, ses rayures presque délavées.

Tu l'as trouvé où ? dit Lane quand Lester manœuvra pour passer la porte.

Trouvé ? Je l'ai pêché, tiens. Sans préambule, il hissa le poisson sur le comptoir. L'odeur puante de boue et de putréfaction assaillit les narines de Lane et fit remonter le goût de bière de la veille.

En voilà un qui est mort depuis un moment.

Depuis rudement tôt ce matin. Juste après que le soleil s'est levé. T'en as djà vu un de même ? Bon Dieu, c't un monstre, hein ?

Lane estima ce qu'il avait à gagner et à perdre à traiter Lester de fieffé menteur comme il le méritait, et il laissa tomber. Non qu'il coure le moindre risque pour sa personne, petit comme Lester était, ou pour son tiroir-caisse, puisque Lester ne lui avait jamais acheté ne serait-ce qu'un plomb depuis huit ans qu'il tenait la boutique. Mais Lester passait de temps à autre pour raconter des histoires, et s'il venait à soupçonner que tout le monde savait qu'il mentait, il risquait d'arrêter, or il était le menteur le plus imaginatif et le plus distrayant que Lane ait jamais entendu.

Comme la fois où Lester ne retrouvait plus le nom du fusil de chasse qu'il avait hérité de son grand-père et que Butch avait suggéré que s'il valait autant que Lester le prétendait, c'était sûrement un Stradivarius, et que Lester avait dit : C'est ça. C'est un fusil Stradivarius. Et non, personne ne pouvait le voir parce qu'il ne le sortait jamais de la cave. Pas même pour le regarder lui-même. Si le gaz inerte s'échappait de la cave et que l'air s'y engouffrait, le fusil perdrait aussitôt quatre-vingt-seize pour cent de sa valeur.

Qu'est-ce qui te prouve qu'il y a bien quelque chose dans la cave, Lester ? avait dit l'un des gars qui avaient entendu l'histoire. Peut-être que ton grand-père a tout inventé. Lester avait dit : Mon grand-père était un Fox, et avant d'accuser un Fox de mensonge tu ferais bien de te demander dans quoi tu mets les pieds.

Le poisson était mort. Rien de ce que Lane pourrait dire ou taire n'y changerait quoi que ce soit.

Si tu comptes le manger, t'as plutôt intérêt à faire vite, dit-il.

Oh, mais je vais pas le manger. Je vais le faire monter.

Ce serait la meilleure solution. Je savais même pas que tu pêchais.

Des années que j'avais pas pêché. Mais j'ai toujours été bon.

Lane examina l'endroit où l'avançon d'acier de Toby était ressorti par l'ouïe, où la ligne en traction avait abrasé les filaments qui absorbent l'oxygène. Une fin cruelle. Par suffocation. Au moins les tortues l'avaient épargné. Quelque chose dans la façon dont les tortues mâchaient lui serrait les entrailles. Un carnivore se devait de montrer davantage d'enthousiasme. Plus d'appétit et moins de délectation. Comment tu l'as pris ? demanda Lane.

Lester broda qu'il avait vu le poisson rôder le long des roseaux et avait essayé tout ce qu'il avait dans sa boîte à pêche mais que rien n'avait marché jusqu'au moment où il avait été prêt à abandonner.

De quoi est-ce qu'il n'a pas voulu ?

Lester ne se rappelait plus les noms. La plupart étaient de vieux poissons-nageurs à son père. Il en décrivit un gros, rouge et blanc, qui ne pouvait être qu'un vieux Heddon aujourd'hui collector, et d'autres que Lane aurait été bien en peine d'identifier parce qu'ils n'existaient que dans l'imagination de Lester.

Si t'allais les chercher, que j'y jette un coup d'œil ? Les leurres anciens valent leur pesant de vierges à marier.

C'est bien pour ça que je les ai déjà ramenés à la maison et mis sous clé. Toute façon c'est pas l'important ce que ce gros garçon a pas voulu mordre. Faut que je te dise avec quoi je l'ai pris.

Vas-y. Tu m'as bien raconté tout le reste.

Lester était sur le point d'abandonner quand une couleuvre à collier – une de ces bleues qu'ont le ventre orange et un anneau autour du cou – a rampé devant lui, alors il l'a accrochée par les lèvres et lancée devant le poisson et elle s'est mise à nager tellement vite qu'elle n'avait plus que la queue dans l'eau et le poisson a déferlé devant elle comme dans *Les Dents de la mer* et quand il a mordu, la couleuvre avait disparu. Il avait fallu deux heures et demie à Lester pour le sortir de l'eau.

Il a dû mourir pendant, alors, parce que ça fait djà un bout de temps que le bon Dieu a rappelé cette pauvre bête. Sauf s'il était dans les minuit au moment où tu l'as ferré. Lester fit de tout petits yeux et Lane s'aperçut qu'il avait frôlé de trop près l'insulte pure et simple. Si je comprends bien va falloir que j'aie des couleuvres en stock, maintenant. Tout le monde va se mettre à m'en réclamer. Les vifs ça va plus valoir cinq cents la douzaine.

Lester soulevait la tête du poisson à chaque instant pour l'admirer. La peau se décollait du comptoir avec un bruit de scotch tiré du rouleau. Combien tu penses qu'i pèse ?

Dix, douze kilos je dirais. On l'accrochera à la balance pour en avoir le cœur net. Mais avant ça il faut que j'appelle la direction des ressources naturelles.

Pourquoi ça ? dit Lester. Comme si Lane avait suggéré de mander le diable en personne.

Y a un record d'Etat à faire certifier. Poids de la ligne. La canne et le moulinet que t'utilisais. L'appât. J'espère que ça posera pas de problème que la couleuvre à collier soit protégée. Où tu l'as pris exactement. Ils vont vouloir calculer son âge et depuis combien de temps il est mort pour pouvoir estimer le poids avant séchage. Où t'as pris ta carte de pêche.

Un record d'Etat ? dit-il. J'étais loin de me douter. C'est quoi le plus gros brochet jamais pêché en Virginie-Occidentale ?

C'est un maski. Un maskinongé.

Ah, mince. Je croyais que c'était un brochet. Comme s'il était parti pour pêcher un poisson et avait rapporté un putois à la place. Dans ses yeux la soif de publicité du menteur né se colletait avec la crainte d'être la risée du public. De devoir payer une amende pour avoir pêché sans permis. J'ai pas envie de passer par tous leurs trucs, dit-il quand son bon sens finit par triompher. Tu peux pas simplement le peser et prendre une photo ?

Tu te prives là d'une sacrée notoriété.

Oui mais c'est le réservoir qui m'inquiète. Sitôt que ça va se savoir tout le monde va débouler de partout.

Tu vaux mieux que moi, Lester. Le jour où mon quart d'heure de célébrité se présentera, je peux te dire que moi je me roulerai dedans. Comme un vieux chien sur une marmotte morte.

Ben, t'es pas moi.

Non. Sur ce coup-là tu m'épates.

Lane se battit pour redresser le poisson et le pendre à la balance par la mâchoire puis ils reculèrent et regardèrent le cadran, aussi incrédules l'un que l'autre. Quatorze kilos et six cent quarante grammes. Lane déroula un mètre à ruban le long du corps raidi et posa son pouce peu après un mètre vingt-cinq.

Puisque je vais pas le déclarer, tu crois que tu pourrais faire une photo ici ? Une où je tiens le mètre et où on voit combien il pèse ?

Lane exhuma son vieux Minolta et fit délibérément une mise au point suffisamment floue pour que Lester n'ait plus apparence humaine et le poisson plus d'apparence du tout, puis il prit deux photos. Par précaution, dit-il. Tout en sachant qu'à l'instant où Lester aurait disparu, il enlèverait la pellicule en pleine lumière et la jetterait à la poubelle. Elles ont rien donné. C'est ce qu'il dirait et Lester ne pourrait rien y faire.

Ç'aurait dû être Toby sur la photo. Lane sentit à nouveau le poids à l'autre bout de la tresse, là où il l'avait sectionnée avec les dents, et une petite part des émotions violentes qu'il avait éprouvées tapi dans les roseaux lui revint forte et cinglante, et il sut qu'il n'en avait pas fini avec cette histoire. Je ferai de mon mieux pour ne pas ébruiter l'affaire, dit-il. Mais si la DRN en entend parler elle établira le record, que tu le veuilles ou non. Ils ne sont pas aussi allergiques à la publicité que toi.

Tu veux dire que je peux même pas montrer c'te prise ?

Tu fais ce que tu veux. Moi je dis ça, je dis rien. Sachant que Lester ne pourrait résister. Que la nouvelle arriverait aux oreilles de Toby. Mi-écœuré, mi-grisé de s'apercevoir qu'il se souciait davantage du poisson, de la réaction de Toby, que du sort de Billy Bean.

Longtemps après le départ de Lester, après que Lane eut frotté le comptoir au désinfectant et ouvert les portes pour faire circuler de l'air frais, la boutique empestait toujours la pourriture. En sortant, Lane s'aperçut que le monde entier empestait. Il flaira son aisselle et même s'il n'y détecta rien de suspect, il fit la grimace. Comprenant d'où ça venait.

15

On était dimanche et Lane était seul et conscient de l'être et la boutique emplie d'un silence aussi triste et humide que le bas-fond de Crupp's Creek. Au bout de la troisième voiturée d'hommes à cravate et de femmes à corsage éclatant en route vers l'église baptiste riquiqui qui se trouvait trois kilomètres plus loin sur la route, Lane se mit à parler tout seul à voix haute et s'aperçut qu'il s'adressait vraiment à Dieu. Croire, dit-il à un Dieu auquel il ne croyait pas. Faut pas m'en demander plus. Croire en la foi. Croire qu'il y a un but, peut-être.

Sans ça la vie était si terne et insipide que c'était une véritable corvée de la poursuivre. Seulement une fois que t'as décidé qu'il y a un but, il te faut accepter l'idée que quelqu'un l'a fixé. Quoi que ce Il, ou Elle, ou Ça, recouvre. Mais Lane doutait que cette force nébuleuse se rencontre là où ces voitures se rendaient.

La boutique était tellement fraîche et la journée si chaude en comparaison que Lane se débarrassa de son pull et tira la vieille chaise pliante en métal sur le trottoir de la boutique, où il hocha la tête en écoutant un couple de loriots s'affairer dans le vieux chêne blanc éventré par la foudre. Un colosse monstrueux qui avait survécu non du fait d'une santé exceptionnelle, mais parce qu'il était tellement dépourvu de valeur et battu par les vents, tellement garni de clous de panneaux et de cavaliers de clôtures qu'aucun bûcheron n'avait eu envie d'y toucher. Malgré tout leur entrain et leur vivacité, Lane ne parvint pas à voir les oiseaux.

Ce qu'il vit, en revanche, ce fut un déplacement lent dans la forêt à la périphérie de son champ de vision. Une tache de brun synthétique qui se mouvait au ras du sol dans une éclaboussure de soleil déchiquetée qui transperçait les frondaisons.

Elle n'avançait pas comme un animal, sauf si c'était un serpent, et le brun était galonné de bordeaux. Couleurs des uniformes du bureau du shérif du comté de l'Union.

Martin, hurla Lane lorsqu'il comprit qu'il n'en verrait pas davantage. Qu'est-ce que vous faites à rôder dans les bois ?

Rien.

Il marcha jusqu'au bord de la route et regarda de chaque côté mais ne vit pas de voiture de patrouille et au bout d'un moment il soupçonna sa tête d'être encore titubante après la soirée de vendredi. Un petit shoot d'alcool qui autrefois ne lui aurait même pas permis de prendre son pied.

Quand la voiture de Martin passa, un quart d'heure plus tard, il n'en fut plus aussi certain. Peu de chances qu'on ait du temps à perdre dans le coin, au bureau du shérif. Lane se demanda ce qu'il avait à cacher et éprouva comme une petite honte perverse. Comme l'homme dont parle Mark Twain, qui n'a pas le moindre vice pour racheter ses vertus.

Cinq minutes s'écoulèrent et puis Martin réapparut. Comme un chien parti vomir. Assez long pour que Lane vectorise toutes les forces qui s'étaient croisées à l'instant où il avait coupé cette tresse en deux. Le maski qui s'était promené en liberté durant seize ans. Toby, ses douze ans convergeant vers ce moment. Lane qui l'avait attendu toute sa vie. Trois facteurs qui n'avaient cessé de faire tendre vers zéro la probabilité de cet événement. Et voilà qu'il était survenu quand même, en même temps que toute une série de variables nouvelles venues s'y ajouter comme en surimpression. Vingt années de Billy Bean. Plus les facteurs introduits dans l'équation par des étrangers.

Ce qui ramena Lane à l'idée d'un plan. D'un but. Mais si c'était celui d'un Dieu aimant et bienveillant, Lane avait dû rater un épisode.

La prostate n'était pas obligée de passer par les voies urinaires pour tourmenter les hommes dans leur grand âge. Les limaces auraient pu être accros aux pissenlits plutôt qu'aux haricots verts. Le pâturin des prés aurait pu être investi de l'autorité d'étreindre la digitaire par le cou jusqu'à ce que mort s'ensuive. Les blattes auraient pu prospérer dans de vieilles souches pourries plutôt que dans la cuisine. La vie faisait sens, mais seulement si on l'envisageait d'un point de vue pernicieux, comme hostile. Avec l'intention de nuire.

A moins que l'humanité ne soit qu'une comédie faite pour les gens du ciel. Puisque dans ce repos éternel il n'y avait pas de douleur ni de chagrin, pas de souffrance, pas d'embarras ni d'humiliation. Toutes ces choses qui font rire. Cette pensée mit Lane en joie, et il tenta vainement de trouver quelque chose qui soit drôle et ne soit pas aux dépens de quelqu'un ou de quelque chose.

Il était toujours aux prises avec cette question lorsque Martin entra sur le parking.

Monsieur Hollar. Martin descendit de sa voiture, remontant la lourde ceinture qui faisait tomber son pantalon comme celui d'un plombier. Belle journée. Le sourire aux lèvres mais deux yeux farouches rivés à ceux de Lane. Comme deux culasses poussées contre une paire de cartouches à douille d'acier.

Lane se leva et poussa sa chaise de devant la porte. Qu'est-ce que je peux faire pour vous, Benêt ?

Y a des gens qui peuvent m'appeler comme ça. Mais vous en faites pas partie.

Adjoint Benêt. C'est mieux ? Content de son attaque.

Très bien. Si vous le prenez sur ce ton. Mais vous l'emporterez pas au paradis.

Dans ce cas dites ce que vous avez sur le cœur, et emportez le reste.

Je vous le dirai quand je serai prêt.

Je serai peut-être couché à cette heure-là. Lane se leva et se dirigea vers la porte. Comptant bien la verrouiller derrière lui.

L'autre soir. Vous rameniez le canot ?

Lane s'arrêta dans l'embrasure. Je faisais ce que le shérif m'a dit de faire. Le vrai shérif, légitimement élu.

Mais quand je vous ai trouvé à la maison de Billy Bean, vous veniez de le ramener ?

J'aime pas trop le ton que vous employez. Si vous m'accusez de quelque chose, dites-le franchement.

J'essaie simplement d'établir une chronologie.

Une chronologie.

De remettre ce que je sais dans l'ordre où tout est arrivé.

Vous devriez écrire des manuels de police. Mais si vous le faites, prévoyez un chapitre pour quand les choses ne se déroulent pas en ordre. Comme vous l'aimeriez. Lane sentait qu'il exhalait l'hostilité, comme un feu de camp trop gros pour qu'on puisse y mettre une casserole.

Les choses n'arrivent jamais sans ordre. Jamais. C'est nos perceptions qui nous trompent.

Et vous êtes là pour réconcilier le tout.

Oui, monsieur. C'est mon rôle.

Lane savait que chamailler un officier de police était stupide mais ne voyait vraiment pas comment il aurait pu se rendre plus idiot que l'homme qu'il avait devant lui. Les choses arrivent tout le temps sans ordre. Des gens trouvent un travail avant d'être qualifiés. Parfois même ils ne le seront jamais. Des chochottes naissent sans vigoureuse.

Martin passa sa langue sous sa lèvre et une toute petite tache noire apparut à l'extrémité et Lane détecta l'odeur forte du tabac même si aucune bosse ne gonflait la joue de l'adjoint. Il s'aperçut que Martin était plus près de lui qu'au début. Trop près à son goût.

Vous aviez déjà ramené le canoë. Quand je vous ai vu là-bas, c'était la deuxième fois que vous y alliez. Voilà la chronologie. Ce que j'aimerais savoir, c'est pourquoi.

Ça c'est votre opinion. Non que ça fasse une grande différence.

Je suis passé devant la boutique hier et le canoë n'était pas dans votre Ford. J'ai bonne mémoire.

Je doute pas que ce soit un atout pour le comté. Lane n'était pas sûr qu'il se souvienne aussi bien de ses tables de multiplication. Comment ça se fait que vous passiez ici tous les quarts d'heure, tout à coup ? Que vous traîniez vos bottes dans les bois ? Vous m'espionnez ?

Je vous rappelle qu'une enquête est en cours, monsieur. A votre demande.

Eh bien allez enquêter ailleurs. Ici c'est chez moi.

Je vais partout où les faits me conduisent. C'est mon travail.

Lane rentra dans la boutique et Martin le suivit jusque sur le seuil. Un coin trapu dans l'embrasure, à contre-jour. Coin enfoncé dans son outil de travail à lui. Temps que j'appelle votre boss, je crois.

Allez-y. Vous croyez que c'est qui qui m'envoie ? Pendant que vous y êtes, demandez-lui qui sera shérif dans quelques mois, d'après lui.

Pas une pensée sur laquelle Lane avait envie de s'appesantir. C'est un mandat électif. Pas du tout cuit pour vous. Peut-être que je vais me présenter moi-même. Si ça peut vous barrer la route.

Je peux savoir ce que vous avez contre moi, monsieur ?

Lane s'appuya contre la cuve à vifs et en sentit le bouillonnement à travers la mince étoffe de son jean. Juste une aversion générale pour le pouvoir entre de mauvaises mains. Les mots roulant comme des cailloux devant le carrelet d'une charrue, impossibles à remettre en terre, destructeurs, dommageables.

Martin restait dans l'embrasure comme un chien qui sent un territoire qui n'est pas le sien et en respecte les marques. Peut-être que je n'emploie pas tous les grands mots que vous aimeriez entendre, monsieur Hollar, et je n'y peux rien si je ne suis pas un de ces vieux shérifs sans façon qui flanquent des tapes dans le dos comme l'est Dick. Mais je connais mon métier, et à l'heure qu'il est, vous tombez pile dans mon collimateur.

Aussitôt une gêne à l'idée d'avoir pu se tromper sur Martin suivie par une animosité viscérale à laquelle Lane se fiait. La loi est une chose que je respecte et que j'observe, et j'aime pas trop qu'on insinue le contraire.

Pourquoi étiez-vous sous le pick-up de Billy Bean ?

Un jour plus tôt, lorsqu'il avait essayé de faire part de ce qu'il savait, Lane s'était heurté à un mur. La tentation de s'engouffrer dans cette brèche grande ouverte était forte, mais plus forts étaient ses instincts. NonBob n'avait pas nié avoir touché aux freins de Billy Bean, mais il ne l'avait pas non plus reconnu. Du reste Martin était là. Je vois pourquoi on vous appelle Benêt, dit-il, ne trouvant rien de plus inspiré.

Nous sommes du même côté dans cette histoire. Sauf si vous me dites que non.

Lane pensait pouvoir soutenir le regard de n'importe qui mais au bout d'un moment il baissa les yeux. Sentant qu'il était passé du mauvais côté sans avoir rien fait pour le mériter.

S'il se passe quelque chose dans mon comté j'ai besoin de le savoir.

Si je passe un jour dans votre comté, je m'en souviendrai.

Que ça vous plaise ou non, vous relevez de ma juridiction.

Lane comprit qu'un bras de fer qu'il ne pouvait pas remporter était en train de dégénérer alors il passa derrière le comptoir et resta là jusqu'à ce que Martin soit parti. Avant qu'il ait pu de nouveau respirer l'air pur, l'adjoint réapparut de l'autre côté de la porte à moustiquaire. Votre vignette de contrôle technique arrive à échéance.

Lane se dispensa de répondre à la remarque.

C'est le Graisseux qui vous fait ça ?

Lane se tourna vers une étagère et rajusta les objets poussiéreux qui s'y trouvaient.

On le tient à l'œil dans le Sud. Depuis l'accident de cette femme sur l'I-68. Un de ces quatre matins, il se peut que ses vignettes ne vaillent plus grand-chose. Je dis ça pour vous. Pour vous épargner des ennuis.

En regardant partir l'adjoint Lane se demanda quel genre d'homme il pouvait bien être et lorsqu'il eut recoupé ce qu'il savait avec ce qu'il soupçonnait, il en sut moins qu'avant.

*

L'enfant se tenait dans l'embrasure que Martin avait désertée quelques minutes plus tôt et toquait doucement au montant du coin de ses phalanges brunes.

Allons, dit Lane. Il n'y a pas besoin de frapper à la porte d'un magasin.

J'étais pas sûr que c'était ouvert. L'enfant approcha sa boîte de conserve à la main et Lane la vida dans un gobelet de polystyrène qu'il mit aussitôt au frigo sans dénombrer les vers. Y en a combien ?

Cinq.

Sans regarder, Lane chercha dans la caisse une pièce de vingt-cinq cents et la tendit au petit garçon qui l'inspecta des deux côtés puis la glissa dans une poche élimée. Merci, dit-il.

Il va sûrement pleuvoir bientôt, dit Lane. Les paysans ont djà pas mal de foin de fauché. Ça m'étonnerait que les dieux de la météo laissent passer ça. Chico, t'habites bien dans cette vieille ferme un peu en retrait juste après le poste haute tension ?

Le petit fit une mine perplexe.

Là où y a des fils électriques et des transformateurs. Qui font bzzzz.

Oui. Juste après là.

Y a combien de personnes à part toi ?

Je suis pas trop sûr. J'ai jamais compté.

Six ? Huit ?

Plus que ça. Mais ils sont pas tous là en même temps.

Sans blague. Combien t'as de frères et sœurs ?

118

Juste une sœur. Les autres enfants ils ont d'autres parents.
Qui habitent là aussi ?

Oui msieur.

Lane médita un instant cette information. Tu connais le nom
de votre propriétaire ? Voyant le petit faire la même mine, il
ajouta : L'homme à qui vous donnez de l'argent pour habiter
là-bas.

Non msieur. Mais il a un pick-up. Comme le vôtre sauf l'arrière.

Avec un plateau en bois ? Sans bords ?

Oui. Comme ça.

Alors c'est NonBob Thrasher. Il a des locations. Qu'est-ce
qu'il fait ton papa ?

Il aide un msieur à traire les vaches.

C'est une chose honorable, dit Lane. Le petit se retourna et
Lane eut le sentiment qu'il ne pouvait pas le laisser partir
comme ça. Qu'il y avait quelque chose à faire avant. T'as pas
vu une voiture de police garée au bord de la route, tout à
l'heure ?

Non msieur.

Quel âge as-tu, Juan ? Faisant de son mieux pour le prononcer
cer correctement.

Huit ans.

J'ai sûrement eu huit ans un jour, mais je m'en souviens plus.
Tu veux un soda ? Je vais en prendre un.

La main du petit remua dans la poche qui avait englouti la
pièce de vingt-cinq cents. Non msieur. J'ai pas soif.

Ça ne te coûtera rien.

L'enfant baissa les yeux. Je dois partir.

L'enfant s'esquiva et Lane eut le sentiment que sa gentillesse
avait eu quelque chose de l'insulte. Le temps qu'il aille jusqu'à
la porte, le petit avait disparu.

Peu avant midi il mangea des sardines à même la boîte avec
une fourchette en plastique et elles lui restèrent sur l'estomac.
Après le déjeuner un flux lent mais régulier de clients l'occupa
mais il se tarit à l'approche du soir et le laissa seul comme il
le voulait et le redoutait.

A la tombée du jour il ferma la boutique, rangea la caisse
dans le réfrigérateur et resta debout à regarder surgir la constellation des lucioles. En train de mêler les substances chimiques
dont Dieu les avait pourvues pour séduire et tromper. Pour

119

s'accoupler et tuer, mourir et perpétuer ce processus dans une nouvelle génération. Comme c'était leur fonction.

Et Lane se sentit perdu et à la dérive, sans destination.

Lane roula jusqu'à sa maison et au lit moelleux de Mary dans lequel il dormit d'un sommeil agité et courbaturé. Comme ses pensées. Durant la nuit, pourtant, au moment où il s'y attendait le moins, elles se remirent en rang et il sut ce qu'il avait à faire.

16

Il se leva bien avant l'aube et passa devant la ferme qui élevait des bisons puis à travers la ferme forestière et, à la lisière de la ville, il tourna dans la courte allée qui conduisait au petit pavillon de plain-pied de Darlene. Il entra sans frapper comme il le faisait quand il savait qu'elle ne dormait pas. Elle et le petit étaient en train de petit-déjeuner à la table de la cuisine et elle baissa le volume de la radio et s'approcha de la cuisinière avec son assiette et reprit du bacon dans le réfrigérateur et le mit à grésiller dans une sauteuse et trempa deux tranches de pain perdu dans un bol et les glissa dans l'autre poêle.

Tenez, Pap. Prenez le fond, je vais en refaire une. Elle vida la cafetière dans la lourde tasse qu'elle réservait à Lane.

T'embête pas pour moi, dit-il. J'ai besoin de perdre du poids de toute façon.

Vous êtes gros comme une quille de sauterelle. C'est plutôt moi qui aurais besoin de faire une cure. Mais depuis que je sers des biscuits-jus de saucisse et des contre-filets toute la journée, je peux plus me contenter de manger des All-Bran.

Lane prit place à côté du petit et savoura son café noir corsé en jaugeant sa belle-fille. Change surtout pas de régime, dit-il. Si j'ai un conseil à donner.

Il étudia le haut du crâne du petit. Jour Toby. Se demandant combien d'autres garçons de son âge étaient debout à cette heure.

Hey.

Le lundi on a pêche mais je vais pas pouvoir aujourd'hui.

Pourquoi, demanda le garçon sans lever la tête.

Vous le gardez bien aujourd'hui, non ? dit Darlene.

Ben. Maintenant que tu m'as empêché de le voir tout le week-end j'y ai un peu pris goût.

Ça veut dire non ? Darlene leva les bras au ciel. Merci de me prévenir si tôt.

Jusqu'au milieu de la nuit je savais pas encore ce que j'avais à faire aujourd'hui. Faut que j'aille à Cumberland. Tu peux pas le faire garder par Phyllis ? Juste le temps que je revienne ?

Phyllis travaille aussi parce que Judy est en congé.

Je peux venir avec toi ? dit Toby. Steplaît, Pap ?

Pas cette fois, Toby.

Des larmes montèrent aux yeux du petit et il posa sa fourchette dans son assiette presque vide et s'enfuit vers sa chambre. La fourchette aurait aussi bien pu être fichée dans le cœur de Lane.

Je suis désolé, DeeDee. J'ai des choses à...

Ne vous en faites pas, dit-elle. Quel petit pleurnichard. Il est souvent comme ça ces derniers temps.

Il est seulement sensible.

Ouais, je sais. C'est ce que je dis à son instit. Que si Toby se conduit mal y a qu'à gifler son voisin de classe et il retiendra la leçon. Darlene posa l'assiette devant Lane et rapprocha le beurre et le sirop. Vous voulez du lait ou du jus de fruit aussi ?

Du lait certainement pas, dit-il, plus fort que d'habitude, espérant que le gamin l'entendrait. Il beurra délicatement les grosses tranches brun doré et les sonda du bout de son couteau avant d'en remettre une couche. J'ai lu quelque part que le lait rendait efféminé. Qu'ils donnent de l'œstrogène aux vaches pour qu'elles fassent plus de lait. Après y a de l'œstrogène dans le lait et quand les hommes en boivent ils ingèrent des hormones femelles.

Darlene partit d'un grand rire guttural, sa colère déjà dissipée. Je pense pas que vous soyez en danger pour l'instant.

Paraît que c'est ça qui fait pleurer les garçons de nos jours. C'est pas leur faute. C'est ce fichu lait.

Et l'hormone qui fait dire des conneries aux vieux, c'est quoi ? dit-elle. Mais elle rit. Grand dur au cœur tendre. Darlene servit du café frais et s'assit avec lui à la table.

Le petit a besoin d'un père.

Aux dernières nouvelles il en avait un.

Un qu'il puisse voir. Pas un qui se sauve en courant et le laisse se débrouiller seul pour grandir. Lane vida sa tasse, goûta la sensation brûlante, assortie à sa colère, et se leva et se resservit et remplit la tasse de Darlene même si elle n'y avait pas encore touché. Des nouvelles du petit con ?

On se parle souvent. Et il envoie de l'argent régulièrement. Si c'est à Frank que vous pensez.

Tu ferais aussi bien de ne pas lui parler. Donne-moi une clope. J'en ai acheté mais je les ai toutes fumées. T'inquiète pas, je vais pas me transformer en Joe-la-taxe. Il alluma la cigarette qu'elle avait poussée vers lui et à nouveau le goût de menthol le rebuta.

Soyez pas si dur avec Frank. Ce qui s'est passé était autant ma faute que la sienne.

Ou la vôtre, la soupçonna-t-il de penser. Ne le défends pas, dit-il.

Ne le prenez pas tant à cœur. C'est tout ce que je veux dire. Vous croyez que vous entendre proclamer sans cesse ce que vous pensez de son père est bon pour Toby ? Frank est votre *fils*.

Etait.

Est. Vous ne pouvez rien y faire et lui non plus.

Lane écrasa sa cigarette à moitié fumée avec plus d'énergie que le geste n'en nécessitait. Peut-être que je pourrai garder Toby plus tard dans la journée, peut-être pas. J'ai un imprévu.

Pas besoin de se monter l'arrière-train par-dessus la tête, l'ancêtre. De me balancer votre opinion dans la cuisine comme si c'était une biche que vous veniez de tuer et de vous mettre en boule quand je vous donne la mienne.

J'ai vraiment des choses à faire. Mais si ça te met trop de bâtons dans les roues je vais essayer de trouver quelqu'un pour le garder.

Des hommes meilleurs que vous ont essayé de m'en mettre sans y arriver. Soit je l'emmènerai au travail soit je le laisserai ici. Il est assez grand maintenant.

Lane se sentit plus mal à l'aise à cette idée que deux jours plus tôt. Il devrait pas rester tout seul.

Elle haussa les épaules. Si y a pas le choix ce sera comme ça.

Peut-être que je ferais mieux de lui parler. Juste pour qu'il sache que je l'abandonne pas.

Vous savez où le trouver, dit Darlene, et elle commença à débarrasser.

L'enfant était dans la petite chambre encombrée, penché sur son étau à mouche, le front plissé par la concentration.

Lane observa la mouche le regard baissé, suivant la courbe de son nez. Comme s'il portait des lunettes à double foyer. T'as monté ce hackle d'une main de maître. Et ce violet rehausse vraiment ce rouge.

C'est pas parfait. C'est pas régulier partout comme je voudrais.

C'est suffisant pour que je m'y laisse prendre. Et si ça marche pour moi ça marchera pour un poisson. Facile. T'as un nom pour çui-là ?

Pas encore.

Lane posa sa main sur la nuque du garçon, jeta un œil vers la porte fermée et baissa la voix. Toby, je suis désolé de pas pouvoir t'emmener avec moi.

J'ai jamais le droit d'aller nulle part.

Mais si. Tentant de se souvenir quand.

L'enfant prit ses ciseaux, coupa la mouche entière de l'hameçon et souffla sur les plumes et les poils.

Mais qu'est-ce qui te prend de faire ça ?

Elle me plaisait pas. Elle était pas bien. Il fit un nœud, le renforça d'une pointe de colle et se remit à enrouler de la soie.

Bon, dit Lane, en tout cas, je viendrai te chercher quand je pourrai. Ne va pas croire que je t'ai oublié.

Le garçon coupa de nouveau sa soie, enleva l'hameçon de l'étau et fixa sa boîte de matériel.

Il faut que je te demande quelque chose, Toby.

Le petit ferma la boîte.

L'autre jour, au réservoir. T'as traité ces hommes d'une certaine façon.

Haussement d'épaules.

Tu les as traités de nègres. Le mot infect sur sa langue. Est-ce que tu les as vus ?

Non. Il s'affala sur son lit et tira l'oreiller par-dessus sa tête.

Alors pourquoi tu les as appelés comme ça ?

Parce que c'est ce qu'ils sont. Je les déteste. Et je te déteste.

Lane lui tapota dans le dos. Se sentant vieux et mal à l'aise et bête et ne sachant pas s'il devait être soulagé que le petit n'ait pas vu les deux hommes ou inquiet qu'il les ait vus et qu'il ait une raison de mentir. Avec le recul, cette pensée lui parut à la fois plus grotesque et plus crédible. Eh bien moi je te déteste pas, Toby. Je t'aime de tout mon cœur.

Maintenant je vais devoir passer toute la journée au *diner*. Et t'as traité mon père de petit con.

Parfois il valait mieux se contenter de partir. C'est ce qu'il est, un petit con, finit par dire Lane. Mais pas avant d'avoir roulé deux kilomètres.

*

Le soleil n'était pas levé que la boutique était déjà ouverte et après un flot matinal de pêcheurs en quête de vers et de vifs que Lane leur procura et de ragots sur Billy Bean qu'il ne leur fournit pas, il enleva les poissons morts de la cuve et renifla chacun des gobelets de vers et fouilla dans ceux qui sentaient pour en extraire les avariés et regrouper le reste. Il balaya et rangea la boutique et essaya de la percevoir avec les yeux d'un nouveau venu et espéra qu'elle n'était pas comme ça.

Le Colt Woodsman 22 LR n'était pas sous le comptoir, sur l'étagère où Lane le rangeait. Il secoua le chiffon dans lequel il l'enveloppait, comme s'il avait pu le manquer. Lorsqu'il le trouva dans un carton de brochures sur le permis de pêche périmées, il avait commencé à s'inquiéter.

Sale petit voyou, dit-il en essayant de comprendre à quelle occasion Toby avait pu y toucher. En bien des occasions, réalisa-t-il. Il se demanda soudain combien Toby en savait sur les filles.

Lane retira et vida le chargeur, nettoya et huila le revolver et refit le plein de balles long rifle à pointes creuses avant de replacer le chargeur dans la crosse. Il jeta un coup d'œil au thermomètre, prit un pull dans le placard puis ferma la boutique et marcha jusqu'à son pick-up et ouvrit la portière et resta là un instant à regarder dans l'habitacle. Il glissa la main à l'intérieur d'un long accroc dans la garniture de la banquette, côté conducteur, puis y logea le pistolet. Lorsqu'il monta il aima le sentir là, sous sa fesse gauche.

*

Lane coupa par Hardly, s'arrêta au Get-n-Go acheter une cartouche entière de Marlboro et blêmit en entendant le prix mais ne fit pas de commentaire. S'émerveilla du coût d'un suicide en allumant la première du paquet. Il avait toujours considéré la cigarette comme un emblème de pauvreté ou financière ou intellectuelle et se délecta d'enfreindre ses propres principes.

La vitre ouverte, il roula lentement jusqu'au bout de Sugarcamp Road avant de faire demi-tour en s'exclamant : Nom d'un petit père, NonBob. Tu m'avais dit que tu bossais par ici. Il remonta la rue tout doucement et stoppa pour faire marche arrière lorsqu'il vit le bord d'un tas de sable dépasser de derrière une petite maison en cèdre et pierre. Lane se gara à cheval sur le trottoir, alla s'appuyer contre l'aile du pick-up de NonBob et salua les deux ouvriers hispanos d'un hochement de tête. Ils sourirent et baissèrent les yeux. De petits hommes durs, tout en pur muscle et en cuir cru, portant des sandales ouvertes, des pantalons de polyester usés et des chemises de soirée miteuses aux manches retroussées. Un mouchoir coincé sous leur casquette pour protéger leur cou du soleil. Tous deux dégageant une quiétude qui n'avait rien à envier aux pierres qui jonchaient le sol.

NonBob était en train de monter des moellons sur un mur de soutènement qui dépassait déjà largement le niveau du terrain. Il prenait les pierres sans regarder et chacune d'entre elles convenait comme si elle avait été faite pour cette place et la truelle ne prélevait jamais ni trop ni trop peu de mortier sur la planche. De temps en temps il frappait une pierre du bord de la truelle et un morceau s'en détachait comme si elle était déjà fendue à cet endroit précis. Et il parlait tout seul en travaillant, à voix trop basse pour qu'on le comprenne. Ses aides ne semblaient guère avoir besoin d'instructions, qui réapprovisionnaient le stock de pierres, entretenaient le ciment frais sur la planche.

Lorsqu'il se redressa pour s'étirer le dos, Lane dit : Comment se fait que t'aies besoin de deux aides ? Une fille serait capable d'aller à ton rythme.

NonBob ne broncha pas plus qu'il ne tourna la tête. Comme s'il savait que Lane le regardait depuis tout à l'heure. Je songe à prendre une fille ou deux. Pour la pause.

T'as déjà fait tout ça ce matin ?

Non. Les gars ont commencé samedi. Ils se fichent de travailler le week-end.

Pourquoi ils ont besoin de toi alors ? Je ne vois pas de différence entre ta partie et la leur.

126

NonBob fit un grand sourire. Zont besoin de quelqu'un pour les payer. Et pour vérifier qu'ils travaillent au bon endroit. Qu'ils sont pas en train de faire un mur là où il est pas censé y en avoir.

Tu sais s'ils ont des gosses qui voudraient tondre la pelouse ? Dignes de confiance ?

Ils ont des gosses prêts à tondre la pelouse avec les dents si l'occasion se présente. Ceux qu'ont djà des dents.

Pour ce que Lane avait vu de leurs brefs sourires blancs, ils avaient de meilleures dents que lui. Il se souvint de Chico – Juan – et se demanda pourquoi il ne lui avait jamais proposé de tondre chez lui. Je vais garder ça en tête.

T'es venu pour donner un coup de main ou y a quelque chose qui te tracasse ?

Maintenant qu'il était là, Lane n'était plus aussi sûr de ce qu'il avait décidé. Comment se fait que le mur soit aussi haut ? T'es largement au-dessus du sol.

NonBob cambra les reins et s'enfonça un poing dans le bas du dos et dit : Ils font faire une piscine. Il baissa la voix et jeta un œil vers la maison. La bonne femme est plus laide qu'une merde d'il y a huit jours et plus elle enlève de vêtements moins elle fait envie. Les deux aides gloussèrent comme des écoliers.

T'as l'air de savoir de quoi tu parles.

J'ai jamais été chaud à ce point. Même quand j'étais ado. Les femmes à deux sacs, tu connais ? Celles à qui tu mets deux sacs sur la tête au cas où le premier éclaterait ? Ben ça c'est une femme à enceinte de protection en pierre massive et renforts d'acier. Mesure d'intérêt général.

J'aurais jamais pensé que ce climat était adapté pour une piscine.

Ils vont se geler les poils du cul une ou deux fois puis ils mettront la bâche et ils l'enlèveront plus. Bon, dit NonBob. Dans ton métier tu peux rester là à tailler le bout de gras et pendant ce temps les gens prennent des trucs à acheter. Mais dans le mien faut coller des pierres sur le mur.

J'ai réfléchi.

T'as eu mal ?

Il faut que je monte du côté de Cumberland et que je parle à Larson Henry. Voir s'il m'inspire la même chose qu'à toi.

NonBob balança sa truelle sur la planche et durant un instant Lane crut qu'il allait sauter de l'échafaudage pour se jeter sur lui. Tu veux pas lâcher l'affaire, hein.

J'ai pas l'intention de mêler les flics à ça. Mais j'ai besoin d'avoir l'esprit en paix.

Là-dessus t'as raison. Eternelle, si possible. Va pas remuer des choses sur lesquelles tu sais rien de rien, steplaît.

Je t'informe avant de faire quoi que ce soit. Comme tu me l'as demandé. Alors inutile de me traiter comme un truc trouvé sur ton doigt après t'être curé le nez.

NonBob ramassa sa truelle et se remit au travail comme si Lane n'était pas là.

Tu peux me dire où le trouver ? Puisque t'as travaillé pour lui.

Au bout d'un instant, Lane fit un signe de tête aux ouvriers et s'en alla.

17

Lane roula vers l'ouest sur Union Highway pour rattraper la 219, qu'il prit vers le nord. Le chemin le plus long pour rallier Cumberland. Du temps pour réfléchir. Des cuvettes humides pleines d'orties embaumèrent l'atmosphère jusqu'à ce qu'une odeur de foin coupé prenne le relais peu après la frontière du Maryland. La lune planait en plein jour au-dessus des feuilles de maïs enroulées en pointe sur fond de soleil et de sécheresse. Le long de Deep Creek Lake l'air ne sentait rien – les fermes avaient disparu depuis longtemps mais les grappes de maisons et de bâtiments n'avaient pas encore caillé pour former une ville aux odeurs d'eaux usées et de gaz d'échappement. Un jour prochain les intervalles entre les constructions disparaîtraient et Lane ne prendrait plus ce chemin.

Les châteaux à toits rouge et bleu qui s'accaparaient la ligne de crête le rendaient claustrophobe. Il se sentait surveillé. Il prit par la petite route qui traversait la forêt d'Etat de Savage River et fut attristé de voir que tout Meadow Mountain avait été dévasté par les équipes de forestiers. Il avait été au ginseng dans le secteur une fois ou deux et s'était promis d'être le premier à y remettre les pieds lorsque les ronces s'éclairciraient.

A Hilltop il atteignit l'autoroute et s'efforça de rouler à la vitesse maximale mais son esprit vagabondait, jusqu'à ce qu'un coup de klaxon le pousse à accélérer. Puisqu'il entravait ses concitoyens dans leur droit inaliénable à violer la loi. Tous ceux qui le doublaient fixaient le pick-up des yeux et il savait que c'était la couleur qui captait leur regard : bleu Tiffany quand Tiffany n'a pas vraiment bonne mine. Pas les ailes piquées de rouille. Ni le péquenaud derrière le volant.

L'atmosphère changea de nouveau lorsqu'il passa au sommet de Big Savage Mountain et la chaleur de la vallée en contrebas monta à sa rencontre. Quelques poutrelles d'acier tordues avaient finalement été érigées là où un panneau délavé proclamait depuis longtemps qu'ici on reconstruisait l'arche de Noé. C'était un début. Mais il n'aurait pas fallu qu'il se mette à pleuvoir tout de suite.

Alentour l'herbe était jaune, grillée, les montagnes, derrière lui, essorant les nuages de toute leur eau. Mais il neigeait moins dans ces parages, si bien qu'il aurait presque valu la peine d'y habiter.

Lane rêvassa sans objet particulier et lorsqu'il reprit conscience de son environnement, Cumberland s'étendait à ses pieds. Les flèches des églises jaillissant des arbres comme sur une photo qu'il avait vue de la Nouvelle-Angleterre. Il se laissa couler le long de la pente, rétrograda de quatrième en seconde et déboîta vers la bretelle de sortie centre-ville. La seule qu'il connaissait. Celle qu'il prenait pour se rendre à la clinique des anciens combattants. Où ils te mettaient un doigt dans le pot d'échappement et te disaient de faire attention à ce que tu mangeais. Comme si leur doigt allait sentir meilleur si tu suivais un régime plus équilibré.

Il traîna au stop et regarda des deux côtés et manqua deux occasions de passer par indécision et se lança dans une embardée devant une compacte cabossée qui roulait trop vite et fit abstraction du coup de klaxon et du doigt d'honneur lorsque le gamin déboula par la droite. Une paire de locomotives diesel étaient en train de s'atteler à un convoi, bloquant le passage à niveau et la rue qui menait à la clinique, alors il se faufila sur le parking du centre commercial, se gara devant le McDonald's et baissa la vitre et s'épongea le visage avec le même mouchoir bleu à motifs cachemire qu'il se nouait autour de la tête lorsqu'il faisait pareille chaleur à la maison. Les locomotives qui martelaient l'air le rendirent si âcre que Lane le sentit dans sa bouche. Autant élire domicile en enfer, dit-il. Sachant qu'au train où les villes évoluaient celle-ci n'était pas pire qu'une autre. Il entra, commanda un sandwich biscuit-saucisse et un café et préleva le montant exact dans son porte-monnaie vert en plastique avant d'aller s'asseoir sous une bouche de climatisation et de regarder les gens passer. Aussi heureux que s'ils avaient toute leur raison.

Le train mettait les gaz et s'ébranlait alors Lane passa aux toilettes puis il traversa le passage à niveau en brinquebalant et tourna au mauvais endroit, prenant à contresens la rue qui menait à la clinique. Sur quelques dizaines de mètres seulement. Comme à son habitude. Non par étourderie mais parce qu'il fallait être idiot pour faire le tour du pâté de maison alors que l'entrée était juste là.

Il resta dans la voiture à observer des vieillards qui se traînaient derrière des déambulateurs et des vieillards en fauteuil roulant que poussaient leur fils ou leur fille et des vieillards qui portaient une chaussure à un pied et une pantoufle à l'autre et des vieillards qui tiraient des bouteilles d'oxygène sur de petits chariots à roulettes. Va quand même falloir que quelqu'un sorte de là bientôt, dit-il à part lui après une longue série d'entrées compensées par aucune sortie. Qu'est-ce qu'ils peuvent bien leur faire là-dedans ? Au bout d'un moment, un vieillard sec et décharné portant des tatouages aux deux bras s'en vint à pied. Quelqu'un du secteur. Lane le suivit dans la clinique et lut un prospectus pendant que l'homme s'annonçait puis il s'assit près de lui en laissant un siège entre eux deux.

La journée s'annonce chaude, dit-il lorsque l'homme jeta un œil vers lui. A son odeur on l'aurait cru tout en tabac.

Tant qu'assez chaude, répondit le maigrelet. Sa voix un concasseur de pierre.

Vous préférez ici ou quand c'était au Memorial Hospital ? Moi j'aime bien ici.

Moi je déteste. Maintenant il faut traverser toute la ville quand on a des tests à passer à l'hôpital.

J'ai de la chance de pas avoir eu de tests à passer. A part ceux qu'ils font ici. Vous habitez dans le coin ?

A deux rues de là. L'homme indiqua une direction mais la salle d'attente débitée en morceaux avait désorienté Lane et dans une salle sans fenêtres aucun moyen de savoir où étaient les montagnes ou dans quel sens coulait la rivière.

Vous pouvez peut-être me dire comment mettre la main sur Larson Henry.

Par les roustons. Avec une pince multiprise. La seule façon de mettre le grappin sur ce fidepute glissant. Un rire s'évanouit dans une quinte de toux.

Je voulais dire est-ce que vous savez où je peux le trouver.

Ben oui j'avais compris. Une pointe d'indignation dans la voix. Peut-être qu'il est à son dépôt ou peut-être pas. Il court plus de lièvres qu'il a de cartouches en poche.

Il est où son dépôt ?

L'homme fournit des indications vides de sens jusqu'au moment où il mentionna le quartier privé The Dingle et où Lane commença à se repérer et reprendre le fil mais avant qu'il ait pu récapituler ce qu'il avait compris une infirmière apparut et dit : Monsieur Shank ?

Le vieux débris qu'il en reste, dit l'homme.

L'infirmière regarda successivement son porte-bloc puis Lane. Vous vous êtes présenté à l'accueil, monsieur ?

J'y vais de ce pas. Dès que j'ai repris mon souffle.

Lorsque la porte se referma derrière eux, Lane regagna son pick-up, se sentant vieux et décrépit par association, et s'en alla trouver Larson Henry.

*

Le dépôt était un bâtiment de tôle beige défraîchi sur un terrain de terre rempli de ce qui aurait pu être le butin d'un rat porteur géant. Ou les décombres laissés là par une puissante tornade. Un camping-car au pare-brise fêlé dont un essieu sans roues était appuyé sur une traverse de chemin de fer fendue. La moitié d'un mobile-home double dont la partie béante était couverte d'une bâche en plastique blanc sale portant des numéros peints en bleu. Des roues enfoncées dans la boue mais sans ornière. Comme si on avait égaré la partie immergée. Ou que le client avait décidé qu'il avait seulement besoin d'une moitié. Une pile de pierres de taille de seconde qualité qui empiétait sur un enchevêtrement de ferrailles. Qui submergeait un bulldozer D-6 si uniformément rouillé qu'on l'aurait cru sculpté dans un seul morceau de minerai de fer. Une vieille Mercedes jaune au train arrière recouvert d'une bâche bleue fixée au scotch toilé. Quatre stères de bois de sciage abîmé mis sur baguettes mais non bâché et en voie de pourrissement. Le conteneur passé, sans portes, d'un semi-remorque, posé à même le sol, débordant de pneus usagés. Une Plymouth Reliant brunâtre avec une aile blanche et un vieux pick-up Chevrolet sans aile du tout côté conducteur. Et sans vitre arrière.

Lane se gara derrière le pick-up, frappa à la porte clientèle et au bout d'un moment essaya la poignée, ouvrit et du fond enténébré un homme trapu arrivait vers lui qui s'arrêta et dit : Vous garez pas ici. Faut que je parte. D'une voix vaguement familière. Peut-être un peu comme celle de l'homme-tabac à la clinique.

Lane se retourna vers le Chevy sans aile gauche et dit : J'avais pas réalisé qu'il roulait encore. Il déplaça son pick-up à côté des tas de bois et perçut l'odeur aigre du chêne rouge.

Lorsqu'il revint au dépôt, l'homme avait disparu. Lane hurla un bonjour dans une obscurité de cinq degrés plus chaude que l'air extérieur. Loin au fond une ampoule luisait faiblement, comme un trou d'épingle dans la paroi. Lane ferma la porte derrière lui et laissa lc tcmps à ses yeux de s'accoutumer à une version intérieure de ce qu'il avait vu sur le terrain. Des appareils de formes et teintes variées. Une montagne de chutes de moquette. Un antique chariot élévateur avec une bonbonne de GPL montée derrière le siège du conducteur. Des amoncellements de rayonnage de magasin. Boîtes de conserve, seaux et barrils de toutes les tailles imaginables, pour la plupart sans étiquette.

Juste après l'unique ampoule se trouvaient une pièce encloisonnée et une autre porte. Lane s'avança précautionneusement dans cette direction et entendit des voix et sentit une odeur de café par-dessus celles des produits chimiques et frappa à la porte et les voix se turent. Il ouvrit la porte sur un bureau qui était une nouvelle version des deux espaces précédents. Papiers et mobilier hétéroclite. Machines de bureau déjà passées de mode à l'époque où le boulier gagnait en popularité.

L'homme trapu touillait un café au-dessus d'un évier sale. Un côté du visage bleu violacé et enflé au point qu'on ne savait plus où commençait un trait et où finissait l'autre. Comme si le nez et l'œil étaient devenus un seul organe multifonction. Une queue de cheveux gras et fourchus. Les emmanchures de son débardeur tellement grandes qu'on voyait le pli supérieur de ses poignées d'amour. Un short et des bottes de sécurité. Musclé et bronzé malgré son état général. Derrière un bureau encombré était assis un homme fin aux cheveux fins et aux bras marqués de taches de vieillesse. Un téléphone noir et un portable, comme des parenthèses encadrant l'histoire. Bonjour, dit-il. Avec un point d'interrogation à la fin.

J'espère que j'arrive pas au mauvais moment, dit Lane.

Je peux vous aider ? dit l'homme assis derrière le bureau. Une chemise comme un plat mexicain et une cravate bleue ajustée au ras de son maigre cou.

Je suis Lane Hollar. J'espérais trouver Larson Henry.

Un instant, dit l'homme. Harold, tu vas mettre un peu d'ordre là-bas et je te rejoindrai un peu plus tard.

Lane se poussa pour laisser le passage à Harold et une fois ce dernier sorti il dit : Je sais pas ce qu'il a voulu attraper mais on dirait qu'il l'a pris par le mauvais bout.

Qu'est-ce que je peux faire pour vous ?

Etes-vous M. Henry ?

Lui-même. Il ne regardait pas Lane mais au-dessus de sa tête et Lane suivit son regard et s'aperçut que les lieux étaient sous vidéosurveillance. D'où les caméras étaient installées, tout en haut, l'endroit paraissait encore moins avenant. Comme une carte topographique de l'enfer. Sur l'écran en noir et blanc Harold tomba en arrêt devant le pick-up de Lane avant de monter dans celui sans aile gauche.

Lane prit place dans une chaise en plastique à pieds chromés chétifs et dit : Je monte de Hardly. Je tiens une boutique de pêche à la sortie de la ville.

Henry baissa les yeux vers Lane mais ne dit rien.

On m'a dit que vous étiez l'homme à voir quand on veut s'installer ici. Les hivers en montagne m'auront eu à l'usure.

Si une boutique de pêche pouvait marcher ici j'en aurais une. Y en a queques-uns qui pêchent dans le Potomac mais pas des masses. Des pêcheurs du dimanche.

C'est juste moi qui déménagerais. Pas la boutique.

Vous voulez acheter une boutique ? Impatient.

Lane regretta de n'avoir pas un peu mieux préparé son approche. Peut-être. Il faut bien que je m'occupe.

Moi j'en vends pas, j'achète.

Vous êtes dans quoi ?

Elle est où votre boutique ? Je connais un peu le coin.

A la sortie de Hardly. Près du réservoir. Pas le grand lac. Au bord de Ford Road.

Une petite baraque tordue qu'a encore un parement de fausse brique.

C'est ça. Irrité par la description même si elle était exacte.

J'ai visité un bien par là-bas. Près du collège.

S'il y avait un serpent tapi derrière les yeux de Henry, Lane ne le voyait pas. Mais on ne les voyait jamais. Le bien de qui, sans indiscrétion ?

Fitzel, je crois qu'ils s'appellent. Les parents sont morts et les enfants cherchent à vendre.

Lane connaissait les lieux, savait que c'était vrai.

Vous demandez combien de votre boutique ?

Je venais pas pour vendre. On est bien là-bas en été. Je la garderais pour ça.

Les affaires doivent marcher si vous avez de quoi vous payer une résidence d'hiver.

Ça couvre à peine la facture d'électricité. Mais j'ai pas de gros besoins. Ils s'observèrent de façon tant soit peu hostile. Quel genre de commerce vous ouvrez près du collège ? dit Lane.

Rien de précis en tête. Mais la ville s'étend de ce côté.

Je vois pas trop quel genre de commerce a intérêt à être situé près d'un collège.

Combien vous prendriez pour votre propriété si je mettais dans le contrat que vous pourriez y habiter et tenir votre boutique jusqu'à votre mort ?

Un jour un serpent d'eau avait harcelé Lane exactement de la même façon. Le suivant et le mordant jusqu'à ce que Lane l'attrape par la queue et le jette dans les buissons. Mais le serpent était en pleine mue. Il avait une excuse. Elle n'est pas à vendre. J'ai de la famille qui en héritera à ma mort. Lane se redressa sur sa chaise et posa ses paumes sur ses genoux. Je ne suis pas très doué pour ce genre d'affaire. Je suis pas venu pour vendre un bien. Ni pour en acheter un.

Ça non. Je commençais à m'en rendre compte.

L'autre jour on m'a conté une légende que je me sentais tenu de vérifier.

Henry leva les yeux vers le moniteur mais rien ne bougeait sur l'écran tremblotant.

Une légende qui disait que Larson Henry dealait de la drogue au collège et qu'il était tombé sur un gars à qui ça plaisait pas.

Un acteur professionnel n'aurait pu imiter l'expression de surprise de Henry. De la drogue ?

Il paraît que quelqu'un s'est fait prendre la main dans le sac et s'est fait botter le cul. On a cité votre nom, mais il est clair que c'est pas vous. Votre gars, par contre, il a tout l'air de s'être pris une tannée. Et vous venez de raconter que vous cherchiez à acheter près du collège. Là où c'est arrivé.

Devant la couleur du pantalon Lane détourna les yeux quand Henry se leva pour éteindre la cafetière sans en proposer à son visiteur ni se servir lui-même. Comme s'il était sur le départ. Ou peut-être qu'il n'aimait simplement pas gaspiller l'électricité. Il resta debout de l'autre côté du bureau, plus grand que Lane ne l'avait estimé mais pas très grand tout de même.

Mon petit-fils fréquente ce collège, monsieur Henry.

Si vous croyez que je fais dans le trafic de drogue, vous êtes complètement à côté de la plaque. Retournez plutôt voir celui qu'a lancé ces fadaises et découvrez le fin mot de l'histoire.

Il est plus très joignable.

Monsieur Hollar, c'est ça ?

Oui, monsieur.

J'ai plus d'une corde à mon arc mais je peux vous assurer que la drogue fait pas partie du lot. Quant à savoir d'où sort cette hisoire, ça dépasse mon imagination.

Quel genre d'affaires vous faites dans ce cas ? Je ne vois pas de secrétaire. Et ces téléphones ne passent pas leur temps à sonner.

Henry s'assit sur un coin du bureau et déchira une page d'un calendrier journalier. C'est pas que ça vous regarde. Mais y a deux façons de gagner beaucoup d'argent. Au moins deux.

Je dirais ça.

La première c'est d'ouvrir une seule boîte et qu'elle sorte du lot et d'en faire la meilleure et la plus grosse. Dans ce genre-là Sam Walton* s'en est pas mal tiré.

Lane voyait la poussière et la pagaille autour de lui et savait déjà quelle était la deuxième façon.

L'autre c'est de posséder tout un tas de petites boîtes qui rapportent chacune un petit peu. C'est là où j'excelle. Mes petits négoces tournent avec peu d'argent, que du cash, et de la main-d'œuvre sans qualification. C'est suffisamment simple pour que des gens normaux puissent les tenir. Pas surchargé de paperasse. Mais honnête et aussi légal qu'un petit business peut l'être. Je vends de l'épicerie, de l'essence, de la moquette, de l'électroménager déclassé, des meubles récupérés, des voitures

---

* Fondateur, en 1962, de WalMart, leader américain de la grande distribution.

d'occasion, de la ferraille, des primeurs en direct, du déstockage d'usine, des armes mises en gage, des chiffons… Et ça c'est seulement ce qui me vient à l'esprit. Mais je vends pas de drogue, je vends même pas d'alcool ou de bière. Je déteste tout ce qui rend les gens plus vaseux qu'ils le sont déjà.

Il le dit d'une façon propre à convertir Lane, qui se passa la main dans les cheveux et dit : Et ce gaillard qui travaille pour vous ? Possible qu'il trempe dans des choses pas nettes ?

Harold ? Il boit beaucoup et je le soupçonne de fumer de la marijuana mais je le vois mal dealer. Pas assez malin pour en sortir indemne.

Ben justement, il a pas l'air indemne.

Vis-à-vis de la police, je veux dire. Des gens avec qui il aurait à traiter. Non. Pas Harold.

Henry avait eu l'air si stupéfait quand Lane avait parlé trafic de drogue qu'il semblait ridicule d'ajouter la question du meurtre. Qu'est-ce qu'il fait pour vous ?

Si je comprends bien je n'aurai pas la paix tant que tout ne sera pas clair dans votre tête.

Je passe pour quelqu'un de tenace.

Harold remorque des voitures pour mon magasin d'occasions. Pour l'essentiel.

Elles ne roulent pas ? Sachant tout en parlant ce que Larson voulait dire.

Je les achète en Virginie. En Caroline du Nord. Là où y a pas de sel sur les routes. Harold va les chercher avec la dépanneuse. Il peut en prendre deux à la fois et moi j'ai pas à les faire immatriculer.

Ça fait du mal, le sel.

Et quand c'est pas ça c'est suivant les besoins. Courses. Transport de déchets. Ramassage du courrier. Nettoyage. Le reste du temps il le passe à chercher comment me voler ou comment se faire payer à musarder.

Ça vaut peut-être le coup de recruter dans la catégorie d'au-dessus.

Depuis que l'usine de pneus est partie y a plus tellement de choix. Les gens vivent ici soit parce qu'ils sont assez riches pour ne pas travailler, soit parce qu'ils n'ont pas assez d'ambition pour aller ailleurs. Moi j'ai Harold.

Comment ça se fait que vous ayez des caméras de surveillance ici ?

L'homme posa sur Lane un regard suffisamment long et sévère pour le mettre mal à l'aise. Vous me lâcherez pas tant que vous en aurez pas fini, hein ?

Non monsieur.

Simplement parce que je peux. Parce que je veux. Parce que ça me fait plaisir. Et maintenant crachez tout ce qu'il vous reste sur le cœur. Histoire de ne pas avoir à revenir demain. Finissons-en.

Très bien. Sentant qu'une pareille occasion ne se représenterait peut-être pas. Qu'est-ce que Harold faisait à Hardly ?

Je vous l'ai déjà dit. Je cherche à acheter là-bas. J'ai envoyé Harold vérifier que les limites du terrain correspondaient bien aux dires du géomètre avant de signer le chèque. J'ai déjà eu affaire à ce cabinet.

Ça sonnait trop vrai pour être inventé. Bon, dit Lane en se mettant debout, eh bien, je vous remercie de votre franchise.

S'il y a de la drogue dans votre collège c'est pas par moi qu'elle passe.

Je vous crois. Merci.

Je m'arrêterai un de ces jours pour parler de votre boutique.

Elle est tout bonnement pas à vendre. Lane ouvrit la porte et la referma au lieu de sortir. Juste pour avoir l'esprit vraiment tranquille, ça vous embêterait que je parle à Harold en personne ?

Henry avait ouvert l'un des tiroirs d'un classeur gris cabossé et cherchait parmi des chemises d'apparence graisseuse. J'ai eu un chien comme vous. Il courait après les voitures jusqu'à ce qu'il en chope une.

Parfois j'ai l'impression que je l'ai déjà fait.

Pas comme lui, non. Pas par le pare-choc avant. Mais si vous continuez ça risque d'arriver. Henry sortit un dossier, le posa sur le bureau et s'assit à côté. Vous savez quoi, dit-il, parler à Harold est sûrement la meilleure chose à faire. Si vous le croyez toujours capable de jouer les dealers vous avez plus d'imagination que moi. Larson Henry récupéra dans la poubelle la page de calendrier arrachée et dessina au dos un plan conduisant là où travaillait Harold.

Quel est son nom de famille, d'ailleurs ?

Harold Bright. L'une des petites ironies de l'existence*. Faites attention. Il est grognon quand on le réveille.

* *Bright* peut se traduire par "vif d'esprit".

Lane remercia encore Larson Henry et se fraya un chemin vers la lumière du jour et grimpa dans son pick-up et dit Pfiouh et se pencha en avant de sorte que son dos ne touche pas le siège. Il fit coucou à la caméra juchée sur le pignon et partit trouver Harold Bright.

*

La vieille station-service que nettoyait Harold se trouvait à la sortie sud de la ville, après les bâtiments de brique brune condamnés lorsque le fabricant de pneumatiques Kelly-Springfield avait perdu patience envers les syndicats et avait délocalisé dans l'Ohio. L'enseigne Sunoco délavée indiquait 1,29⁰ le gallon pour le sans-plomb ordinaire.

La porte de gauche du garage était ouverte et des ténèbres dépassait l'arrière du pick-up sans aile derrière lequel Lane s'était garé un peu plus tôt. Il descendit, jeta un œil aux environs et décida de ne faire confiance à aucune âme vivant dans ces parages. En guise de point de départ.

A l'intérieur flottait une étrange odeur d'huile et de rouille combinées. Ohé, lança-t-il dans l'obscurité.

Il y eut du mouvement près des établis et Lane mit ses mains de chaque côté de ses yeux et vit Harold qui le regardait comme un animal dont la patte de devant est prise dans les mâchoires d'un piège. Foutez-moi le camp d'ici, dit-il.

Harold Bright ? C'est Larson Henry qui m'envoie.

Harold s'accroupit pour ramasser un morceau de barre d'armature tordu de près d'un mètre et l'abattit pour voir comment elle cinglait l'air. Bien, à en croire le bruit. J'ai rien à vous dire.

Lane recula d'un pas et vit le regard de Harold se porter sur son pick-up.

Il se retourna pour le regarder aussi. C'est une couleur vraiment inhabituelle. Une que vous avez peut-être déjà aperçue. Du côté du réservoir, par exemple.

Les semelles de Harold frottèrent le béton et Lane se baissa et son bras vint se placer devant son visage mais la barre d'acier résonna contre le sol et Harold passa en trombe à côté de lui dans un souffle de sueur aigre et frôla le pick-up bleu avant de disparaître à l'angle du bâtiment. Lane à ses trousses avant d'avoir pu le décider.

Derrière la station-service, les pieds de Lane dérapèrent sur des débris de schiste anthraciteux et il mit un genou à terre et se releva pour voir Harold disparaître entre deux bâtiments à peine séparés d'un peu plus d'un mètre. Il boîtait lorsqu'il y parvint mais s'engouffra dans l'étroit passage et se faufila entre un mur de brique et une cuve de mazout rouillée qu'il avait presque dépassée quand Harold surgit de l'ombre, fantôme contusionné, et le frappa à la tête avec un morceau de chevron.

*

Lane ouvrit un œil et contempla une fissure crénelée dans un béton érodé. Un pissenlit y avait pris racine et de là partait une autre fissure, perpendiculaire à la première. Il porta sa main à sa tête, la retira maculée de sang et dit Aïe et se dressa sur son séant sous une longue lame de ciel entre deux murs de brique et il se rappela où il se trouvait.

Au bout de la venelle, un gamin blanc débraillé en short bouffant et tee-shirt d'homme était assis sur un vélo de fille à pneus ballons. Quand Lane tourna les yeux vers lui il se hissa sur les pédales et disparut dans un ferraillement de pièces rouillées, branlantes. Lane s'adossa à la cuve à fioul, ravala sa nausée et au moment où il croyait l'avoir vaincue il se pencha et vomit et se mit sur ses pieds et tituba pour retourner au grand air et ne pas sentir ce qu'il avait fait.

Le soleil lui martela le crâne et il se laissa glisser le long du mur de brique et s'écorcha la peau du coude et s'assit la tête dans les mains. Il cracha entre ses jambes et un fil de bave tomba sur son ventre qu'il essuya avant de se relever et de retourner voir derrière la cuve. Comme si Harold pouvait encore s'y cacher. Harold n'y était pas mais le chevron, lui, gisait là, une mèche de cheveux de Lane prise dans un éclat de bois. Lane se servit du chevron comme d'une canne pour revenir au soleil où il leva les yeux et les baissa et ne reconnut rien. Comme s'il était nouveau sur cette planète. Au bout d'un moment il retrouva ses esprits, regagna son pick-up en repassant par où il était venu et jeta le chevron à l'arrière avant d'ouvrir la portière et de vérifier que son revolver était toujours dans la banquette. Dieu merci, c'est déjà ça, dit-il.

Le pick-up de Harold avait disparu, la porte du garage était fermée à clé et les panneaux vitrés si graisseux que Lane ne voyait que sa propre ombre.

Une fois au volant il s'examina dans le rétroviseur, se nettoya le visage avec son mouchoir et passa ses doigts là où la bosse avait éclaté, s'étonnant de ne pas voir l'os de son crâne. Jamais connu quelqu'un d'assez stupide pour laisser une telle marque, dit-il avant de mettre le contact et de prendre le chemin du dépôt de Henry.

La Plymouth Reliant était partie et la porte fermée par un cadenas gros comme un poing. Lane fit trois pas en arrière, leva les yeux vers la caméra et dit : Y a quelqu'un ? se sentant ridicule. Comme s'il hurlait après Dieu. Il envoya un gravier sonner contre le tas de ferrailles et remonta en voiture pour rentrer.

Au lieu de retraverser Cumberland pour aller chercher l'autoroute il s'alluma une cigarette et prit l'ancienne Route 40 qui passait par LaVale et sur un coup de tête ou peut-être parce qu'il avait la gorge en feu et que sa tête résonnait comme un baril sous des coups de poêle à frire il s'arrêta chez Bob's Discount Liquors. Sa blessure avait presque arrêté de saigner alors il s'essuya à nouveau le visage, noua le mouchoir autour de son front comme un bandana et lança son mégot dans le caniveau avant d'entrer et d'avancer à tâtons vers le fond du magasin, où se trouvaient les bières au frais. Sous l'œil du vendeur, aussi attentif que les caméras de Larson Henry.

A la vue de la bière, il sentit son estomac méchamment tourner alors il remonta un rayon de bouteilles jusqu'à ce qu'il en voie une dont il reconnaissait le nom et la couleur sinon le contenu et il la prit par le goulot et faillit la laisser tomber alors il la serra comme un bébé avant de la délivrer sur le comptoir. Le vendeur recula à bonne distance et dit : T'en as djà bu combien, papy ?

Pas une seule, dit Lane. Je me suis cogné la tête. Entendant de quoi il avait l'air. Pas parce que j'avais bu.

Je pourrais perdre ma licence. Si je vends à quelqu'un qu'a déjà sa dose.

J'en ai même pas senti l'odeur.

Le vendeur s'approcha du comptoir et dit 18,70 avant même d'avoir tapé sur la moindre touche.

Lane voulut sortir son portefeuille et ne trouva que des peluches de sèche-linge au fond de sa poche. Nom d'un chien.

Où est passé mon portefeuille ? J'ai dû le laisser dans la voiture, dit-il en se dirigeant vers la porte.

Oh oh oh. Laissez-moi cette bouteille ici.

M'enfin, je vais pas… Lane reposa la bouteille et regagna son pick-up. Aucune trace du portefeuille ni dans le véhicule, ni dans aucune de ses autres poches. La monnaie des cigarettes qu'il avait achetées – un billet de cinq et quelques pièces – se trouvait dans sa poche avant alors il retourna dans le magasin et dit : J'ai carrément dû le perdre.

Bien essayé, mon gars. Le vendeur rangea la bouteille sur une étagère derrière le comptoir.

J'essayais pas de commettre quoi que ce soit, dit Lane. Tenez, j'ai trouvé un billet de cinq. Va juste falloir que je trouve autre chose. La première chose qu'il trouva dans cette gamme de prix fut une petite bouteille d'eau-de-vie de mûre à 3,95 qu'il ramena à la caisse en disant au vendeur de garder la monnaie.

Le vendeur examinant le billet plus longtemps que Lane le jugeait nécessaire, il alla pour sortir. Hé là, faut que je la mette dans un sac. Vous pouvez pas vous promener comme ça.

Lane quitta le magasin avec le sentiment d'avoir pris part à une transaction trop ignoble pour qu'on le traite humainement. Comme s'il venait d'acheter un enfant pour son usage personnel.

Le pick-up était un four mais dès qu'il eut atteint l'autoroute l'air se rafraîchit. La bande rugueuse le fit sursauter lorsqu'il se déporta vers la droite en essayant de remonter la vitre passager et le klaxon retentit lorsqu'il donna un coup de volant pour se replacer. Au diable l'autoroute, dit-il, et il sortit pour attraper la 36 à Frostburg. Dès qu'il eut retrouvé une route qui ressemblait à une route, avec une seule voie de chaque côté, il se détendit, tint la bouteille plate entre ses jambes et desserra le bouchon et jeta un œil dans le rétroviseur avant de boire une longue gorgée d'alcool qui soulagea son mal de tête mais révolta immédiatement son estomac. Il eut un haut-le-cœur, cracha par la vitre et revissa le bouchon et glissa la bouteille sous la banquette. Se voyant déjà la vider dans l'évier histoire d'épargner la végétation.

La puanteur de l'usine à papier plana, lourde et humide, jusqu'à ce qu'il ait dépassé Keyser, et lorsqu'il serpenta pour remonter dans ses montagnes, son moral remonta aussi.

Juste après la limite du comté de l'Union, toutefois, un adjoint au shérif que Lane ne connaissait pas attendait pour passer au croisement où Lane quitta la 220 pour bifurquer vers Union Highway. L'adjoint jeta un regard vers Lane, puis un autre, et il fit demi-tour et se mit à le suivre. Essayant d'escamoter la bouteille entamée derrière la banquette, Lane mordit sur le bas-côté et la rampe lumineuse s'alluma et la sirène lança un unique *wouhhh*.

Lane roula jusqu'à ce qu'il trouve un endroit où se garer sans déborder sur la chaussée puis s'arrêta et ouvrit la portière pour sortir.

Remontez dans le véhicule, monsieur, hurla l'adjoint. Remontez et fermez la porte.

Lane haussa les épaules, referma et regarda l'adjoint s'approcher en marchant de côté jusqu'à ce qu'il soit en mesure de voir dans l'habitacle sans s'exposer à aucun danger. C'est bon, dit Lane. Je vais pas vous faire de mal. Je suis qu'un vieil homme qui a mal au crâne.

Jetons un œil à votre permis, certificat d'immatriculation et attestation d'assurance. Un petit crapaud courtaud portant de petites lunettes sur un visage joufflu et un double menton saucissonné par la lanière de son chapeau. L'adjoint Ferguson.

Lane fouilla dans la boîte à gants et trouva une bonne douzaine de certificats d'immatriculation et au moins autant d'attestations d'assurance. Il parcourut le paquet jusqu'à ce qu'il en trouve une paire qui lui semble en cours de validité. Conscient d'avoir la bosse du pistolet sous la fesse.

Au moment où il tendit les documents, l'adjoint casa sa tête dans l'encadrement de la vitre et renifla pour voir si Lane sentait l'alcool. Lane essaya de retenir son souffle en soupçonnant qu'il allait juste le rendre plus fétide au moment d'expirer.

L'adjoint retira sa tête, examina l'attestation d'assurance et le certificat et dit : Votre permis de conduire aussi, monsieur.

Ah. Celui-là je ne vais pas pouvoir vous le fournir.

L'adjoint vérifia que personne n'arrivait mais il n'était passé qu'une voiture depuis qu'ils s'étaient arrêtés. Il recula d'un bon pas et dit : Vous n'avez pas de permis de conduire, monsieur ? Campé la main sur la crosse de son revolver comme s'il allait dégainer plus vite que son ombre et le refroidir.

J'en ai un mais pas sur moi. Première fois en cinquante-huit ans mais j'ai perdu mon portefeuille pas plus tard que tout à l'heure.

Qu'est-ce que vous vous êtes fait à la tête, monsieur ?

C'est arrivé en même temps que j'ai perdu mon portefeuille. Pas moyen de ne pas se regarder dans le rétroviseur en disant ces mots. Du sang avait suinté à travers son mouchoir et commençait à s'accumuler pour couler sur son front. Il retira le mouchoir, essuya la plaie et l'odeur du sang lui retourna l'estomac, la bile lui monta à la gorge. Il tira la poignée et poussa la porte pour sortir et l'adjoint hurla quelque chose qu'il ne put déchiffrer et recula en chancelant devant une voiture qui dut freiner des quatre roues et se déporter dans l'autre voie pour ne pas le percuter.

Lane se tint au rail du pick-up pour expulser l'eau-de-vie et le peu qui lui restait dans le ventre tandis que l'adjoint en profitait pour lui écarter les jambes, lui attraper un bras et essayer de le lui plier dans le dos. Avant de songer à ne pas le faire Lane pivota et son coude cogna le côté de la tête du petit homme dont le chapeau se décrocha et les lunettes se mirent de travers.

Lorsque l'adjoint lui balaya les pieds Lane se retrouva face à face avec le canon de son arme de service. L'adjoint remonta ses lunettes sur son nez et dit : Allongez-vous au sol. Allez.

Lane s'étendit dans les graviers et pendant que l'adjoint lui passait les menottes il dit : Tu saurais même pas faire un sandwich au fromage sans merder.

L'adjoint le hissa sur ses pieds et répondit : Je vous conseille de surveiller vos propos, monsieur.

C'est pas de vous que je parlais.

L'adjoint appuya sur la tête de Lane pour le pousser à l'arrière de sa voiture. J'aimerais fouiller votre véhicule, monsieur. Est-ce que vous m'y autorisez ? Je peux demander un mandat si vous refusez.

Faites. Ce que vous cherchez se trouve sous le siège, côté conducteur. Espérant que l'adjoint s'en tiendrait là. Cette fois t'as vraiment décroché le pompon, dit-il en s'allongeant de côté sur la banquette et en tentant de calmer les élancements dans sa tête et le tumulte qui avait repris dans ses boyaux.

*

Désolé que t'aies dû faire ça, DeeDee, s'excusa Lane lorsqu'ils eurent quitté la prison. J'aurais appelé quelqu'un d'autre mais je ne voyais pas qui. Le bandage qu'ils lui avaient mis sur la tête dépassait sur son champ de vision et lui donnait l'impression d'être doté d'un nouvel appendice mais elle s'était contentée d'un coup d'œil rapide et n'avait pas posé de question.

Elle avait les cheveux en désordre, le regard voilé et son pull rose n'allait pas bien avec son jogging vert. Vous avez de la chance que j'étais à la maison. Que je travaillais pas.

Au moins, elle parlait. Il monta dans sa Taurus, recula le siège passager aussi loin qu'il le put et attendit qu'elle démarre pour pouvoir abaisser la vitre. Puis il se racla la gorge, cracha et s'en porta mieux. Comme s'il avait chassé le goût de la prison de sa bouche.

Darlene conduisait comme elle faisait tout le reste : efficacement et sans avoir l'air de trop y penser. Elle éteignit l'autoradio et dit : J'imagine que vous me direz ce que ça signifie quand vous serez prêt.

Euh. Oui, peut-être. Mais peut-être que non.

Quand j'ai mis Frank dehors je me suis dit que, peut-être, j'en avais fini avec ça. C'est quoi leur problème, aux hommes ?

On est simplement faits comme ça, je suppose.

Là-dessus vous avez raison. Vous êtes bien tous les mêmes.

Non, dit Lane. Pensant à Frank. C'est juste qu'on a les mêmes instincts.

Elle émit un son qui n'était ni un mot ni un juron et il tourna la tête et vit qu'elle pleurait et c'était bien la première fois qu'il la voyait faire ça. Il ne l'en savait pas capable. Il regarda par la vitre pour dissimuler l'humidité qui, sans prévenir ou s'accompagner de la moindre émotion, était montée jusqu'à ses propres yeux. J'imagine que tel fils tel père. Si tu veux tourner ça dans ce sens.

Et après, quoi, Toby ? Combien de temps il me reste avant de devoir me lever un matin pour aller le sortir de prison, lui aussi ?

Non. Toby est un bon garçon. Tu n'as pas d'inquiétude à te faire pour lui.

C'est ce que je pensais de vous. Elle saisit sur le tableau de bord le papier qu'il avait signé et lut sans que sa conduite ne trahisse aucun signe d'inattention : Agression d'un fonctionnaire de police. Résistance à l'arrestation. Détention d'une boisson alcoolisée ouverte. Conduite d'un véhicule présentant des risques. Conduite sans permis en cours de validité.

Il avait envie de lui dire que ç'aurait pu être pire. S'ils avaient trouvé le pistolet. Mais il n'était pas encore totalement cinglé.

Seulement à quatre-vingt-dix-neuf pour cent. C'est un tissu de conneries.

Exactement. Un tissu de conneries. Le papier était froissé lorsqu'elle le jeta sur les genoux de Lane. Et c'est ça le modèle de mon fils.

Ce serait abuser de te demander de me pousser jusqu'à mon pick-up ? dit-il lorsqu'elle ralentit pour tourner vers chez lui. Il est un peu après Crupp's Creek. Au bord de la route.

Comptez pas sur moi. Vous aurez qu'à y aller à pied si vous en avez besoin à ce point-là. Quinze kilomètres de marche ça vous fera pas de mal. Ça vous laissera le temps de réfléchir.

Je t'en prie, DeeDee. J'ai pas pu le fermer à clé.

Si vous croyez que quelqu'un peut avoir envie de vous voler ce vieux tas de ferraille rouillé vous êtes encore plus fou que je le pensais.

C'est pas pour le pick-up que je m'inquiète. Lane détourna la tête pour ne pas voir la réaction de sa belle-fille. Y a mon pistolet dedans, et il est chargé.

Elle laissa échapper un bruit instinctif, à peine audible, donna un coup de volant pour prendre vers chez Lane et ne dit plus un mot durant le reste du trajet. Puis redémarra de chez lui en lui projetant des gravillons dans les tibias.

Bon. Chier. Lane ouvrit la porte d'une maison qui ne lui parut guère différente de l'endroit qu'il venait de quitter.

*

La voiture qu'est passée quand l'adjoint Ferguson te mettait les menottes, tu sais qui c'était ? demanda Phil McKevey. Il ne faisait pas très avocat avec son short et son tee-shirt collant de sueur au col élimé. Arraché à une partie de softball. Sa grosse Dodge Durango ronflait de puissance alors qu'il passait presque imperceptiblement toutes les vitesses.

C'était le vieux couple qui tenait la station-service qu'est devenue une Citgo.

Les Yost ?

Peut-être bien.

C'est des gens droits. Ils diront comment c'était. A mon avis tu n'as pas trop de souci à te faire. L'accusation d'agression est bidon et le reste c'est pour donner le change. Tu vas pas forcer quelqu'un à rentrer à pied uniquement parce qu'il a perdu son portefeuille.

Je me faisais pas de souci.

Je n'ai pas spécialement l'habitude de me couper l'herbe sous le pied, mais d'ici demain matin t'auras probablement même plus besoin d'avocat. Si Dick Trappel classe pas ce dossier dans la corbeille je serai sacrément surpris.

Je te payerai de toute façon. Ne serait-ce que pour m'avoir emmené jusqu'à mon pick-up.

Tu feras attention en rentrant. Ferguson serait ravi de pouvoir t'arrêter de nouveau. Et ne conduis pas tant que tu n'as pas fait remplacer ton permis. Petit conseil gratuit.

Gratuit mais difficile à suivre. Comment je me rends à la direction de la circulation routière sans voiture ?

T'as bien quelqu'un qui peut t'y conduire. Ton fils ? Ou ta belle-fille ? T'as pas des amis ?

Lane regarda par la vitre. Se demandant comment sa vie avait pu se dégrader au point qu'il lui faille appeler un avocat pour aller récupérer une voiture.

Enfin, Lane.

DeeDee en a un peu après moi en ce moment. Et ça fait des années qu'on s'est pas parlé avec Frank.

McKevey ne dit rien.

Lane aurait probablement fait la même chose à sa place. Ce n'est pas aussi grave que ça en a l'air. C'est seulement temporaire. Seulement jusqu'à ce que l'un d'entre eux deux meure, pensa-t-il.

D'accord. Et pour le centre commercial ? Tu veux faire quelque chose de ce côté-là ?

Non.

T'es sûr ? La plupart des gens qui trébuchent et tombent la tête la première sur un robinet d'arrivée d'eau n'ont qu'une hâte, c'est de déposer plainte.

Non. On va pas faire ça.

Bien. C'est mon travail de poser la question. Mais je suis content que tu ne sois pas comme ça.

Ça n'a rien à voir. Je suis jamais allé au centre commercial. Ni de près ni de loin.

McKevey haussa les sourcils et regarda Lane d'un œil sévère.

Ce que j'ai raconté à l'adjoint a jamais eu lieu. L'histoire de la chute en tout cas.

Ah, dit McKevey, qui ralentit mais sans freiner.

Lane pensa que c'était en réaction à la révélation de son mensonge jusqu'à ce qu'il regarde devant lui et aperçoive la voiture de patrouille du bureau du shérif garée en arrière sur une route secondaire à moins de huit cents mètres de son pick-up. Continue, dit-il. T'arrête pas. Lorsqu'ils passèrent devant lui, Lane ne sut si l'adjoint Martin avait ou non remarqué sa présence.

Tu ne peux pas remonter au volant. C'est exactement ce qu'ils attendent de toi.

En tout cas y a un truc dans la voiture qu'il faut que je recupère.

L'autre affaire dont tu me parles, j'aime autant pas savoir ce que c'est. Sauf si ça devient vraiment nécessaire. Lorsqu'ils eurent passé le virage et ne furent plus à portée de vue de Martin, McKevey freina et gara sa Dodge nez à nez avec le pick-up de Lane. Comme un élan au pelage sombre, lustré qui rencontrerait un veau mutilé, tué par une voiture.

Lane descendit et s'assura qu'il n'y avait pas de voitures avant d'extraire le pistolet de la déchirure du siège et de le glisser à l'arrière de son pantalon sans l'avoir déchargé. Pensant que McKevey n'avait rien vu.

Oh oh, dit Phil lorsqu'il ouvrit la portière. Ce truc-là doit être rangé dans un étui.

J'en ai pas, d'étui.

L'avocat fouilla sur la banquette arrière et tendit à Lane une veste de survêtement. Enroule-le là-dedans. Au moins, il sera couvert. Et y a sacrément intérêt à ce que ce chargeur soit vide.

Lane expulsa le chargeur, le mit dans sa poche et actionna la culasse pour montrer à McKevey qu'il n'y avait pas de balle dans la chambre.

Sors-les moi de là. Toutes. Si ça doit voyager dans mon véhicule.

Une à une, Lane fit glisser les balles du chargeur du bout de l'ongle jusqu'à ce que l'élévateur apparaisse et montra le chargeur à l'avocat et le replaça dans la crosse du pistolet. McKevey prit l'arme, l'enveloppa dans la veste et la posa en évidence sur le tableau de bord. C'est là qu'il doit être, dit-il. C'est la loi.

Oui, n'importe. J'ai rien dit.

Je ne sais pas ce que tout ça signifie au juste, mais il faut que je sois bon à interner pour m'en mêler.

Attends une minute, dit Lane. Il trottina jusqu'à son pick-up, prit le morceau de poutre à l'arrière et le rapporta jusqu'à la Dodge et le glissa sur le siège arrière.

McKevey se retourna, regarda le bout de charpente sur toute sa longueur et tendit le bras pour toucher la mèche de cheveux de Lane prise dans un éclat de bois.

On pourrait peut-être y aller ? dit Lane. J'aimerais autant pas me trouver là si Martin décidait de faire un tour de ce côté.

McKevey démarra, fit un demi-tour et s'élança par le même chemin qu'à l'aller. C'est ça – fit-il en hochant la tête vers la poutre – le robinet d'arrivée d'eau que t'as mentionné dans ton procès-verbal d'arrestation ? Celui sur lequel tu t'es cogné en tombant ?

Tu trouves pas que ça y ressemble un peu ?

Nom de Dieu, dit McKevey.

Lorsqu'ils repassèrent devant Martin, Lane garda la tête tournée vers l'avocat, comme s'ils étaient en train de parler.

Tu veux me dire dans quoi tu t'es fourré, Lane ? Je ne suis pas avocat défenseur. Si tu comptes en avoir besoin, je peux te mettre en contact avec quelqu'un.

Non. J'ai rien fait qui justifie que je prenne un avocat.

Alors dis-moi ce que t'as fait. De quoi il retourne.

Lane songea un instant. Je sais pas trop, Phil. Mais je peux t'assurer que je n'ai absolument rien fait de mal. Dieu m'en est témoin.

Alors pourquoi tu fais une fausse déposition à la police ? Et pour info, j'aurais préféré ne pas le savoir. A moins que tu ne comptes tout me raconter ?

Lane repensa au regard que Martin lui avait jeté quand l'adjoint Ferguson l'avait fait entrer menotté dans le commissariat. A la façon dont Ferguson l'avait plaqué contre le bureau pour lui retirer les menottes. Comme s'il voulait le mettre. A l'afflux du sang dans ses doigts quand les menottes s'étaient détachées. Ça me semblait être une bonne idée sur le moment, dit-il.

Au bout d'un instant McKevey sourit, puis il partit d'un grand éclat de rire.

T'as l'intention de me faire partager ta joie ? dit Lane.

Lane, t'as quel âge ?

C'est pas aussi vieux que ce que tu t'imagines d'où t'es. Tu verras, quand t'y seras, tu te considéreras encore comme un jeune homme. Même si ce n'était pas son cas.

N'empêche, après tant d'années, te voir jouer les Rambo. Y a de quoi en rire si on veut pas en pleurer.

C'est comme ça qu'on est, dit Lane. Terribles et extraordinaires et fous jusqu'à la moelle des os. Y avait probablement des gens qui riaient à Auschwitz. Au Calvaire.

18

Lane sut que quelque chose clochait dès qu'il poussa la porte de la boutique. L'odeur. De vers de terre pas à la bonne température. Il n'avait été absent qu'une huitaine d'heures mais déjà cette odeur avait fait son apparition. Accompagnée d'une senteur de pin.

Il pensa d'abord avoir laissé la porte du réfrigérateur entrouverte mais elle était fermée et le froid résiduel se serait maintenu un bon moment.

Le bruit. Ou l'absence de bruit. On n'entendait pas l'aérateur de la cuve à vifs.

Lane s'arrêta au bout du comptoir pour essayer de comprendre la pagaille qui régnait sur le sol. Des billets, des pièces et des lombrics piétinés pêle-mêle dans de la tourbe noire et des morceaux de gobelets de polystyrène. Comme si des cochons avaient déterré ça d'une couche souterraine dont Lane ignorait l'existence. Une puanteur d'urine. Il en coulait en filets de sous le comptoir. En ruisselets noirs comme autant de sales doigts fouineurs. Les extrémités des lombrics se tortillaient, toujours attachés à leur partie écrasée.

Lane recula jusqu'à la porte mais Phil McKevey était déjà en train de s'élancer sur la route. Lane glissa une balle dans la chambre du colt, se tint parfaitement immobile et tendit l'oreille. Guettant une respiration qui ne serait pas la sienne. Les bruits infimes d'une autre présence. Lorsqu'il eut tant soit peu la conviction qu'il était seul, il chargea le magasin, le glissa dans la crosse du pistolet et franchit les saletés pour aller à la cuve.

Lorsqu'il en souleva le couvercle en inox, une odeur de nettoyant industriel lui sauta aux narines. Le bidon habituellement rangé dans la salle d'eau flottait à la surface d'une nappe huileuse au milieu de centaines de ménés morts. Lane referma tout doucement le couvercle, comme pour ne pas les réveiller.

Il s'adossa à la cuve et contempla un monde nouveau avec de vieux yeux fatigués. Ou peut-être un vieux monde fatigué avec de nouveaux yeux. S'il y avait une distinction, il n'arrivait pas à la faire. Au bout d'un moment il rouvrit le couvercle.

Lane se pencha au-dessus du comptoir pour attraper le téléphone et ne pas avoir à patauger dans la saleté mais il vit qu'il avait déjà traîné ses semelles à travers les rigoles de tourbe et d'urine. Malgré toutes ses précautions. Il tapa deux des trois chiffres avant de raccrocher le combiné en disant : Attends, réfléchis un peu avant de faire ça. Va pas être cueilli à froid. Comme s'il y avait une autre façon de faire avec la vie. Comme si la vie allait adapter ses méthodes et ses processus pour l'arranger. Il revit l'expression du visage de Martin lorsqu'il l'avait appelé Benêt.

Il se pencha par-dessus le comptoir, regarda de nouveau par terre et vit que des papiers provenant du carton où il cachait son pistolet avaient été éparpillés aussi. Le carton vide jeté sur le côté. Lorsqu'il se redressa il eut un blanc et s'agrippa au comptoir jusqu'à ce que le vertige se dissipe. Son estomac se remettant à tanguer.

Il y a assez de bazar comme ça, dit-il. Va pas en ajouter. Lorsqu'il sentit de nouveau le sol sous ses pieds, il glissa le pistolet sous sa ceinture au creux de son rein, attrapa un balai, une pelle et une serpillière et dégagea le tout – l'argent, les vers, la terre, l'urine – dans le carton préalablement garni de pages déchirées dans un prospectus de Cabela's, chasse-pêche-camping.

Alors qu'il sortait à reculons pour aller jeter le carton dans le fût où il brûlait les ordures, NonBob Thrasher ralentit sur la route et il allait passer mais lorsqu'il aperçut Lane dans l'encadrement de la porte il freina brusquement et vint se garer sur le parking.

Lane se retourna pour cacher le pistolet et attendit. Regrettant d'avoir les mains prises.

NonBob s'arrêta à quelques pas de lui et le regarda de la tête aux pieds, et à la tête. Qu'est-ce qui t'est arrivé ?

Je suis tombé, dit Lane. Je me suis cogné la tête. Pas un mensonge. Juste une inversion chronologique.

Où est ton pick-up ?

Je me suis fait déposer.

Bigre. Ses yeux tombèrent vers le carton qui occupait les bras de Lane et sa main s'avança vers les billets trempés et déchiquetés qui émergeaient de l'ordure.

Fais pas ça, dit Lane en détournant le carton. On a pissé dessus.

NonBob retira sa main mais se pencha suffisamment près pour que les pièces se reflètent dans ses yeux. Là va falloir que tu choisisses. Soit tu planques ton argent ailleurs que sous ton matelas soit tu grandis et t'arrêtes de pisser au lit. C'est l'un ou l'autre.

C'est ça, dit Lane. Pas d'humeur.

Qu'est-ce qui se passe ici, d'ailleurs ?

Je me suis fait vandaliser.

Des gamins ? Ou quoi ?

Non. Je sais pas. Lane recula vers le fût qui se trouvait derrière la boutique mais NonBob resta collé à ses basques.

Y a des sous là-dedans. Tu vas pas les jeter, non ?

Je mets pas les doigts dans la saleté des autres.

Donne, alors. Je vais les passer au jet et les mettre à sécher et ce sera comme neuf. Ce sera pas la première fois que je blanchis de l'argent. Son rire fut comme un ressort de suspension rouillé bougeant sous une charge.

Y a même pas quarante dollars là-dedans.

La moitié d'un jour de salaire. J'en ai pas pour cinq minutes à les nettoyer. Il prit le carton des mains de Lane et ce fut comme s'il lui ôtait la capacité de parler en même temps. Muet, Lane regarda NonBob poser le carton sur le plateau de son pick-up puis se raviser et le mettre dans la cabine, sur le siège.

Maintenant je veux plus de toi comme client. Sauf si tu paies par chèque ou si tu me sors des billets neufs.

Si tu savais par où tout l'argent qu'on te donne est passé tu le toucherais pas du bout d'une canne à mouche de trois mètres cinquante. Les billets que t'as dans ta poche ont épongé le vomi sur des comptoirs de bar et traîné dans les poches de gars assez bourrés pour se chier dessus et fait un tour dans l'urinoir et reçu la bave de pédés qu'avaient le sida et…

C'est bon. Lane se retourna et rentra dans la boutique sous les yeux de NonBob qui l'observa à travers la porte moustiquaire. Depuis quand tu te balades avec un flingue ?

Lane fit volte-face vers cette épaisse petite souche brune. Qu'est-ce que tu me veux ?

Je suis venu pour savoir ce que t'avais remué à Cumberland que je risque de me prendre sur le coin de la gueule quand ça retombera sur terre. A ce qu'on dirait, c'est pire que ce que je pensais.

Où t'étais toute la journée ?

Les cheveux de NonBob luisent sous son chapeau lorsqu'il tourna la tête et cracha. Va-t'en pas dire ce que je crois que t'es en train de dire.

Lane ne dit rien.

Ne reste pas là à me regarder comme si tu m'avais trouvé sur ta semelle de chaussure.

La houle brûlante qui remuait l'estomac de Lane avait cédé la place à un bouillonnement froid. Un VRP passa la nuit dans une ferme, du temps de la Grande Dépression, dit-il. Y avait un cabinet d'aisances à deux places dans le jardin et le lendemain matin il s'est retrouvé là-bas en même temps que le journalier et quand le journalier s'est relevé y a de l'argent qu'est tombé de sa poche jusque dans le trou. Le journalier a regardé dans le trou pendant un moment puis il a sorti son portefeuille et il a jeté un billet de vingt dollars au fond. Le VRP a dit : Ça va pas la tête ? Vous savez combien de temps je mets, même moi, pour gagner cette somme ? Et le journalier a fait : C'est juste que je voulais pas passer pour le genre de personne qui met la main là-dedans pour trente-neuf cents.

Vas-y, dis-le franchement.

Y a qu'une espèce de gens qui peut mettre la main dans la merde pour de l'argent. La seule chose qui change c'est le montant.

Les yeux de NonBob brillèrent comme des braises et il franchit le seuil de la boutique. Ça doit être facile de regarder de haut, le cul dans ton fauteuil à attendre que les gens viennent te donner de l'argent. Il tendit une paume rêche et crevassée qui ressemblait plus à un outil qu'à un organe. Essaie de gagner ta vie, un jour. Prends une brique puis une autre et une autre jusqu'à ce que tes gants s'usent plus vite que ta peau et que t'aies plus besoin de les porter. Demain exactement pareil qu'hier. Ou l'année dernière. Ou il y a trente ans. Gagne ta vie une brique à la fois, un sou après l'autre. Après tu feras peut-être moins ta poire à cause d'un ou deux germes dans une boîte pleine d'argent.

J'ai dit ce que je pense.

Vieux con fiérot. Un jour tu te réveilleras en te demandant pourquoi t'es tout seul dans un monde de trente-six milliards d'êtres humains. Mais personne voudra te parler pour te l'expliquer. Et ce jour-là, ce sera dur, Lane Hollar.

Où t'étais aujourd'hui, NonBob ? Pendant que j'étais parti. T'as bien vu où j'étais.

Non. J'ai vu où t'étais quand je partais. T'avais l'air de trouver que je faisais chier. Et depuis je me suis fait pisser dessus.

Tu crois que je suis la seule personne qui t'en veut ? Et ton petit-fils ? Ou cet adjoint au shérif à qui tu casses les pieds ? Merde alors, et ton fils ? Y en a cent qui voudraient faire ça. Si tu crois que j'ai le temps de faire la queue.

Bizarre que ce ne soit pas arrivé plus tôt, alors.

NonBob secoua la tête, comme découragé de faire entendre raison à un idiot. Pourquoi tu me dis pas à quoi je dois m'attendre après aujourd'hui. Après je t'aiderai à nettoyer. Pis on ira se prendre une bière.

Il ne se passera rien. J'en ai fini avec ça.

Tu m'étonnes.

Moi j'ai seulement essayé de faire ce qui était juste. Et je me suis fait taper sur la tête, arrêter, vandaliser et traiter comme un chien. A partir de maintenant quelqu'un d'autre peut faire le bien.

Je croyais que t'étais tombé.

Je *suis* tombé. Mais on m'a un peu aidé.

Arrêté. Donc t'en as fini avec ça mais pas les flics.

Je me suis fait contrôler avec une bouteille entamée dans la voiture. Et pas de permis. Rien à voir avec ce qui s'est passé à Cumberland. Je leur ai dit que j'étais tombé.

Et donc, qui t'a pété la tête ?

Lane regarda par la vitre et sentit jaillir le feu qui brûlait en lui. Un certain Harold Bright. Il travaille pour Larson Henry.

Qu'est-ce que tu lui as fait ?

Je me suis pointé dans un pick-up qu'il avait déjà vu ici, au réservoir. Pendant qu'il noyait Billy Bean.

NonBob pressa ses mains sur ses yeux et secoua la tête. Et tu vas laisser passer ça ? Est-ce que c'est bien le Lane Hollar qu'on connaît et qu'on aime tous ?

Y a pas une seule personne qu'a l'air d'en avoir quelque chose à locher. Tu sais ce que j'aimerais ?

J'ose pas deviner.

Que la vie soit comme avant. Pas comme il y a vingt ans. Comme elle était jeudi matin. Avant tout ce bazar. Il agita la main en direction des saletés qui restaient. C'est tout ce que je demande.

J'ai rien à redire à ça. Et le cul de cette mule dont tu faisais toute une histoire ?

Je peux rien me figurer de plus beau en ce moment.

NonBob considéra Lane de la tête aux pieds, comme s'il cherchait des tiques. Des amis j'en ai pas tant que je puisse les envoyer promener seulement parce qu'ils me balancent des noms d'oiseaux. Me traitent comme de la crotte.

Lane ne décela pas de tiques sur NonBob non plus. Ce que j'ai dit dépassait les bornes.

NonBob hocha la tête. Voyons si on peut te réatteler à cette mule. Il prit le balai et se mit à dégager les coins que Lane avait manqués lors de son premier nettoyage.

C'est toi qu'as fait ça, NonBob ?

Tu crois que je vais saccager ta boutique et t'aider à la nettoyer ensuite ?

C'est pas une réponse.

C'est pas une question à poser non plus.

Au bout d'un moment, Lane retira le pistolet de sa ceinture, le posa sur le comptoir et remplit un seau au lavabo de la salle d'eau. Tu m'emmènes chercher mon pick-up tout à l'heure ?

Les amis ça sert à ça, non ?

Les yeux de Harold voletèrent parmi les rangées de voitures d'occasion comme une mouche cherchant un endroit où se poser. Il compara une étiquette avec le pick-up sur lequel elle était collée et se demanda s'il y avait une erreur. La traversée de Charleston l'avait laissé en sueur et migraineux. Peu importe que Charleston ne soit pas Los Angeles. La circulation y était aussi dense. Aussi rapide. Et Harold se trouvait soudain aussi désorienté en Virginie-Occidentale qu'il l'aurait été en Californie. Près de la rivière, à distance de l'autoroute, il sentait encore le goût des gaz d'échappement, la cohue des voitures.

Le vendeur n'accourut pas comme un doberman bondit de sa cage mais resta dans l'embrasure du préfabriqué, où il devait croire que Harold ne le voyait pas, à surveiller de ses yeux sombres d'Aztèque clandestin. Comme si Harold était celui qui n'était pas censé être là. L'air de sortir de chez le coiffeur et tout beau dans son pantalon clair, sa chemise et sa cravate mais là-dessous rien d'autre qu'un cueilleur de fruit.

Lorsqu'il fut clair à Harold qu'il allait devoir engager la conversation, il décolla de sa peau son tee-shirt trempé, se faufila entre les véhicules et s'arrêta lorsqu'il fut assez près pour pouvoir discuter mais assez loin pour ne pas sentir le petit homme s'il puait. Comme parfois ces gens-là.

Vous avez des voitures qu'ont l'air plutôt pas mal, ici.

Oui, monsieur. Vous avez trouvé quelque chose qui vous plaît ? J'aime laisser aux gens le temps de regarder.

Dommage que vos prix ne soient pas aussi bons.

Le vendeur répondit par un haussement d'épaules qui paraissait un geste naturel à tous les Hispaniques que Harold avait jamais rencontrés. *Non, señor. Nous passe pas el rio. Nous nage, señor. Por plaisir.* Les prix sont établis par le marché. Et les nôtres restent généralement en dessous.

Etablis, pensa Harold. Genre il fait des études de langue anglaise. Il est où Nickel ? C'est le seul avec qui j'arrive à faire affaire.

Les sourcils de l'homme s'arrondirent comme deux matous prêts à se battre. Je vous demande pardon ?

Harold montra le panneau qui surplombait le parking. Nickel. Le patron de cette boîte. De cet établissement. Prends ça, pensa-t-il, si tu veux me mitrailler de grands mots comme un gamin qui tire des balles en mousse

M. Ballew ? Mais il ne travaille pas ici. Il n'y a jamais travaillé.

Comment ça se fait ? C'est bien sa boîte.

Est-ce que vous voulez revendre la Ford ? Je peux voir ce que je peux faire.

Harold regarda la voiture de sa sœur – une Crown Vic de quatre ans qui était le pied à conduire et au volant de laquelle il se sentait comme un prince – avec le même air que s'il avait trouvé des asticots dans son quatre-heures. Non. Ce tacot est pas à moi. Je me l'ai juste fait prêter.

Le regard de l'homme s'attarda sur les contusions de Harold. Vous avez bousillé la vôtre ?

Harold hocha la tête.

Vous cherchez quelque chose de similaire ? Du même genre ?

Ça c'est une bagnole de vieux. Non, moi je roule qu'en pick-up.

Je vais vous montrer ce qu'on a en stock.

Où c'est que je peux trouver Nickel, vous pensez ? M. Ballew.

Vous êtes… ?

Harold parcourut des yeux les rangées de voitures comme s'il y avait un indice qu'il avait manqué là quelque part.

Votre nom ?

Oh. Bright. Harold Bright. Nickel me connaît bien.

Il n'intervient pas dans les ventes à proprement parler.

Ce n'était pas seulement que le type était un mangeur de haricots. C'était tout le côté m'as-tu-vu qui chauffait la bile de Harold. Oui, ben justement je cherche pas une vente à proprement parler. Je cherche Nickel Ballew. Et je peux vous dire qu'il sera en rogne si je le trouve pas, le compadre. Comprende vous ? Parla l'anglés ?

Pour autant que Harold puisse en juger les yeux sombres étaient toujours les mêmes, mais pas la lumière qu'ils reflétaient. Comme si le ciel s'était couvert mais que le soleil continuait à cogner, un plafond de cuivre. J'ignore où se trouve M. Ballew.

C'est ça. Donnez-moi son numéro de portable alors. Je vous le dirai, où il se trouve.

Désolé, monsieur. Encore ce haussement d'épaules. Nous ne donnons pas cette information.

Vous croyez qu'il est au terrain de golf peut-être ? Il avait vu un jeu de clubs sur le strapontin du pick-up de Ballew. Je te préviens, mon gars, t'auras l'impression de t'être pris le membre dans la débroussailleuse quand El Jefe va apprendre que j'ai pas pu lui dire ce que j'ai à lui dire. Et que c'est à cause de toi.

Je ne sais pas où il est. Vous le comprenez, vous, l'anglais ?

J'ai vu un golf au bord de la route. C'est là qu'il joue ?

Ce que M. Ballew fait durant ses loisirs ne me regarde pas.

Combien y a de terrains de golf dans le secteur ?

Je ne suis pas golfeur. Je ne saurais vous dire.

Harold avait la rage au ventre. Comme s'il avait mangé un pain brûlant à peine sorti du four. Je vais te dire une bonne chose, Chico, un de ces jours, tu vas te réveiller dans le pays où t'es né et tu te demanderas comment t'as pu faire ton con d'immigré. Tu te souviendras de ce jour, crois-moi.

Indianapolis, c'est pas si mal comme ville, dit l'homme. Les dents si blanches et si brillantes que Harold y voyait la couleur des voitures. C'est mieux que Dogpatch*.

*

Harold tourna au mauvais endroit et se retrouva dans un lotissement chic, aux maisons toutes identiques mais de couleurs différentes, où il suivit une joggeuse au joli cul pendant deux cents mètres avant qu'elle ne se mette à jeter des coups d'œil par-dessus son épaule. Il prit une petite rue et réussit à retrouver l'endroit d'où le golf était visible et de là il tourna plusieurs

---

* Caricature du trou paumé et peuplé de péquenauds des Appalaches, inventé par Al Capp dans la bande dessinée satirique *Li'l Abner* parue entre 1934 et 1977.

fois à gauche jusqu'au moment où il en aperçut l'entrée, entre deux poteaux de bois imprégné. Il se gara tout au bout du parking de gravier, entra dans le pavillon et, les mains jointes, attendit qu'un homme maigre portant un pull vert vomi de veau ait fini de réserver une leçon pour un vieil homme monté sur des échasses. Dix heures trente, dit-il. Assez tard pour qu'il n'y ait plus de toiles d'araignées mais avant l'arrivée de la chaleur.

Le pro suivit le vieil homme jusqu'à la porte puis se retourna vers Harold. C'est pour quoi ?

Je suis censé jouer avec Nickel Ballew aujourd'hui mais j'ai pas noté le parcours. Ou si je l'ai fait, j'ai perdu le papier. Et son numéro de téléphone avec. Il secoua la tête. Y a des soirs comme ça, vous savez…

Le monde entier s'était mis au haussement d'épaules. Qu'est-ce que vous voulez que j'y fasse ?

Est-ce qu'il a une heure de marquée ? Où il pourrait jouer ? Harold connaissait le mot exact mais n'arrivait pas à remettre la main dessus.

Le pro examina Harold de la tête aux pieds et considéra encore sa tête amochée avant de marcher jusqu'à la fenêtre et de regarder dehors. Ça, faudrait voir avec le starter.

Où est-ce que je peux le trouver ? Ou *la* trouver, dit-il quand la tête du pro pivota comme celle d'un hibou pour le dévisager.

Au même endroit que d'habitude.

Oh et puis merde. Harold passa ses doigts dans ses cheveux jusqu'à ce qu'ils buttent contre l'élastique qui tenait sa queue-de-cheval. Nickel est peut-être encore chez lui. Vous avez sûrement son numéro. Vous avez qu'à me le donner et je lui passe un coup de fil.

Comment vous dites que vous vous appelez ?

Bah, laissez tomber. Je veux pas occuper votre ligne. Je vais carrément passer chez lui. Il leva la main, fit un petit geste et alla pour partir mais s'arrêta et secoua la tête. Vous savez quoi, je sais même plus comment y aller.

Quelque part au fond du pro sommeillait un autre cueilleur de fruits. Les mêmes yeux mais en bleu.

Vous croyez que quelqu'un pourrait me dire le chemin ? J'aimerais vraiment pas louper mon rendez-vous avec ce vieux Nickel.

Comme des caméras de surveillance, les yeux placés loin en retrait dans un visage ultra-bronzé. Y a beaucoup de choses que j'aime pas, moi aussi, dit le pro. Il congédia Harold et reporta son attention sur une jeune femme à l'acné prononcée qui pénétrait dans la boutique.

Faudra pas être surpris s'il résilie son abonnement, dit Harold. Ça va pas le mettre de bonne humeur. Ressorti dans la chaleur, il observa une femme arquant les jambes sur le green avant de tourner ses regards vers deux adolescents sur le practice. Qui s'exclamaient, raillaient les slices et les crochets gauches de leur partenaire. Quand Harold franchit l'aire bétonnée ils s'arrêtèrent et le regardèrent et l'un dit quelque chose et l'autre rit.

Vu de près le vert gazon était lépreux, parsemé de taches sèches et moucheté de mauvaises herbes. Comme un tapis tout neuf mais premier prix après une fête. Un petit homme noir portant un pantalon foncé, une chemise à rayures et un chapeau écrasé à l'avant se prélassait à l'ombre d'un arbre à côté du départ du premier trou et Harold eut l'intuition qu'il s'agissait là du starter. Un téléphone portable passé de mode, gros et rectangulaire, pendait à sa ceinture, lui conférant un air officiel qui rendit Harold plus poli qu'il n'y était naturellement porté. Quand Harold marcha dans sa direction les petits yeux plissés s'agrippèrent à lui comme des aiguilles à crochet. Hé chef, à quelle heure joue M. Ballew ? Nickel Ballew.

L'homme claqua un porte-bloc contre sa jambe et dit : Si y a pas son nom sur ma liste, j'en ai aucune idée. D'une petite voix assortie à sa garde-robe.

Ben jetez un coup d'œil pour voir s'il y est.

Y est pas.

Harold se racla la gorge et cracha du côté du pavillon, suivant des yeux la trajectoire de sa salive, puis il partit sans se retourner.

Il sillonna les environs et trouva un autre golf un peu en dehors de la ville, mais un regard jeté aux voitures garées sur le parking suffit à le faire fuir. Il pourrait se tourner en ridicule tout seul s'il y tenait vraiment.

En rentrant dans l'agglomération il passa devant un bar et saisi d'une soif soudaine il freina brusquement et braqua vers le parking et entra dans l'établissement et quand ses yeux se furent habitués à l'obscurité, il s'aperçut qu'il était dans un bar de Noirs et même si Ballew avait du nègre en lui ce n'était pas *cette* espèce de nègre ni rien d'approchant alors Harold tourna les talons et démarra dans un nuage de poussière.

Ses recherches étaient maintenant corrompues par la soif et il repéra un autre bar dont la clientèle semblait plus prometteuse – chemises de marques, santiags coûteuses, gros cigares noirs – mais il examina son reflet dans le miroir derrière le bar et perdit son sang-froid et le sentiment d'être ici à sa place et il resta debout à regarder autour de lui comme un aveugle qui aurait soudain recouvré la vue et trouvé le monde visible carrément décevant. Il partit sans avoir commandé.

Il avait besoin de laisser là cette ville et sa peur croissante de ce que Ballew ferait lorsqu'il découvrirait qu'ils n'étaient pas tirés d'affaire au sujet du péquenaud qu'ils avaient assommé – ou plutôt que *Ballew* avait assommé – et il retrouva l'autoroute mais à peine la ville avait-elle commencé à décroître dans le rétroviseur qu'il eut de nouveau le gosier sec et apercevant devant lui, à la sortie suivante, un long bâtiment plat sur un parking gravillonné en face du grand panneau Citgo, il bifurqua vers la bretelle quand bien même il roulait beaucoup trop vite. La Crown Vic faillit frotter la glissière de sécurité mais l'ABS la brida comme un bourdon retenu par une toile d'araignée.

A la vue des camionnettes d'artisans et de la façade multicolore, Harold devinait déjà l'intérieur du bar dans les moindres détails : le feutre élimé du billard, les bocaux d'œufs au vinaigre et les lamelles de bœuf séché sur le comptoir cabossé, les petits box sombres aux banquettes de similicuir sentant le cendrier et la bière renversée, des frites fraîches et moins fraîches coincées entre les sièges, les marcels, les bottines de travail, les casquettes, les tatouages. Il n'allait pas trouver Ballew ici mais la boule qu'il avait dans l'estomac commençait à s'ulcérer et il faisait chaud et il avait besoin d'une bière pour calmer les tremblements qui l'avaient gagné quand le vieux au pick-up bleu layette était venu le trouver.

Il entra là comme s'il était chez lui, sans s'arrêter sur le seuil, trouva une place au bar et dit à la serveuse : Un demi, ce que vous avez.

Elle écrasa sa cigarette dans le genre de cendrier en alu qui se renverse si on ne fait pas attention – et elle ne faisait pas attention – et balaya les cendres du comptoir pour les faire tomber dans le creux de sa main. On a de la Coors Light, de la Bud et de la Yuengling. Elle avait un corps jeune et ferme mais un visage de mangeuse de maïs et les yeux fatigués et ses cheveux avaient cet aspect fossilisé que leur confère la fumée dans les bars. Jolie quand même.

Bud, dit-il en sortant sa pince à billets avec un cariacou sur le côté pour en extraire un de dix et deux de un et remettre les deux billets de vingt dedans. La fille prit le billet de dix et revint avec neuf dollars. Faisant en sorte qu'il ait de la petite monnaie pour le pourboire.

L'homme assis deux tabourets plus loin avait le nez aplati mais pas de naissance, des sourcils comme des gousses d'asclépiade éclatées bien qu'il ait le même âge que Harold, un maillot de corps blanc encrassé de sueur séchée autour du cou et des aisselles et des mains rugueuses, à crevasses claires. L'odeur terreuse du béton l'emportant sur la transpiration. Si j'en crois ta tenue tu dois pas être cow-boy, dit Harold.

Le cimentier jeta un œil vers Harold puis tourna à nouveau la tête pour le jauger plus longuement et dit : De Dieu mec. Qu'est-ce qui t'est arrivé ? Quelqu'un t'a dit barre-toi et t'as compris bats-toi ? La voix comme une cannette qu'on écrase.

La bière de Harold était froide à vous fêler les dents et mousseuse et avant même d'avoir atteint son estomac elle avait érodé la peur qui travaillait dans son ventre comme une salade de pommes de terre trop longtemps au soleil. Il fit un grand sourire et dit : C'est à peu près ça. Quand il sortira de l'hôpital on reviendra sûrement sur la question. S'il est encore d'humeur à discuter. Harold alluma une cigarette et souffla la fumée vers le plafond. Qui me dit où je peux trouver Nickel Ballew ? Le type qui a le magasin de voitures d'occasion de l'autre côté de la ville.

Qu'est-ce que vous lui voulez ? dit la barmaid.

Il vient ici ?

Tu joues au billard ? dit le cimentier.

On m'a djà vu en mettre au fond.

Tu fais une partie ? Cherchant déjà ses vingt-cinq cents.

Non, non. Pas tout de suite. Faut d'abord que je me réhydrate le gosier. Il reprit quelques gorgées de bière et la sentit couler lentement jusqu'à ses extrémités. Il faut que je mette la main sur Nickel. Y a des embrouilles en vue.

Quel genre ? dit la barmaid. D'un air et d'une voix qui semblaient dire qu'elle en connaissait de plusieurs sortes et notamment de certaines.

Du genre qui me regarde et pas toi. Donne-moi plutôt son numéro et je lui dirai moi-même, poupée.

C'est ça, dit-elle en commençant à s'éloigner vers l'autre bout du bar et Harold ne voulait pas qu'elle parte. Donne-moi donc cinq Captain Jack. Je me sens en veine.

Elle plongea la main dans l'aquarium de quarante litres à demi rempli de petites liasses de tickets en guise d'eau, en tira une cinquantaine et en compta cinq et prit le billet de cinq dollars de Harold et attendit qu'il les ait ouverts pour pouvoir lui en donner d'autres.

Harold détourna la tête pour ne pas avoir la fumée de cigarette dans les yeux et du bout de l'index il aligna les liasses devant lui. Les petites têtes de clown pointant toutes dans la même direction. Les doigts tendus au-dessus des liasses, il partit d'un *hommmmm* et trembla d'énergie médiumnique.

La fille prit un air dégoûté et rejeta les liasses en trop dans l'aquarium.

Nan, je déconnais. Je vais les ouvrir.

Elle l'ignora et remonta le bar, débarrassant cannettes et bouteilles vides.

D'un seul mouvement expert, Harold se lécha le pouce, s'empara de la liasse du milieu, en fit sauter le bandeau et écarta juste assez les trois tickets pour qu'on entraperçoive du jaune sur l'un d'entre eux. Yeah mon pote, dit-il en réalignant la liasse ouverte avec les autres.

T'as gagné combien ? dit le cimentier au nez écrasé.

J'ai pas encore tout ouvert. Mais je le sens bien. Je sens qu'y a gros.

Harold vida sa chope et la claqua contre le bar et la fille rappliqua tout de suite et dit : Vous faites ça encore une fois et votre nom finit sur cette liste. Avancez votre chope sur le bar pour que je voie qu'elle est vide et je viendrai la chercher quand je pourrai. Y a pas besoin de la cogner. Elle pointait le doigt vers un tableau blanc sur lequel figurait la longue liste des personnes bannies de l'établissement. Un marqueur indélébile reposait dans la rainure et Harold en sentit l'odeur rien qu'en l'apercevant.

Sers-m'en une autre et une pour toi et pour le collègue, là.

Le cimentier vida sa chope et dit : Merci, mon pote.

Lorsqu'elle revint avec les commandes, Harold hocha le menton vers la liste. Dis-donc, les Gosnell, soit c'est une vraie bande de voyous soit c'est qu'y en a beaucoup dans le coin.

Y en a pas tant que ça mais c'est tous des connards qui pincent le cul. Elle avait pris soit un mélange soit un coca et cette fois il en eut pour quatre dollars. Merci, dit-elle en commençant à nouveau à partir.

Moi et Nickel Ballew on en a vu de belles. Ce qu'on a pu faire ensemble. Haletant de respect.

Comme quoi ? dit-elle.

Si je te le disais je serais obligé de te tuer.

Elle ne sourit pas. C'est quoi votre nom ?

Harold Bright. Nickel a peut-être déjà parlé de moi.

Bright ? dit-elle.

Enlève le coton de tes oreilles, chérie.

Elle remonta le long du bar et disparut derrière un rideau.

Çui-là y a rien, dit Harold au cimentier en ouvrant la liasse la plus à gauche et en déployant trois tickets portant des chiffres en noir et aucune tête de clown. Je le sentais.

L'homme rit. Moi je sens que c'est perdant dans neuf cent quatre-vingt-dix-neuf pour cent des cas. Sentir les gagnants, par contre, c'est autre chose.

Harold posa trois doigts sur les trois liasses encore fermées et sentit un ticket gagnant à l'intérieur même s'il fut incapable de dire où. Je peux trouver. J'ai le don. Et il sut qu'il l'avait vraiment et s'émerveilla.

Ça, c'est sûr que t'as un don pour quelque chose.

Harold le regarda durement mais ne décela pas plus de méchanceté sur son visage que dans sa voix. Simplement cet humour d'ivrogne un peu taquin que Harold imaginait partager. Longtemps que tu t'es pas pris une bonne peignée, c'est ça ? D'un ton prudent. Esquissant un sourire.

Pour ça tu pourrais certainement donner des cours. T'as ton diplôme partout sur ton visage.

Harold tendit sa chope et ils trinquèrent et burent. Les gens, ils sont pareils partout, dit-il. Je savais avant d'entrer qu'il était bien ce bistrot. Pas des gens qu'ont un épi de maïs coincé dans le pot d'échappement.

La fille revint. Toujours pas ouvert ces Captain ?

Je vais le faire. Harold les réaligna comme il faut. Dès que je serai prêt.

J'ai jamais vu autant de préliminaires au lit.

Moi non plus, seulement à l'arrière du pick-up, dit le cimentier. Mais je parie que c'est possible. De faire ça au lit.

Savez pourquoi les femmes clignent jamais des yeux pendant les préliminaires ? dit la fille.

Elles clignent jamais des yeux ? dit le cimentier. Je savais pas, les miennes ont toujours un sac sur la tête. Sauf la vraiment jolie, celle qu'a pas de cils.

Parce qu'elles ont peur de les louper. C'est pour ça qu'elles clignent pas des yeux. Mais le cimentier lui aurait volé la vedette même si elle avait fait une blague moins éculée.

Y en a au moins deux de gagnants là-dedans, dit Harold. Je savoure ce sentiment.

Elle pointa le doigt vers la seule liasse complètement ouverte. Faut qu'y ait un dessin. Pas seulement des chiffres. Sous le dessin y a marqué combien vous gagnez.

J'en ai djà ouvert un million. Je sais ce qu'il faut qu'y ait. Harold s'alluma une autre cigarette puis écarta un peu les tickets de la liasse du milieu pour dévoiler la lueur de jaune à l'intérieur. En vlà un. Et j'en sens un autre quelque part là-dedans. Il lorgna vers le tableau des gains scotché à la paroi de l'aquarium. Pour çui-là je dirais vingt mais y a un cent quelque part là-dedans. Voire un deux cents. Je le *sens*.

Elle tendit le bras jusqu'à une étagère située au-dessus du miroir et Harold admira la peau nue que son haut découvrit. Elle lui lança un sachet de médicament contre les maux d'estomac. Cadeau, dit-elle.

C'est pour quoi faire ?

Pour vous débarrasser de ces sentiments avant qu'ils vous salissent le slip. Elle éclata de rire et le cimentier aussi et il dit : Allez, mec, tu m'as fait patienter assez longtemps. Viens-t'en faire ce billard.

Harold prit sa bière, les liasses qu'il n'avait pas ouvertes et sa monnaie et les emporta vers un box voisin du billard. Ils jouèrent la casse à pile ou face et Harold l'emporta et la bière porta ses fruits, calmant ses nerfs et affûtant son regard. Après en avoir mis une pleine et une rayée à la casse il en fit rentrer deux autres puis fit fausse queue et alla buter dans le pêle-mêle qu'il avait laissé au bout de la table.

Harold rit en lui-même en voyant le cimentier faire un chevalet, un poing dont le pouce sortait sur le côté, comme un débutant, et ses pieds manquant de stabilité. On joue pour quelque chose ?

Juste une bière. Le cimentier ferma un œil et frappa un long coup le long de la bande, d'un geste tranquille, assuré, et Harold vit sa confiance filer au fond du trou avec la bille. L'homme était lent et consciencieux, plaçant sa queue à la perfection pour le coup suivant.

La porte s'ouvrit et se referma dans leur dos mais Harold, concentré sur sa défaite, ne s'aperçut de rien. Le cimentier leva les yeux puis se hâta de frapper et la queue jaillit bizarrement du rebord et poussa doucement la huit d'un groupe de trois boules pour la faire tomber dans la poche latérale. Je dois y aller de toute façon, dit-il en jetant deux dollars avec la monnaie de Harold.

Encore une, dit Harold, mais l'homme avait levé le camp et un autre, grand et sombre, s'accroupit près des fentes à monnaie. Est-ce que n'importe qui peut jouer ? dit-il, et une piqûre d'éther froide et saisissante chassa la chaleur douce qui coulait dans les veines de Harold. Le bar soudain si silencieux que Harold entendait la machine à glaçons dans la pièce de derrière. Nickel, qu'est-ce que tu fais ici ?

L'homme le scruta depuis l'autre côté de la table, plissant les yeux sous la lumière de la suspension. Harold ? Harold Bright ? Vain Dieu ! Il fit tomber les billes jouées et les regroupa dans le triangle avec les autres avant de faire le tour pour serrer la main de Harold. Qu'est-ce que tu fais dans le coin, fils ?

Allons dehors, chuchota Harold. Faut que je te dise quelque chose.

Jouons une partie, avant.

C'est queque chose d'important.

Un plombage en or étincela tout au fond de la bouche de Ballew lorsqu'il sourit. Rien n'est plus important que le billard. Casse donc, partnaire.

Harold tourna ses regards vers le bar mais il s'était presque entièrement vidé et les quelques clients qui restaient ignoraient soigneusement les joueurs. Lorsque Harold se positionna pour la casse ses mains tremblaient et la blanche frôla les billes en surface, desserrant à peine le triangle.

C'est comme ça que je les aime, dit Ballew. N'importe qui peut gagner quand y en a de disséminées partout sur la table. A chaque coup il empochait une bille et en détachait une autre du tas et quand la huit tomba Harold laissa échapper un souffle qu'il ne savait pas qu'il retenait. Soulagé de ne pas avoir à jouer.

Allons voir ce qui macère dans ta panse, Harold, dit Ballew en rangeant la queue dans le râtelier.

Harold tendit la main pour saisir sa chope mais manqua la poignée et la renversa et fit couler un torrent de bière qui emporta ses tickets jusque sur le sol. Roh, non, dit-il en se penchant par-dessus la banquette pour les récupérer.

Me fais pas honte, fils. Les doigts de Ballew furent comme des crocs de boucher le hissant sur ses pieds. La barmaid était là un torchon à la main, épongeant la table. On peut pas le sortir, dit Ballew.

Vous en faites pas. Ça arrive tout le temps.

Ballew glissa un billet dans la poche avant de son jean. Merci pour le coup de fil.

C'est moi, dit-elle sans vérifier ce qu'il avait mis au juste.

Attends, dit Harold alors que Ballew le poussait vers la porte. Y a des tickets gagnants là-dedans.

Le jeu est une sale habitude. Ça détruit l'esprit et déprécie l'âme.

Harold regardait derrière lui lorsqu'ils franchirent la porte et il se cogna le coude contre le montant et fit : Quelle merde. Ne parlant pas de son coude.

Viens. Ballew ne tourna pas la tête pour s'assurer que Harold trottait comme un petit chiot sur ses talons. Il sauta dans son pick-up et Harold se mania d'aller démarrer la Crown Vic et attendit que Ballew recule. Le gros pick-up resta immobile, moteur tournant au ralenti, et au bout d'un moment le klaxon retentit et Harold coupa le contact et marcha jusqu'à la vitre passager de Ballew. La vitre descendit et Ballew secoua la tête et dit : Incroyable.

Quoi donc ?

Monte.

Harold monta à bord du pick-up mais son cœur resta sur le parking. Quoi ?

Les loquets de fermeture des portières s'abaissèrent et Ballew recula et Harold n'avait pas trouvé le bouton de déverrouillage que déjà ils roulaient, filant le long d'une petite route sinueuse qui laissait l'autoroute derrière eux. Pourquoi t'as verrouillé les portes ? dit Harold. Les clés sont sur la voiture et c'est celle de ma sœur. Elle va me tuer s'il lui arrive quelque chose.

Les portes se verrouillent toutes seules quand il fait humide, dit Ballew. De la camelote de Detroit. Il pressa le bouton et les loquets se relevèrent mais à ce stade c'était comme une porte déverrouillée dans un sous-marin. Pas d'une utilité folle.

Harold se retourna et jeta un œil par la vitre noire comme si son regard pouvait traverser les montagnes et voir la bande qui, il en était sûr, était déjà en train d'embarquer la voiture de sa sœur en pièces détachées.

Personne va te voler ta voiture, Harold. Ce sont d'honnêtes gens.

Ben voyons. Harold n'avait rien d'un psychologue mais quant à ses semblables, il y avait une chose dont il n'avait jamais douté.

Qu'est-ce qui te brûle la langue et te point le cœur ?

Hein ?

Qu'y a-t-il de si important que tu doives déranger mes affaires et insulter mes employés ? Répandre mon nom comme des kleenex jetés par la fenêtre ?

Harold contempla son reflet dans le rétroviseur extérieur et, non sans répugnance, regarda les mots se déverser de sa bouche. On est dans la merde. Enfin toi. Quelqu'un t'a vu tuer ce plouc. Le vieux pick-up bleu qu'était garé au réservoir, il est venu droit jusqu'à Cumberland où je travaillais. J'en ai jamais vu un autre de la même couleur et il avait le hayon cabossé au même endroit. Je t'avais bien dit que c'était complètement fou de le tuer, j'ai jamais voulu faire ça, moi. Tout ce que je voulais c'était lui donner une leçon, mais non, fallait que tu l'assommes et que tu le noies.

Ballew éclata de rire comme si Harold venait de raconter une blague un peu trop crue pour l'assistance et pas particulièrement drôle. Ce pick-up qu'est venu à ta recherche, il avait un conducteur ou il bénéficiait d'un régime de semi-liberté ?

Monsieur les-grands-mots, comme si Harold ne savait pas ce que c'était. Je te l'ai dit qu'il en avait un. Il est venu au dépôt de M. Henry et j'ai foutu le camp mais il est venu direct me trouver là où je travaillais.

Tu lui as demandé son nom ? Souriant comme si c'était une grosse blague.

Je lui ai mis un coup de planche. Quelqu'un vient chercher çui qu'a tué le péquenaud je lui demande pas des nouvelles de ses poules.

Un coup de planche.

De chevron. Pas une planche planche. Soucieux d'exactitude. Ce qu'il voulait ça faisait aucun doute parce que quand j'ai voulu me tirer il m'a couru après.

Ballew rétrograda et tourna sur un chemin gravillonné qui montait en lacets au flanc d'une cuvette, l'anse rocheuse du côté de Harold tombant à pic alors que la pente de la route s'accentuait. Le pick-up peina, saccada, les pneus rauquèrent dans les cailloux. Qu'est-ce qu'il a fait quand tu lui as mis un coup de planche ?

Qu'est-ce que tu crois que les gens font quand leur tête rencontre un bout de bois ?

Est-il tombé d'une façon qui laisse à penser qu'il est susceptible de se relever un jour ? Comme le Christ ? Ou sa chute présente-t-elle un caractère plus permanent ?

Je l'ai pas tué, je suis pas stupide.

Harold, t'es tellement frondeur que tu discutes même mes pensées.

Je suis pas frondeur non plus. Ce que tu penses j'en ai pas le début d'une idée.

Ça je veux bien le croire. Ballew se mit à siffloter comme si Harold parlait avec quelqu'un d'autre et qu'il ne voulait pas écouter leur conversation. Je regrette que tu n'aies pas pris le nom, dit-il.

J'ai jamais dit que je l'avais pas fait. Harold ouvrit le portefeuille qu'il avait pris dans la poche du vieux schnock. Lane Hollar.

Ballew tint le volant d'une seule main, le bras secoué alors que la voiture saccadait à trente kilomètres-heure sur un chemin fait pour rouler à dix, et de l'autre il prit le portefeuille pour examiner la photo du permis de conduire et jeter un œil dans les pochettes. Où sont les cartes de crédit ?

Y en avait pas. Tu crois que je suis assez bête pour utiliser des cartes de crédit ?

Ballew parcourut les photos – qui, pour la plupart, montraient l'homme en compagnie d'un petit garçon – puis il remua sur son siège, sortit une clé de sa poche et déverrouilla la console centrale et y jeta le portefeuille et referma la console.

Ce n'est qu'au moment où il vit étinceler quelque chose de sombre et de métallique que Harold sentit son petit-déjeuner se liquéfier. Faut que je rentre sinon ma sœur va appeler les flics pour récupérer sa voiture et elle sait où je suis. Le plan de Ballew aussi évident qu'un poil pubien dans un beurrier.

Connais-tu la parabole des dix lépreux, Harold ?

Harold le regarda avec effroi. Jésus-Christ.

Oui. Exactement.

Steplaît laisse-moi sortir, Nickel. Je dirai ce que t'as fait à personne.

Parle-moi des lépreux, Harold. Il parlait comme un prédicateur, d'une voix forte et pressante qui terrifiait Harold plus que ses mots.

Je sais rien du tout sur les Hépreux, Nickel. Steplaît laisse-moi sortir. Je vais rentrer à pied.

Nul n'est revenu rendre gloire à Dieu que cet étranger.

Saisi à l'idée qu'il y avait quelqu'un d'autre à bord, sur le strapontin, Harold sursauta et se retourna brusquement mais il n'y avait personne.

Dix furent guéris, mais neuf filèrent leur petit chemin égoïste. Absorbés par leur petite vie mesquine. *Et les neuf autres, où sont-ils ?*

Harold avait réussi à garder les yeux secs mais il avait des larmes dans la voix. Ils sont morts depuis longtemps tfaçon.

Au milieu de tes souffrances j'ai été là pour toi, Harold. Quand tu as connu la douleur et que ton âme était malade j'ai été là pour te guider. Quand tu as trouvé moyen de te faire prendre avec le petit cadeau que je t'avais fait, avant même d'avoir rempli la mission que tu avais acceptée, *j'ai été là*. Pour te redonner ton rang. Puis d'une voix basse, calme : Et voilà que tu veux jeter tes misérables péchés à mes pieds. Non en implorant mon pardon mais pour les faire *miens*.

Une boule de terreur s'épanouit dans les poumons de Harold et les paralysa et gagna son cerveau et sans plus de réflexion qu'il ne lui en avait fallu jusqu'ici pour respirer il se libéra de sa ceinture, poussa la portière et s'enfuit dans l'espace et regarda le monde tournoyer au-dessous de lui.

20

Le mardi matin Lane passa un coup de fil à Darlene au lieu de passer chez elle pour petit-déjeuner et prendre le gamin. Quand le téléphone sonna dans le vide il dit : Si ça t'amuse. Imaginant Darlene en train de dédaigner le téléphone. De parler au gamin par-dessus la sonnerie. De lui dire quel fieffé trou-du-cul son grand-père était devenu.

Il fila jusqu'à la boutique et frotta et rinça la cuve à vifs et entreprit de la remplir à nouveau et alors qu'il regardait l'eau gargouiller du bout du tuyau il eut l'impression qu'il était en train d'insuffler du temps dans sa vie, d'une façon qui ne remonterait pas l'horloge mais rendrait simplement ses jours interminables sans prolonger son existence. Comme la vie avait tendance à le faire de toute façon.

Au bout du second client éconduit parce qu'il n'avait ni vifs ni vers il bricola un panneau PAS D'APPÂTS imprimé main et le colla au milieu de la porte vitrée.

Regarder l'eau monter aussi imperceptiblement qu'inexorablement dans la cuve en inox était plus captivant que le reste de sa vie alors quand la porte s'ouvrit et se referma dans son dos il ne leva pas les yeux et dit : Vous savez pas lire ? J'ai plus d'appâts.

Oui, monsieur. D'une voix petite et sombre et ferme comme son propriétaire.

Lane se retourna et examina le garçon et sa boîte de conserve au bord coupant et mâché, ouverte au canif. Juan, comme je suis content de te voir. Combien en as-tu pour moi aujourd'hui ? Faisant de son mieux pour prononcer le prénom comme il devait l'être, d'une façon douce, fluide, élastique.

Dix-neuf.

Pour un soir sec comme ça, tu t'es bien débrouillé. Combien de temps ça t'a pris pour en trouver autant ?

Le garçon haussa les épaules.

Une heure ?

Peut-être six. Ou sept.

Six heures ? Il fit le calcul et essaya d'imaginer. Un lombric toutes les vingt minutes. Quinze cents de l'heure. T'arrives au bon moment, dit Lane. Il ne me reste plus un seul vers. Ni un seul vif.

Qu'est-ce qu'ils ont eu ?

Ils ont expiré, c'est tout ce que je peux dire. Tu connais ce mot ? Expiré ?

Oui, monsieur. Ça veut dire qu'ils sont morts. Pourquoi ils ont fait ça ? Tous en même temps ?

On les a un peu aidés.

Pourquoi quelqu'un tuerait un ver ? Ou un vif ?

Parce qu'il en a le pouvoir, j'imagine. C'est généralement la raison pour laquelle les faibles et les sans défense se font écraser. Ainsi va le monde. Conscient qu'il prêchait parce qu'il était seul et frustré et n'avait personne sur qui se défouler. Ou simplement parce qu'il en avait le pouvoir. Voyons que je te donne ton argent, dit-il avant de se souvenir qu'il avait jeté son fond de caisse trempé d'urine dans un carton Pepsi qui avait disparu dans le pick-up de NonBob. Et dépensé le peu qui lui restait pour une bouteille d'eau-de-vie qui lui avait valu d'atterrir en prison. Derrière le distributeur d'essuie-main des toilettes se trouvait une enveloppe contenant cinq billets de vingt dollars – au cas où on essaierait de le prendre dans l'incapacité de rendre la monnaie sur cent – mais il se rappela le regard dédaigneux du garçon lorsqu'il avait essayé de le surpayer la fois précédente. Il jeta un œil à sa montre. Je vais devoir aller chercher de la monnaie à la banque, dit-il. Pourrais-tu m'accompagner ?

Les grands yeux marron examinèrent Lane d'une façon tout à fait embarrassante. Je te déposerai chez toi au retour. Ça t'évitera d'avoir à marcher, comme ça tu y seras à peu près à la même heure. Tu peux faire ça pour moi ?

Si ça vous prend pas trop longtemps. Y a du jardin à faire.

As-tu besoin de prévenir ? Lane poussa le téléphone vers le garçon.

Non monsieur.

Vous avez le téléphone, non ? Là-bas, chez vous.

Non monsieur.

Lane s'en voulut d'avoir posé la question. Il verrouilla la porte derrière eux et le petit sauta sur le siège du pick-up comme Lane se rappelait à peine qu'on pouvait le faire.

Lorsqu'ils s'engagèrent sur la chaussée, Juan dit : C'est M. Thrasher qu'a tué vos vers ?

NonBob ? Lane rit. Qu'est-ce qui te fait dire ça ?

Le garçon haussa les épaules et Lane se souvint que Non-Bob était probablement le propriétaire du petit. Satan en personne. Le petit se tint sage et Lane se sentit obligé de broder le silence de tout et de rien. Tu m'as dit que ton papa trayait les vaches. Et les autres hommes qui vivent chez vous, qu'est-ce qu'ils font comme travail ?

Y en a un qui travaille pour un monsieur qui vend des voitures.

Ils étaient arrivés à la banque et Lane s'engagea dans le drive-in et rédigea un chèque et l'envoya par la capsule en disant ce qu'il voulait à la guichetière mais elle renvoya le chèque et dit : Va falloir passer au guichet, monsieur Hollar. On ne peut pas envoyer de pièces par le tube.

J'avais oublié ça, dit Lane. J'avais juste oublié. Il redémarra et se gara aussi près de l'entrée que possible. Tu veux venir ? Se demandant si le petit avait déjà eu l'occasion d'entrer dans une banque. S'il l'aurait jamais un jour.

Je vais attendre.

Ne touche à rien. Comme s'il y avait grand-chose à toucher dans le vieux pick-up rudimentaire. Lane salua un homme en costume gris, hirsute, qui finissait de fumer sa peine de mort dehors, où il était sûr de n'emmener personne avec lui dans la tombe. Lorsqu'il poussa la porte à deux battants du sas de sécurité, Lane tomba sur l'adjoint Martin qui sortait et eut un mouvement de recul, comme s'il venait de croiser une mouffette.

Martin rit. Monsieur Hollar, dit-il en claquant une sacoche d'argent en vinyle contre sa main libre.

Lane s'écarta et se retrouva enfermé dans le sas avec l'homme avec lequel il avait le moins envie de rester en tête à tête. Sentant son eau de Cologne et son haleine, les forêts de pins et le café.

Martin considéra un instant le pick-up de Lane puis reprit : Qui c'est qu'est avec vous ?

Lane ne se sentit aucunement obligé de répondre.

Vous manquez d'amis ? A moins que vous ne soyez en train de l'emmener en prison. De prendre une longueur d'avance sur le système.

J'en manque pas assez pour avoir envie d'être claquemuré avec des gens comme vous. Lane essaya de forcer le passage mais l'homme ne bougea pas et Lane eut l'impression de se frotter à une souche de chêne blanc.

Si vous avez toujours envie de jouer les détectives, commencez donc par ce nid de Chicanos. Demandez-leur à eux, ce qu'ils faisaient, quand votre copain s'est noyé. Mais autant essayer d'écraser toutes les fourmis d'une fourmilière.

C'était pas mon copain. Seulement un être humain. Y a une différence.

Entre les animaux comme celui qu'est dans votre pick-up et les êtres humains aussi. Vous feriez pas mal de le garder à l'esprit. Martin poussa Lane de son chemin simplement en avançant dans sa direction et sortit.

Lane avait la voix tremblante lorsqu'il indiqua à une autre guichetière ce qu'il voulait contre son chèque et elle en mésinterpréta la cause.

La clim c'est vraiment l'horreur, hein ? dit-elle.

Il ne répondit pas et tout en comptant ses billets et ses pièces elle lui décocha un regard à côté duquel le refroidissement mécanique réchauffait.

*

Au poste haute tension d'où partait le chemin vers la maison de Juan, Lane rétrograda, ralentit et posa la question qui lui trottait dans la tête. Tu m'as dit qu'un des hommes qui habitent chez vous travaille pour un marchand de voitures et ton père dans une ferme. Y a-t-il plus de deux hommes dans cette seule maison ?

Avant oui, dit le petit. Y en a un qu'est au pénitencier.

Lane tourna sur le chemin et la panique gagna le visage du petit qui chercha la poignée de la portière. Laissez-moi ici. La route est pas bonne.

Lane l'ignora et négocia doucement les nids-de-poule de l'allée, si peu utilisée que de l'herbe poussait au milieu. Tu veux dire en prison, c'est ça ?

S'il vous plaît. Laissez-moi rentrer à pied. Ma mère sera pas contente que vous m'ayez ramené.

Lane n'avait pas pensé qu'il pouvait mettre le garçon dans l'embarras. Il s'arrêta et le retint un instant par l'épaule. Parle-moi de l'homme qu'est en prison avant de partir.

Marcos conduisait une voiture où il y avait de la drogue et maintenant il est au pénitencier de Clarksburg.

De la drogue ? Quelqu'un de chez toi ? Réajustant ses représentations à l'aune de cette information nouvelle.

Il savait pas qu'y avait de la drogue dans la voiture.

C'est une défense assez courante, je crois, dit Lane. Mais le petit avait ouvert la portière, glissé sur ses pieds et disparu sans se retourner.

Lane resta un long moment à penser avant de faire marche arrière sur le chemin et de regagner la boutique et avant d'avoir pu couper le contact il s'aperçut qu'il n'avait toujours pas payé ses lombrics au petit, il se demanda s'il créerait des ennuis en y retournant et décida que non.

*

La ferme pourrissait dans un bosquet d'érables meurtris par la foudre autrefois majestueux mais qui étaient devenus aussi fatigués et fatalistes que la maison. Le faîte s'affaissait, le parement sans peinture était délavé et craquelé et la cheminée en briques s'était disjointe du bâtiment et menaçait le jardin.

Le jardin était grand et touffu, luxuriant. Des haricots grimpants hochaient la tête en haut de trépieds faits de branches de deux mètres cinquante, et sur cinq longues rangées, des pieds de tomates étaient noués à de hauts piquets par des bandelettes de tissu turquoise et rose. Les maïs étaient courts mais déjà en épis et des plants de citrouille couraient entre leurs pieds. Des courges grosses comme des bassines, une étendue de choux bleu-vert et une autre à fleurs mauves, de pommes de terre. Deux femmes et un nombre invraisemblable d'enfants travaillaient dans les rangs lorsque Lane fut en vue, mais le temps qu'il se gare au bout du chemin, à une trentaine de mètres encore de la galerie penchante, ils avaient disparu. Comme des coccinelles parties se cacher sur l'envers des feuilles de haricot.

Les rebuts que Lane se rappelait pour être déjà venu ici des années plus tôt – cuisinières à bout de souffle, citernes percées, baignoires fendues, innombrables bouteilles et boîtes de conserve – avaient été rassemblés en tas au loin, sous les arbres. L'application d'un désherbant aurait transformé le terrain en un désert stérile, mais au lieu de cela tout était soigneusement entretenu et des boîtes de café tenaient lieu de pots de fleur à chaque coin de l'escalier pourrissant de la galerie. De l'intérieur de la maison parvenait une musique étrange et entraînante qui se tut brusquement, comme en écho au bruit d'échappement du pick-up.

Lane descendit et un petit homme tout en nerf et la peau tannée comme un cuir brun usé apparut dans l'embrasure de la porte ouverte. ¿Señor? dit-il.

Le petit, dit Lane. J'ai oublié de le payer pour les vers. Parlant fort et lentement afin de se faire comprendre. Juan.

L'homme se retourna, dit quelque chose et le garçon apparut dans l'embrasure.

L'argent, dit Lane en cherchant un billet d'un dollar dans son portefeuille. Y a cinq cents en trop mais on a qu'à dire que c'est les intérêts pour le retard de paiement.

Le garçon descendit les marches, évitant l'avant-dernière, prit le billet, et sortit de sa poche une pièce de cinq cents qu'il donna à Lane. Mon papa, dit-il et l'homme s'avança et serra la main de Lane d'une main de granit brut. Les dents blanches et droites et cette légère odeur de fumier qui ne quitte jamais ceux qui travaillent au contact du bétail. Pas une odeur d'ordure mais celle de la terre.

Señor, répéta-t-il.

Il sait un peu d'anglais ? demanda Lane au garçon.

Oui, je le parle, dit l'homme.

Le petit travaille bien, dit Lane. Les lombrics qu'il m'apporte sont extra. Il en prend soin.

L'homme haussa les épaules comme si Lane avait fait remarquer que le petit avait des bras.

Vous travaillez dans une ferme ? Se demandant pourquoi l'homme était désœuvré à cette heure du jour.

Oui. Je trais les vaches. Trois heures du matin, trois heures de l'après-midi. Il regarda le soleil et Lane se demanda s'il y avait une montre ou une pendule quelque part dans la maison. Pour M. Eberley.

Henny ? Ou Clark ? Chacune des deux fermes se trouvant à huit kilomètres au moins par le chemin le plus direct.

Oui.

Lane regarda vers l'allée vide. Vous faites ça à pied ? Tous les jours ?

L'homme leva deux doigts, un grand sourire aux lèvres. Deux fois.

Trente bornes pour tirer des mamelles, pensa-t-il. Pourquoi vous restez pas là-bas entre chaque traite ? Ça fait un bout.

Y a du travail aussi ici.

Il était en train de prendre son petit-déjeuner, dit Juan, semblant s'excuser.

Dans le jardin les femmes et les enfants étaient réapparus sans que Lane s'en rende compte. Une petite fille lui sourit timidement alors une femme dit quelque chose à voix basse mais cinglante et la fillette se replongea dans son rang.

Lane se sentit corpulent et nanti, abâtardi. Je ferais mieux d'y aller, dit-il. Des gens vont avoir besoin d'appâts.

Merci, dit Juan. D'avoir apporté les sous.

C'est moi, dit Lane. Il donna des poignées de main et évita de regarder dans le rétro en partant.

*

Ce n'est qu'à son retour à la boutique, en voyant son panneau, que Lane se rappela qu'il n'avait plus d'appâts à vendre, et il se demanda s'il était en train de perdre la tête. D'un seul coup au lieu du grappillage quotidien propre au vieillissement. Assis dans la voiture il compara sa propre bâtisse branlante avec celle qu'il venait de quitter et ne fut pas enchanté par la conclusion. L'endroit lui parut tout à coup trop froid et humide et rance et déprimant pour qu'il entre et il songea à se rendre chez Darlene mais subodorait qu'il avait souillé ce nid-là et ne se sentait pas d'attaque pour soulever le problème. Il regarda sa montre mais Rooster's n'était pas encore ouvert.

Lane appuya sa tête contre le dossier, ferma les yeux, et au bout d'un moment, il se redressa, s'examina dans le rétroviseur, se coiffa les cheveux avec les doigts et démarra, rentra chez lui. Franchit le seuil de la maison avec le sentiment qu'il entrait en enfer par la porte de derrière.

21

Quand Lane se réveilla le mercredi matin, il eut l'impression d'avoir une plaie encore fraîche et vive à la tête et il fallut que le téléphone sonne une seconde fois pour qu'il comprenne qu'il n'avait pas été réveillé à coups de chevron. Il rassembla ses esprits et ce qui restait de sa tête et tituba dans le couloir et regarda sa montre et se demanda qui pouvait bien l'appeler si tôt. Qui pouvait l'appeler chez lui tout court.

Sans le corps qui allait avec, la voix de Larson Henry était celle d'un jeune homme. Sonore et pleine de vie.

Lane prit le téléphone sur la table et marcha aussi loin que le cordon le lui permit pour voir le soleil surgir derrière la ligne de crête, par la fenêtre de la chambre. C'est pas grave, dit-il. Fallait que je me lève pour répondre au téléphone, de toute façon. N'éprouvant pas le besoin d'expliquer qu'il y avait des années qu'il ne s'était pas levé aussi tard.

Lane écouta, hocha la tête et se figura la vérité comme une corde de banjo. Une fois que tu l'as coudée plus moyen de la remettre droite. C'est là qu'elle casserait. Lane secoua la tête. Non monsieur. J'ai pas revu Harold depuis. J'ai même pas eu l'occasion de lui parler, monsieur Henry. Dès qu'il m'a vu il a détalé comme un ours qu'a une abeille dans le train.

Lane revint vers la petite table et déchira deux pages au calendrier pour le remettre à jour. Non monsieur. Ça m'intrigue autant que vous. Pour autant que je sache je l'avais jamais vu de ma vie. Quand je l'ai croisé dans votre bureau c'était la première fois et ça l'a pas fait réagir.

Parce que l'écran de vidéosurveillance était en noir et blanc. Et que c'est qu'en sortant que Harold a vu la couleur de mon pick-up. Mais Lane tut ces détails. Je suis revenu pour vous raconter ce qui s'était passé, mais vous étiez plus là, dit-il à la place.

Si vous me dites que Harold a une sœur, je veux bien le croire. Mais je la connais pas. Oui, les sœurs ont tendance à faire des scènes, d'après ce que je sais. Mais je vois pas pourquoi elle m'en ferait une à moi.

Il fronça les sourcils et ferma les yeux un instant et s'appuya contre la cloison. William Bean. Oui, monsieur, c'est lui qui s'est noyé. Et c'est lui qui avait administré une raclée à Harold Bright. C'est bien ce que je pense.

Il écouta davantage et dit : Oui, monsieur. Toute personne douée d'intelligence y verrait une incroyable coïncidence.

Non monsieur. La police est au fait de certaines parties de ma vie mais pas de cet événement précis.

Que voulez-vous, je suis comme ça.

Lane écouta un long moment avant de reprendre la parole. Faites ce que vous avez à faire. Je pense que la police sera ravie d'entendre ce que vous avez à dire.

Il raccrocha et envisagea de se rendre au poste pour parler à Dick Trappel mais se rendit compte qu'il avait laissé passer l'occasion. Quand t'as un putois dans un piège, mieux vaut lui laisser une chance de s'échapper par lui-même avant de voler à son secours. Déterminer à quels mensonges précis il convient de remédier plutôt que de risquer de s'attaquer aux mauvais.

La vérité se rétablirait sans son aide. Larson Henry s'en chargerait. Il est difficile d'ignorer un disparu. Plus que quelqu'un qui est là.

Lane regarda le plafond et sentit qu'il y avait là quelqu'un à maudire mais personne pour l'entendre s'il le faisait. Dans la chambre il jeta à nouveau un œil à la pendule mais vit les pêcheurs mécontents en train de patienter devant la boutique. Lane pas là. Rien à vendre à son arrivée. Darlene déjà partie au *diner* et à nouveau personne pour garder Toby.

Vous cherchez la fiabilité ? lança Lane à la maison vide. Achetez-vous une Maytag. Aussi désœuvré que le réparateur de publicité.

Lane resta dans la douche jusqu'à ce qu'il n'y ait plus d'eau chaude, et lorsqu'il en sortit il ne se sentit ni plus propre ni plus sale qu'avant d'y entrer. Seulement vingt minutes plus vieux.

Quand Lane jugea que le rush du petit-déjeuner devait être passé, il se rendit au *diner*. Il resta sur le seuil jusqu'à ce qu'il aperçoive Toby assis tout seul dans un box d'angle. Il fit un signe de tête à Darlene qui tourna les talons et s'engouffra dans la cuisine en faisant claquer les portes.

Phyllis ou Judy – il les confondait toujours – lui dit : Installez-vous où vous voulez, et il circula entre les tables et les chaises pour aller s'asseoir en face du garçon. Bonjour.

Levant les yeux d'un *Guide de vacances*, l'enfant considéra la croûte que Lane avait à la tête. Ça fait mal ?

Lane toucha la blessure et se demanda s'il n'aurait pas dû y mettre un pansement. Même si ça lui donnait vraiment l'air hypocondriaque. Seulement si je respire.

Phyllis ou Judy apparut et dit : Café, chéri ?

Tu ferais pas mal de dire à Darlene de sortir. J'ai pas l'intention de bouger.

Je lui dirai. D'un ton dubitatif.

Lane posa la main sur le bras du garçon, qui ne le retira pas. T'aimerais autant que je fasse ça, j'ai l'impression. Que j'arrête de respirer.

J'ai jamais dit ça.

C'est terminé tout ce que j'avais à faire. Maintenant tu peux venir avec moi si ta mère est d'accord.

Je reste ici. Toby tourna une page du magazine.

Lane retira sa main et s'adossa à la banquette et regarda l'enfant jusqu'à ce que Darlene arrive chargée d'œufs au bacon, de toasts et de café.

J'ai commandé ça ?

Non, mais je peux vous dire que vous avez intérêt à le manger.

Bon. Lane prit sa fourchette. Je croyais que tu étais fâchée.

Je nourris des opossums. Des coyotes. Même la créature la plus pitoyable je supporte pas de la voir affamée.

Comment tu sais que je me suis pas déjà préparé quelque chose ?

Faut pas rêver. Elle allait tourner les talons mais Lane l'attrapa par le bord de sa jupe et tint ferme. J'aurais besoin d'un service. J'aurais besoin que tu m'emmènes chercher mon permis.

Pas maintenant. Je travaille. Vous avez conduit pour venir ici. Vous pouvez conduire pour aller là-bas.

Lane considéra la salle presque vide. Je pourrais sûrement te payer les pourboires manqués pendant ton absence. Prendre le volant pour aller chercher son permis à la direction de la circulation n'est pas forcément la chose la plus maline à faire. Y a des fenêtres à leur bâtiment.

Darlene regarda sa montre. On n'aura jamais le temps d'aller à Clarksburg et de revenir avant le déjeuner. Quand il faut vraiment que je sois là.

Y a une permanence à Parsons le mercredi. Au palais administratif. On peut être revenus dans une heure et demie.

Darlene regarda de nouveau sa montre et dit un mot que Lane crut avoir mal entendu. Puisqu'il était inimaginable qu'une femme le connaisse. Cette assiette a intérêt à être vide quand je reviens de la cuisine, dit-elle. Lane l'avait entamée dès qu'elle avait regardé sa montre.

*

Se réconcilier avec Darlene exigea à peu près ce à quoi Lane s'attendait. Tandis qu'elle conduisait et débitait des blasphèmes contre toute la lignée Hollar, tout ce qu'il eut à faire fut de se mettre à plat ventre et de ramper dans la poussière et d'avaler toutes les couleuvres écrasées sur le chemin, sans sel, et de se trancher les gonades avec un couteau de boucher émoussé et de les lui confier pour qu'elle les mette sous clé. Rien de bien sérieux. Cette femme était incapable de ne pas pardonner. Si Frank débarquait sur le pas de sa porte elle lui pardonnerait.

Toby, ce serait une autre affaire. Il resta dans la voiture quand Darlene accompagna Lane au palais administratif. Elle se tint dans son dos et ne laissa pas les bureaucrates qui prenaient plaisir à faire trembler les mains des vieilles personnes s'en sortir à si bon compte. Lorsqu'ils marmonnèrent dans leur barbe elle répéta leurs propos et expliqua que Lane n'avait *pas* de pièce d'identité avec photo puisque c'était justement ce qu'il avait *perdu*, est-ce que c'était *si* difficile à comprendre ?

La policière qui prit la photo dit : Vous êtes sûr de vouloir avoir cette tête-là sur votre permis ?

Lane se toucha la tête. M'est avis que les gens sont comme ils sont. Ses yeux tombèrent d'eux-mêmes vers la chambre à air de graisse qui tendait les plis de la chemise de la fonctionnaire au-dessus de sa taille. Parfois y a rien à faire. Son permis était encore glacé lorsqu'il le glissa dans sa poche, mais il était légal.

*

De retour au *diner*, Darlene l'embrassa sur la joue et il sentit son sein lui rentrer dans le ventre et eut des pensées dont il se serait passé. Des pensées avec lesquelles il n'avait pas badiné depuis des années. Jusqu'à récemment.

Je comptais emmener Toby mais il m'a dit qu'il ne voulait pas venir.

Ça lui passera. Ça ne lui fera pas de mal de rester un jour de plus au *diner*.

Ça fait quand même trois jours de suite. Il doit être plus fâché que je croyais.

Seulement deux. Lundi cette petite tête de mulet a piqué une telle crise quand il n'a pas pu vous accompagner à Cumberland que je l'ai laissé à la maison. Et après je me suis inquiétée toute la journée. De ce qu'il allait faire comme bêtise.

Ah bon ? Lane mettait un point d'honneur à ne jamais montrer sa surprise, mais celle-là l'avait pris au dépourvu. T'as pas fait de bêtise, Toby, n'est-ce pas ?

Toby se détourna sans répondre. Comme le font les gamins quand leur vieux crétin de grand-père se comporte comme un nase.

Personne n'a appelé, en tout cas. Donc s'il en a fait une il ne s'est pas fait prendre.

Lane essaya de capter le regard de l'enfant mais c'était sans espoir. Demain je viendrai te chercher. Tu pourras tenir la boutique un petit peu.

Ça je ne crois pas.

Pas tout seul. Je serai là. D'accord, Toby ?

Le garçon haussa les épaules mais Lane sentit que l'appât était le bon.

*

Lane parcourut les quelques encablures qui le séparaient de chez lui, regarda sa montre et estima à quelle heure Dick

Trappel allait arriver. Malgré les craintes de Larson Henry, Lane ne s'inquiétait pas trop pour Harold Bright. Etant donné la façon dont il avait fait voler la poussière en quittant les lieux la dernière fois qu'il l'avait vu, il était probablement en train de traverser le golfe du Mexique à la nage. Saluant au passage les Cubains qui faisaient le trajet dans l'autre sens.

Lane se trompa d'une demi-heure dans son estimation mais seulement parce que Dick était d'abord passé à la boutique. Lane n'aurait pas été d'humeur à endurer la clientèle même s'il avait eu des appâts à vendre. La balançoire de la galerie était le bon endroit pour attendre. Depuis combien de temps il ne s'était pas assis chez lui pour se détendre, il n'en avait aucun souvenir, mais tout à coup ce fut l'entreprise la plus agréable qu'il pût se rappeler. Au bout d'un moment il eut l'impression qu'il s'était balancé des années en arrière et que s'il rentrait maintenant, Mary serait en train de préparer le dîner. Pains de farine de maïs poêlés, haricots bruns et lait entier acheté en bidon de deux litres.

Puis la voiture de patrouille gronda dans l'allée et Lane cligna les yeux et comprit, avec une douleur aussi vive que la première fois, que Mary n'était plus. Que le bonheur ne va que dans un sens, comme le temps, tandis que la douleur ne connaît pas cette restriction. Les tessons ne remonteraient jamais sur la table pour se réassembler mais la même assiette pourrait se briser encore et encore.

Le shérif se gara à côté du pick-up de Lane et s'approcha en défroissant sa chemise. Son uniforme était empesé et repassé mais il avait renversé du café sur la jambe de son pantalon et mis en l'air toute son apparence. Comme le ferait une petite mouche prise dans le fromage d'une pizza de cinquante centimètres. Comment va, Dick, fit Lane.

Monsieur Hollar. Il jeta un œil à la ronde comme si la maison venait de surgir de terre et dit : T'as combien de terrain, ici ?

Un hectare six sur cette parcelle et quelques dizaines d'ares en plus sur une autre qui la rejoint sur le côté. Assez pour payer cher d'impôts mais pas assez pour en faire quoi que ce soit. Lane cracha par-dessus la balustrade. Qu'est-ce que je peux faire pour toi ?

Tu peux répondre à quelques questions. Au poste.

Y a pas de meilleur endroit au monde qu'ici pour répondre à quelques questions. Entre, que je te serve quelque chose à boire. Le bras de Lane eut l'idée d'aller frotter la bosse qu'il avait sur la tête mais il lui intima l'ordre de s'abstenir.

J'ai besoin de toi là-bas. Et tu ferais mieux d'appeler ton avocat.

Qu'est-ce qui se passe ?

Contente-toi de me suivre.

Le vieux coin dur que Lane pensait parfois disparu rida la surface. Si t'es en train d'essayer de dire que je suis en état d'arrestation tu tournes autour du pot mais t'as pas encore visé dedans. Va falloir faire encore un petit effort.

Dick claqua les menottes suspendues à l'arrière de sa ceinture. Tu viens sans faire d'histoires ou bien je te boucle.

Lorsque Lane descendit les marches le shérif recula d'un pas et se tendit comme un chien qui chie de l'aubépine mais Lane était calme et serein et il vit le shérif se détendre. Au lieu de s'arrêter, Lane fila droit vers son pick-up.

Monsieur Hollar. Vous ne faites pas un pas de plus.

Lane ouvrit la portière de son pick-up, mit un pied dans la cabine et s'arrêta pour dire : Vas-y, tire-moi dessus si ça te fait plaisir. J'ai déjà eu droit aux menottes et au tour gratuit aux frais du comté y a pas longtemps et j'ai pas apprécié au point de vouloir recommencer tout de suite. Alors à tout à l'heure au poste.

S'accrochant à ce qu'il avait, au peu qui lui restait.

22

Dick Trappel lui colla au train tout le long du trajet et lorsque Lane coupa le contact il était déjà à la portière. Permis de conduire. Voyons ça.

Lane le lui tendit et le shérif jeta un œil à la photo et le lui rendit. On n'a pas perdu de temps, à ce que je vois. Allez, suis-moi.

Le poste de police était vieux, les angles arrondis par les couches de peinture successives, mais propre et climatisé et bardé de panneaux défense de fumer partout où Lane posait les yeux. Chaque panneau faisant monter d'un cran son envie d'en griller une. Le shérif fit entrer Lane dans son bureau puis il disparut dans le couloir. Le temps qu'il revienne, le petit grain que Lane sentait sous sa selle s'était transformé en bon gros caillou.

Le shérif avait retrouvé une apparence officielle impeccable et Lane se demanda quel genre de personne avait toujours une tenue de rechange au bureau. Il pensa aux vêtements qu'il gardait à la boutique et décida que ce n'était pas la même chose. Tu veux faire venir Phil McKevey, monsieur Hollar ?

Je n'ai rien fait qui justifie qu'on dérange un avocat.

Très bien, monsieur. D'un ton sceptique. Si tu changes d'avis on arrêtera et tu pourras l'appeler. Le shérif ne pressa qu'une touche du téléphone et dit : Martin, ramène-toi. L'adjoint entra en se pavanant, les traits sévères et l'air fermé, et Lane fut pris d'une haine viscérale. Assieds-toi là et écoute, dit le shérif. Lorsque Martin eut pris une chaise le long du mur le shérif ouvrit un dossier, en sortit une photo et la poussa vers Lane sur le bureau. Peux-tu identifier cette personne ?

Lane la repoussa vers le shérif sans l'avoir ramassée. Harold Bright. Homme à tout faire de Larson Henry. Là-haut, à Cumberland.

Y a quelques jours il a eu le mauvais rôle dans une rixe avec Billy Bean et c'est tout ce que je sais de lui.

Comment c'est venu à ta connaissance ?

Billy Bean l'a raconté à des gens qui me l'ont raconté. Et que Bright travaille pour Henry c'est pas classé secret défense.

Mais quand et comment *tu* l'as appris ?

Par la petite de Jodie Preston. Sandy.

Où ? Quand ?

Lane réfléchit. Ça me paraît une semaine mais c'était que jeudi. Chez Rooster's.

Je croyais que t'avais arrêté de boire.

Lane haussa les épaules. Les croyances c'est fragile et c'est subjectif.

Le shérif s'enfonça dans son siège, tenant un crayon par les deux bouts comme un épi de maïs mais ne quittant pas Lane des yeux. Tu es allé rendre visite à M. Henry. Pourquoi ?

T'as l'air mieux informé que je dois l'être.

L'adjoint Martin se pencha en avant sur sa chaise comme un gros chien testant la petite chaîne le retenant à sa niche.

Combien de fois as-tu parlé à M. Henry ?

Je ne l'avais jamais vu avant d'y aller. Lane gratta la touffe de poils qu'il avait dans l'oreille, secoua la tête et dit : Je vais te raconter ça comme c'était. Tant pis si ça a l'air d'autre chose. Je suis parti à la recherche de Harold Bright mais je connaissais même pas son nom. Billy Bean avait dit qu'il s'était battu avec quelqu'un qui vendait de la drogue au collège. Quelqu'un qui travaillait pour Henry. Comme t'avais pas l'air de t'intéresser beaucoup à ce qui s'était passé au réservoir, je suis allé voir par moi-même.

Les sourcils du shérif glissèrent jusqu'en haut de son front. L'autopsie a montré ce que je pensais. Billy Bean s'est cogné la tête avant de se noyer.

Je doute pas que ces deux événements aient eu lieu. Seulement qu'ils soient accidentels.

Ils le sont, dit Martin.

Il avait un gramme deux d'alcool dans le sang. Avant le petit-déjeuner.

Pour lui, ça, c'était sobre. Lane ravala ses mots en pensant : Si tu balances tes propos comme on renverse un sac de provisions personne va t'aider à les ramasser.

Au bout d'un moment, le shérif reprit : Lundi 11, t'es allé rendre visite à Larson Henry.

Si lundi on était le 11, je confirme.

Le shérif ouvrit un autre dossier. Le même jour, tu t'es fait arrêter. La tête amochée. C'est bien ça, Martin ?

Oui, monsieur.

Le shérif referma le dossier. Le jour où Harold Bright a disparu.

J'ai connu des gens qui allaient à la poste et qui mettaient une semaine à revenir. Peut-être qu'il a été pris d'une grosse soif. Ça arrive.

Il y a des raisons de penser autrement. Et que tu pourrais être impliqué là-dedans. Étant donné tout ce qui t'est arrivé lundi.

Lane haussa les épaules. Lundi des bébés sont morts de faim, des guerres ont fait rage et des incestes ont été commis dans les meilleures familles. Si tu veux insinuer que je suis responsable de tout ce qui s'est passé lundi, sois exhaustif. Il regarda Martin. Ça veut dire mentionne tout.

Rira bien qui… comprendra le dernier, compléta Lane pour lui.

Ça suffit, dit Trappel. Voyons un peu les détails de ta rencontre avec Harold Bright.

Lane se leva, marcha jusqu'à la fenêtre et admira le parking. Y a pas grand-chose à dire. Je l'ai d'abord vu au dépôt de Henry puis dans une vieille station-service où il mettait de l'ordre. On a pas échangé un mot au dépôt et quand je suis arrivé où il travaillait il m'a dit qu'il voulait pas me parler et s'est carapaté. Et voilà toute l'histoire.

Qu'est-ce que tu lui as dit ?

Lane se retourna et s'adossa à l'appui de la fenêtre, croisant les bras. J'ai pas eu le temps d'ouvrir la bouche. Il s'est tout bonnement barré en courant.

Pour quelle raison penses-tu qu'il a fait ça ?

Peut-être juste parce que c'est son genre. Ou parce qu'il a mauvaise conscience. Il a peut-être cru que j'étais un copain de Billy Bean.

Ensuite tu t'es rendu au centre commercial et tu t'es cogné la tête contre une arrivée d'eau.

Si Martin n'avait pas été là perché comme une buse sur un piquet Lane aurait peut-être dit la vérité mais il était là – alors non. Que dit le PV ?

Qu'as-tu acheté au centre commercial ?

Je me suis fracassé le crâne avant de pouvoir entrer, et en plus j'ai perdu mon portefeuille. La dernière fois que je suis allé dans ce genre d'endroit l'argent était un préalable. Je sais pas comment c'est maintenant. Et je pense que c'est toujours mal vu de se promener dans des lieux publics avec de la cervelle qui dégouline du crâne. A moins que ça ait changé aussi.

Le shérif rouvrit le premier dossier. Quand as-tu vu Harold Bright pour la dernière fois ?

Lundi. Avant ça je l'avais jamais vu de ma vie et je l'ai pas revu depuis.

Le shérif souleva les feuilles rangées dans le dossier et d'en dessous il tira une autre photographie qu'il poussa vers la place de Lane. Et ça, c'est qui ?

Lane se rassit et l'étudia longuement. Mémorisant les yeux aux paupières lourdes qui semblaient incongrus au milieu du visage ciselé. Les petites oreilles presque dissimulées dans des cheveux bruns assez longs pour ne pas trop boucler. La pente épointée du nez, de profil. Pas la moindre idée. Qui est-ce ?

Le shérif se pencha en avant. Transperçant Lane du regard. T'as jamais vu cet homme.

Non monsieur.

Est-ce que le nom de Nicholas Ballew t'évoque quelque chose ?

Jamais entendu parler.

Et Nickel Ballew ?

Non plus. Mais si je comprends bien il a quelque chose à voir avec la disparition de Harold ?

Son nom a été cité. Harold a dit à sa sœur qu'il allait voir cet homme. Il a pris sa voiture. Pour ça qu'elle fait tout ce foin. Il secoua la tête, comme s'il était gêné de répondre à une question au lieu d'en poser une. Quand t'es-tu rendu du côté de Charleston pour la dernière fois ?

Charleston, Virginie-Occidentale ou Caroline du Sud ?

Virginie-Occidentale.

Je crois que je connais ni l'une ni l'autre. En fait j'en suis même sûr.

Autant interroger une souche, dit le shérif qui bascula au fond de son siège, pencha la tête en arrière et regarda le plafond.

Martin, dit-il. Va t'occuper de la pile de papiers qui traîne sur ton bureau. Apparemment M. Hollar ne sera pas une mine d'informations ce matin.

L'adjoint Martin se leva, fit un grand sourire à Lane et partit sans un mot. Comme un chien dressé qu'on renvoie à la niche. Le shérif resta un long moment sans parler, ce qui convenait à Lane. Je me souviens quand la petite MG est passée sous ce camion de charbon là-bas sur la Cheat Mountain, Dick finit-il par dire. En décapitant cette tête chauve.

Ouais. Lane reconnaissait que ça s'était produit, non qu'il se le rappelait ou en avait envie.

Tu vas toujours au ginseng ?

Pas des masses. Le petit en raffole pas. Il préfère la pêche. Pas Frank, Toby.

T'as déjà emmené Frank ?

Frank et moi on a jamais fait grand-chose ensemble.

Frank et toi vous vous ressemblez trop.

Si j'ai besoin de quelqu'un pour m'expliquer quelle merde j'ai été je me trouverai une femme. Ou une église. Lane se pencha en avant, les mains sur ses genoux. Si on en est à se raconter le bon vieux temps j'ai des choses à faire.

Accorde-moi encore une minute. Il attendit que Lane ait repris place. Moi je vais toujours au seng une ou deux fois par an. Quand j'aurai pris ma retraite, l'année prochaine, je prévois d'y aller souvent. Et tu me verras aussi à ta boutique. Ma canne n'a pas encore perdu toute sa souplesse.

J'ai prévu beaucoup de choses que je n'ai finalement jamais faites.

Le jour où ce vieil ivrogne s'est décapité, tu t'es arrêté pour déterrer du seng en remontant la tête. Parmi tout ce qui m'est arrivé dans ce métier, c'est la chose qui m'a le plus marqué.

Elle était lourde. J'étais obligé de la poser de toute façon. Et je me suis jamais trop soucié des apparences.

C'était pas un reproche. Je t'avais envié. J'ai envié ton sens des priorités.

C'était une envie mal placée. Cette tête a changé toute ma vie. Les gens ont plus vu que ça en moi et y a des choses que j'ai fini par faire uniquement pour pas les décevoir. Parfois je me considère comme sûr de moi, mais je le suis probablement pas. Ou bien j'aurais été ce que je suis. Pas ce qu'on attendait de moi.

Le shérif se redressa et pointa les deux petits canons noirs de ses yeux droit vers Lane. De toi à moi. En toute confidentialité. Dis-moi quelque chose que je sais pas. Quelque chose de vrai.

Lane jeta un regard vers la porte derrière laquelle Martin avait disparu et se passa la langue sur les lèvres. Y a des confidentialités plus confidentielles que d'autres. Je t'ai dit ce que je savais.

Tout ?

Est-ce que je suis libre ou est-ce que tu comptes m'inculper de quelque chose ?

Le shérif mâchonna la question durant un instant et son regard s'adoucit un peu. J'ai vu que cette balançoire avait grand besoin de servir quand je suis venu chez toi. Qu'y avait besoin de dérouiller les chaînes. Il se leva et prit son chapeau au sommet d'un classeur métallique et le mit sur sa tête et arrangea les cheveux décoiffés et dit : Je t'accompagne jusqu'à ton pick-up.

Même dans le bourg l'air sentait l'herbe coupée et les fleurs des champs. Lorsqu'ils traversèrent le trottoir, Lane inspira et dit : Tu te plais ici, Dick ?

Jamais connu meilleur endroit. Le shérif ouvrit la portière de Lane et dit : Tu devrais verrouiller ta voiture. Pas laisser les clés dessus, au moins. Je pourrais te mettre un PV pour ça.

Lane monta et tira la portière et mit le contact et s'alluma une cigarette et cracha la fumée par la vitre baissée.

Le shérif s'appuya au rétroviseur. Ici je gagne la moitié de ce que je pourrais gagner n'importe où ailleurs.

Y a pas une âme ici qui ne pourrait pas faire mieux ailleurs. Mais après il faudrait verrouiller son pick-up. Les pick-up pas fermés ça a un prix.

Cette affaire Harold Bright s'est produite dans le comté d'Allegany. Maryland. Ni dans mon comté, ni dans mon Etat. On n'a pas de drogue ni de meurtres ni de crime organisé ni de viol ni de prostitution par ici. Et j'aimerais que ça dure encore une année. Après ça quelqu'un d'autre peut veiller au grain.

Lane coupa le moteur. Y a deux façons de croire qu'on a pas tout ça chez nous. La première c'est de faire en sorte que ce soit vrai et la seconde c'est de se cacher la tête dans le cul comme je l'ai fait. Jusqu'ici.

Dick se frotta les paupières du bout des doigts. J'aime pas ce que tu dis là.

T'aimes rien de ce que je dis depuis jeudi matin. Depuis qu'il s'est passé quelque chose dans ta circonscription que t'as n'as pas envie de voir.

Bon Dieu de bois, Lane. Billy Bean a été autopsié dans les formes. NonBob et ton petit-fils ont tous deux une version différente de la tienne. Ils n'ont rien entendu de ce que t'as entendu. J'ai inspecté le secteur moi-même et y a pas un indice suspect. Martin y est affecté à plein temps et n'a absolument rien trouvé.

Martin est véreux.

Non. Tu peux croire ce que tu veux. Mais c'est mon bureau et je sais ce qui s'y passe. On n'est pas une unité d'élite de grande métropole, mais on est propres.

Quelque part y a un dieu ou un aide de dieu ou peut-être un démon dont le seul boulot est de jeter des pelletées de fumier sur un grand ventilateur, dit Lane. On ne contrôle ni où il atterrit, ni quand. Parfois on se fait éclabousser au beau milieu du dos et pas moyen de l'enlever. Pas moyen de le voir, même.

Si t'es en train de dire que mon bureau est corrompu tu ferais mieux de me le dire clairement et les yeux dans les yeux. Et tu ferais mieux d'avoir des preuves. Pas seulement des mirages causés par les vapeurs de je ne sais quelle rizière.

Enlève ton chapeau, Dick.

Le shérif le regarda d'un œil froid. Comme si Lane lui avait demandé de baisser son caleçon.

Enlève-le juste un petit instant.

Le shérif ôta son chapeau, se passa les doigts dans les cheveux et jeta un œil à la ronde comme s'il avait peur de se faire prendre dans une posture coupable.

Voilà, je dirais que t'es plus en uniforme. Non que ça fasse l'ombre d'une différence. Mais je me sens plus à l'aise. Maintenant je vais te dire quelque chose d'homme à homme et je le nierai en bloc si jamais t'as l'idée d'en faire une montagne. Mettons que je te propose un autre scénario que celui que t'as dans tes papiers. Je dis pas que ça s'est passé comme ça, attention. Seulement que ça aurait pu.

Le shérif acquiesça. Je suis tout ouïe.

Mettons que je sois allé voir Harold Bright et qu'il soit parti en courant exactement comme je te l'ai raconté. Lane voulut faire tomber ses cendres par la vitre mais il les répandit sur le plancher. Mais que, juste avant de s'enfuir, il m'ait assommé avec un chevron. Au lieu que je me viande au centre commercial. Mettons qu'il y ait seulement cette petite différence.

Bon Dieu, dit le shérif. D'un ton las.

Tu sais ce que ça veut dire ?

Ça veut dire que tu reviens dans mon bureau. Et que cette fois tu appelles ton avocat, que ça te plaise ou non.

On attend des élus qu'ils disent des choses stupides mais cette déclaration-là dépasse tous les devoirs inhérents à la fonction. Ce que ça veut dire, c'est que Harold Bright a eu suffisamment peur pour m'agresser. Et sa seule raison pour le faire, c'est que je sache quelque chose qui pouvait le plonger dans un monde de souffrance. Que je l'aie vu tuer Billy Bean, par exemple.

Ce que ça veut dire, c'est que tu viens de devenir le suspect numéro un dans la disparition de Harold Bright. Les gens n'appliquent pas une planche sur la tête d'autrui sans raison valable. Et en général, quelqu'un qui se prend un coup de chevron sur la tête ne va pas raconter qu'il s'est cogné dans une chute s'il n'a pas quelque chose à cacher.

Et quand Lisa Gnegy se pointe encore au *diner* avec un œil poché ? Je sais que Gnarly l'a cognée, tu le sais aussi bien que moi, mais si tu le coffres, elle jurera qu'elle est tombée dans l'escalier. Elle a ses raisons. Mais pour autant que je sache, ça fait pas d'elle une criminelle.

Le shérif remit son chapeau et s'écarta de la voiture. Si Gnarly disparaît le jour où Lisa se pointe avec son œil au beurre noir, peut-être que si.

Lane tira la dernière bouffée de sa cigarette, la jeta aux pieds du shérif et déclara : Dick, je te le dis honnêtement, j'ai jamais rien eu à voir avec la disparition de Harold Bright. Et je sais rien non plus sur le sujet. Je ne prétends pas qu'on soit amis mais tu me connais suffisamment pour savoir que ma parole vaut autant que n'importe quelle déclaration sous serment. Et je t'en donne ma parole.

T'as dit que tu n'avais jamais vu ces gens au réservoir et qu'eux non plus. Dans ce cas, pourquoi Bright serait pris d'une telle panique à ton arrivée ?

A cause de ce pick-up que t'as sous les yeux, dit Lane en tapotant sa portière. J'étais garé au réservoir jeudi matin. T'en as déjà vu un de la même couleur ?

Le shérif fit la moue et jeta un regard vers le poste.

NonBob a menti. Peut-être qu'il y a une raison, peut-être pas. Il a dit ce qu'il avait envie de dire. Toby était juste déboussolé. Et en colère parce que j'avais coupé sa ligne alors qu'il tenait le plus gros poisson qu'il tiendra probablement dans sa

vie. C'est qu'un gamin. Lane leva la main pour calmer les protestations du shérif, puis dressa son index. Quelqu'un a trafiqué le frein à main de Billy Bean ; si tu te glisses sous le
châssis, tu verras qu'on a mis des coups sur les tambours pour
les débloquer. Un deuxième doigt : Le pick-up était au point
mort la première fois que j'ai vérifié, mais quand on est revenus, il était embrayé. Un troisième : Y avait pas de pagaie dans
le canoë de Billy Bean ; elle était toujours accrochée au mur
du garage quand j'ai rapporté le bateau chez lui. Le petit doigt :
Il avait une boîte pour la pêche au vif, avec plombs, émerillons
et j'en passe, mais la canne qui se trouvait dans le bateau était
une canne à mouche. Il ferma son poing. Et Martin était au
courant pour les deux derniers. Il était tapi dans les bois à me
surveiller quand je l'ai découvert. Et qui se trouvait près du
pick-up pendant qu'on était partis tous les deux ? Il t'en faut
davantage ?

Pourquoi, t'as autre chose ?

Ouais. Quelqu'un a vandalisé ma boutique. A tué tous mes
vers et mes vifs.

Pourquoi tu l'as pas signalé ?

Parce que t'aurais envoyé l'homme que je soupçonne d'être
derrière tout ça pour enquêter.

Y a eu effraction ?

Non. Mais dans le coin tout le monde sait qu'y a une clé
sous la pierre. Et encore un truc. Tu sais, là où je t'ai dit que
je m'étais fait tirer dessus ? Je suis retourné voir si je trouvais
une douille. Eh ben à la place j'ai trouvé un mégot de la marque
de cigarettes que fume NonBob. Encore sec.

Ça veut rien dire.

Tu vois beaucoup de mégots de Sonoma dans le secteur ?

Suffisamment. Le reste, là. T'en es sûr ?

Oui, mais ça t'aide pas beaucoup. T'as ma parole sur tout
sauf sur le frein à main, et ces marques sur les tambours pourraient venir de n'importe quoi. Mais c'est pas le cas. Et vu que
Billy Bean est parti en fumée, t'obtiendras rien de ce côté-là.

T'en témoignerais devant un tribunal ? Si on pouvait porter
l'affaire jusque-là ?

Je l'ai dit en commençant, je jurerai que j'ai jamais prononcé
un mot de ce que tu viens d'entendre. C'est terminé. Basta. Dick,
tu n'as aucun crime. Laisse le shérif du comté d'Allegany chercher Harold Bright. Peut-être qu'il en sortira du bon.

194

Et toi, tu comptes faire quoi ? En attendant ?

Diantre, rien du tout. J'ai déjà trempé ma jauge là où j'aurais pas dû et c'est pas de l'huile que j'ai retrouvé au bout. Je me suis pris un coup de planche parce que j'accomplissais mon devoir civique et maintenant t'envisages de m'arrêter pour ça. J'arrête les frais. Avant que ça retombe sur ma famille. Il démarra et enclencha la marche arrière. Y a des moments où tu déconnes tellement que tu te contentes de tirer un trait sur toute l'histoire et d'oublier. Et c'est ce que je vais faire. Pendant ce temps, je te conseillerais de garder un œil sur ce que Martin fait de son temps. Et sur ce qui se passe dans les écoles et dont t'as pas la moindre idée.

S'il s'y passe quelque chose, je le sais.

Nos parents pensaient la même chose à notre sujet.

Je vais pas créer des problèmes là où y en a pas.

Là maintenant, je me demande bien où se trouve cet endroit idyllique. Lane recula et prit la route. Lorsqu'il regarda dans le rétroviseur, le shérif était penché pour ramasser le mégot que Lane avait jeté par terre. Comme si c'était le moyen de garder le comté propre. Dick se releva comme un vieil homme, en se massant le dos.

Nicholas Ballew, dit Lane. Dès qu'il fut hors de vue du bureau du shérif, il s'arrêta le long du trottoir, trouva un crayon dans la boîte à gants, déchira le coin d'un certificat d'immatriculation périmé et nota ce nom. Juste au cas où.

23

Harold sauta du pick-up de Ballew, partant en vol plané au-dessus de la cuvette comme un oiseau de proie. Il détourna la tête à l'approche du sol et tomba sur le flanc et sentit son épaule céder et fut de nouveau dans les airs, bras et jambes retournés comme une poupée de chiffon, et rebondit sur un arbre et son visage laboura le sol rocailleux et sa bouche racla terre et végétation mais voilà qu'il était sur ses pieds et déva-lait à travers les orties et les fougères et les boîtes de conserve rouillées et sautait un vieux pneu usé pour atterrir dans le ruisseau. Un gros bouchon fiché au fond de sa gorge.

Derrière lui le moteur ronfla, Ballew faisant machine arrière dans sa direction. Les pneus dérapèrent dans le gravier, une portière claqua.

Les chaussures de Harold glissaient sur les pierres plates et humides du ruisseau et il mit un genou à terre mais repartit et grimpa sur la rive opposée et s'enfonça dans un fourré de rhododendrons, se frayant un chemin à travers les troncs noirs et tortueux, glissant sur le ventre lorsqu'il ne pouvait passer par-dessus.

Le souffle lui revint d'un seul coup et avec lui la douleur qu'il n'avait pas encore ressentie et il lâcha un cri et repartit et ren-contra une coulée de cerf basse et étroite qu'il suivit à quatre pattes sur la longueur d'un demi-terrain de football, crachant des toiles d'araignée et du sang qui coulait de sa lèvre fendue. Lorsqu'il ne put aller plus loin il s'effondra et plia ses bras sur sa tête, attendant que Ballew vienne tirer une balle entre ses doigts, dans ses pensées.

Mais lorsque sa respiration se fut suffisamment calmée pour qu'il puisse à nouveau entendre, le gros moteur ronflait toujours au même endroit, et il perçut la voix de Ballew, basse et enjô-leuse, sans parvenir à discerner les mots. Le ronflement chan-gea d'accent et se rapprocha et Harold se rendit compte qu'il s'était enfui dans la pente comme un animal blessé, comme Ballew l'avait escompté. Les pneus redistribuaient doucement le gravier et il s'aperçut qu'il n'était pas à plus de quinze mètres de la route. Que Ballew allait plonger son regard droit vers son nid. *Valet, apporte-moi mon pantalon marron*, pensa Harold. *Plutôt que mon veston rouge qui cache les taches de sang.* Sachant qu'il avait perdu la tête.

Les bruits de pneus s'arrêtèrent au-dessus de lui et la por-tière s'ouvrit et se referma. Harold était allongé, tendu, immo-bile, respirant à peine.

Harold, mon brave, n'aie crainte. Aucun mal ne frappera celui qui croit en moi. Mais tu dois me faire confiance. Bien-heureux sont ceux qui n'ont pas vu, mais ont cru !

Harold s'enfonça les doigts dans les oreilles jusqu'à la pre-mière phalange. Lorsqu'il les retira, longtemps après, seuls le babil d'un écureuil et le tintinnabulement du ruisseau habi-taient le silence de la forêt.

*

Quand la lumière commença à baisser dans le vallon, en fin d'après-midi, Harold se dressa sur son séant, tâta sa clavicule certainement fracturée et cracha le sirop aigre qui lui jaillit dans la bouche. Ses cigarettes étaient écrasées et cassées alors il les jeta avant de les récupérer, de choisir le morceau le plus long et de le redresser, l'allumer et le fumer par longs souffles ha-chés. Regrettant que ce ne soit pas un joint.

Il but de l'eau au ruisseau, lava le plus gros de la terre qui maculait sa chemise et son jean puis il pissa à l'endroit où il avait bu et remonta la colline en longeant le cours d'eau, pas un putain d'animal, non, lui, jusqu'à la source protégée par un abri de béton huit cent mètres plus loin, un bras posé sur l'autre, clopinant comme si c'était la jambe qu'il s'était blessée. Par-delà une prairie de fauche trop montée, parsemée de cèdres arrivant à hauteur de poitrine, se dressait une baraque grise à panneaux de contreplaqué environnée d'une auréole de fer-railles luisantes. Un pick-up Toyota délabré qui semblait n'être que la plus grosse d'entre elles. De la fumée qui dérivait d'un tuyau de poêle tordu alors qu'il faisait bien vingt-cinq degrés. Harold guetta jusqu'à la tombée du jour, cloué au sol par la crainte et l'indécision, jusqu'à ce qu'une lueur blafarde illumine une vitre sale. Comme si ses circuits dépendaient du même interrupteur, il s'approcha à pas de loups pour jeter un œil dans le Toyota et les clés s'y trouvaient mais il calcula la distance qui séparait l'endroit où il était tapi de l'endroit où le chemin basculait sur le versant, ainsi que les vitesses relatives des pick-up Toyota et des cartouches de carabine, et son culot s'évapora.

Dans les ferrailles il se rappela avoir vu un vélo qu'il retrouva en se glissant à quatre pattes – un vélo de fille qui avait un pneu dégonflé – et après l'avoir poussé avec ménagement jusqu'en haut de la colline, il s'élança dans la pente, dans la nuit, manchot chancelant, grommelant quand la roue rencontrait un nid-de-poule ou une pierre affleurante, retrouvant le rythme qu'il n'avait pas pratiqué depuis vingt-cinq ans au moins.

Lorsqu'il atteignit la route, il prit du côté opposé à celui par lequel ils étaient arrivés et roula en comptant davantage sur ses sensations que sur ses yeux. De temps à autre les phares d'une voiture le jetaient dans le fossé, une main sur le cataphote du vélo.

Finalement, cinq ou six kilomètres plus loin, des enseignes au néon pour des marques de bière marquèrent les fenêtres d'un bar sur le bord de la route. Après avoir rapidement constaté que personne n'avait laissé les clés sur sa voiture, il choisit la plus décrépite du parking – une Dodge Reliant aux ailes rouillées et au coin avant gauche affaissé. Une qui n'était certainement pas à jour de vignette et d'assurance. Une dont on n'irait certainement pas déclarer le vol à la police, au moins durant un moment. Avec une pièce de dix cents, il dévissa la plaque d'immatriculation arrière, lâcha un juron et tenta sa chance avec la voiture suivante dans l'ordre de la décrépitude, un break Subaru à la carrosserie trouée par le sel et à la vitre arrière gauche obstruée par du scotch toilé, et cette fois il trouva bien une clé de secours sous la plaque, là où tous les ploucs du Sud en cachent une. Il mit la voiture au point mort et la fit glisser au bas de la colline avant de démarrer dans un cliquètement de soupapes et un nuage de fumée noire.

Aux abords de Jane Lew il s'arrêta pour acheter des cigarettes et cinq dollars d'essence, et lorsqu'il eut rattrapé la 50 à

Clarksburg, il roula en plein phares afin de voir les cerfs à temps pour les éviter. La Subaru ayant peu de chances de survivre à un impact. A la sortie de Red House, il emprunta les plaques d'un pick-up Chevrolet garé dans une cour de grange et qui avait deux pneus à plat.

Harold stationna le Subaru dans l'obscurité au bout du parking du WalMart de LaVale, parmi une volée de véhicules dans son genre, et il grogna en extrayant le vélo du coffre d'une seule main.

A partir de LaVale, c'était que de la descente.

24

Le jeudi matin, Lane se réveilla frais et dispos et sidéré qu'une semaine seulement se soit écoulée depuis qu'il s'était tapi parmi les roseaux. La camionnette du fournisseur d'appâts attendait devant la boutique lorsqu'il arriva en compagnie de Toby, et ils reconstituèrent le stock de vers du réfrigérateur et immergèrent quatre-vingts douzaines de ménés dans la cuve.

Tandis que le petit se tenait au comptoir, l'air excessivement fier et important, Lane brûla des déchets dans son fût, derrière la boutique. Tournant sans fin pour échapper à la fumée qui anticipait chacun de ses mouvements. S'il l'avait fait plus souvent, les déchets n'auraient pas été aussi trempés et aussi difficiles à brûler, mais c'était une tâche qu'il détestait cordialement et retardait le plus possible. Un beau jour, il mourrait le premier et n'aurait pas à se casser la tête avec ça. Pour l'heure il n'avait jamais eu cette chance.

Il avait toujours la possibilité de les apporter à la décharge, mais son sens moral et pratique n'avait pas encore dégénéré au point qu'il paye pour se débarrasser d'ordures. Et pas question non plus de les jeter le long de l'autoroute comme le faisaient les cas sociaux.

Il s'écarta du feu pour écouter le pot d'échappement bruyant d'une voiture qui pénétrait sur le parking et réprima son envie d'aller s'occuper du client. Laissons faire le petit. Les liens avaient été suffisamment durs à raccommoder pour qu'il ne veuille pas refaire un accroc aussitôt.

Plus tard, cet après-midi-là, il prévoyait d'emmener le petit pêcher. Il n'avait soufflé mot de la prise miraculeuse de Lester Kelso, mais Toby en avait manifestement entendu parler quelque part. Si Lester avait valu le prix d'une cartouche de 22, Lane aurait bien abrégé ses souffrances. A quoi ça sert ? avait dit Toby lorsque Lane avait parlé d'aller à la pêche. A la vérité, Lane était d'accord avec lui. Ce ne serait plus la même chose maintenant que le poisson de leur vie avait disparu. Il n'y en avait aucun de semblable dans toute la Virginie-Occidentale. Ni aucun de taille respectable dans le réservoir. Comme Lane. Le dernier de son espèce.

Lane ferma les yeux et se rappela le poids qu'il avait senti un court instant dans la ligne, ses dents à un bout, celles du poisson faramineux à l'autre, la ligne ce cordon ombilical grâce auquel ils ne faisaient qu'un. Il sentit de nouveau l'odeur de la boue et de la végétation croupissante, réentendit le clapotement de l'eau sur les roseaux lorsqu'il avait été secoué de frissons. L'aboiement grave du revolver. L'estompement du pot d'échappement double lorsque les assassins de Billy Bean étaient partis.

Ses yeux s'ouvrirent soudain, il regarda vers la boutique et il lâcha son bâton et tourna le coin du bâtiment d'un pas pressé mais stoppa net à la vue d'un grand pick-up Ford noir équipé d'un arceau de sécurité. Une noix lui étrangla la gorge lorsqu'il jeta un coup d'œil à travers la vitrine.

Debout derrière le comptoir, Toby riait et parlait avec un grand homme dégingandé portant des bottes en cuir d'autruche, un jean noir et une chemise en chambray défraîchie mais propre et repassée. Calme et détendu, jouant avec des pièces de monnaie dans sa poche. L'homme que Dick Trappel lui avait montré en photo. Nicholas Ballew. Qui avait davantage de l'homme noir que sur le portrait.

Lane inspecta les environs en quête d'une arme et, ne voyant rien, poussa la porte. Tout va bien, Toby ? S'immisçant au plus près, entre l'homme et l'enfant.

Oui, oui, dit le petit.

Il s'en sort à merveille, dit l'homme. D'une voix lente, du Sud, teintée d'une note évangélique. Une voix que Lane avait déjà entendue, fût-ce brièvement. Toby me racontait que vous aviez un vieux poisson gigantesque dans ce réservoir. Que lui et vous étiez partenaires de pêche. Jamais l'un sans l'autre.

Lane guetta des signes de malveillance dans le visage et dans les yeux mais ne trouva que chaleur et amabilité. On y va pas si souvent.

Ballew regarda le tableau de liège recouvert de photos de pêcheurs montrant leurs prises, la plupart de Lane et Toby, et sourit de toutes ses dents. Vous devez faire rudement fort quand vous y allez, alors.

On fait une prise de temps en temps. C'était pour quoi ?

Je ne faisais que passer par là et j'ai vu la boutique et ça m'a rappelé mon enfance. Ça doit faire trente ans que j'ai pas jeté une ligne, mais dans mon souvenir c'est une activité propice à la paix de l'âme.

C'est ce que certains disent.

J'ai lu que quelqu'un s'était noyé là-bas y a quelques jours. J'espère que son âme est en paix.

Ça, je saurais pas vous renseigner.

Le regard de Ballew se fit un peu moins chaleureux. On a peine à imaginer. Se noyer ivre. Ça doit être gênant d'arriver devant le Seigneur l'haleine chargée d'alcool.

Chacun croit ce qu'il veut.

Vous savez ce que je crois ? La tête de Lane le fit éclater de rire. Non, non. Je m'apprête pas à faire un sermon. Je crois que je vais reprendre la pêche. De quoi est-ce que j'aurais besoin ?

Lane eut l'impression d'être ailleurs, incapable d'influer sur les événements, de leur faire prendre un meilleur cours, alors qu'il en était partie prenante. Comme dans un rêve. Il faut un paquet de choses pour commencer, dit-il. Plus que ce que j'ai sous la main.

Ballew promena son regard dans la boutique, inventoriant le contenu des étagères.

Lane songea au pistolet qu'il avait sous le comptoir et se demanda si Toby l'avait encore déplacé. S'il l'avait lui-même remis à sa place. Il faudrait acheter une bonne canne. Ici je n'en vends que des bon marché. Pour touristes et tutti quanti. Mes moulinets, pareil. Que de la camelote.

On dirait que vous n'avez pas très envie que j'aille à la pêche.

Dans ce réservoir ça n'est pas très facile, à moins de connaître. A cause de la végétation, tout ça.

J'aime les défis. Peut-être que le petit pourrait m'accompagner. Me montrer comment je dois m'y prendre.

Non. Sa mère ne le permettrait pas. Et moi non plus.

Je le paierais comme il faut. L'ouvrier mérite son salaire, dit la sainte Bible.

Steplaît, Pap, dit Toby. Laisse-moi y aller.

Non, dit Lane. D'une voix qui tonna comme un revolver. Si vous ne voulez rien…

J'aimerais acheter un permis de pêche.

Lane regarda dehors en cherchant une raison de ne pas lui en vendre un mais ne trouva pas. Tout ce qu'il voulait, c'était que cet homme s'en aille. Domicilié en Virginie-Occidentale ?

Absolument. Le quasi-paradis fait l'affaire en attendant le vrai. Ballew regarda le document. Y a belle lurette que j'ai pas vu un formulaire comme ça. De nos jours on fait presque tout par ordinateur.

Lorsque Ballew eut terminé, Lane compléta la partie vendeur, déchira le permis et le tendit à son détenteur. Vous travaillez dans quoi à Charleston ? Si c'est pas indiscret ?

Les grosses lèvres de Ballew s'étirèrent tout grand, laissant miroiter un plombage en or quelque part au fond de sa bouche. Les voitures d'occasion. Il hocha la tête en direction du pick-up de Lane. Si un jour vous êtes prêt à échanger ce vieux F-150, je vous ferai une bonne offre. La couleur est vraiment particulière, mais je parie que j'arriverais quand même à le vendre. En tout cas on le remarque. Quand on l'a vu une fois, on l'oublie pas.

Il est pas à vendre pour l'instant. Lane sentait sa peau se tendre sur sa nuque. Vous devriez aller pêcher dans un endroit plus accueillant pour quelqu'un qui ne connaît pas le réservoir. Le Vepco Lake, peut-être, dans le Mount Storm. Ou le Jennings Randolph sur le bras nord du Potomac. Ces lacs conviennent mieux à quelqu'un qui ne sait pas trop ce qu'il fait.

Je suis moins étranger que vous le croyez. J'ai aussi une affaire à Clarksburg.

Dans ce cas le Tygart Lake est fait pour vous. A Grafton. Pas loin de chez vous. Vous n'auriez pas à mettre les pieds ici du tout.

Ma dernière succursale est tout près d'ici, à Almont. Je viens de l'ouvrir.

Almont ? Le mot bondit du gosier de Lane comme une grenouille.

Je vais passer pas mal de temps dans le coin, donc je ferais bien d'apprendre à le connaître. Comme vous dites.

Moi qui croyais qu'y avait pas de quoi faire vivre un marchand de glace, à Almont.

C'est pour ça que vous êtes pas dans l'automobile. C'est comme moi. Je me demande comment vous pouvez tenir ici en vendant des lombrics. Mais vous y arrivez, on dirait, sinon vous ne seriez pas en train de me dire comment vendre des voitures. Bref, mieux vaut ne pas se mêler d'un commerce auquel on ne connaît rien.

Conseil qui vaut dans les deux sens.

Aucun doute là-dessus. Ballew glissa le permis de pêche dans sa poche. Aujourd'hui je prends seulement le permis. Si j'ai bien vu y a du matériel au garage.

Il faut que je vous encaisse.

Ballew ramassa le portefeuille qu'il avait laissé traîner sur le comptoir et lorsque Lane le regarda plus attentivement il s'aperçut qu'il s'agissait du sien et avança la main pour le prendre avant de se ressaisir. Ça ressemble beaucoup à un portefeuille que je viens de perdre.

Ballew se redressa et posa le portefeuille entre eux. Les apparences sont parfois trompeuses. La chaleur avait disparu de sa voix. Maint chemin tortueux semble droit.

Ou bien aussi tortueux qu'il est. Voire plus. Un goût de bile dans la bouche de se faire narguer jusque dans son repaire. Sous les yeux de son petit-fils. Lane récapitula ce que contenait le portefeuille lorsqu'il avait changé de mains : quelques dollars sans rien qui les distingue ; un permis de conduire qu'il avait déjà remplacé ; quelques photos dont il avait toujours les négatifs.

Monsieur voudrait-il examiner le portefeuille ? Avant que son hostilité injustifiée ne dépasse les bornes de ma grâce naturelle ? Sa voix s'amplifiant comme celle d'un prédicateur.

Lane calcula ses chances de tuer cet homme avec ses poings, ses pieds, ses dents ou tout ce qui pourrait lui tomber sous la main et décida qu'elles étaient minces mais qu'il était prêt à tenter le tout pour le tout, pas certain d'avoir le choix, de toute façon, et il bougea les pieds de manière à pouvoir contourner ou enjamber le comptoir plus aisément. Ce que je veux c'est dix-huit dollars pour le permis. Après je veux que vous sortiez d'ici.

Craignez-vous Dieu ?

Cette question inattendue le désarçonna, et soudain il saisit qu'il n'avait peur de rien, rien pour lui-même, qu'il n'était pas courageux mais fêlé, privé d'une part fondamentale d'humanité qu'il ne pouvait ni se rappeler ni comprendre. A cet instant j'aimerais pouvoir lui mettre la main dessus. Peut-être que ça me ferait changer d'avis. Mais vous n'êtes pas Dieu. Fichez le camp de ma boutique.

Ballew le regarda un long moment, assez long pour qu'une voiture ait le temps de passer en donnant un coup de klaxon, puis l'éclat disparut de ses yeux, la tension quitta son visage. Vous êtes un homme dur. Sa voix était redevenue normale.

La vie, c'est dur. Un homme se doit d'être à la hauteur pour l'affronter.

Ballew tira un billet de vingt du portefeuille et le posa sur le comptoir avant d'y ajouter un bout de papier plié. Monsieur Hollar, je vous souhaite bien du succès dans votre commerce. En espérant que les autres sauront ne pas s'en mêler. Comme ils le devraient.

Dehors.

Toby, dit Ballew Quand je reviendrai dans le coin peut-être que je ferai un crochet par Foxhollow Road pour passer te prendre et comme ça tu pourras me montrer comment on pêche les gros poissons. Je parie que c'est comme les gens. En moins grognons, c'est tout. Quand ils sont vieux ils sont assez malins pour ne pas l'ouvrir. Et s'épargner un sacré tas d'ennuis. Garde la foi, dit-il.

Lane surgit de derrière le comptoir, mais Ballew s'en allait.

Bye Nickel, dit l'enfant alors que la porte se refermait.

Lorsqu'il fut parti, Lane déplia le papier posé sur le billet : un tract religieux tiré à la photocopieuse et au texte mal aligné. L'enfer est le prix éternel à payer pour un instant d'indiscrétion, lisait-on.

25

Le garçon pleurait de nouveau mais Lane n'en avait cure. Ne donne *jamais* ton nom à un inconnu. Jamais. Ni ton adresse. Lane passa brutalement en seconde et ralentit juste assez pour pouvoir tourner dans l'allée de Darlene.

Je lui ai rien dit, protesta Toby. Le visage enfoui entre le siège et la portière.

Alors comment il le savait ? Je te préviens, me raconte pas de mensonges.

On aurait dit qu'il te connaissait.

La voiture s'immobilisa devant la maison et durant un instant Lane resta le front posé sur le volant. Ce n'est pas toi qui le lui as dit ? Espérant, redoutant que l'enfant dise la vérité. Est-ce que tu l'avais déjà vu ?

Peut-être. D'une petite voix craintive.

Où ?

Je sais pas trop.

Comment tu connaissais son nom ?

Quand il est arrivé il m'a appelé Toby et m'a dit qu'il s'appelait Nickel.

Viens, dit Lane en le prenant par l'épaule pour le conduire vers la maison. Sans relâcher son emprise quand l'enfant se débattit. Darlene, hurla-t-il en ouvrant la porte et elle fut là, les yeux écarquillés mais la bouche close et dure. Prête à avoir peur ou à se mettre en colère, suivant les circonstances.

Vous rentrez déjà, qu'est-ce qui se passe ?

Je reviens dans pas longtemps. Là, il faut que j'aille voir le shérif. S'il vient quelqu'un que tu ne connais pas, tu fermes la porte à clé et tu appelles le 911.

Qu'est-ce qui se passe ? cria-t-elle dans son dos.

Je te raconterai plus tard.

*

Lane jeta sa copie du permis de pêche de Ballew sur le bureau de Dick Trappel. Cet homme vient de nous menacer, moi et mon petit-fils. Il se trouve ici même, dans le comté. Au volant d'un gros pick-up Ford noir à arceau de sécurité et pot d'échappement double. Voici le numéro d'immatriculation. Son doigt trembla lorsqu'il gratta le numéro au stylo à bille.

Nicholas Ballew ? Il t'a menacé comment ? Le shérif semblait vieux, las et fatigué.

Il a été trop malin pour dire quoi que ce soit directement, mais le message était très clair. Si je la bouclais pas sur ce qui s'est passé au réservoir il allait s'en prendre à Toby.

Y a d'autres témoins ?

Seulement Toby. Lane se demanda soudain ce que le garçon avait compris, s'il avait perçu la moindre menace. Vous n'êtes pas à sa recherche ?

Le shérif secoua la tête. Plus maintenant.

Et Harold Bright ?

Harold est rentré au bercail. Le shérif d'Allegany a appelé pour dire que ce n'était qu'une fausse alerte.

Alors il avait mon portefeuille. Celui qu'on m'a volé.

J'ai pas le souvenir qu'on ait volé un portefeuille. A moins que t'aies oublié quelques détails. Outre ce qui s'est vraiment passé lundi.

Lane avait plus d'air en lui qu'il ne pouvait en expulser en un soupir, mais pauvre en oxygène. Ballew c'est du vilain. Coince-le avant qu'il disparaisse.

Il va pas disparaître. Il a une affaire à Almont.

Un parc de voitures d'occasion. A Almont. Où on pourrait pas faire vivre un marchand de donuts. Ça prouve bien qu'il trempe dans des trucs illégaux.

Peut-être que je devrais enquêter sur tous les commerces qui n'ont pas l'air viables. A quelle heure je peux passer inspecter ta boutique ?

C'est pas la même chose. J'ai économisé tout le temps que j'étais dans le bois. Et je ne vis pas comme un nabab.

Le shérif ouvrit l'un des tiroirs du bas de son bureau, jucha son pied dessus et s'enfonça dans son fauteuil, les doigts croisés sur son ventre. Ferme-moi donc cette porte.

Ce faisant, Lane jeta un coup d'œil dans le petit bureau, à la nuque de Martin, et combattit l'envie d'y enfoncer son poing.

207

Tu fais pas confiance à ton second ? dit-il après s'être assis en face du shérif.

Martin se laisse facilement distraire. Et il a de la paperasse à traiter. Dick se pencha tout près et baissa la voix. Ce que je vais te dire, c'est pas tes affaires. Je te le dis uniquement pour que tu saches qu'on a Ballew à l'œil.

Je t'écoute.

Dans le Maryland ils sont nerveux. Ballew s'est installé juste à leur porte et ils veulent savoir ce qui se passe dans ce dépôt de voitures d'occasion.

Trafic de drogue. C'est ça qu'a mis Billy Bean dans le pétrin. Et ce surnom, Nickel ? Si c'est pas un nom de dealer, je me demande bien ce que c'est.

Paraît qu'on l'a appelé comme ça parce qu'il fait sauter des pièces dans sa poche*. Le problème, avec son dépôt, c'est qu'il vend des tonnes de voitures. Il fait monter du sud des voitures qui n'ont pas circulé dans le sel.

Y en a plein qui font ça.

Mais celles de Ballew sont moins chères, et il a les modèles qu'il faut. Deep Creek Lake c'est plein de touristes et de résidences secondaires de riches, mais il reste aussi un paquet de locaux. Qui roulent pas en BM ou en Cadillac. Y en a de plus en plus en Ballew Beauty. Comme il les appelle.

Alors pourquoi les flics du Maryland s'y intéressent à ce point ?

Ça fait djà un moment qu'on trouve de la drogue du côté du lac, mais jusqu'à récemment c'était ce que les touristes apportaient avec eux. Pour leur consommation personnelle. Maintenant on en trouve partout. Chez les ouvriers du bâtiment, les employés du golf, les gens des villages. Dans les établissements scolaires.

Tiens donc.

Tous les papiers de Ballew sont en règle. Il a pas de casier. Un peu de délinquance juvénile, plus tard des voies de fait, pas lui qui avait commencé mais il est tombé sur la mauvaise personne alors il est passé par une prison de comté. C'est tout.

Il est d'où ?

Du Kentucky, à l'origine. J'ai un copain dans la police, là-bas. C'est un métis abandonné qui a grandi dans une famille

---

* Aux Etats-Unis et au Canada, un *nickel* est une pièce de cinq cents.

208

d'accueil. Le vieux le battait tout en citant les Ecritures. C'était les flammes et les tourments de l'enfer et va me chercher le cuir à rasoir. Ce genre d'endroit.

Qu'est-ce qu'ils avaient donc comme système pour laisser faire une chose pareille ?

Un système paresseux, je suppose, comme toutes les bureaucraties. Le problème s'est réglé tout seul. Le vieux s'est asphyxié dans un silo. On ne sait comment, y a une fourche qui s'est coincée dans le loquet et il a jamais pu sortir.

Ah, un de ces accidents.

Un de ces accidents. On n'a jamais rien pu prouver. Non qu'on ait beaucoup essayé.

Il doit bien y avoir quelque chose sur lui. Si les flics le surveillent.

Partout où il implante ses succursales – Charleston, Sutton, Clarksburg – la drogue fait son apparition et dans les grandes largeurs. Tous les autres dealers ou changent de coin ou disparaissent. Quelques-uns de ses employés se sont fait coincer, mais ils préfèrent la taule. Ils balancent pas.

Il vend pas des voitures. Il est trafiquant de drogues. Les voitures sont uniquement là pour le transport.

Peut-être bien, mais certains de ses concurrents ont des problèmes quand il s'installe. Je dirais que les caisses c'est du sérieux aussi, parallèlement aux drogues. Mais tant qu'il ne merde pas quelque part moi je peux rien faire.

Ils restèrent un moment assis à contempler leurs pieds puis Lane se leva et s'étira les jambes. Si toi tu peux rien faire, moi je peux. Si jamais il s'approche de mon petit-fils, je le tue. Je te le dis en exclusivité.

Si tu fais ça, je te mettrai en prison le temps que le procureur te mijote un séjour plus long. On n'est pas au Far West.

Non. Là-bas ceux qui faisaient régner l'ordre avaient des couilles et du bon sens. Lane s'arrêta devant la porte de Martin. Tu veux que je la rouvre ?

Dick Trappel passa ses doigts dans ses cheveux. J'aimerais autant qu'elle reste fermée mais y a aucune chance. Alors autant que tu l'ouvres.

26

Comme un raton laveur tourne les yeux dans les phares d'une voiture, Harold Bright leva la tête d'une assiette de haricots blancs à la sauce tomate et la moitié du petit-déjeuner qu'il venait d'avaler vint s'agréger en travers de sa gorge tandis que le reste se liquéfiait et finissait directement dans ses intestins. Ce pot d'échappement double était reconnaissable entre tous.

Il se traîna jusqu'à la fenêtre de la caravane et, de derrière un rideau taché de gras et de fumée, regarda le pick-up noir remonter doucement son allée jonchée d'ordures, suivi par la Crown Vic de sa sœur.

Le Ford avança vers un réfrigérateur sans porte couché à l'horizontale puis recula pour faire demi-tour, prêt à repartir, tandis que la Crown Vic s'immobilisait. Un petit homme à peau mate descendit de la voiture et débarrassa le siège d'une longue bande de papier de boucherie sur laquelle il était assis qu'il mit en boule et jeta dans le frigo avant de prendre place sur le siège passager du pick-up.

Quand le Ford vira pour partir, Harold s'aperçut que c'était un autre Hispano qui conduisait, pas Ballew, et sans réfléchir davantage il fit valser la porte de la caravane et hurla au véhicule qui partait : Hé, putains de métèques, qu'est-ce que vous foutez avec ma voiture ? Puis son cerveau combla son retard sur sa bouche et il rentra vite fait en serrant son bras blessé contre l'autre, essayant d'interpréter cette restitution.

Le téléphone sonna. Il resta les yeux rivés à l'appareil beige sale durant quinze sonneries au moins et lorsqu'il se rendit à l'évidence que cela ne cesserait pas, il souleva le combiné et le laissa retomber sur son support et bondit lorsqu'il se remit aussitôt à hurler. Il porta le combiné à son oreille et entendit non pas la voix de Ballew mais celle de sa sœur, lui déchirant le tympan comme du fil de clôture tiré dans un clou cavalier rouillé. Il écouta un long moment, ouvrant par moments la bouche pour parler puis la refermant. Lâche-moi la grappe, espèce de vieille bique, dit-il au premier semblant d'occasion, je viens à peine de poser les fesses ici et quand j'aurai besoin que tu me sortes ta merde je te ferai sauter le capuchon et me servirai directement – et sans sacrifier son élan aux nécessités de la respiration – tu sais pas que j'ai une épaule cassée, ça veut rien dire, ça, pour toi, espèce de putain égoïste, je te la ramènerai quand je pourrai. Le combiné jacassa en tombant sur son support et la mâchoire de Harold tressaillit d'indignation et d'adrénaline à demi déchargée.

La sonnerie repartit de plus belle et il décrocha brutalement et hurla : Va te faire foutre, tu m'entends, va te faire foutre, et sa troisième imprécation s'arrêta à mi-chemin et sa voix fut tout autre lorsqu'il dit : Désolé, Nickel, je t'ai pris pour quelqu'un d'autre.

Il écouta, le regard fixé sur la cloison, ses pensées calmes comme une brouettée de grenouilles.

Ma clavicule me fait drôlement mal, dit-il. Elle est peut-être cassée. Harold haussa les épaules, serrant celle qui souffrait avec sa main libre. Non, j'ai pas d'assurance.

Parce que t'avais l'air devenu fou, mon gars. Avec tes histoires d'Hépreux et tout ça. Qu'est-ce que t'aurais fait à ma place ? Chevauchant le désespoir comme un tracteur emballé qui va trop vite pour que tu touches aucune des deux pédales de frein. Moi la Bible je m'y connais pas trop, dit-il.

Je veux plus le faire, dit-il après un silence.

Je sais bien qu'on avait un marché. Mais je te rendrai ton herbe. Se demandant où il allait bien pouvoir la trouver.

Pas quand t'as une épaule cassée, non, un marché est pas un marché.

Il secoua la tête. Je m'en fous qu'y ait une rallonge dans la voiture. Je suis pas en train de marchander le prix. J'ai pas envie de faire ce que t'as besoin que je fasse. Lorsqu'il s'aperçut qu'il était en train de parler dans le vide, il regarda le combiné et raccrocha et fila droit vers le cabinet de toilette et sortit de l'armoire à pharmacie le peu de marijuana qui restait du sachet que Ballew lui avait donné et se roula un joint, parsemant le lavabo de miettes tombées du papier tremblant. Il resta dans l'encadrement de la porte de la caravane à fixer la Crown Vic jusqu'à ce qu'il ait vu le bout de son joint et avalé le mégot et c'est alors seulement qu'il s'aventura jusqu'à la voiture.

L'enveloppe se trouvait sur le siège, comme Ballew l'avait promis. Harold compta l'argent et il aurait aimé qu'il y en ait moins pour pouvoir le rendre, et plus parce qu'il savait qu'il ne le ferait pas.

L'habitacle avait été nettoyé de fond en comble, sièges et revêtements avaient retrouvé leur éclat à grand renfort de produits d'entretien et le réservoir était plein et un nouveau rappel de vidange était collé dans le coin supérieur du pare-brise. Grand Dieu.

Harold sortit deux billets de la liasse et les mit dans son portefeuille et plaça le reste dans sa chaussette où il la sentit, telle une patate douce. Lorsqu'il mit le contact, la radio beugla un message biblique diffusé par une station AM et à chaque bouton qu'il pressa il changea la voix, mais pas le sujet. Il l'éteignit et tourna et s'engagea dans l'allée et sentit qu'il roulait droit vers les portes de l'enfer mais ne trouvait ni où bifurquer, ni où faire demi-tour.

27

Le temps que le bureau du shérif s'efface du rétroviseur de Lane, ce qui lui serrait le ventre avait laissé place à la faim et à la peur d'affronter Darlene à nouveau alors il s'arrêta au China Wok et piétina au buffet derrière une grosse femme aux cheveux bruns luisants et aux chevilles trop minces et trop galbées pour endurer son poids tout en remplissant une barquette en polystyrène à emporter. Gêné de manger étranger en public. Se sentant coupable de manger au milieu de tous ces événements. A la caisse, il commença à payer et sur un coup de tête il fit : Attendez, et il alla en remplir une seconde. Puis il roula jusque chez Jodie, le ventre gargouillant.

Une lumière était allumée dans le tréfonds de la maison, indistincte comme une chandelle dans une cave, mais cette fois la porte était fermée à clé. Il eut beau faire vibrer la vitre de la porte et aller regarder par les fenêtres sur le côté de la maison, il n'y eut aucun mouvement. C'est moi, dit-il. Lane. Se demandant si c'était pour ça que la porte était fermée.

Il envisagea d'en déduire que quelque chose clochait et décida que c'était probable mais que ce n'était rien qui nécessite une ambulance alors il laissa l'une des barquettes sur le seuil de la porte et hurla : Y a à manger pour toi ici, jeune femme.

Alors qu'il sortait de l'allée en marche arrière il crut voir une silhouette à travers la porte vitrée mais lorsqu'il s'arrêta elle avait disparu. Il se gara sous un chêne blanc qui surplombait la route, cinq cents mètres plus loin, et mangea en silence, n'entendant que le cliquètement du moteur qui refroidissait. Lorsqu'il mordit dans le pâté impérial, du gras coula sur son menton et la bouchée lui retourna l'estomac comme l'avait fait le whisky mais mit moins de temps à passer. Il déchira un paquet du condiment qui se trouvait dans le sac avec les plats sans nom du buffet et mélangea et regretta de l'avoir fait mais engloutit ce qui ressemblait à deux kilos de riz. Regrettant de ne pas avoir pris plus de crevettes et moins de garniture mais il avait toujours l'impression d'être un voleur lorsqu'il faisait le plein des mets les plus chers dans un buffet à volonté. Au bout d'un moment, la nourriture coula moins vite et il ralentit et rota et baissa la vitre et lorsque le froissement des sacs en papier et le grincement des ressorts fatigués de son siège eurent cessé, un ronflement doux, régulier continua de se faire entendre. Un de ces sons que Lane percevait parfaitement.

Le bruit d'un moteur tournant au ralenti.

Lane descendit, plaça ses mains en cornet autour de ses oreilles et aperçut la réverbération du soleil sur une vitre derrière lui à travers les arbres et une seconde plus tard l'accélération saccadée d'une voiture qui recule. Lane bondit dans son pick-up mais le temps qu'il démarre et fasse demi-tour il n'y avait plus qu'un nuage de poussière là où l'autre véhicule avait stationné.

Il roula plus vite qu'il ne lui plaisait pour rentrer chez Darlene et s'arrêta brusquement, recula sur une petite route et attendit cinq minutes mais ne vit personne passer. Lane fut partagé entre le soulagement et la crainte lorsqu'elle ouvrit la porte.

Elle jeta un œil par un minuscule entrebâillement. Ça commence à bien faire.

Lane se gratta l'oreille et dit : Je comprends ce que tu ressens.

Dans ce cas rentrez à la maison.

La maison c'est là où se trouve la famille. Toi et Toby.

Allez trouver Frank. Partagez donc vos problèmes avec lui.

Lane s'assit sur la balustrade de la galerie, se racla la gorge et cracha. Je suis venu expliquer ce qui s'est passé. Après je m'en vais.

Je ne suis pas sûre d'avoir envie de savoir, dit-elle, mais elle ouvrit la porte.

Où est Toby ? Il faut qu'il entende ça aussi.

Il faut qu'il reste en dehors de tout ça. Peu importe ce que c'est.

DeeDee, il est déjà impliqué. J'ai essayé de l'écarter. Ou de préserver sa sécurité jusqu'au moment critique.

Asseyez-vous, dit-elle, et Lane prit sa chaise habituelle à la table de la cuisine. Elle remplit la verseuse de la cafetière et en vida le contenu dans la machine publicitaire qu'elle avait rapportée cassée et que Lane avait réparée. Je vais le chercher, dit-elle.

La façon dont Toby traîna les pieds lorsqu'elle le tira dans la cuisine lui mit un coup au cœur. Hé, Toby.

L'enfant fixa ses pieds.

Cet homme qu'est venu à la boutique nous veut du mal. Il tient un double discours, mais il était en train de nous menacer.

Toby se glissa sur une chaise et regarda Darlene.

Ça signifie qu'il disait une chose mais voulait en dire une autre, expliqua-t-elle.

Tout ce qu'il voulait c'était aller pêcher.

Tu n'es pas encore prêt à l'accepter, mais Billy Bean ne s'est pas noyé tout seul. Ce Ballew et un autre type lui ont donné un petit coup de main. Et depuis il a découvert qu'on était là. C'est de ma faute. Parlant au petit mais s'excusant auprès de Darlene. Les mots durs à cracher, pas taillés pour sa gorge.

Je peux avoir du café, maman ?

Vous voyez l'influence que vous avez ? dit-elle à Lane. Elle versa une demi-tasse et termina avec du lait. Si ça retarde ta croissance faudra pas venir pleurer. Après avoir servi deux autres tasses, elle s'assit en face de Lane. Parlez, maintenant, ou bien taisez-vous à jamais. Ou faites l'un après l'autre.

Lane étudia les rides autour de ses yeux, qu'il n'avait jamais remarquées auparavant, puis le reste de son joli visage, et dit : Frank est un fieffé crétin d'avoir quitté une femme comme toi.

Ne tournez pas autour du pot. Continuez.

Lane sirota son café et s'aperçut qu'il atermoyait. Il avala sa gorgée et vida son sac d'un coup. Je suis certain qu'on a aidé Billy Bean à se noyer. Il se trouve que nous étions tout près quand ça s'est produit.

Darlene prit sa tête dans ses mains et appuya ses paumes dans ses orbites. Ce n'est pas ce que dit Toby.

Il ne pensait qu'à son poisson.

Pas aujourd'hui. Il m'a raconté ce que cet homme lui a dit à la boutique. Pas de quoi s'affoler comme vous l'avez fait.

C'est ce que j'expliquais. Il disait une chose mais ses sous-entendus étaient tout autres. Lane aperçut son reflet dans le café et but pour le faire disparaître. Si c'était à refaire, je ferais tout différemment. Si ces gens voulaient bien me laisser tranquille je tournerais les yeux là où il faut pour éviter de les voir. Simplement pour qu'ils restent en dehors de nos vies.

Plus on veut garder quelque chose en dehors plus on nage dedans. Et inversement.

Lane fit tourner le fond de café qui restait dans sa tasse. Je ne sais pas quoi dire d'autre.

Depuis le jour où j'ai rencontré mon premier Hollar ma vie est partie en vrille.

Donc tout était parfait jusque-là, j'imagine.

Depuis que Frank est parti j'ai tenu bon, j'ai fait contre mauvaise fortune bon cœur. J'ai essayé de garder le tapis propre et que personne ne revienne y traîner de la crotte de chien.

Ce que j'ai sali, je le nettoierai.

Et il faudrait que je vous remercie. Alors qu'il suffisait de faire attention.

Rip Van Winkle* dit que la langue d'une femme est le seul outil tranchant qu'un usage continu ne fasse qu'aiguiser. Ça saigne déjà, tu peux y aller mollo.

T'as qu'à demander à l'adjoint Martin, intervint Toby. Il a dit le vieux schnock il perd les pédales.

Quand est-ce que t'as parlé à Martin, toi ? La voix de Lane plus coupante qu'il ne l'aurait voulu.

Toby haussa les épaules.

Darlene regarda la pendule, prit leurs tasses vides et les rinça au-dessus de l'évier. Je dois partir travailler.

Laisse-moi garder Toby.

Vous êtes cinglé ou quoi ? Avec tout ce qui se passe ? Je l'emmène avec moi.

Maman, steplaît ?

Le ton suppliant de Toby surprit Lane jusqu'à ce qu'il finisse par lire dans ses yeux les heures innombrables passées au *diner*, assis sur une chaise de cuisine ou dans un box d'angle après le départ de la foule du souper. Il sera plus en sécurité avec moi que si tu le surveilles de loin au *diner*. Je le garderai jusqu'à demain. Comme ça tu pourras profiter d'une bonne nuit de sommeil. Ou tu peux venir aussi. Même si je doute que tu sois en danger en l'absence de Toby.

Pour la médaille de la sécurité, Pap, faudra repasser.

* Personnage éponyme d'une nouvelle de l'écrivain américain Washington Irving (1783-1859).

Peut-être, mais qu'est-ce que tu comptes faire si Ballew se pointe ? Le chasser avec une tapette à mouches ?

Vous serez à la boutique ? Ou vous rentrez chez vous ?

Nous irons à la maison. J'ai des bricoles à faire, et Toby pourra jouer dehors.

D'accord. Mais vous avez intérêt à mieux vous débrouiller pour le protéger des ennuis, cette fois.

Lorsqu'elle déposa une bise sur ses lèvres, Lane était conscient des contours de Darlene. Des siens. De son besoin et de sa dépravation.

*

Dès qu'ils eurent démarré, Toby devint froid et muet comme une carpe, son enthousiasme à l'idée de dormir chez son grand-père douché par la réalité de la chose. Lane essaya de faire la conversation. Qu'est-ce que ça te fait d'être assez grand pour que ta mère te laisse passer la journée seul à la maison ?

Ça va.

Qu'est-ce que tu dirais d'apprendre à jouer du banjo ? dit Lane lorsqu'ils tournèrent sur la grand-route. Réfléchissant à la soirée. Cherchant un terrain d'entente.

J'aimerais mieux manger de l'opossum.

Tu n'aimes pas le banjo ? Surpris.

Je déteste.

Qu'est-ce que t'aimes pas ?

Tout. Les gens se moquent de toi si t'en joues.

Quels gens ?

A l'école. A la télé.

Parce que tu joues du *banjo* ?

Toby leva les yeux au ciel.

Qu'est-ce qu'ils disent ?

Rien.

Allez. Un gros sourire, de bon copain. Il faut que tu me dises ce qu'ils racontent.

Que les joueurs de banjo sont des homosexuels.

Le petit endroit dur au fond de Lane se dilata et le rendit tout entier petit et dur. Tu as entendu ça *à la télé* ? Cette fois, c'était dit, ce foutu engin allait à la poubelle.

Le garçon hocha la tête. Dans le film, là.

Lane revit Burt Reynolds dans *Délivrance*, descendant les rapides dans son canoë, le petit cul-terreux albinos affligé de consanguinité jouant les accords d'ouverture du "Duel de banjos", le morceau le plus stupide jamais composé. Ce genre de choses n'arrive pas vraiment, dit-il.

L'enfant lui décocha un regard qui semblait dire qu'il possédait à peine assez d'intelligence pour rester en vie.

Et Lane qui s'inquiétait de ce que le garçon savait sur les *filles*. Par chez nous, je veux dire.

Même regard. Ils font des blagues, aussi.

Sur moi ? Ou sur les joueurs de cinq cordes en général ? Tenant à mettre les choses au clair. Appuyant tout de suite là où ça fait mal.

Les deux.

Raconte-m'en une. Incapable de changer de sujet. N'arrivant pas à croire que des gamins médisaient de lui, n'en doutant pas non plus. Puisqu'il n'y avait à sa connaissance pas d'autre joueur de banjo dans les environs.

Qu'est-ce que tu fais quand un joueur de banjo tombe à l'eau ?

Je donne ma langue au chat.

Tu lui lances son banjo.

Il se détendit, sentit la dureté diminuer et son vrai lui retrouver sa place. Rien de pervers. Rien de dégoûtant. Il rit avec plus d'ardeur qu'il n'en éprouvait. Très bonne.

Comment on reconnaît un joueur de banjo déguisé ?

Je sais pas, comment ?

C'est celui qui se pince l'asticot.

Allons bon, dit Lane. Piqué et perversement flatté qu'on ait écrit une blague exprès pour lui et sa boutique. Sachant qu'il lui faudrait avoir une discussion avec le petit et craignant d'en savoir moins long que son élève. Les bisons étaient sortis lorsqu'ils passèrent devant l'élevage et Lane ralentit pour admirer leur masse noire, velue. Les bisons ont failli disparaître, dit-il. Après avoir été tellement nombreux qu'on en voyait pas le bout.

Le garçon haussa les épaules. Je peux dormir dans la tente, cette nuit ?

Lane mit la sûreté et les envies de son petit-fils dans la balance et jugea le résultat acceptable. Je croyais que rester dehors tout seul te filait les chocottes.

Plus maintenant.

Plus depuis qu'il était en rogne contre Lane.

Tu vas la monter ? Ou est-ce qu'il faut que je m'en charge ?

Je peux le faire. Je suis plus un gamin.

Lane ébouriffa les cheveux du garçon et goûta la façon dont il s'effaroucha et se recoiffa la frange. Quand on devient un homme on obtient ce qu'on veut, j'imagine.

Ça veut dire oui ?

Ça veut pas dire non. Mais tu devras rester près de la maison. Où je peux garder un œil sur toi.

Est-ce que maman va dire quelque chose ?

Ce qu'elle ne sait pas ne peut pas la contrarier.

Le visage de Toby s'éclaira d'un sourire, le premier dont Lane était témoin depuis un moment.

Le soir approchait et ils remontèrent leurs vitres, poussés par un capteur commun à leurs deux systèmes.

28

Cette nuit-là fut la première depuis la mort de Billy Bean où Lane dormit bien. Pendant que Toby montait la tente, il ouvrit la fenêtre de la chambre pour pouvoir entendre le petit et que le petit l'entende et il joua du banjo tout un moment. Se demandant comment l'instrument avait pu devenir le symbole de l'ignorance du péquenaud du Sud consanguin. Pourquoi pas le violon, la mandoline ou le tympanon ? Qu'était-on en droit d'espérer d'un instrument dont on jouait avec un marteau ? Le tympanon avait pourtant accédé à une respectabilité distinguée tandis que le banjo était aussi stigmatisant que le marcel ou le portefeuille à chaîne.

Contrarié par cette absurdité mais plus encore par le fait qu'il se souciait du regard d'autrui. Ce qui, davantage que le banjo, faisait probablement de lui un ignare et un plouc. Non qu'il soit tellement mieux placé pour en juger qu'un cochon qui mange du bacon.

Par égard pour son auditoire, il joua la "Sonatine en ut majeur" de Clementi et "Somewhere over the rainbow" et les quelques vestiges de "Wish you were here" des Pink Floyd qu'il parvint à se rappeler. Plutôt que "Shukin in the corn" et "Pig in a pen", comme l'aurait fait un péquenaud consanguin et ignare. Soupçonnant à mesure qu'il jouait que ces airs qu'il jugeait modernes et cosmopolites passeraient aux yeux de Toby pour des émanations du paléolithique. Composées à coups de pierre sur un rondin creux.

Comme "Moonlight bay" et "Red river valley" aux yeux de Lane quand son paternel les chantait, des larmes de nostalgie au whisky plein les yeux, comme si, avant de devenir ivrogne, il avait eu une vie passée sur la galerie à fredonner des chansons de Stephen Foster*. Ces souvenirs tarirent la musique de Lane ou la firent tourner jusqu'à ce qu'elle soit méconnaissable alors il rangea le banjo et sortit voir où en était Toby. Marchant d'un pas viril pour que le petit voie à quoi ressemble un vrai joueur de banjo.

La tente était tapie dans les bois, dans un creux où une bonne pluie aurait tôt fait de l'inonder, mais arrimée ferme et aussi tendue que la toile piquée pouvait l'être. Fleurant le gibier et le moisi comme une botte en caoutchouc contenant un poisson mort, elle rouvrit dans la mémoire de Lane des fenêtres dont il prenait soin de garder les rideaux tirés.

A l'intérieur, le petit était assis comme un hippie, les yeux fermés et les mains sur les cuisses, les paumes ouvertes. S'il avait entendu Lane jouer ou s'il l'avait vu s'approcher, il le cachait bien.

Quand Lane dit Yo l'enfant sursauta avec l'air de quelqu'un qui vient de se faire prendre. Qu'est-ce que tu fais ici ?

Je me suis dit que j'allais venir voir comment on dresse un campement comme il faut.

De nos jours, les gamins apprenaient ce qu'était un homosexuel avant d'avoir des poils aux couilles mais pas à dire merci quand c'était de circonstance.

Pas de feu, dit Lane. Il fait trop sec.

Toby acquiesça et Lane tendit le bras et l'ébouriffa à nouveau et le petit ne se détourna pas.

Lorsqu'il eut refermé la moustiquaire et recollé le scotch sur la déchirure, Lane regagna la maison et prit un long bain chaud et passa le pyjama qu'il ne portait jamais et s'étendit dans le lit qui avait été le lit de Mary. Le lit que le père de Mary avait fabriqué pour leur mariage, avec le bois d'un cerisier coupé chez son père à lui.

Pendant la nuit, Mary lui rendit visite. Comme dans la chanson "Come back to me in my dreams". Lane et Mary ne parlaient pas, ils n'en avaient pas besoin mais restaient assis sur le bord du lit, se tenant la main, la tête de Mary sur l'épaule de Lane, si bien qu'il sentait l'odeur de sa peau et les rides de ses mains. Elle connaissant déjà les mots qu'il avait besoin de lui dire.

* L'un des plus grands auteurs-compositeurs américains du XIXᵉ siècle (1826-1864), à qui l'on doit notamment "Oh ! Susanna".

Ces mots, il aurait dû les lui dire malgré tout, fût-ce pour le seul plaisir de les prononcer, de les écouter. Lorsqu'elle était encore là il s'éclipsait pour aller au bar ou à la pêche. Alors qu'il aurait pu lui parler. Et après sa mort, il avait commencé à rester à la maison. Alors qu'il était trop tard.

Le téléphone sonnait et Lane l'entendit mais ne parvint pas à s'arracher suffisamment à son rêve pour répondre, ou ne le voulut pas, même quand la sonnerie se tut et reprit de plus belle. Lorsqu'elle cessa enfin, il se dressa sur son séant, bien éveillé, et fixa le téléphone, craignant que ce ne soit DeeDee mais n'ayant pas le courage de vérifier.

Il y avait un numéro à composer pour rappeler la personne que vous aviez manquée mais Lane n'avait jamais eu l'occasion de l'utiliser et il ne lui revint pas. Plus il restait là à fixer le téléphone et moins il était sûr de l'avoir jamais entendu sonner.

Maintenant qu'il était réveillé mais avait le passé présent à l'esprit, son fils Frank réussit à contourner ses défenses et à ronger ses pensées tel un rat dans le mur. Un brave garçon durant tellement d'années puis un brave homme et un bon mari jusqu'au jour où il avait quitté son emploi, était parti et s'était mis à boire, à aller aux putes, à jouer et probablement à voler et frauder pour financer ses penchants même si Lane ne savait rien de tout cela avec certitude. Seulement qu'il avait disparu.

Lane avait élevé son fils à la dure. Ce qui ne te tue pas te rend plus fort. Mais les conséquences auraient dû soit s'en faire sentir à un âge précoce, soit se dissiper une fois qu'il avait quitté la maison.

Assis là au milieu de la nuit à regarder un téléphone qui ne voulait pas sonner, Lane songea soudain que Frank en avait peut-être eu marre, lui aussi, de contempler le derrière de la mule. Pourtant, Frank avait toujours su prendre plaisir à tout ce qu'il entreprenait. Encore un défaut, pensa Lane, rien de tel pour tuer toute ambition. Et si Frank et DeeDee n'étaient plus aussi amoureux qu'on pouvait l'être après dix ans de mariage, Lane n'avait rien remarqué.

Si Frank pouvait virer stupide du jour au lendemain, pourquoi pas lui ?

Peut-être que c'était déjà fait.

Lane se souvint du petit-fils dehors et se leva et traîna les pieds à travers l'obscurité familière jusqu'à la fenêtre panoramique du séjour et plongea les yeux dans le noir et fut rassuré de ne rien voir. Puis des éclairs de chaleur clignotèrent au loin et Lane aperçut son reflet en surimpression sur le paysage, portrait fugace mais suffisant pour comprendre qu'il n'était pas conforme à l'image qu'il avait de lui-même. Celle d'un vieux gars endurci, peut-être un peu diminué, qui ne voyait plus suffisamment pour distinguer la couleur de la peau d'un homme à deux cents mètres et qui, de près, ne se souciait pas de faire la différence. D'un brave homme débordant de fortitude et de tolérance et de vertu et de bon sens. D'un homme sur qui on pouvait compter quand le caca volait dans le ventilateur. D'un vrai gars de chez nous qui se retroussait les manches sans faire d'histoires.

Au lieu de ça, cet aperçu révéla un vieux loser paresseux portant un pyjama de couille molle, qui avait baissé les bras et n'avait pas la franchise de l'admettre. Un homme qui avait laissé son esprit, son corps et ses instincts se ramollir et se vermouler. Un homme qui avait creusé un abri juste assez grand pour le loger lui, son petit-fils et sa belle-fille, avant de refermer le couvercle et d'envoyer promener tout le reste.

Un homme ne devrait jamais regarder son reflet dans la vitre en pleine nuit juste après avoir rêvé que sa femme était revenue lui rendre visite.

Lane sentit les grosses lèvres et la peau sombre de Ballew éroder son refus des préjugés, goûta ce sentiment. Une saveur qu'il avait recrachée dans sa jeunesse et qui ressurgissait maintenant tellement fort qu'il en sentait même l'odeur. Et une part de lui s'en délectait.

Dehors, au-delà de son reflet, au milieu des éclairs de chaleur mais plus bas, parmi les arbres qui entouraient la pelouse, un autre petit feu cligna et un poing le heurta au côté alors que la fenêtre lui explosait au visage.

29

Gisant dans les éclats de verre, Lane s'enquit de son flanc et chercha à tâtons le sens d'un monde devenu horizontal et engourdi mais pas assez. Son souffle était aussi éclaté et cassant que le verre et lui coupait la gorge. Sa veste de pyjama collante et humide et la chair sous ses doigts déchiquetée et déformée et pas la sienne et la moquette contre son nez toute moisie et pourrie.

Sa première pensée fut que Toby lui avait d'une quelconque façon tiré dessus, mais tout près de lui quelqu'un toussa qui n'était pas Toby et Lane roula à quatre pattes et s'éloigna de la fenêtre, le verre brisé lui coupant les mains et les genoux. L'air devenant une ressource menacée. Le seuil de la galerie craqua, du verre crissa sous une chaussure et alors qu'il trouvait l'entrée du couloir la maison fut secouée d'un frisson et le plâtre de la cloison lui éclaboussa la nuque et il ne sut pas s'il était à nouveau touché ou seulement mis à terre par la déflagration.

Tiens-toi tranquille, Toby. Reste où tu es. Pas un bruit. Pas un bruit, je t'en supplie. Désirant le hurler, espérant que Toby ait assez de bon sens pour le faire tout seul.

Lane se hissa à la poignée d'une porte qu'il crut être celle du sous-sol mais ce n'était qu'un placard interdisant toute avancée et il se ressaisit, trouva la bonne porte et la tira et sentit le sol se dérober et dégringola dans l'escalier et vit trente-six chandelles lorsque sa tête tapa contre les marches de pin usées et heurta le mur de parpaings tout en bas et il roula sur le côté et parvint à se remettre sur pieds.

Au-dessus de lui un revolver retentit par deux fois et du verre vola en éclats dans l'armoire où il rangeait ses pommades, alcool à 90 et sirop pour la toux et une porte claqua et celle de l'escalier s'ouvrit et les lumières du sous-sol s'allumèrent et ses mains n'étaient pas seulement collantes mais rouges. Elles glissèrent sur la poignée mais il la tourna sèchement pour ouvrir la porte qui menait dehors et grimpa l'escalier moussu et poussa tant bien que mal les panneaux d'acier rouillé qui le fermaient. Ils s'écartèrent dans un grognement réticent et Lane se faufila dans l'interstice et les laissa retomber.

Il courait maintenant, titubant sur le sol inégal et sans sa permission ses pieds nus repartirent vers la maison et dans le noir ses mains cherchèrent la grosse saucisse rêche de béton qu'il avait extraite du sol quand le poteau du fil à linge était mort de rouille, fondation inutile qu'il avait arrachée à la terre mais n'avait jamais ôtée de là. Elle flotta dans ses bras comme si elle ne pesait pas plus qu'un sac de pommes de terre et avec elle il tomba sur les portes en un seul fracas formidable au moment même où de la lumière se mit à trembler entre les deux panneaux d'acier. Les panneaux s'affaissèrent et quelqu'un jura au-dessous et le revolver brama à nouveau et un halo de lumière déchiquetée fleurit près du bras de Lane et il fut debout, prenant la fuite.

Sa tête commençant à fonctionner. Sachant où il était. Sachant que quelqu'un était venu pour le tuer. Sachant où il allait, les emmener loin de Toby.

Lorsqu'il sentit qu'il approchait de la clôture, il ralentit et agita les bras devant lui de haut en bas jusqu'à ce que la manche de son pyjama s'accroche au barbelé et qu'il l'arrache et tâtonne jusqu'à un piquet et s'en serve comme appui pour sauter la clôture. Il jeta un œil derrière lui au moment où une ombre se détachait de la galerie puis avança en trébuchant dans l'espace dégagé qui bordait la clôture, se débarrassant de son haut de pyjama blanc dans sa course et tombant lorsqu'il voulut ôter le bas en sautant à cloche-pied puis courant sans entraves, un bras devant le visage pour se protéger des branches basses. Voyant mieux à mesure que ses yeux s'habituaient à l'obscurité. Se sentant nu et vulnérable dans son seul boxer et content qu'il soit de couleur sombre. Noir sang sur une peau trop blanche. Il avança plus doucement à travers la nuit, ne voyant ni n'entendant rien dans son dos. Lorsqu'il vit la veilleuse du voisin luire à travers les arbres, il s'arrêta et promena sa main dans l'herbe jusqu'à ce qu'il trouve une pierre et la lance vers la lumière et sente une déchirure s'agrandir dans son flanc.

La pierre crépita dans les branches non loin de la maison et comme Lane l'avait prévu le gros fox-hound roux ouvrit le feu et la chaîne cliqueta depuis la niche et maintenant que Lane avait indiqué dans quelle direction il allait il tourna les talons et revint sur ses pas, courant à la rencontre de son poursuivant jusqu'à ce qu'il n'ose aller plus loin et se laisse glisser sur le flanc et s'allonge dans le pré la tête contre le sol et la cuisse sur un chardon mais sans bouger. Il crut entendre du sang gargouiller de sa blessure par-dessus le grincement de scie de sa respiration mais il savait que c'était faux. Presque aussitôt il entendit un tissu se déchirer au barbelé et il retint son souffle jusqu'à ce que des pas bruissent dans l'herbe et passent près de lui et s'éloignent vers le chien qui aboyait et dès que ces bruits se furent estompés il fut sur ses pieds, repartant vers chez lui. S'arrêtant pour écouter dans son dos. N'entendant que le chien.

Il sauta à nouveau la clôture et s'écorcha la jambe et se coula aux lisières du jardin jusqu'à ce que l'ombre plus noire de la tente se dresse parmi les arbres. Un tendeur lui crocheta les chevilles et il tomba dans les rabats et s'aperçut qu'ils étaient ouverts et susurra *Toby* mais il eut l'impression que la tente était vide et elle l'était. Alors qu'il se ruait vers la maison le cœur pris dans la gorge, il entendit un bruit métallique sourd du côté de son pick-up – une portière qu'on ferme, un coup de coude contre une aile – et il obliqua vers le bruit jusqu'à ce que le véhicule émerge indolemment de l'ombre, pâle et informe. Il ouvrit sèchement la portière et le plafonnier l'aveugla mais pas avant qu'il ait pu vérifier que la cabine était vide et il appela encore *Toby*, aussi fort qu'il le pouvait sans se faire repérer mais la seule réponse qu'il reçut fut un bruit de pas martelant l'allée. Lane fut sur ses pieds et courut tiraillé par la conscience qu'il fallait absolument qu'ils s'en aillent, et la raison le força à revenir au pick-up.

Lane plissa les yeux sous la lumière du plafonnier, trouva les clés qu'il avait laissées sur le contact et pressa une fois l'accélérateur et tourna la clé et le moteur démarra et le pick-up fit un bond en avant lorsqu'il faillit le faire caler. Et il comprit combien il était sage de toujours venir se garer en marche arrière.

Il alluma les feux et loin devant il y eut un tournoiement de lucioles, les bandes réfléchissantes sur les baskets du petit, et il fonça vers elles en hurlant par la vitre à Toby de s'arrêter. D'attendre. De venir se mettre à l'abri.

Alors qu'il approchait Toby s'enfonça soudain dans l'herbe du bas-côté et Lane freina et stoppa la voiture là où il avait disparu et courut à ses trousses, les graviers rentrant comme des pointes dans ses pieds tendres, les gerbes d'or lui cinglant le visage, humides et froides comme des glaçons, et l'enfant poussa un cri lorsque Lane lui tomba dessus et le ramassa comme un sac de courses renversé et le rapporta en hâte au pick-up et le poussa sur la banquette en le faisant passer par-dessus le volant et voilà qu'ils étaient repartis. Lane regarda dans le rétroviseur et ne vit rien, aucune lumière, aucune voiture, et ce qui pouvait être le grondement d'un moteur qui démarre était peut-être le fracas de son propre cœur.

Accroupi sur le plancher, le petit pleurnichait, les mains sur la tête, et lorsque Lane se pencha pour l'aider à se relever il recula et poussa un cri.

C'est bon, Toby. Tout va bien. On s'en est tirés.

Dans les lumières du tableau de bord, les yeux du petit luisaient comme des braises dans un feu de camp. Pardon, hurla-t-il. Laisse-moi tranquille.

*

La première fois Lane rata la rue de Frank. Si on pouvait appeler rues des routes de boue et de gravier entre des caravanes délavées, aux épaules voûtées. Lane n'était venu ici qu'une fois et il était passé sans s'arrêter et maintenant son esprit tournait et virait comme une chauve-souris qui mange des papillons de nuit. Chaque caravane unique et semblable, chaque voiture délabrée, chaque cour envahie par les herbes.

Depuis la dernière fois, Frank avait construit devant sa porte une galerie fermée qui ressemblait à des toilettes de jardin adossées à la caravane. A côté un monceau de sacs-poubelle. Un chauffe-eau sur le flanc dans trente bons centimètres d'herbe. Une Neon blanche avec une portière bleue et une aile avant rouge enfoncée. Des pneus lisses. Une odeur de propane qui fuit. La caravane plongée dans le noir, l'air abandonnée. De deux caravanes plus loin provenaient les voix stridentes de ceux qui sont ensemble depuis trop longtemps pour corriger leur relation.

C'est ici ? demanda-t-il.

227

Toby jeta un regard par-dessus le tableau de bord. Je crois.

Lane guida l'enfant par l'épaule lorsqu'il traîna les pieds dans le gravier et se hissa sur la galerie et s'appuya à la cloison de planches brutes le temps que sa tête s'arrête de tourner avant de frapper du talon de la main contre une porte en aluminium sans moustiquaire et blanchie par la corrosion.

Du fond du terrier sombre un peu de bruit et de mouvement et Lane patienta et cogna à nouveau. Au bout d'un moment la lumière de la galerie s'alluma et le révéla en sang, presque nu, dépenaillé. Nom d'un chien, ouvre, Frank.

La porte grinça et le visage mal rasé de Frank émergea dans l'entrebâillement et il regarda l'enfant, cligna les yeux et son regard courut sur Lane et se détourna comme s'il était incapable de le fixer. Qu'est-ce que tu veux ? Il portait un jean et rien d'autre. Plus petit que Lane et le torse grisonnant mais pas de ventre, les abdominaux plus musclés que jamais et les épaules aussi larges que la porte. Comme Lane autrefois.

Je passais prendre un café. Ça se voit pas ? Lane poussa devant lui le petit qui regimbait, passa Frank et fut saisi par la bonne tenue de son intérieur. Une étagère de livres, une pile de CD, une bonne chaîne hi-fi. Des photographies d'une scierie à vapeur et d'hommes en train de construire un pont montées en passe-partout et accrochées au mur.

Le petit n'avait d'yeux que pour son père. Marron, limpides, perçants, et Lane fut soulagé qu'ils ne soient pas fixés sur lui.

Tu peux pas débarquer comme ça dès que ça te chante.

Lane se maintint d'une main à un fauteuil relaxe usé et dit : Attends, on la refait. Et si t'essayais quelque chose comme : Salut, ça va ? Comme le ferait n'importe qui en te voyant à la porte en calecif avec une balle dans le ventre et du sang partout et presque tué, bon Dieu.

Frank fixa l'endroit d'où le sang avait arrêté de couler sur le côté de Lane. T'assois pas dans ce fauteuil.

Délimite-moi un endroit où je peux m'évanouir sans risque en attendant que tu trouves une bâche à mettre par terre pour que je salisse rien. Je m'en voudrais.

Frank sortit une chaise à revêtement de vinyle de sous la table de la cuisine et Lane s'assit et sentit l'adrénaline s'envoler comme s'il venait de subir une seconde, immense fuite. Comme s'il s'était refait tirer dessus, plus bas. Il hocha la tête en direction de la chambre. T'as quelqu'un avec toi ?

Il fallait que t'amènes tes problèmes ici. Chez ton fils pré-féré. Et que t'y mêles ton petit-fils, avec ça.

Lane examina pour la première fois sa blessure et la trouva à la fois pire et moins grave qu'il pensait. Plus déchiquetée. Moins profonde. Comme s'il avait frôlé un gyrobroyeur.

Tu gouttes sur le sol, dit Frank.

Laisse-moi une minute pour mourir et cesser de perturber ta soirée. Sa voix fut réverbérée par un panneau de verre qui trembla dans son châssis.

Frank regarda le petit comme pour savoir quoi faire puis prit Lane par le coude et lui leva le bras avec la même rudesse que Lane aurait mise pour une mule et il regarda la blessure de près, puis les entailles sur ses mains et ses empreintes de pas sanglantes et dit : Tu t'es vraiment toujours pris pour Jésus-Christ. Il disparut dans le couloir et revint chargé d'une bou-teille d'alcool à 90, de rouleaux de gaze et de scotch. Il imbiba un carré-éponge et dit : Ça va brûler.

Les vapeurs d'alcool piquèrent le nez de Lane et le firent pleurer. J'ai pas souvenir que le Christ se soit fait tirer dessus.

Non. Il fallait que t'aies un truc en plus.

Lane tressaillit au contact du feu sur son flanc. Je suis pas seulement venu pour que tu me rafistoles. Je ne suis pour rien dans cette situation mais je suis assez grand pour assumer ma part. Seulement Toby est en danger aussi, et peut-être Dar-lene.

Frank balança le linge sur la table. En quoi ça me concerne ?

Toby et moi avons été témoins d'un meurtre et à présent quelqu'un essaie de me tuer. Ils vont se mettre à ses trousses aussi et DeeDee va s'y retrouver mêlée.

En quoi ça...

A ton avis, quel est le dernier endroit où on irait me cher-cher ?

Frank n'était pas *exactement* comme Lane. Il ne dit rien.

Emmène Darlene et le petit quelque part. Tire-les de ce guê-pier.

T'es gonflé.

Lane tendit le bras et saisit le linge et l'imbiba à nouveau et le plaqua contre sa chair déchirée en se mordant les lèvres. De te demander d'empêcher ta femme et ton fils de se faire des-cendre ? Je devrais peut-être m'adresser au bureau d'aide so-ciale.

Frank regarda le petit et le petit le regarda et pour ce qui s'opéra entre eux Lane n'avait pas de nom.

Darlene, elle sait qu'elle doit partir ?

Dans la mesure où je n'ai pas de vêtements il est fort probable que je n'aie pas non plus pris le temps de lui passer un coup de fil.

Crénom d'un chien, dit Frank en repartant vers le couloir et en fermant la porte.

Un tiroir de commode claqua et peu après des portes s'ouvrirent, se refermèrent et de l'eau coula dans le lavabo du cabinet de toilette puis il y eut un bruit de chasse.

Lane enleva les saletés qu'il put de sa plaie, versa de l'alcool directement dedans et laissa échapper un cri et versa à nouveau. Une flaque de gadoue rose diluée se formant sur le sol de vinyle au-dessous de lui.

Est-ce que tu vas mourir ? dit Toby.

Ouais, mais pas de ça en tout cas. La plaie s'était remise à saigner lorsqu'il la bourra de gaze, coupa de longues bandes de scotch avec ses dents et fixa son pansement. Il reporta son attention vers ses pieds et ses mains, en trouva les coupures plus profondes qu'il pensait mais superficielles en comparaison et les essuya avec le linge ensanglanté avant de crier : T'as des vêtements à me prêter ? Qui craignent pas de se prendre un peu de sang ?

Frank réapparut portant une chemise de chambray et une casquette et s'assit dans le relaxe et laça des bottes de travail et d'un clou près de la porte il décrocha une veste en cuir usée. Il se retourna en sortant et dit : Ferme la porte à clé quand tu sors. Penses-y. Tout le monde vole ici. La porte se ferma et se rouvrit aussitôt. Tout le monde. La porte se ferma et l'unique marche résonna sous ses bottes.

Lane clopina jusqu'à la porte, l'ouvrit et dit : Et le petit ?

Dans la caravane voisine un chien aboya deux fois puis jappa et se tut.

Frank avait un pied dans la voiture et il abattit son poing sur le capot déjà cabossé. Il monta, claqua la portière et démarra.

La portière se rouvrit et Lane poussa Toby qui disparut comme une ombre, courant sous la lumière du perron. Lane le vit tendre les bras vers le harnais de sécurité avant que le plafonnier de la voiture ne s'éteigne.

Emmène aussi Darlene, hurla Lane. Elle est en danger. La crainte face à ce qu'il venait de faire – placer la vie de son petit-fils entre les mains de l'homme en lequel il avait le moins confiance sur terre – lui étreignant la gorge.

Frank s'avança assez pour ne pas être gêné par le pick-up de Lane puis recula dans l'herbe et braqua avant de disparaître à pleins gaz.

Lane rentra et regarda autour de lui comme s'il venait de se réveiller d'un rêve paradisiaque pour se retrouver dans les rues de Baltimore. La soif le prit d'un seul coup et il sortit un bidon de jus d'orange du frigo et ouvrit toutes les portes de placard jusqu'à ce qu'il trouve un verre qu'il remplit et vida trois fois de suite avant de se sentir barbouillé.

A la porte de la chambre il lança un Bonjour même s'il était sûr d'être seul. Il trouva l'interrupteur et observa le lit de camp d'une personne accolé au mur et un bureau couvert de polycopiés, de lourds volumes, d'une lampe et d'un ordinateur portable. Dans un coin une photographie encadrée de Frank et Darlene en des temps plus heureux et, au mur, une image plastifiée découpée dans le journal montrant Toby portant une perche noire. Parasite de mes deux, dit Lane qui tira le rideau en plastique du placard et fouilla jusqu'à ce qu'il trouve un tee-shirt pas trop ample et un jogging avec suffisamment d'élastique pour son ventre. Une fois sa peau pâle recouverte, Lane se sentit plus fort. Moins vulnérable, en tout cas.

Les vêtements étaient propres et repassés et l'un des tiroirs de la commode était plein de chaussettes et de sous-vêtements bien pliés. Lane étudia un slip et décida de conserver son caleçon mais prit une paire de chaussettes sombres. Il s'assit sur le lit pour les enfiler et sentit les fibres accrocher sa peau coupée. Sans chaussettes blanches il se sentait vaguement illégitime. Comme s'il portait des vêtements de femme sous les siens.

Une fatigue lourde et rude s'abattit sur lui alors il s'allongea sur le lit et ferma les yeux durant un moment et lorsqu'il se redressa il était dérouté et avait la sensation accablante d'avoir gaspillé et perdu un temps considérable. Il s'appuya sur ses coudes pour se lever péniblement et regarda le réveil de chevet et pesta contre l'heure et contre lui-même puis il se traîna au séjour et essaya les chaussures alignées sur un journal plié contre le mur et comme elles étaient trop petites il opta pour une paire de chaussons en forme de mocassins, glissa ses pieds dedans et jeta un dernier regard à cette caravane à laquelle il ne comprenait rien avant de sortir dans une nuit noire et mouillée mais déjà en train de s'estomper.

*

Lane s'achemina doucement par les routes secondaires puis remonta une voie forestière qui se terminait en cul-de-sac dans un bosquet de pins blancs à huit cents mètres de sa maison puis il suivit à pied une vieille clôture qui croisait celle qu'il avait enjambée pendant la nuit. Le ciel s'éclaircissait à l'est lorsqu'il ramassa son pyjama trempé de rosée dans l'herbe.

Il resta accroupi un long moment derrière une souche de châtaignier et il n'entendit rien sinon le chant d'un cardinal, comme s'il faisait grand jour, un camion de transport de bois qui grimpait la côte de Peck's Hill, une vache qui avait désespérément besoin de se faire traire, et le grondement de son propre ventre.

Il se glissa à l'arrière de sa maison, colla une oreille contre le mur et n'entendit que le réfrigérateur. Au compresseur presque mort.

Les portes de l'escalier du sous-sol étaient enfoncées. Une tulipe de métal déchiré à l'endroit où la balle était sortie.

Il regarda la tente durant un long moment et le froid sembla rayonner de la terre et s'insinuer profondément en lui. La toile mise en lambeaux. L'oreiller éventré et son contenu éparpillé comme si les lieux avaient été témoins d'actes de perversion épouvantables impliquant des volailles.

Lorsqu'il franchit la galerie il n'éprouva plus le besoin de se méfier sinon du verre brisé sur le sol. Il eut seulement la sensation d'avoir été violé. A l'intérieur l'air était humide et vicié et ses pieds et ses mains en feu et son flanc croûteux, cassant, irrité. Du sang avait coulé à travers le pansement et sur le tee-shirt de Frank. Lane l'enleva et se rendit à la salle de bains où il plia en deux un essuie-mains et sortit du scotch de l'armoire à pharmacie pour le fixer par-dessus la gaze avant de se verser des cachets de paracétamol dans la bouche et d'avaler deux verres d'eau pour les faire passer.

Dans la chambre il se débarrassa du jogging, des chaussettes, et alors qu'il était en train de boutonner une chemise de flanelle sur sa poitrine ses doigts se figèrent et il resta en arrêt devant un rectangle plus clair sur la cloison jaunie, au milieu de la mosaïque de photographies. A l'endroit où se trouvait celle où on le voyait en compagnie de Toby et d'une guirlande de carpets arlequins mauve et doré étendue sur le hayon du pick-up bleu layette.

Il contourna le lit et trouva le cadre sur le sol, pas tant cassé qu'écrasé dans la moquette. De la colère s'en éleva comme de la fumée.

De la poussière de plâtre provenant de l'impact dans la cloison du couloir parsemait la petite table du téléphone. Lane attendit la tonalité, composa le numéro de Darlene et fit sonner quinze fois et au moment où il reposa le combiné il crut que quelqu'un décrochait.

Qui est à l'appareil ? dit-il mais il avait coupé la communication et entendit la peur dans sa voix et refit le numéro et laissa sonner durant cinq minutes sans obtenir de réponse. Il jeta le téléphone et le regarda filer au bout du cordon et continuer son chemin, les bouts colorés de l'isolant lui revenant au visage comme un diable surgi de sa boîte.

Frank, dit-il en franchissant la porte, t'as intérêt à avoir fait ce que t'étais censé faire, pour une fois, sinon je te jure que je t'ouvre la panse pour t'y passer les jambes et te faire faire un cent mètres.

*

Martin frotta ses paupières lourdes et tenta d'émerger de son roupillon. Le poste de police sentait le café âcre, bouilli et le cirage et le nettoyant industriel au pin. OK, dit-il. Vous vous êtes fait tirer dessus. Et votre petit-fils et votre bru ont disparu. J'ai au moins compris ça.

Quelque chose s'est passé chez elle. L'endroit est sens dessus dessous et y a aucune trace d'eux. Faites venir le shérif. Je parle pas avec un imbécile.

On vous a déjà dit que vous aviez une grande gueule ?

Personne de votre âge ni de votre QI, non.

Martin le dévisagea durant ce qui parut un long moment avant de décrocher le combiné.

Frank braqua à l'angle d'une Plymouth Valiant garée au bord de la route et dans un claquement de joints de transmission et un crissement de freins sans plaquettes, il engagea la Neon dans l'allée de Darlene. Reste ici, dit-il à Toby, et laissant le moteur tourner et les feux allumés il sauta sur la galerie sans passer par les marches, tambourina à la porte et jeta un regard vers où ses clés étaient restées sur le contact. Il tourna la poignée et ce n'était pas fermé alors il poussa la porte et dit : Ohé, et assailli par les odeurs de la maison – de cuisine, de lessive, de tabac – ce fut comme s'il n'était jamais parti. Il s'avança sur le tapis de l'entrée et dit : Darlene ?

Elle se tenait au bout du couloir, dans l'obscurité, coupée en deux par l'ombre et la lumière des phares, portant le même peignoir élimé qu'il lui avait toujours connu. Frank, dit-elle. Pas doucement. D'une voix irritée et troublée, qui en disait plus long que ce simple mot. Qu'est-ce que tu fiches ici ? Pourquoi t'étais là à rôder ?

Je viens d'arriver. Habille-toi.

Il est cinq heures du matin. Je me disais bien que je t'avais entendu.

Habille-toi. Je t'en prie. T'es en danger.

Son unique œil visible était une charrue monosoc tranchant profond. En danger de quoi ?

Je sais pas, en danger à cause des conneries de mon vieux.

Il y eut des pas désordonnés sur la galerie et Frank se retourna et vit Toby en contre-jour dans la lumière des phares. Du phare.

Le cri de Darlene fut viscéral dans l'espace réduit du couloir. Toby ! Ne faisant pas encore le lien entre le petit et son père jusqu'à ce que ses yeux s'écarquillent et qu'elle lance : Qu'est-ce que tu fabriques avec Frank ? Ses mots comme une rafale de mitrailleuse.

Il s'est fait tirer dessus, dit Toby, cachant son visage contre la poitrine de sa mère.

Tirer dessus ? Tirer dessus ? Entraînant l'enfant vers la chambre. Comment ça tirer dessus ? Mais de quoi il parle ? De quoi il parle ? Les mots lui venant en double.

Darlene, dit Frank. Il faut qu'on y aille.

Le visage de l'enfant était enfoui dans la chemise de nuit de sa mère et ne donnait aucun signe de vouloir en sortir prochainement. J'appelle les flics, dit Darlene en s'arrachant à l'emprise de Toby mais Frank la retint par le bras. Il faut qu'on y aille. Tout de suite, Darlene. On peut pas rester là.

Ses doigts jouaient avec la ceinture de son peignoir comme si elle hésitait entre l'ouvrir et faire un autre nœud. Elle partit en coup de vent et Frank la suivit jusqu'à la porte de la chambre et la regarda agrafer son soutien-gorge sous sa poitrine et le faire tourner et glisser ses bras dans les bretelles. Elle tira un pull sur sa tête et attrapa un jean sur une étagère du placard. On part pour combien de temps ?

Je sais pas. Mais c'est pas le moment de faire une valise.

La blessure du vieux schnock, c'est grave ?

Pas assez, eut-il envie de répondre. Il va s'en remettre.

Il est où ?

Il était à ma caravane mais j'imagine qu'il ne va pas y rester.

C'est là que tu nous emmènes ?

Ça – la maison de Darlene – le seul endroit où aller qu'il ait jamais eu, un idéal toujours à portée quand ses journées devenaient trop solitaires ou ses nuits trop longues. Et ce refuge disparaissait. Etait rayé de la liste. Non. Pas là-bas. On prend la route et on verra.

Le rêve de ma vie, dit-elle.

Il trouva le petit tapi dans le coin du couloir, le regard rivé vers le bout opposé, et durant un instant il crut qu'il y avait quelqu'un mais ce n'était que la peur indistincte de ce qui *pourrait* surgir de l'ombre. Viens, dit-il en relevant l'enfant et après un instant de résistance le petit corps se cramponna à lui et l'enfant dit Papa et sans savoir qu'il avait bougé, Frank se retrouva le nez dans les cheveux de Toby et un hymen récent ou très ancien et jamais découvert se rompit en lui et tout ce qu'il était jaillit et disparut et il ne sut plus qui il était ni qui était ce garçon dans ses bras. Grands, musclés, exhalant la virilité alors qu'ils étaient tout tremblants à l'intérieur, encore enfants.

Darlene était derrière eux et ils se coulaient vers la porte d'entrée lorsqu'elle posa la main sur la poignée du placard et dit : On a besoin de manteaux ?

Si près du but il sentit le désastre planer comme des roches en surplomb déjà en mouvement. On a besoin de sortir, tout de suite. Elle ne résista pas lorsqu'il la reprit par le bras et sentit la vie palpiter dans son sang, dans sa peau et ses os.

Il éteignit les lumières, scruta la cour et dit Go et ils coururent ensemble jusqu'à la Neon et le petit embarqua mais Darlene regarda l'habitacle et dit Seigneur et comme si la voiture s'était sentie insultée le moteur hésita et cala et la lumière du phare faiblit et Frank sut que la voiture resterait vingt minutes sans vouloir démarrer. Ce dont il eut confirmation.

Je reviens, dit-elle. Montez dans la mienne.

Darlene, où est-ce que tu vas ? Viens.

Les clés. Elle réapparut dans le faible halo jaune du phare de la Neon, partant vers la maison. N'y retourne pas, hurlat-il. Viens là. Les feux allumés il se sentait exposé, vulnérable et il les éteignit.

Tais-toi et monte dans l'autre, dit-elle depuis l'obscurité, et la porte d'entrée se ferma derrière elle.

Le temps que Lane et Dick Trappel arrivent chez Darlene, le brouillard se mourait dans les préliminaires d'une chaude journée. La voiture de Frank croulante et cabossée comme une boîte de conserve écrasée.

Celle de Darlene évaporée.

La porte d'entrée pas fermée.

Les deux habitants disparus. Tout dans l'état où Lane l'avait trouvé un peu plus tôt.

Lane écouta à la porte mais seul l'entrechoquement des cubes dans la machine à glaçons indiquait que l'endroit était habité. Y a personne ici, dit-il, mais le shérif dégaina son revolver et l'arma tandis que Lane ouvrait doucement la porte et entrait. DeeDee ? Toby ?

Lane montra du doigt le trou étoilé dans la cloison, le contenu du placard de l'entrée répandu sur le sol. Tu vois ? dit-il. Comment t'interprètes ça, toi ? Je crois qu'il s'est passé quelque chose ici. Qu'il est venu quelqu'un qui n'avait rien à faire là.

Je sais pas, dit le shérif. Ça sent pas bon tout ça.

Ils firent le tour de la maison sans savoir ce qui aurait dû disparaître et ce qui aurait dû être abandonné sur place et rien ne leur parut normal. Lane crut sentir la chair, la sueur, la haine et la concupiscence mais comprit qu'il ne sentait que sa propre peur.

Frank, dit-il. Sans savoir pourquoi il le disait ni ce qu'il essayait d'exprimer.

Dans le placard de l'entrée de Darlene l'homme bougea et tira l'étoffe chaude et robuste d'un manteau sur son visage, comme il le faisait, enfant, lorsqu'on l'enfermait dans le placard, pour respirer le parfum délicat logé dans ses fibres, qui ne correspondait jamais aux femmes laides qui les confectionnaient. Puis il respira une chaussure à talon plat et des sentiments lui revinrent en mémoire bien qu'il n'en ait désormais plus. Plus d'excitation, plus de mépris, plus de remords, plus d'amour, plus de haine. Des larmes coulèrent sur ses joues, ou il en eut la sensation, sans cause et sans effet. De l'eau jaillie d'un rocher dans le désert.

A deux pas de là, de l'autre côté d'une mince porte à âme creuse, la vie avançait par secousses et les êtres cherchaient des liens auxquels se raccrocher au milieu du chagrin et de l'échec et du gâchis et ici, rien.

Il tâtonna, trouva son pistolet et en huma le canon et le mit dans sa bouche, goûta l'orifice rond et dur, passa sa langue dans la rayure et ce faisant son bien-être tordu renaquit alors il se redressa calmement, dos voûté sous la tringle, saisit le bouton de la porte et écouta les petits bruits que faisait la vie tout près, de l'autre côté. Une toux discrète. Des pas qui revenaient de la chambre. *On a besoin de manteaux ?*

La présence d'une main à l'autre bout de la poignée et la rage sanguinaire enfla en lui et avec elle la vie et la pression sur la poignée disparut alors il sortit et dans la ligne de mire de son pistolet les regarda se hâter dans l'allée pour rallier cette espèce d'épave branlante dont le moteur s'accrochait pour tourner par il ne savait quelle ténacité mécanique sans espoir qu'il comprenait mieux qu'il se comprenait lui-même.

Ou pas. Le moteur toussa et cala et l'unique phare faiblit et finit par s'éteindre et le monde avec lui. Le claquement d'une planche branlante du perron et la porte s'ouvrit et la femme de passer dans l'ombre à trente centimètres de lui et le frôlement doux de sa main tâtonnant au mur familier et un cliquetis de clés dans la chambre et lorsqu'elle revint il tendit la main mais elle n'était pas là où il croyait l'entendre, à peine le duvet de chardon de ses cheveux contre ses doigts et voilà qu'elle avait disparu, comme jamais. Comme tout ce qu'il avait jamais désiré. Comme tout ce qu'il avait jamais eu et qui avait fini par s'avérer fugace et insatisfaisant.

Des phares éblouirent, la voiture recula et la nuit revint dure et comblée par la stridulation d'un téléphone qui sonnait comme un réveil en enfer, éternel. Il se retourna, enfouit son visage dans les manteaux et tenta de retrouver les émotions qu'il n'était pas parvenu à saisir mais elles avaient disparu elles aussi. Alors il dépouilla la tringle, manteaux et cintres avec, et jeta le tout sur le sol et mit un grand coup de pied dans la cloison et prit la fuite. Sachant que ce qu'il fuyait fuyait avec lui. En lui. Mince consolation nouée à l'idée qu'il ne pouvait pas s'échapper.

Il allait faire quoi, maintenant, le vieux vétéran ? Un frisson de malaise le transperça lorsqu'il repensa à ces yeux.

33

Lane fit sortir une cigarette du paquet et le shérif dit : Ça non, pas à l'intérieur, alors il la rangea mais elle coinça à mi-longueur et au lieu de la guider délicatement il l'enfonça avec son pouce. En écrasant quelques autres avec elle. T'as pas répondu à ma question, dit Lane.

Parce que c'est mon adjoint. Parce qu'inspecter les lieux des crimes fait partie de son travail. Un shérif à l'air pâle et vieux. L'air qu'ont les shérifs qui ne veulent pas de problèmes mais qui en ont quand même.

On envoie pas le raton laveur inspecter le poulailler. Pas si on a un peu de bon sens, ça non. Pas quand on a un peu d'affection pour ses poules.

Martin était de service cette nuit. Ici même.

D'après qui ? Est-ce que quelqu'un l'a vu ?

Toi. Parce que sinon c'est pas franchement le défilé, d'habitude, si tôt le matin.

Moi, quand je l'ai vu, c'était longtemps après les faits.

Le shérif haussa les épaules. Fous-lui donc la paix, à Martin.

Vous avez arrêté Ballew ?

On l'a pas trouvé.

Et vous cherchez ? Comme vous êtes payés pour le faire ?

Pour l'instant je suis assis là à me faire casser les pieds par quelqu'un qui ne paie pas assez d'impôts pour disposer d'un shérif privé à commander et insulter. On a fait un saut à son parc d'occasions à Almont, et j'ai des gens qui sont sur le coup à Clarksburg et Charleston. Mais j'aime mieux te dire tout de suite qu'on n'a pas de motif sérieux pour l'arrêter. Sauf si Martin trouve quelque chose que j'avais pas vu.

Martin serait pas capable de trouver son nombril si on lui en tatouait le chemin sur le haut de la quenouille.

Ne sous-estime pas Martin. Il sait ce qu'il fait, et il est mieux formé que moi. Le shérif fit tourner sa tasse pour brasser le café et il en tomba un peu sur son pantalon, qu'il tamponna avec son mouchoir. Depuis le temps que je demande au comté qu'on passe aux uniformes couleur café.

Faut pas le brasser comme ça.

On brasse tous quelque chose. Moi j'aime autant que ce soit le café. La sonnerie du téléphone retentit et le shérif décrocha, s'enfonça dans son fauteuil et écouta durant un instant. Je te remercie d'avoir fait si vite, Jimmy. Comment vont les filles ?

Non, tu plaisantes ? Dans mon souvenir elles ne m'arrivaient pas à la ceinture.

Je n'y manquerai pas. Toi aussi. Il raccrocha et dit : Ballew est à Charleston.

Lane consulta sa montre. Il a eu le temps de rentrer. Cinq heures qui lui paraissaient cinq semaines.

Il a des témoins qui disent qu'il était là-bas toute la nuit.

Quel genre de témoins ?

Y a quoi comme genres de témoins ?

Y a des témoins qui ont vu ce qu'ils racontent et d'autres qui racontent ce qu'ils ont vu.

Ben ceux-là je sais pas. Tout ce que je sais c'est qu'on doit faire avec.

Je ne les crois pas. Et Harold Bright ?

Harold est parti en Caroline du Nord chercher des voitures pour Larson Henry. Ce sera assez facile à vérifier.

Et Larson Henry fêtait son anniversaire, j'imagine. Ou tenait un discours devant le Rotary Club.

M. Henry ne fait pas partie des suspects.

Lane mit la tête dans ses mains, penché en avant, essayant de recoller les morceaux, de redonner au monde un semblant d'ordre. C'est soit Ballew soit Harold Bright. Sinon Martin. Je vois pas qui d'autre sur terre pourrait avoir envie de me tirer dessus.

Y a des moments où je l'aurais fait moi-même si j'avais été sûr de pas me faire pincer.

Martin porte un revolver.

N'y songe même pas.

Je veux qu'on compare les balles trouvées chez moi avec le pistolet de Martin.

Martin n'est pas stupide, et c'est un représentant de la loi. Il sait comment fonctionnent les preuves. Tu viens de me démontrer pourquoi il n'avait rien à voir là-dedans.

Quelqu'un l'aurait vu s'il avait été ici au moment où il le prétend.

Si ç'avait pas été le week-end *personne* n'aurait été là. On n'a pas de personnel. Deux adjoints et une standardiste. Elle travaille de huit à seize, et quand l'alloc du ministère de l'Intérieur s'arrêtera, elle retournera à la caisse du supermarché. Elle est mieux qualifiée pour ça de toute façon.

Martin est le seul dénominateur commun dans cette histoire.

Et moi alors ?

Toi c'est pas pareil.

Ou le petit ? Peut-être que Toby a déchargé quelques cartouches sur ta personne. Tu disais qu'il t'avait dans son collimateur, ces temps-ci.

Toby sait même pas... Lane ravala la fin de sa phrase. Si tu n'es pas capable d'enquêter sur ton adjoint, je ferai venir quelqu'un d'autre ici pour le faire.

Le shérif décrocha une radio de son support, à côté du téléphone. Martin, dit-il, ses lèvres amoureusement collées à la grille noire.

La radio grésilla. Oui chef ?

T'es où ?

Je passe la station-service.

Ramène ta fraise.

Deux minutes.

Le shérif raccrocha le micro. Tu vas pouvoir proférer tes accusations en face.

C'est un service que tu proposes à tous les criminels ordinaires à deux balles que tu ramènes ici ?

S'il y a un criminel ordinaire, je l'ai jamais rencontré. Tout le monde a son petit côté pervers. Et Martin, il vaut pas deux balles. C'est un adjoint exceptionnel. Nous avons de la chance de l'avoir.

Les gens vont être ravis d'apprendre qu'ils ont un shérif qui préfère se concentrer sur la sémantique plutôt que sur les crimes. Qui analyse des phrases pendant que l'électorat se fait tirer dessus.

Ça risque pas de les chagriner longtemps. A un an d'ici Martin sera shérif.

Pas si j'ai mon mot à dire.

T'auras une voix. Comme tout le monde.

Lane se leva et marcha jusqu'à la fenêtre pour jeter un œil entre les lattes du store vénitien alors que Martin se garait sur le parking, descendait de voiture et rajustait ceinture et chapeau comme s'il se préparait pour un combat au pistolet. C'est qu'un petit con sûr de lui, dit-il.

Un gars de son âge qui serait pas sûr de lui serait pas d'une grande utilité dans la police.

Martin disparut du champ de vision de Lane et apparut presque aussitôt dans l'encadrement de la porte du bureau. Oui chef ?

M. Hollar ici présent a une question pour toi.

C'est pas une question.

Ben maintenant c'en est une.

Où étiez-vous quand je me suis fait tirer dessus ? Quand la maison de ma belle-fille a été mise à sac ?

Une expression froide et blanche se peignit sur le visage de Martin, accentuant le contraste entre son visage et son cou. A quelle heure c'était, déjà ?

Je n'en suis pas certain. Deux heures et demie. Trois heures peut-être.

Ici même. De garde.

Quelqu'un vous y a vu ?

Martin regarda le shérif. Je dois vraiment supporter ça ?

Juste un moment.

Y a-t-il des témoins qui peuvent attester que vous étiez ici à l'heure dite ?

Pas à ma connaissance. Se passe pas grand-chose ici, la nuit.

T'as encore dormi ? demanda Dick.

Martin haussa les épaules. J'ai donné ma réponse.

Tu as d'autres questions, Lane ?

Avez-vous fait quelque chose à ma famille ? M'avez-vous tiré dessus ?

Martin regarda le shérif. Ça commence à bien faire.

Si c'est le cas, dis-le lui, il dormira mieux après.

Martin regarda Lane, la lèvre inférieure tremblante, puis tourna les talons pour disparaître dans son cagibi en claquant la porte derrière lui.

Tiens, tu vois, dit Lane. Il est pas capable de le nier.

Il est capable de te tirer dessus mais pas de dire un mensonge. C'est ça ton raisonnement, Hollar ?

Je vais passer un coup de fil aux policiers de l'Etat, dit Lane. Trouver quelqu'un qui prenne ça au sérieux.

Ils sont déjà là. Les techniciens sont chez toi et Darlene en ce moment même. En train de passer les lieux au peigne fin. Ferguson aussi. Non que les gars de l'Etat en sachent plus long que nous.

La colère et la frustration de Lane s'étaient solidifiées en une rage froide et dure et commençaient le processus inverse. Il commença à parler mais, sentant sa voix trembler, il ravala ses mots.

Y avait-il autre chose, Lane ?

Rien qui trouve une réponse ici.

Hollar, dit le shérif alors que Lane prenait la porte. Dans mon expérience, les gens ont parfois tendance à vouloir aider un peu la police.

Dans le coin la police aurait bien besoin d'un coup de main. D'après ce que j'ai vu depuis que je suis en contact avec elle.

Aider la police est rarement une bonne chose. A trop vouloir aider, les gens ont tendance à se mettre en infraction. Et tu verras comme je suis efficace quand je poursuis des contrevenants.

Si c'est le cas, tu caches bien ton jeu.

Gardez bien ça en mémoire, monsieur.

Il y a des choses difficiles à oublier, mais rien de ce qui est sorti de ta bouche ces derniers temps n'entre dans cette catégorie. En marchant vers son pick-up il sentit des yeux le suivre comme le réticule d'une lunette de fusil. Il démarra pour s'en aller mais lorsqu'il passa devant le poste, Martin sortit par une porte secondaire et leva le bras, et le pied de Lane pressa la pédale de frein au moment même où sa tête lui disait de lui rouler dessus.

Quoi ? dit-il par l'encadrement de la vitre.

Martin lui jeta un sac en plastique sur les genoux qu'il observa, muet, figé. Comme un scorpion tombé sur sa flamberge. Et non un sac de feuilles séchées qu'il n'avait pas besoin de sentir pour les identifier. Trouvé ça dans la tente du petit, dit Martin. Je me suis dit que vous aimeriez peut-être régler ça vous-mêmes. Plutôt que nous. Histoire de ne pas lui faire prendre un mauvais départ, comme d'autres en ont connu.

Rester là à ne rien faire le tuait mais son seul espoir était que Darlene appelle à la boutique si elle était indemne. Quand des clients se présentaient, du seuil de la porte, il secouait la tête et leur faisait signe de s'en aller, laissant rebondir leurs insultes et en ajoutant quelques-unes de son cru. Les minutes se traînaient et ses pensées étaient semblables au nid de fourmis charpentières qu'il avait un jour délogé du mur, noir, grouillant, exhalant le relent collectif d'un million d'infimes puanteurs. Le téléphone le tira d'où il était parti et lorsqu'il s'appuya sur ses coudes pour se relever de la cuve à vifs, il sentit son flanc irrité, cuisant.

DeeDee. Où es-tu ?

Ça *a* de l'importance. Vous allez bien ? Il fit le tour du comptoir, s'assit dans son fauteuil et de là il sentit l'urine et les vers morts bien qu'il ait frotté le sol à l'eau de Javel alors il repassa le comptoir, souleva sa chemise et examina son bandage.

C'est la chose la plus bête que j'aie jamais entendue. Tu n'as pas à choisir entre moi et quiconque. Et je peux encore m'occuper de vous. Allons. Il regagna le fauteuil.

Mais parce que je ne *sais pas* quoi dire.

Au bout d'un instant, il reprit : Enfin, content que vous alliez bien, en tout cas. Mais il le dit trop tard, à un téléphone sourd.

Lane posa sa tête sur ses genoux et inspira l'odeur fétide comme on gratterait une croûte récoltée dans une bagarre d'ivrognes. Pour se punir.

Bien qu'il n'ait pas entendu la porte il sentit une présence et lorsqu'il leva la tête, Ballew était là.

Il est même pas à moi, ce camion, dit Harold, mais le policier de l'Etat de Virginie l'écrasa contre le plateau basculant, tira ses poignets contre son flanc et fit glisser le nœud coulant d'un câble en nylon. Je fais que le ramener chez mon patron. J'ai jamais touché à la roue de secours de ce truc de toute ma vie. Il avait l'impression de sentir la chaleur pulsante des feux clignotants qui le clouaient à la voiture sur une aire de repos de l'I-81, juste au nord de Roanoke.

Les mots – *pourra être et sera retenu contre vous* – Harold les avait déjà entendus, mais pour une fois il ne se sentait pas concerné parce qu'il n'avait rien fait de mal.

Qu'est-ce que c'est ? demanda l'un des policiers à celui qui avait trouvé le paquet caché derrière la roue de secours.

Du meth, je pense.

Je suis qu'un chauffeur. Je vais chercher une voiture pour mon boss. Larson Henry. Vous avez qu'à l'appeler pour lui demander si vous me croyez pas.

Absolument, monsieur. Nous comptons bien l'interroger aussi.

C'est alors que Harold sut exactement ce qui s'était produit. On m'a piégé. Sur l'aire de repos. Y a un Aztèque qu'est parti en courant quand je suis sorti. Je croyais qu'il essayait de voler quelque chose. Pas étonnant qu'on m'ait dit de m'arrêter ici. Comprenant maintenant pour quel travail Ballew l'avait payé.

Le policier qui l'avait menotté, massif et noir, le poussa devant lui jusqu'à une voiture. Harold esquiva les paumes rosâtres. Je vais pas me cogner la tête, dit-il, mais la grosse main graisseuse se posa sur son crâne comme un opossum écrasé sur la route et le força à se baisser et à entrer dans le véhicule.

Vous feriez mieux de fermer votre clapet, dit l'homme. Ça m'évitera d'avoir à me souvenir de tout ce que vous avez dit devant le tribunal.

C'est un coup monté, dit Harold, mais le policier avait fermé la porte et rejoint ses copains des deux autres voitures. Ils papotaient comme si c'était une journée comme une autre et l'un d'eux lança un direct à son collègue et dansa sur ses pieds comme s'ils disputaient un combat de boxe et tous d'éclater de rire.

Je veux un avocat, dit Harold lorsque son garde revint.

Absolument.

Je sais qui a fait le coup. C'est pas après moi qu'ils en ont. C'est après mon boss. Tout ce que je fais c'est de ramener les voitures. C'est la dernière fois qu'on m'y prend. Ça vous pouvez être certain que c'est sûr.

L'homme rit. Et certain ?

Hein ?

Non rien. Adossez-vous et tenez-vous tranquille.

La branche de l'autoroute qui desservait la ville était presque déserte à cette heure de la nuit et lorsqu'ils gravirent la bretelle qui les déposa à la sortie centre-ville, Harold se sentit comme dans un wagon de marchandises franchissant le portail d'Auschwitz. Comme si, passé la sortie, le voyage devait être sans retour. En tout cas dans cette vie. Il chercha les poignées de portières et n'en trouva aucune et geignit et s'affala dans un coin de la banquette et tenta de retrouver à quel moment il s'était trompé mais ne se souvint pas d'avoir jamais eu le choix. Encore moins d'avoir fait le mauvais. C'est pas juste, dit-il.

Je confirme, dit le policier. Y a des moments comme ça où c'est pas juste. Incontestablement.

36

Ballew se tenait immobile, exactement dans l'embrasure. Faut qu'on se parle, dit-il.

Lane jeta un coup d'œil vers la boîte à chiffons, papiers et pistolet et tenta de se rappeler de quel côté la crosse était tournée lorsqu'il avait posé la main dessus tout à l'heure. Il se vit le tirer de là à l'envers, le canon pointé vers le sol. Ou vers lui. On en est peut-être plus là, dit-il.

Faut que vous cessiez le combat.

Que je cesse le combat.

Tant que vous le pouvez encore.

Lane décrocha le téléphone, composa le 911, et, voyant que Ballew ne réagissait pas, le raccrocha avant qu'on ait eu le temps de répondre. Je croyais que vous étiez à Charleston.

Un homme se trouve là où suffisamment de gens disent qu'il est.

Lane baissa soudain les yeux vers la boîte et saisit le pistolet et lorsque son regard remonta vers la ligne de mire il tomba dans l'âme du canon du pistolet de Ballew. Un pistolet beaucoup plus gros que le sien.

Le salaire du péché…

Lane se demanda combien de fois il avait le temps de tirer avant d'être stoppé par le gros calibre et jugea que ce serait insuffisant et puis qui s'occuperait du petit alors il reposa le pistolet dans la boîte et lorsqu'il releva les yeux celui de Ballew avait disparu. On vous tient à l'œil, dit Lane.

Oui. Vous liquider maintenant serait inopportun.

Je ne suis qu'un vieil homme dans une boutique de pêche. Je n'avais pas l'impression d'avoir besoin d'être liquidé.

Vous êtes un zélote. Vous ne pouvez pas vous laisser tirer dessus sans réagir.

Un zélote. C'est bien la première fois qu'on m'accuse de ça.

Un homme dominé par ses croyances.

Mais qui dit que je me suis fait tirer dessus, d'abord ?

A un moment vous allez décider que c'est moi qui ai tiré. Et alors je serai *obligé* de le faire.

Et ce serait inopportun. Au moment où vous êtes surveillé de si près.

Ballew haussa les épaules. Je n'ai rien à voir là-dedans, sans quoi vous ne seriez pas là.

Qui, alors ?

Nouveau haussement d'épaules. Je ne sais pas.

Donc je cesse le combat et au bout d'un moment ça devient un peu plus opportun et voilà qu'on a repris le combat sauf que c'est seulement quand je baisse les yeux pour découvrir mon corps percé d'un autre trou que je m'en aperçois.

Je ne crois pas que vous ayez le choix.

J'ai des tonnes de choix.

Pas des bons.

Voyons. Je sais que vous avez tué Billy Bean. Vous allez dire que je peux pas le prouver et vous aurez raison. Je peux m'acharner jusqu'à ce que j'arrive à convaincre quelqu'un de ce qui s'est passé, ou je peux essayer de faire justice moi-même. Fut un temps où j'aurais été obligé de le faire, où j'aurais pas été capable de laisser filer. Du temps où j'étais un zélote. Mais je crois que ce temps est révolu. Je vais pas fiche ma vie en l'air en voulant régler des problèmes sur lesquels j'ai aucune prise. C'est un choix que je fais. De mon propre chef.

Au temps pour moi.

Allez pas croire que si jamais j'ai l'occasion d'aider à vous faire mettre là où vous devriez être, je la laisserai passer.

Troisième haussement d'épaules. Ne vous inquiétez donc pas du lendemain car à chaque jour suffit sa peine.

Je vous le fais pas dire. Je pourrais ruminer le fait que vous avez saccagé ma boutique, aussi. Me laisser ronger. Anéantir.

Ballew promena son regard dans la boutique. Où est le saccage ?

Vous êtes le seul capable de faire ça sans voler l'argent.

Une boutique ? La belle affaire.

Une belle affaire qui est mon moyen de subsistance. Ma propriété. Mais je vais fermer les yeux là-dessus. Pas parce que j'ai peur de vous. Allez pas croire ça. Mais parce que j'ai récemment découvert que j'avais une vie à vivre. Second choix que je fais.

Et pas un mauvais choix.

Vous n'êtes qu'une petite frappe et vous le savez même pas. Voilà ce que je crois. Là-bas à Charleston vous pouvez vous planquer au milieu de petites frappes comme vous parce que les flics sont des vendus mais maintenant que vous mettez les pieds ici où y a des vraies gens et d'honnêtes policiers, vous n'allez pas passer inaperçu. Mon petit doigt me dit que vous aurez tôt fait de vous retrouver sur une table d'autopsie ou derrière des barreaux.

Les pas de l'homme sont dirigés par l'Eternel.

Vos pas feraient mieux de franchir tout de suite cette porte derrière vous. Avant que je change d'avis. Avant que je fasse un truc stupide et que vous soyez obligé de me tuer, que ce soit opportun ou non.

Une réponse douce calme la fureur. Ballew s'arrêta sur le seuil et lança à Lane un regard non de haine, de crainte ou de malveillance, mais de curiosité. Comme un cardinal rouge voyant son reflet dans une vitre. Passez le bonjour à la famille, dit-il, et il hocha la tête et disparut.

Ce n'est qu'en sortant les ordures dans le fût à incinérer qu'il trouva le tract coincé dans la porte. Il le brûla sans l'avoir lu. Ayant largement atteint son quota de sagesse divine pour le moment.

37

Lane serra en même temps Darlene et Toby dans ses bras et
savoura la douleur qu'il éprouva au flanc. Comme un privi-
lège bien mérité. Malgré la façon dont Frank le regardait. Assis
à la table à la place que Lane occupait d'habitude. Buvant dans
sa tasse. Un nouveau morceau de placo déjà solidement fixé
là où le mur avait été défoncé d'un coup de pied, des joints
gris blanchissant sur les contours. Toby se libéra de l'emprise
de Lane et alla s'asseoir en face de Frank, le regardant avec la
même adoration que si Jésus-Christ avait débarqué dans la cuisine. Lane essaya d'imaginer le petit avec un joint entre les
lèvres et sut que ça n'était jamais arrivé, que ça n'arriverait jamais. Qu'en plus de tout le reste Martin était un menteur. Il
chassa cette idée de son esprit.

Darlene s'écarta, observa les yeux de Lane et dit : Montrez-
moi votre blessure.

Y a pas de quoi s'affoler. En quelques jours ce sera cicatrisé.

Elle tira la chemise du pantalon, décolla le scotch et tâta
l'endroit où sa peau était rouge, irritée.

Lane ne jeta pas un regard. Il ne savait que trop bien à quoi
ça ressemblait et avait moins mal lorsqu'il l'oubliait.

Y a besoin de points de suture. Et c'est enflammé.

Pas de quoi déranger un docteur pour ça.

Me dites pas que vous avez résilié votre assurance ? Oh,
Pap, dit-elle lorsqu'elle lut la confirmation sur son visage. Vous
avez besoin d'une couverture santé.

Je vais à la clinique des vétérans. Quand je suis vraiment en
mal de médecin.

Il sait ce qu'il vaut, dit Frank.

Commence pas, dit-elle.

J'en vaux deux de ton espèce. Même plus. Je me demande quelle idée m'a pris.

Stop. Dans la voix de Darlene un venin que Lane n'avait pas entendu depuis un bon moment. Elle repressa le scotch contre le flanc de Lane. Vous feriez mieux de vous en aller.

Tu veux dire que je ne suis même pas le bienvenu ici ?

Seulement temporairement, dit-elle. Le temps que ça se calme.

Je suis venu m'assurer que vous alliez bien.

Il te faut combien de temps ? dit Frank

Frank est là maintenant.

Lane dévisagea son fils et voulut voir un homme capable de protéger sa famille. Un homme auquel on pouvait se fier. Il voulut l'aimer mais le bonhomme ne lui inspira ni amour ni confiance.

Pap, fit Darlene. Voulant dire qu'il était temps de partir.

Il s'attarda quelques minutes sur la galerie, essayant de fixer dans sa mémoire les odeurs et les bruits de DeeDee et Toby, leur foyer, mais il n'était pas parvenu à son pick-up que tout avait disparu.

*

Ça va pas vous convenir, dit le vendeur du magasin de brico-lage avant d'entailler et de casser la plaque de plexiglas. Pas franchement droit ni bien d'équerre mais ça irait comme ça, pensa Lane.

Vous n'avez pas de vitre assez grande et je n'ai pas le temps de commander un panneau à double-vitrage. Y a un trou dans ma maison.

Il va rayer, et ce n'est pas aussi transparent que du verre. J'aime mieux prévenir.

Lane n'avait jamais vu un vendeur mettre autant d'énergie à le décourager d'acheter. Y a rien à voir de toute façon. Rien que je tienne à regarder.

Vous ne pourrez pas vous le faire rembourser.

Si je le rapporte, je tâcherai de trouver un autre vendeur. Pour que vous n'ayez pas à gérer ça.

Il logea le panneau de plexiglas dans la fenêtre et le masti-qua et replâtra les trous dans les cloisons et répara le téléphone et balaya et passa l'aspirateur puis il vaporisa de l'huile de graissage sur les écrous qui scellaient l'entrée de la cave au puits d'escalier et lorsqu'ils cédèrent sous sa clé il retourna le dais d'acier dans l'herbe et à coups de marteau referma le trou percé par la balle et dégauchit grossièrement les panneaux. Suffisamment pour qu'ils ferment à nouveau. Lorsqu'il eut terminé, son flanc exsudait un liquide pâle mais quand il refit son pansement les bords de la plaie étaient moins rouges, la brûlure moins vive.

Lorsqu'il eut terminé il se sentit requinqué, s'assit sur le lit et attrapa le banjo. Au moment de le tirer l'entrechoquement de pièces détachées là où il n'y en avait jamais eu. Il ouvrit l'étui. La tête une étoile effondrée, de guingois, le manche brisé et anéanti en un enchevêtrement de cordes et d'esquilles d'érable. Au dos, le halo usé par la boucle de sa ceinture éventré par un coup de talon dans le résonateur.

Ses tripes glacées, plastiques. Se reformant, se durcissant pour s'accommoder d'un monde qui pouvait s'accommoder de ça. Il toucha les tendeurs branlants. Un éclat de nacre pointant du manche comme une dent cassée. Puis il ferma l'étui et le glissa sous le lit et quand il se redressa ses yeux étaient humides. Il rouvrit l'étui, passa la main sur le fût délabré, caressa les échardes hérissées qui naguère constituaient un manche. Le banjo rendit un son bien qu'il n'ait rien fait pour le faire sortir. Un râle d'agonie. Ou une promesse. Une menace. Une hantise qui creusa en Lane un trou qu'il ne connaissait qu'une façon de combler.

Dans l'embrasure de la porte de Rooster's Lane laissa le temps à ses yeux d'embrasser les profondeurs obscures avant d'aller s'asseoir au bar à la place qu'il avait toujours occupée. Larry posa devant lui un demi et Lane but une longue gorgée avant de chercher son portefeuille. La bière une barre de métal froid qui le réchauffait en passant.

Je peux offrir une bière à un homme qui s'est fait tirer dessus, dit Larry en repoussant vers Lane son billet de vingt.

La vitesse à laquelle ces trucs circulent me dépasse, dit Lane.

Un peu plus loin, au bar, un homme que Lane ne reconnut pas cria son nom et leva sa chope à sa santé et Lane leva la sienne et se trouva minable de le faire. Comme s'il avait remporté le concours du plus gros bouffeur de charogne. A peine commençait-il à se sentir bien sur son tabouret que NonBob surgit sur celui d'à côté.

Hé, Lane, dit-il. J'ai aperçu ton char. La prochaine, c'est pour moi, Larry. Un billet de cinq sortit à contrecœur d'un portefeuille usé, noirci par la sueur.

Lane vida sa chope et la seconde descendit aussi vite mais fut deux fois moins bonne. Trop pâteux ce truc-là aujourd'hui. Tu caches quoi derrière comme whisky ?

Larry débarrassa la chope et revint avec un gros verre court, sombre et tintant de glaçons.

Est-ce que je t'ai dit ce que je voulais ? L'alcool fort, pur, brûlant.

T'as pas la moindre idée de ce que tu veux. Sinon tu serais pas là à boire.

Lane leva le verre, laissa le whisky couler jusqu'à la dernière goutte et garda le verre contre ses lèvres, savourant le contact des glaçons. Sers-m'en un double, cette fois.

C'était un double.

N'importe, donne-moi le double de ce que c'était. Je te laisse faire le calcul.

Pendant que Larry le resservait Lane se rendit au juke-box et inséra un billet de cinq et le retourna dans le bon sens avant de l'insérer à nouveau et quand ses crédits s'affichèrent il chercha l'album de bluegrass et fut surpris de trouver un nouveau IIIrd Tyme Out et un Rhonda Vincent & the Rage et ce nouveau groupe dont il avait entendu parler mais qu'il ne connaissait pas encore, The Grascals. L'alcool lui portant sur les tempes, comme s'il avait les cheveux hérissés. Il tapa des numéros jusqu'à l'épuisement de ses crédits, regagna le bar et se remit à boire.

Merci, dit Larry. Suffisamment fort pour que sa voix couvre la musique.

De quoi ?

De mettre un peu de bluegrass. C'est bon d'en réentendre sans avoir à y aller de sa pièce.

De sa pièce ? De son billet de cinq, tu veux dire.

Si seulement vous pouviez reprendre du service, les gars. Revenir faire un petit concert. Un show d'adieu. Comme le font Peter, Paul & Mary tous les trois-quatre mois.

Baisse donc un peu. J'entends pas ce que tu dis. On devrait pas avoir besoin de bouchons d'oreille pour écouter du bluegrass. Voyant dans les yeux de Larry qu'il l'avait froissé mais ne tenant pas assez à lui pour supporter les décibels, Lane emporta son verre jusqu'à un box et se glissa sur la banquette et Non-Bob le suivit dont la chope s'était elle aussi transformée en verre. T'es pas censé être quelque part ? dit Lane. A la maison ou autre ?

Nan. La vieille pensera que je travaille tard.

Peut-être que j'ai besoin de rester seul.

T'as surtout besoin d'une bonne cuite. Descends donc de tes grands chevaux.

Bah. J'ai eu une sale journée. Merci pour la bière.

La moindre des choses. On n'a pas dû s'attabler ensemble dans un bar depuis qu'on a arrêté de jouer.

Y a des chances. Lane se rappela comment c'était d'avoir un groupe, le banjo ardent, plein d'entrain, la foule qu'on sent vibrer, comment jouer le raccordait à un courant primitif qui le rendait plus humain. Ce que ça ferait d'être applaudi par une nuée de gens qui viendraient lui parler entre les sets, lui raconter que leur père ou leur frère avaient joué du banjo et quelle douce nostalgie les avait envahis en réentendant cette bonne vieille musique. J'en ai ma claque, dit-il.

T'es juste vexé à cause de ton banjo. Je peux le comprendre. Mais c'est pas une raison pour raccrocher. Il a raison, Larry. Il faut qu'on s'en fasse une dernière. En souvenir du bon vieux temps. Tu peux t'en trouver un nouveau, ou l'emprunter. Et j'ai pas oublié la contrebasse.

Au pire tu pourrais réapprendre en cinq minutes. Y a pas franchement besoin d'être un génie de la musique.

Parce que pour le banjo, si, je suppose.

Lane but une longue gorgée pour aviver son souvenir de la tête écrasée, du résonateur enfoncé. Non, j'en ai ma claque. J'ai besoin de laisser ça derrière moi.

Comme je disais, t'as surtout besoin d'une bonne cuite.

Je sais même pas ce que je fais ici. Je devrais être en train de remettre la boutique en ordre pour pouvoir rouvrir.

Une bonne cuite te fera du bien. Ça te remettra les idées en place. Y a perpète que je me suis pas pinté au whisky. J'ai des toiles d'araignée entre les oreilles.

J'ai pas de bons souvenirs de cuite au whisky.

Peut-être parce que t'as jamais connu ça. Tu sais pas ce que c'est que d'être bourré tant que t'as pas chié dans ton froc et paumé ton chapeau.

Lane médita cette assertion. J'ai jamais perdu mon chapeau.

Tu vois.

Lane s'alluma une nouvelle clope et goûta la sensation retrouvée, qui s'associait avec le whisky pour lui faire siffler les oreilles.

Y a un truc que je voulais te demander, dit NonBob. Ces câbles porteurs qu'ils utilisent pour tenir les ponts suspendus. Tissés de plein d'autres petits câbles.

Oui, ben quoi ?

Est-ce qu'un de ces petits câbles pourrait tenir tout seul ? Sans les autres ? Si on essayait d'en tendre un sur toute la travée.

Pourquoi tu me demandes ça à moi ? Je suis pas ingénieur des ponts et chaussées.

Je me suis dit que tu saurais sûrement. Toi qu'en as là-dedans. Et que le principe général en jeu était peut-être adéquat à notre relation.

Adéquat.

Je suis abonné au *Reader's Digest*, dit NonBob.

A notre relation.

Pour ce qu'elle vaut.

Ouais. Ça tiendrait. Forcément. Si un câble tout seul était pas capable de tenir sur la longueur, dix mille non plus.

Je crois pas. On pourrait faire une corde de cheveux qui traverserait la Chesapeake Bay mais je vois pas comment un unique cheveu tiendrait. Le moindre vent le casserait.

On vit dans un bien beau pays. Tout le monde a le droit de penser de travers. C'est à ça que tu penses quand t'empiles tes briques ? M'étonne pas que tes murs soient si tordus.

NonBob rafla leurs verres et fit un nouveau tour au bar. Lane évalua le banjo du juke-box, se demanda quel genre d'instrument pouvait si bien restituer les graves et se dit que le son devait être produit électroniquement. Probablement une guimbarde à cent dollars et un micro à mille. Les sens aiguisés par l'alcool alors qu'il les préférait émoussés.

Un grand costaud qui pouvait avoir la vingtaine comme la quarantaine – pas moyen de savoir si c'était les années ou les kilomètres qui l'avaient mis dans cet état – s'approcha d'un pas chancelant, un verre caché dans une main, l'autre levée, paume grande ouverte, figé sur place comme un Indien qui dit hugh jusqu'à ce que Lane comprenne que l'homme attendait qu'il lui en claque une. Il le salua d'un signe de tête sans taper dans la main calleuse.

L'homme gratta son nez vermiculé de capillaires éclatés qui finiraient par lui faire une fraise et dit : Vieux, je suis dégoûté d'apprendre que tu t'es fait shooter ici dans ta prop maison, vieux. Mais je suis content que ce soit tombé sur quelqu'un de fort comme toi plutôt que sur une femme avec un tas de mômes. T'as assuré, vieux.

Merci, dit Lane, le regrettant aussitôt.

Si un jour t'as besoin de quoi que ce soit tu m'appelles.

J'y manquerai pas. Le whisky avait cessé de lui ébouriffer les tempes et soufflait à présent dans ses oreilles directement sur son cerveau à nu. Il allait offrir un verre au gaillard pour s'en débarrasser mais quand le quidam tourna la tête pour regarder NonBob revenir, Lane s'aperçut qu'il portait ses cheveux gras en queue-de-cheval et il changea d'avis. Dans les yeux de l'homme des instincts primaires s'affrontaient, balançaient entre la fuite et l'attaque, entre prendre congé et jeter son verre à la figure de NonBob.

Pardon, dit NonBob d'une voix pleine de sarcasme en forçant le passage, cognant le bras du gaillard et faisant gicler sa boisson sur sa main.

L'homme regarda sa main, vida son verre et Lane vit la boisson toucher le fond dans ses yeux. J'étais justement en train de dire à M. Hollar que le comté avait de la chance que l'espèce de lope tarée qui se promenait en liberté avec un flingue soit tombée sur un vrai homme. Qui sait rester debout sur ses jambes.

Lane se revit allongé sur un chardon, en caleçon. En train de se demander si son poursuivant entendait son cœur battre.

C'est fait. Maintenant va-t'en. NonBob gratta et agrandit un accroc dans le revêtement de la table.

Woh, vieux. C'est quoi ton problème ?

Laisse tomber, NonBob, dit Lane. Il fit un nouveau signe de tête à l'homme à la queue-de-cheval, flanqua une légère bourrade dans un biceps aussi dur que la table et dit : Monsieur, je vous remercie pour ces paroles aimables.

Je te faisais mousser, moi, vieux.

Et j'apprécie. Merci.

Va mettre ta mousse ailleurs, dit NonBob.

Merci, l'ami, répéta Lane. Lui ménageant une porte de sortie s'il voulait.

L'ami regarda NonBob et Lane et Lane vit en lui-même et ce n'est pas l'homme qui lui fit pitié.

T'es un mec bien, dit l'homme qui tourna les talons et partit les jambes en canard, pour garder l'équilibre. Portant un tee-shirt Cheat River Triathlon dont Lane savait qu'il l'avait acheté à la friperie. Des bottines de travail écrasées fournies par l'employeur.

Parle pas à ces tapettes, dit NonBob.

T'allais devoir raconter à ta bonne femme qu'une tapette avait botté ton petit cul rachitique.

Pfff, fit NonBob et ses postillons constellèrent le bras de Lane en qui une facette douce pivota pour présenter à une autre surface.

Ce gars est sûrement beaucoup de choses, mais tapette, c'est pas vraiment ce qui me saute aux yeux. Il a l'air dur comme un poteau de février.

Alors pourquoi est-ce qu'il coupe pas ses foutus cheveux ?

Peut-être qu'il a mieux à faire que de se couper les cheveux. Ou peut-être qu'il en a assez dans le caleçon pour se coiffer comme il veut. Au lieu de tout faire comme grand-papa.

NonBob leva des yeux en coin vers Lane et sous cet angle on décelait dans leurs profondeurs quelque chose de perfide et le perfide en Lane le reconnut et voulut ou s'apparier à lui ou le tuer. Il but à peu près la moitié de son whisky et durant un moment secoua le reste avec les glaçons avant de l'avaler.

Tu as une grande gueule d'alligator, pour un petit colibri, dit NonBob.

Non, dit Lane, comprenant qu'il était soûl lorsqu'il se sentit si extraordinairement raisonnable, cohérent, désinvolte.

NonBob cracha dans une serviette, la chiffonna et la rejeta vers le ketchup et les shakers. Chais pas trop quoi penser d'un ami qui préfère prendre parti pour un de ces sacs à merde de Sitzel plutôt que pour moi.

Lane lança un coup d'œil vers l'homme à la queue-de-cheval. C'est un Sitzel ?

Ouaip.

D'accord. Ça j'avais compris. Mais l'ami, c'est qui ? Il éclata de rire en voyant la tête de NonBob et s'éclipsa pour aller aux toilettes et trouva dans sa main un nouveau verre et ne sut pas d'où il sortait et fut de retour à la table et la conversation s'était réduite à la résurrection d'affronts involontaires et oubliés jusqu'à ce que l'alcool finisse par les rendre au vacarme, à la fumée du bar. Au bout d'un moment, Lane eut l'impression de regarder de loin des étrangers qui se chamaillaient à propos de choses qui lui étaient parfaitement étrangères.

Il s'extirpa de la banquette et dit : Une affaire urgente m'appelle. Le billard s'avança à son passage et le tapa dans la cuisse et il sut que ça faisait mal mais ne le sentit pas. Quelque part dans sa tête il y avait "déjà allé aux toilettes une fois" – deux ? – mais il ne voyait pas comment c'était possible puisqu'il venait d'arriver. Il resta un long moment devant l'urinoir, sans résultat, mais n'éprouva ni trop-plein ni frustration parce qu'il n'avait pas besoin d'y aller tout compte fait. Il se savonna les mains, lança l'essuie-tout vers une poubelle vide et resta perplexe en le voyant tomber devant.

Lane poussa la porte et comme elle ne s'ouvrit pas il alla s'écraser le nez contre la peinture grossière et passée et secoua la poignée et s'aperçut qu'elle était verrouillée. Sans moyen discernable de la déverrouiller. OK, dit-il. T'as fait ta petite blague. Maintenant ouvre. En l'absence de réaction, il tambourina du poing sur la porte puis recula et lança un coup de pied mais fut déséquilibré et ne fit que peu de dommages. C'est toi qui vois, soit tu l'ouvres soit je l'arrache de ses gonds, dit-il.

Plus loin, sur sa droite, une autre porte s'ouvrit et un homme qu'il n'avait pas le souvenir de connaître lui dit : C'est quoi ce bordel ? Tu peux pas aller dans le placard, vieux. C'est fermé à clé.

Ayant retrouvé son orientation dans les toilettes, il dit : Je sais bien, et l'homme disparut de l'entrée. Lane se lava une seconde fois les mains, sortit et resta au bout du couloir à regarder au-dessus du bar comme s'il venait de débarquer sur Terre. NonBob lui tournait le dos et sous cet angle il le reconnaissait mieux qu'il aurait voulu.

Il n'y avait personne derrière le bar alors Lane fit voler la tablette stop-ivrognes et chipa la bouteille la plus grosse, la plus pleine, la plus sombre qu'il put trouver avant de passer sous un rideau qui sentait la fumée pour entrer dans l'air lourd et épais de la cuisine. La graisse brûlante rugit quand Larry plongea des ailes de poulet dans la friteuse et lorsqu'il se retourna il sursauta, de la cendre tomba de sa cigarette et il dit : T'as rien à faire là, Lane. Ses yeux se posèrent sur la bouteille puis de nouveau sur le visage de Lane. Si je te laisse tout le monde va s'y mettre. Personne a rien à faire là sauf Gilpin et elle est pas venue ce soir.

De ses doigts aussi épais que l'air, Lane trouva un billet de vingt dans son portefeuille et dit : Est-ce que c'est assez ?

Si t'as l'intention de boire jusqu'à ce que mort s'ensuive prends donc un truc meilleur que ça. Mais quand Lane fourra les vingt dollars dans la poche de sa chemise Larry ne protesta pas.

Lane examina la bouteille et la trouva à son goût ou du moins pas à son dégoût. Après avoir localisé la porte de derrière et avoir été plus malin que la serrure, il sortit sur le parking et, alors qu'antérieurement tout indiquait le contraire, il découvrit qu'il faisait nuit. Il se retourna pour demander ce qui ne tournait pas rond avec le temps, et les verres qu'il avait oubliés remontèrent en rugissant dans ses oreilles comme les ailes de poulet dans la graisse.

J'espère que t'as pas l'intention de conduire, dit Larry par la porte ouverte.

Je suis trop soûl pour marcher, raisonna Lane. Ses doigts trouvèrent le bouchon mais ne parvinrent pas à s'y agripper et il le regarda ricocher dans les graviers et campé, les jambes écartées, il leva la bouteille et le mélange brûlant et sirupeux lui donna un haut-le-cœur mais il se força à avaler et continua à boire.

Faut que je retourne au bar ou je vais me faire dévaliser, dit Larry. Le mécanisme de la serrure ricana doucement et Lane remonta à tâtons la rangée de véhicules jusqu'à ce que ses yeux et ses mains s'accordent à penser que l'un d'entre eux était familier et garé en marche arrière comme il le faisait toujours, et au bout d'une ou deux tentatives il réussit à se hisser à bord. Après s'être reposé et avoir bu durant un moment il retrouva la procédure de démarrage et quand le pick-up se mit en branle il coinça la bouteille entre ses cuisses, agrippa le volant des deux mains et, fasciné, regarda le parking de gravier diminuer et la route s'approcher et devenir un talus et quand les roues avant tombèrent dans le fossé, que le pick-up rua et s'immobilisa et que le moteur cala il jugea prudent de conduire des deux mains durant un moment avant de reprendre la bouteille. Trop d'accidents arrivaient à cause de gens qui lâchaient trop tôt le volant. Si simple comme bonjour qu'il ne comprenait pas comment il n'y avait pas pensé avant.

Comme la banquette n'était pas de niveau il avait la jambe écrasée contre la portière alors il chercha la poignée ou un truc qui bouge de ce genre-là et la porte tomba sous lui et il voulut se rattraper au volant mais son bras plongea entre les barreaux et son épaule enfonça le klaxon et le bruit le fit sursauter jusqu'à ce qu'il finisse par comprendre de quoi il s'agissait et comment l'arrêter. Lorsqu'il leva de nouveau la bouteille un poids dur et flottant comme le klonk dans le réservoir de sa tronçonneuse glissa dans sa tête et, au ralenti, le pick-up roula sur le flanc et le sol penché monta vers Lane et le frappa durement à l'oreille et lorsque son environnement se stabilisa le pick-up et le monde étaient debout à leur place alors que lui était par terre, les pieds encore dans la voiture.

L'odeur de l'alcool fétide, chaude, sucrée et il trouva la bouteille et la brandit dans la lumière rasante qui était apparue comme un soleil en train de se lever sous le pick-up et la secoua et avala le peu qui restait au fond.

Au bout d'un moment dont il n'aurait su déterminer la durée le gravier crissa à côté de sa tête et des mains douces lui caressèrent les joues. Pap. Pourquoi vous vous faites du mal ?

DeeDee ? T'es venue danser ? Comme autrefois ?

Allez. Voyons que je vous sorte de là avant que les flics ne passent dans le coin.

T'approche pas. Ce pick-up vient de me jeter par terre et je crois pas qu'il soit déjà calmé. C'est qu'il est têtu ce fideputain. A cette pensée son estomac se souleva et il libéra ses pieds de la voiture et essaya de s'asseoir et sentit des mains plus fortes que celles de DeeDee le prendre sous les bras et une voix dit : Allez, vieux, mets-y juste un peu du tien, mec. Mais les bras sous les siens n'avaient pas l'air d'avoir besoin d'aide. Lane se sentit monter du sol par lévitation jusqu'à ce que seuls ses pieds traînent dans le gravier.

Attends, dit Lane. J'ai perdu mon chapeau quelque part.

Ramassez donc son chapeau si vous le voyez, ma petite dame. L'homme le soutint d'une seule main lorsqu'il ouvrit la voiture de Darlene et avec une tendresse dont Lane ne se rappelait pas avoir jamais fait l'expérience, il le glissa sur le siège et lui passa le harnais de sécurité.

Je vais remettre son pick-up là-bas à sa place.

Merci infiniment, dit-elle. Dites merci à Larry d'avoir appelé.

Pas de problème, mdame. C'est un type bien. Je lui ai dit que je l'aiderais n'importe quand.

J'ai perdu mon chapeau, dit Lane en se tâtant la tête pour s'en assurer sans vraiment lever le doute pour autant.

Vous feriez mieux d'y aller, mdame. Si je trouve son chapeau, je lui balancerai dans son pick-up.

Darlene démarra la voiture, fit un demi-tour et s'en alla par où elle était venue.

Faut que je retrouve mon chapeau. Tout à coup ça semblait plus vital que la vie elle-même.

Vous portez pas de chapeau, Pap. Vous en avez jamais porté.

C'est peut-être ça le problème. Lane se tâta de nouveau le crâne puis le fond du pantalon. Chuis pas soûl, dit-il.

Non, répondit-elle après un blanc. Pourquoi irait-on croire une chose pareille ?

Il se laissa basculer contre l'appuie-tête et une grande paix chaude l'enveloppa comme s'il était en train de s'immerger dans ce qu'il venait de boire. Je crois que je vais me laisser pousser une queue-de-cheval, dit-il.

Bonne idée, dit-elle longtemps après qu'il eut oublié sa présence. A sa voix il sut qu'elle pleurait encore et dans cette âpre paix ce fut un réconfort.

39

Lane se réveilla sur le sol de la cuisine, la tête carrément sous la table, au milieu des pieds de chaise, et s'il n'était sûr d'à peu près rien d'autre, il savait en tout cas qu'il s'était fait tirer dessus et par qui et qui avait massacré son banjo. Pourquoi, ça, il n'en avait pas la moindre idée. Ni de ce qu'il allait faire à ce sujet.

Une foix extirpé de sa cachette il mesura le jour et décida que c'était le matin, peu confiant dans la façon dont il était parvenu à cette conclusion. A l'endroit où il était resté étendu, du sang avait séché sur le linoléum et en tordant suffisamment le cou il constata qu'il avait perdu son pansement et que la plaie s'était rouverte, avait saigné et s'était cuirassée d'une croûte qu'il ressentait comme une rondelle de poêle en fonte greffée à même les nerfs.

Il alla chercher du jus d'orange au réfrigérateur alors qu'il savait qu'il n'y en avait pas et à la place il trouva son pansement, ensanglanté, boueux et à moitié filmé, comme un sandwich qu'il aurait gardé pour plus tard. Il déserta la cuisine pour la salle de bains et découvrit qu'il était également passé par là, et ce qu'il y avait fait lui souleva encore l'estomac si bien que la galerie lui sembla un podium autrement agréable pour un pipi matinal qui sentait l'alcool et l'ammoniaque. Après quoi il s'assit sur les marches, le menton dans les mains, et réexamina la nuit passée et les années, les décennies, et tomba sur le jour où il avait porté la tête du chauve et se rappela quand les fins cartilages avaient cédé et que ses doigts étaient rentrés tout seuls, et il aurait préféré que ce soit sa tête à lui. Et le chauve qui la porte. Mais le chauve était mort et Lane devait porter sa tête lui-même.

Après s'être douché et avoir trouvé des vêtements qui ne sentaient pas le torchon de bar, Lane parcourut à pied les cinq kilomètres qui le séparaient de Rooster's sans lever ni le pouce ni les yeux vers les voitures qui passaient, et lorsqu'il atteignit son but, les vestiges de l'alcool avaient suinté de ses pores, épais comme des boues industrielles mais fleurant nettement moins bon.

Le pick-up attendait tout seul au fond du parking, garé selon un angle qui ne lui donnait pas seulement l'air vieux mais déboussolé. Côté conducteur, la portière était enfoncée, la trace grossière et noueuse d'une bottine de travail marquant la peinture. L'essuie-glace fracturé pendait de guingois comme des lunettes cassées. La vitre était baissée et une cannette de Coors Light à moitié pleine traînait sur le siège, à côté d'une tache sombre et puante. Les clés étaient sur le contact. Même pas digne d'être volé.

Lane essaya de comprendre pourquoi on irait faire une chose pareille mais échoua et fut surpris quand le moteur démarra, puis quand le pick-up s'ébranla, comme si c'était un jour comme un autre. Sa gueule de bois rendait sa vision folklorique, nulle ou sautante sur les côtés, pâle et délavée devant lui. Il conduisit comme un débutant, fébrile, corrigeant trop ses gestes, jusqu'à ce que le naturel revienne. Suffisamment, du moins, pour qu'il ait l'impression d'avoir déjà fait ça une fois ou deux.

Loué soit Dieu dont découle toute bénédiction, dit-il en mettant le cap sur Sugarcamp Road où il savait qu'il trouverait NonBob au travail. Samedi et gueule de bois ou pas. Lui qui n'avait jamais un dollar à perdre.

NonBob avait presque terminé le mur d'enceinte de la piscine. Le tas de sable n'était plus qu'une tache blanche dans les graviers. Les sacs de ciment vides claquaient au vent sous une pierre qui les empêchait de s'envoler. L'un des hommes basanés raclait le mortier séché des parois de la bétonnière pendant que l'autre empilait des chutes de pierre dans un coin.

Lane resta un moment à regarder les pierres de couronnement se loger sur le faîte comme si elles avaient été taillées exprès pour chaque emplacement. Comme l'autre fois, NonBob parlait tout seul, comme s'il n'y avait personne. Et certainement pas Lane.

Lane toisa ses questions à l'aune de l'homme qui les avait soulevées et sut d'un savoir viscéral que la confrontation était l'issue la plus commode. Qu'il ne voulait pas en finir comme ça, pas si facilement. Qu'il allait souffrir un moment, que le banjo serait toujours brisé, son flanc toujours endolori, et qu'il ne voulait pas être le seul. Il termina une cigarette, la jeta vers l'échafaudage, se retourna pour partir.

Tu voulais quelque chose, peut-être ? dit NonBob. Une insulte que t'as oubliée hier soir ?

Lane refit volte-face, regarda NonBob gratter la semelle de sa botte du bout de sa truelle et sut aussi clairement que s'il l'avait vu qui avait mis ce coup de pied dans sa portière. Qu'est-ce qu'y a ? T'as de la peinture sur ta semelle ?

NonBob le regarda soudain avec intérêt. Qu'est-ce que tu veux dire par là ?

Je pourrais venir t'arracher cette botte et la coller à la portière de mon pick-up pour voir si ça correspond. Mais j'ai même pas besoin.

Avant que tu décides de venir m'arracher mes bottes, tu ferais bien de réfléchir à ce que tu fais. Les ouvriers cessèrent leur travail et s'approchèrent pour regarder. Comprenant le ton de la conversation, sinon les mots eux-mêmes.

Peut-être que je peux te prendre, peut-être pas. Mais je suis prêt à parier que tu seras pieds nus quand j'en aurai fini. Quoi qu'il en coûte.

NonBob jeta sa truelle sur la planche, se gratta l'oreille et secoua la tête. T'étais pas le seul à être bourré hier soir.

Mais t'étais le seul type bourré à ma connaissance à mettre des coups de pied dans les portes de voiture.

Non, par contre t'étais le seul à déterrer toutes les merdes du passé que tu pouvais pour me les foutre à la figure. Un homme a ses limites.

Et un pick-up rend pas les coups.

Je me bats pas avec des gens trop bourrés pour tenir debout. Fais-la réparer et envoie-moi la facture.

Compte sur moi pour te l'envoyer. Et celle-là tu la payeras pas par chèque. Comment tu comptes remplacer un banjo qu'on fabrique plus ? Remplacer du sang qu'a été versé ? Faire ça caché dans le noir. Même pas le cran de me regarder dans les yeux quand tu me descends.

Pour tout ça chuis pas au courant. Juré devant Dieu, je sais rien. Je reconnais que j'ai shooté dans ta portière. Qui m'a vu, qui te l'a dit, je te le demande même pas. J'aurais pas dû, et je suis presque content de m'être fait choper. Mais pas le reste.

Tu m'a pris quelque chose de précieux et d'irremplaçable, tu m'as pris mon sang. Et c'est comme ça que tu vas me rembourser. Avec ton sang. Et avec quelque chose de précieux pour toi. Et ce sera au moment où tu t'y attends le moins. Comme moi.

Lane, c'est pas moi, le reste. Je le jure sur la bible à ma grand-mère.

Quand tu l'as dit, ça a pas fait tilt. Mais ça m'est monté au cerveau pendant la nuit.

Dit quoi ?

Comment tu savais pour mon banjo ? Alors que je l'ai dit à personne ? Personne. Lane se retourna sans jeter un regard derrière lui.

Lane… attends un peu.

Tu dors bien, l'ami ? T'as pris une bonne assurance-vie ? dit Lane. Mais lorsqu'il mit les gaz sur Sugarcamp Road, il se sentait en paix comme jamais dans son souvenir. Comme si les comptes étaient en ordre, les factures entièrement acquittées. Et il se rendit compte qu'elles l'étaient probablement lorsqu'il chercha sa colère et ne la trouva nulle part. Il éclata de rire, la dernière chose qu'il s'attendait à faire. NonBob, dit-il tout haut. Pauvre crotte de chien pathétique à deux balles.

40

Quand Lane regagna la boutique, deux formes brunes en chemise blanche, pantalon sombre et sandales étaient assises le dos au bâtiment. Juan et son père.

Tu as des vers ? dit-il lorsqu'il fut descendu de voiture.

Pas aujourd'hui, dit Juan. Vous vous rappelez mon papa ? Emilio ?

Señor, dit l'homme et Lane fut à nouveau surpris par la consistance de sa main. Comme une brique miraculeusement souple.

Vous allez à la pêche ? Lane chercha la clé dans sa poche au lieu d'utiliser celle qui était sous la pierre, comme il le faisait d'habitude. Pas devant eux. Se demandant s'il aurait fait preuve de la même prudence face à des Blancs.

Non monsieur, dit Juan. Mon papa voudrait vous parler.

Entrez, dit Lane. A l'intérieur il sentait encore l'odeur des vers pourris ou il l'imaginait et son estomac nerveux se crispa alors il leur demanda de laisser la porte ouverte derrière eux. Il enleva une boîte de chiffons de l'autre chaise pour Emilio, s'assit dans son rocking-chair et fit signe à Juan de s'asseoir sur le comptoir mais le petit resta debout à côté.

Une maison, dit Emilio au bout d'une attente que Lane trouva interminable. Aux enchères ? Pour vendre pour le plus d'argent ?

Vous voulez vendre votre maison ? Faudrait d'abord en avoir une.

Oui. En avoir une.

Il veut acheter une maison, dit Juan.

Ça coûte beaucoup d'argent.

Beaucoubien ? dit Emilio.

Combien ? Ça dépend de ce que vous achetez. Il songea à la bicoque en voie de déliquescence de Jodie. Vous pourriez trouver quelque chose dans les deux briques cinq, mais pas habitable en l'état. Dans les vingt-cinq mille, précisa-t-il. Après y a des villas de vacances qui partent pour un million voire plus.

Pas de vacances, dit Emilio.

Non, j'ai l'impression. Je peux essayer d'ouvrir l'œil, j'imagine, mais si quelque chose d'abordable se présente quelqu'un sautera dessus sans attendre.

Combien la maison de M. Bean ? demanda Juan.

Ce dossier-là va traîner aux successions pendant une éternité. Même si elle était mise en vente, y en aurait probablement pour soixante-quinze mille ou plus. Vous vous rendez compte du paquet d'argent que ça représente, soixante-quinze mille dollars ?

Le petit regarda son père et l'homme hocha la tête et l'enfant dit : On est pas obligé de tout payer d'un seul coup. Y a le prêt.

Lane examina ses chaussures en quête d'inspiration et n'en trouva pas plus qu'il escomptait. Il vous faudrait déjà une bonne somme. Un apport. Dans les quinze sacs, probablement.

Oui, dit l'homme. *Mil.*

Mais ça prend beaucoup de temps. Les papiers. Et cette maison ne va pas être mise en vente pour le quart d'heure.

Dos semanas, ajouta l'homme en levant deux doigts.

Dans deux semaines, dit Juan. C'était dans le journal.

Je le lis pas. Quand le rédacteur en chef sera mort peut-être que je m'y mettrai.

Deux semaines, insista Juan.

Bref. Cette conversation commençait vraiment à lui courir sur le haricot. Même. Les banques auraient besoin de vérifier vos antécédents bancaires, etc. Ça prend du temps.

On travaille dur, dit Emilio. Paye chaque semaine.

On travaille. On met de l'argent de côté, dit Juan. Tous.

Allez voir la banque, alors. Peut-être qu'elle acceptera.

Il a pas de papiers, dit Juan. Seulement les enfants.

Dans ce cas-là, c'est sûr, vous aurez un problème. Même si vous obtenez le prêt.

A votre nom on pourrait le payer. Quand ma sœur aura l'âge vous pourriez mettre le sien.

Lane sentit ces gens s'attacher à lui comme des morpions et vit des dizaines, des centaines, des *mils* d'entre eux entrer et sortir, se mouvoir librement dans sa vie et son patrimoine. Je ne suis pas le genre d'homme que vous croyez, dit-il. Si vous croyez que je peux faire ce genre de choses. Vous feriez bien mieux de garder votre argent jusqu'à ce qu'un de vos petits ait l'âge d'être propriétaire. Au lieu de tout ce cirque. C'est moins cher de louer de toute façon.

Pas louer, dit Emilio. Acheter.

Pourquoi est-ce donc si important, d'être propriétaire ? Ce n'est qu'un fil à la patte.

C'est pour ça on vient. Etre propriétaire.

On veut plus déménager, dit Juan. Y a assez de terrain pour qu'on puisse construire d'autres maisons. Quand on aura économisé d'autre argent.

Vous n'avez pas l'air de vous rendre compte de l'argent que ça suppose.

On travaille dur. Et Marcos est payé pour aller en prison.

Sûr qu'avec l'un d'entre vous en prison, le dossier sera vite examiné. Ecoutez…

Il savait pas qu'y avait de la drogue dans la voiture qu'il conduisait mais il a pas contesté, dit Juan.

S'il est ignorant à ce point-là, il mérite sûrement d'être en prison. Enfermé quelque part.

Dos paies, dit Emilio, en levant à nouveau deux doigts. Comme s'il était en train d'apprendre à compter et que deux était le chiffre auquel il vouait une attention particulière.

En étant en prison il gagne deux fois plus qu'en travaillant. Juan hocha plusieurs fois la tête pour dire que c'était la vérité. Et pas de dépenses.

Attends un peu qu'il sorte. Et là, demande-lui si c'était de l'argent facile.

C'est pas dur, dit Emilio. Traire les vaches, c'est dur.

J'ai pas toute la journée. Je comprends même pas comment t'as eu l'idée que je pourrais faire ce que vous suggérez.

Vous êtes toujours juste avec moi. Vous êtes le seul.

Non. Moi je suis un vieil homme tordu dans une vieille maison tordue. Je suis probablement le plus retors de tous. Tu ne sais rien de moi. Les événements de la semaine tourbillonnèrent autour de lui et il dit : Même moi je ne sais rien de moi. Maintenant allez-y. J'ai à faire.

Juan tira son père par la manche et après un instant d'hésitation, Emilio le suivit jusqu'à la porte. Il s'attarda un moment sur le seuil jusqu'à ce que Juan à nouveau l'entraîne et qu'il ferme doucement derrière lui.

Lane les regarda partir. L'homme fit une nouvelle pause et regarda vers la boutique, sa bouche s'allongeant comme celle d'un opossum dans la gamelle du chat, mais le petit secoua la tête et continua de marcher jusqu'à ce que l'homme soit obligé de courir pour le rattraper. Lorsqu'ils furent partis, Lane eut l'impression qu'ils avaient volé quelque chose, mais il savait que rien n'avait disparu. Rien qu'il soit en mesure de récupérer.

Lane considéra la boutique et la trouva pareille à une tombe mais moins agréable, alors il donna un tour de clé et rentra chez lui.

*

La vieille voiture de patrouille stationnait dans son allée, Martin, dedans, en train de manger un sandwich. Lane se gara à côté de l'adjoint et marcha jusqu'à sa vitre baissée. Quoi, encore ? lâcha-t-il sans préambule. Martin continua de mâcher un instant avant d'avaler et de répondre : Je passais pour vous informer de tout ce qu'on fait pour trouver celui qui vous a visé.

Ajoutez ça dans votre dossier : Je sais déjà qui a fait le coup. Et il aura pas le cran de recommencer.

L'adjoint s'arrêta avant que le sandwich ait atteint sa bouche, puis baissa le bras, puis changea d'avis et mordit une bouchée. Transperçant Lane des yeux. Vraiment, dit-il au bout d'un moment. Et ce serait qui ?

Lane avait réfléchi exactement aussi longtemps que Martin, et il avait beau y penser, il ne voyait vraiment aucune objection à les laisser courir après NonBob. A le faire transpirer un peu. Ça vous fera tous du bien de trouver ça par vous-mêmes. C'est un bon entraînement. Comme celui que les gars de l'équipe de recherches ont eu avec Billy Bean.

Vous portez là de sérieuses allégations.

C'est pas une allégation. C'est un fait.

Dans ce cas-là vous êtes obligé de me dire qui c'est. On peut pas laisser des gens qui tirent sur les autres se promener dans la nature.

La seule chose qui m'oblige envers vous c'est ce que vous avez fait pour Toby, si c'est vrai. Mais ça l'est pas. Toby n'est pas un drogué. Je le connais.

La mâchoire anguleuse de Martin revêtit une facette supplémentaire. Vous avez une drôle de façon de dire merci.

J'ai une drôle de façon de dire aux gens de me fiche la paix, aussi. Vous voulez l'entendre ?

Martin secoua la tête et mit le contact. Ça fait deux fois que j'essaie d'être gentil avec vous.

Vous n'aurez pas mon vote pour autant.

Je ne suis pas certain de le vouloir, monsieur Hollar. En fait, je suis même sûr que j'en veux pas.

41

Le dimanche matin Lane se leva tôt, s'assit sur le bord de son lit et examina sa blessure et la trouva irritée, fripée et vilaine mais moins enflammée et il enfila une chemise sans y toucher davantage. Lorsqu'il but son café en pensant aux pêcheurs qui l'attendaient à la boutique pour se plaindre de la qualité des derniers vifs qu'ils avaient achetés il réalisa combien il était lassé de tout ça. Que les vers ne différaient en rien des chevrons, étaient tout aussi homogènes. Aussi anonymes et ternes que les clients. Qu'il serait incapable de retrouver ce qui lui restait de vie au milieu d'une cuve à vifs. Et que s'il y parvenait, il aimerait autant le laisser où il est.

Sans avoir pris la décision ferme et officielle de ne pas aller travailler il se retrouva assis sur la balançoire de la galerie à boire le fond de la cafetière quand la voiture de Darlene fit crisser les graviers de l'allée. Au volant, Frank. Seul. Il se gara et posa un regard inexpressif sur le pare-brise. Après un moment, il sortit, emprunta l'allée et s'arrêta au bas des marches. Darlene a emmené Toby avec elle. Ils ne sont pas tout seuls.

C'est bon. S'il y a eu danger, c'est vraisemblablement passé. J'aurais dû vous prévenir.

Je peux monter ?

T'es chez toi, ici. T'as pas besoin d'invitation. Pas comme dans certains endroits que je connais. Se voulant bourru mais ne trouvant pas les ingrédients de base. Ils gagnèrent la cuisine et Frank s'assit à son ancienne place et Lane mit en route une nouvelle cafetière et s'assit en face de lui, se sentant déraper dans le temps. Il lui semble que Mary aurait dû se trouver là à sa droite. Que Frank n'aurait pas dû avoir ce crin gris sur les joues. Mais elle n'y était pas et il l'avait.

Ils ont attrapé le tireur ? C'était qui ?

Non. Mais je sais qui c'est, et ça retombera sur personne d'autre. C'était personnel. Ça se reproduira pas, et t'inquiète pas, j'ai pas l'intention de jouer les justiciers.

Tout ça pour rien, alors.

On dirait.

Tu me le dirais quand tu seras prêt, je suppose.

Peut-être. Peut-être pas. Qu'est-ce qui t'amène ?

J'ai surpris Toby en train de fumer de l'herbe, dit Frank au moment où le café se mit à glouglouter. Je préférais que tu l'apprennes de ma bouche. Sans qu'il soit là.

Le point de vue de Lane sur Martin fit une révolution et il lui fallut un moment pour réadapter le monde à ce changement. T'es sûr ? dit-il. Se souvenant sans raison pertinente de la soie de maïs qu'il avait fumée, enfant.

Je l'ai senti sur lui, dit Frank. Et quand je le lui ai dit il l'a reconnu.

Fallait déjà connaître l'odeur.

Toujours le même bon vieux papa.

Où est-ce qu'il l'a trouvée ?

Il veut pas le dire.

Je finirai bien par le savoir. Ça tu peux me croire.

Non. C'est pour ça que je suis venu. Je sais comment tu es.

Parce que tu te soucies pas d'arrêter ceux qu'amènent ça ici ?

Je me soucie du gamin. Je veux pas qu'il se fasse brusquer, mortifier et qu'il se détourne de nous comme ça m'est arrivé.

Lane fit valser le sel et le poivre et le range-serviettes de la table et se sentit ridicule et tapa du poing et se sentit plus bête encore. Il ramassa le sel et le poivre et remit les serviettes en papier dans leur support avant que Frank ait le temps de le faire. Tu disparais toutes ces années, dit-il. T'abandonnes femme et enfant au moment où ils ont le plus besoin de toi et après tu me fais porter le chapeau.

Ils n'avaient pas besoin de moi du tout. Tu étais là, pauvre con aveugle et arrogant.

C'est une raison pour les quitter ?

C'est pas eux que j'ai quittés. C'est toi. Frank leva les yeux de la salière qu'il inspectait, cherchant des ébréchures, et Lane se vit dans ces yeux sombres. Pas dans le reflet. Je pouvais pas rivaliser avec toi, l'ancêtre.

Si on était en compétition, ça m'avait échappé.

Quand maman est morte tu as pris Darlene. Et Toby.

Lane secoua la tête. Aussi sonné que si Frank lui avait asséné un coup de cric.

Frank versa un peu de sel dans sa paume et y trempa le bout de sa langue. Dès que je faisais quelque chose tu pouvais faire mieux. Je changeais le démarreur de la voiture de Darlene, une semaine plus tard tu changeais l'embrayage de ton pick-up.

J'avais besoin de cet embrayage. Qu'est-ce que j'aurais dû faire ? Rouler en pédalant ? Attendre que tu grandisses ?

Le soir où j'ai tué une vipère cuivrée dans le parterre, tu as raconté à Darlene tes patrouilles de nuit au Viêtnam.

Lane sentit que moins il l'ouvrirait, plus vite ce serait passé. Mais retenir des mots, c'était comme envelopper un lynx dans du papier-toilette.

Tu avais toute la journée pour influencer Toby, pour lui montrer quel grand-père merveilleux t'étais, alors que j'avais qu'une demi-heure chaque soir. S'il était pas avec toi.

La vie ça marche comme ça.

Quand tu nous a aidés à déménager tu prenais toujours le bout le plus lourd de tout ce qu'on portait. J'ai vendu la .30-30 pour une -06 et aussitôt tu te pointes avec une 7 mm Magnum.

C'était pas délibéré.

C'est bien le problème.

OK, alors si. Je faisais exprès.

C'est naturel chez toi de jouer les mâles dominants. Quand je devais faire un projet de sciences, t'étais pas satisfait tant qu'il était pas digne d'un concours national. Qui d'autre que moi a construit une machine à vapeur à douze ans ?

Lane jeta vainement une deuxième couche de papier-toilette autour du lynx.

Quand je faisais du cross-country, tu courais avec nous à l'entraînement. Voire devant nous. *On va au bout de sa douleur, les gars. Si vous avez pas mal, c'est que vous êtes pas en train de courir.*

La cafetière gargouilla comme elle le faisait lorsqu'elle avait fini et Lane servit deux tasses, versa du lait dans l'une jusqu'à obtenir un mélange couleur chair, et la posa devant Frank. Lane s'appuya contre le plan de travail et serra la chaleur entre ses deux mains. L'équipe a été au championnat de Virginie-Occidentale, cette année-là.

On s'en fichait du championnat. On était là pour s'amuser.

Il m'a jamais semblé que finir dernier était une place enviable.

Frank se leva, vida son café pâle dans l'évier et se resservit et but sa tasse sans additif. Quand j'ai pris des leçons de guitare et appris "Red River Valley" t'as fait premier au championnat de banjo du Mid-Atlantic.

Lane haussa les épaules.

L'unique fois où tu t'y es inscrit.

Si je pouvais dire quelque chose pour que tu te sentes mieux par rapport à la vie en général et à toi en particulier, je le ferais.

Le meilleur job que j'aie jamais eu c'est quand je me suis fait embaucher comme dessinateur chez Borman.

J'en revenais pas. T'as bossé une semaine avant de démissionner et de quitter la maison.

Je suppose que tu te rappelles pas ce que t'avais dit sur ce travail ?

Le café était trop chaud mais Lane but malgré tout. J'ai parlé de choix de carrière à courte vue, probablement.

Comment c'était, déjà ? Si la matière grise était faite de merde tu sentirais encore la rose, gamin.

Lane se rassit en face de son fils. Y a pas un dessinateur industriel sur terre qu'a encore un emploi. Maintenant on fait tout par ordinateur. Comme je l'avais prédit.

Le sous-entendu étant que j'aurais pas les capacités intellectuelles de changer avec le métier. D'apprendre le DAO.

Lane peigna sa figure avec ses doigts et la sentit se remettre en place. Sévère, désapprobateur et distant. Je suis désolé, dit-il, se demandant s'il l'était. S'il avait envie de l'être.

C'est comme un lion qui s'excuse de manger de la viande.

Dans ce cas je suis désolé que tu aies cette impression.

Voilà bien le Lane Hollar qu'on connaît et qu'on aime. Désolé pour les autres.

Ils restèrent un moment assis à regarder dans leurs tasses. Quand quelqu'un te surclasse, surclasse-le à ton tour, dit Lane. Ainsi va le monde. On quitte pas la partie parce qu'on est mené d'un point.

Quand c'est Dieu qui te bat, si. Tu dis pas : *En vin* ? Moi je vais transformer l'eau en Jack Daniels. T'essaies pas de rassasier *vingt mille* hommes. Tu donnes pas à l'aveugle le pouvoir de *voler.*

J'ai dû manquer le moment où la religion s'est glissée dans le débat.

T'étais un dieu pour moi. Tu n'avais pas de limites. Même quand je détestais te voir faire, quand ça me donnait l'air faible et bon à rien, j'étais en admiration devant ce que tu faisais. Devant tout ce que tu savais faire. Devant ta façon d'être supérieur au reste du monde.

Si tu t'es senti...

Et puis maman est morte et j'ai vu ce que t'étais vraiment. J'ai compris que c'était elle, le dieu.

Elle était extraordinaire.

T'étais qu'un vieux rapiat qui pompait sur ta femme et quand c'était pas assez t'allais chercher au fond d'une bouteille. T'aurais mieux fait de continuer à boire. Au lieu de jeter ton dévolu sur nous.

Le lynx avait fait voler le papier-toilette et s'était enfui sans que Lane s'en aperçoive, mais il avait emporté les mots avec lui. Frank se trompait, du moins Lane espérait que ce soit le cas mais s'il y avait des preuves de son erreur, Lane était incapable de les trouver.

C'est pas que tu savais contrôler tes émotions. C'est que t'en avais pas.

Tu te trompes.

Quand est-ce que tu riais ? Tes blagues virent toujours à la leçon. Un jour je t'ai vu te mettre le marteau sur le doigt et t'as même pas cillé. Tu t'es arraché l'ongle avec les dents, tu l'as craché comme si c'était un bout de peau morte et tu as continué comme si de rien n'était.

Un ongle, *c'est* un bout de peau morte. Se demandant s'il l'avait dit tout haut.

A l'enterrement de maman, t'étais assis là comme une statue de marbre. Ça t'est déjà arrivé de pleurer ? Ne serait-ce qu'une fois ?

Oui.

Quand ?

Lane réfléchit et n'eut pas à remonter très loin. Lundi. Quand DeeDee m'a ramené du poste de police.

Frank le regarda comme s'il venait d'avouer qu'il portait des sous-vêtements de femme. Pourquoi ?

Je sais pas. Elle pleurait et ça m'a fait pleurer aussi. Lane songea à confier à Frank le sentiment qu'il avait éprouvé au moment où Mary était morte, où il l'avait tenue par la main et avait senti quelque chose qu'il ne pouvait ni nommer ni percer passer d'elle à lui, mais il n'avait pas de mots pour ça. Ce serait comme vouloir expliquer la gravité à une aigrette de pissenlit.

T'as ressenti quelque chose ? Ça t'est déjà arrivé de *ressentir* quelque chose ?

Je sais pas. L'homme assis de l'autre côté de la table avait l'apparence de son fils, la voix de son fils, mais il ne le connaissait pas, il ne se connaissait même plus lui-même. Deux inconnus discutant de ses traits de caractère les plus intimes. J'ai ressenti quelque chose. Mais je sais pas quoi. Pas un truc qui fait pleurer.

Et avant ça ? Ça t'était arrivé de pleurer ?

Lane y songea et ne vit pas l'intérêt de répondre. Si tu te rendais compte que j'étais un cadavre parasite, insensible et qui valait rien, pourquoi tu m'as pas envoyé paître ? Au lieu de t'enfuir et de faire souffrir ta famille ?

Frank attrapa le paquet de cigarettes de Lane avant de le reposer.

Vas-y, dit Lane.

Non. J'ai arrêté. Et j'ai pas l'intention de m'y remettre.

Lane s'en alluma une et la fuma à moitié avant de reprendre la parole. Je me suis jamais pris pour un dieu. Bien au contraire.

Pour un démon ?

C'est pas ça le contraire d'un dieu. Se sentir impuissant. Voilà ce que c'est.

Après un silence, Frank dit : Maman m'emmenait toujours à l'église.

Je lui en ai jamais tenu rigueur. Tant que ça devenait pas toute sa vie. Ou la tienne. Les gens s'emberlificotent là-dedans et ils oublient qu'ils ont cette vie à vivre avant d'aller au paradis.

Au catéchisme ils nous apprenaient que la Terre avait six mille ans. Que les dinosaures n'avaient jamais existé. Qu'un scientifique quelconque avait trouvé un petit bout d'os et qu'ils en avaient extrapolé tout un tyrannosaure. Que la science était un complot contre la religion.

Lane hocha la tête. J'étais pas inquiet. T'avais assez de bon sens pour dépasser cette ignorance. Pour apprendre que l'obéissance aveugle était un sacrifice qui collait pas avec le créateur de l'esprit humain. Si c'est ce que tu crois.

C'est peut-être la première fois de ma vie que tu me fais un compliment.

N'importe quoi.

Dis-moi quand.

J'arrêtais pas de me vanter sur ton compte. Au travail. Pendant les matchs.

A *moi*. Dis-moi quand tu m'as fait un compliment *à moi* ? Ou même en ma présence.

C'est pas parce que j'en avais pas à te faire. Les mots une pâte aigre. Je voulais pas que tu sois comme ces gens qui veulent toujours se lever et chanter avec les musiciens alors qu'ils chantent moins juste qu'une vieille casserole. Sauf que personne le leur a dit.

Ta maxime préférée. On rencontre déjà assez de gens médiocres et qu'ont pas honte de l'être.

C'est la vérité.

Bref. En troisième on a fait un voyage de classe au Smithsonian à Washington.

Je me rappelle. Il était plus de minuit quand vous êtes rentrés.

Dans le tout premier musée il y avait un squelette de brontosaure.

Je l'ai vu en photo.

Autour il y avait des panneaux montrant des scientifiques en train de le déterrer. C'était pas qu'un petit morceau de colonne vertébrale. Il était là d'un seul bloc, comme au moment de sa mort. C'était comme si on m'avait flanqué un coup de pied dans le ventre. Parce que j'ai compris que ce qu'on m'avait enseigné à l'église était un mensonge. J'ai dû rester là dix minutes, la bouche ouverte. Ecœuré.

C'est pour ça que j'étais pas inquiet que t'ailles à l'église. T'as assez de bon sens pour en sortir indemne.

Tu comprends pas.

Tu crois toujours que la Terre a six mille ans ?

Non. Je crois en quelque chose. En Dieu. En la création. En un au-delà.

Lane examina Frank comme une bête curieuse.

Mais je ne sais pas ce que c'est. Ni pourquoi. Tu sais à quel point c'est horrible de ne pas pouvoir se débarrasser d'une croyance pour laquelle tu n'as aucune preuve ? Aucune preuve qui n'ait pas été falsifiée par l'homme par intérêt. Ou par bêtise.

Si je te dis simplement oublie ça ça marche pas, j'imagine ?

Maman n'avait pas le moindre doute. Je l'enviais. Elle se fichait de savoir ce qu'était Dieu ou quand il avait créé l'univers et pourquoi. Elle se contentait de s'en remettre à Lui comme s'Il était ce qu'ils disaient et c'est tout.

C'était un être d'exception.

Avec toi, ça m'a fait pareil. Quand j'ai compris ce que t'étais vraiment, c'était trop tard. Tu serais toujours un dieu pour moi. Peu importe que tu sois un dieu ivrogne et insensible, un dieu qui vit sur le dos de ses disciples, qui les utilise et les jette quand il en a envie.

Je croyais que c'était ça, moi, un dieu, pensa Lane, mais il s'abstint. Je suis désolé, dit-il en revanche, vraiment, et lors qu'il le dit des parties qui normalement n'entraient pas en contact grincèrent en lui. Une petite pièce se déplaça, un glissement mécanique, sans la moindre trace de douceur ou de chaleur. Comme un boulon vissé de travers dans un écrou, qu'on ne peut ni serrer davantage ni enlever sans le casser mais qui vaut toujours mieux que pas de fixation du tout. Tu dis que t'es parti à cause de moi ? Encore en train d'essayer de maîtriser cette pensée.

Frank haussa les épaules. Qui sait. C'est ce que je me suis raconté pendant tout ce temps, en tout cas. C'est ma version des faits et je m'y tiens. Je suis aussi taré que toi. Peut-être que je suis fait exactement comme toi.

Si tu me considérais comme un dieu, t'étais encore plus atteint que je pensais.

J'aurais pas dû venir. Mais je sentais que tout allait recommencer. Avec Toby. Frank enfouit sa tête dans ses mains. D'autant plus que les joints, c'est pas tout. Il a aussi vandalisé ta boutique. Le jour où Darlene l'a laissé tout seul à la maison. Il a fait le trajet à vélo.

L'idée était trop énorme pour que Lane parvienne à l'appréhender. Comment tu sais ça ?

Il me l'a dit. Il avait besoin de se libérer de ce poids.

Mais pourquoi ?

Frank haussa les épaules. Ça fait partie de ces choses qu'un gamin fait un jour ou l'autre. Il t'en voulait drôlement.

Ça je le sais.

Et il a peur de toi.

Peur ?

Tu veux pas admettre que t'intimides les gens, on dirait ? Il est terrifié à l'idée de ce que tu vas faire quand tu vas l'apprendre.

Lane resta là silencieux et au bout d'un moment, Frank dit : Faut que je rentre. Même si je me sens pas de taille.

Tu l'es, dit Lane, et il sentit des larmes dans ses yeux qu'il effaça du revers de sa main avant de regarder la tache humide avec stupéfaction. J'ai rien senti, dit-il. Seulement le mouillé.

T'as déjà envisagé que c'était peut-être tout ce qu'il y avait à sentir ? Qu'est-ce que t'espères ? Que ton cœur se déchire ? Que tes poumons se figent ? Que ton cerveau soit pris de convulsions ?

Pourquoi faire tant d'histoires pour de l'eau dans les yeux ? Véritablement perplexe.

Parce que c'est quelque chose d'infiniment précieux. Parce que ce petit détail nous élève au-dessus du singe. Frank jeta un œil à sa montre, vida sa tasse, la rinça dans l'évier et la posa sur l'égouttoir.

Qu'est-ce que tu vas faire pour Toby ?

Je vais essayer de l'aimer. Si je trouve comment. Ce qu'il a fait n'est pas la fin du monde. Mais ça peut être le début d'une mauvaise pente si personne fait rien.

J'ai encore peine à imaginer qu'il a fumé de l'herbe. Qu'il a saccagé ma boutique. C'est un si bon garçon.

Oui. Je sais. Je le vois. Frank regarda sa montre. Il faut que j'y aille.

Je suis content que tu sois venu.

Ah oui ?

Oui. Enfin, je crois. Désireux de bien faire tant qu'il en avait encore l'occasion.

Frank s'arrêta à la porte de la cuisine. Vendredi en quinze on me remet mon diplôme. Ça me plairait que tu sois là.

Quel diplôme ?

A la fac.

La fac ?

L'université de Virginie-Occidentale.

Quand est-ce que t'es allé à l'université ?

Je vais aux cours du soir et je prends des jours quand c'est nécessaire. J'ai l'impression que ça fait une éternité. Mais je vais avoir mon diplôme.

De quoi ?

Génie mécanique.

Sans blague. Lane examina Frank des pieds à la tête et ne vit pas la différence même s'il savait qu'il y en avait une grande. Personne est jamais allé à la fac dans la famille.

Je sais.

Je te voyais en drogué qui va chez les filles.

Les femmes, je m'y suis jamais mis. Peut-être que je me suis jamais comporté comme tel, mais j'ai jamais cessé de me sentir marié. La bouteille a retenu mon attention pendant un mois ou deux mais un jour je suis arrivé au fond et j'ai vu qu'y avait rien de l'autre côté alors j'ai arrêté. Mon argent est passé dans les frais de scolarité. Les allers-retours. C'est pas donné.

Darlene savait ?

Frank prit une grande respiration et regarda sa montre. Je ferais aussi bien de te le dire. On a couché ensemble de temps en temps.

Bon Dieu.

On a des besoins, Pap. Et ça fout les jetons là-dehors. Tu peux choper des trucs dont on se débarrasse pas avec un cachet ou une piqûre.

Est-ce que Toby est au courant ?

On a pris soin de le lui cacher. On ne veut pas le perturber davantage qu'on l'a déjà fait. Mais il s'en doute, je pense. Il est futé.

Je trouve pas ça très correct.

On est toujours mariés.

Vis-à-vis de Toby.

Juste pour que tu saches, nous songeons à nous remettre ensemble. Ce qui vient de se passer va probablement nous aider à nous décider.

Lane considéra la chose un instant. Serait pas mal pour le petit d'avoir un père.

Frank regarda sa montre une fois de plus. Il faut que j'y aille. Tu veux pas rabaisser mes prétentions avant de partir ? Me demander à quoi un diplôme d'ingénieur va me servir dans ce trou de Dogpatch ? Me suggérer de réparer des laveuses-essoreuses ?

Non, dit Lane et il s'en tint là.

Merci. Faut que j'y aille. Laisse-nous juste un peu d'espace, OK ? Un peu de temps pour régler tout ça.

La mettre un moment en veilleuse. Vous laisser tranquilles tous les trois. C'est ça que t'es en train de dire.

Juste provisoirement.

Je vais essayer. Merci. Frank fila et passa la porte et dégringola les marches mais pas avant que Lane ait vu les larmes inonder ses yeux.

Lane avait envie de lui courir après et de le serrer dans ses bras mais n'était pas homme à faire une chose pareille. Frank, cria-t-il de l'entrée.

Frank s'arrêta sans se retourner. Quoi ?

Lane avait envie de lui demander quand il avait pleuré pour la dernière fois, mais ces mots devaient passer par l'écrou où un boulon s'était vissé de travers alors il dit plutôt : T'es pas comme moi. Et c'est tant mieux. Je suis fier de toi, fils.

42

Lane passa une longue soirée solitaire lorsque l'effet cathartique de sa conversation avec Frank se fut estompé et que la réalité des problèmes qui subsistaient lui apparut. Au point du jour, le lundi matin, il rinça la cafetière, et après en avoir préparé une nouvelle et l'avoir bue il sut qu'il lui fallait faire quelque chose, même si c'était vain et absurde, au moins jusqu'à ce que DeeDee et Toby lui reparlent, alors il roula jusqu'à la boutique et la trouva aussi solitaire, malodorante et déprimante qu'un terrier de marmotte. Il compara la date qu'indiquait sa montre avec celle du calendrier et tenta vainement de comprendre comment il pouvait encore y avoir moins de deux semaines depuis qu'il avait emmené Toby traquer le maski.

Il s'attela derrière la mule, se réapprovisionna en vers et en vifs auprès du grossiste et tâcha de se montrer aimable avec les clients, non qu'ils soient d'ailleurs si nombreux. Les heures passèrent comme des mois de février, les jours d'une façon exponentiellement plus lente. Arrivé jeudi, il était sans cigarettes et aussi esseulé qu'une de ces cigales sortant de terre en nuées tous les dix-sept ans qui se serait trompée d'année. Et fatigué de se faire du souci pour son petit-fils. Fatigué d'essayer de comprendre comment il avait pu faire disjoncter Non-Bob à ce point. Alors qu'il n'avait pas été capable de cerner son propre fils, ni de se cerner lui-même. Par deux fois Lane composa le numéro de NonBob et tomba sur le répondeur et raccrocha sans laisser de message, ne sachant pas ce qu'il aurait dit s'il l'avait eu au bout du fil. Sa colère s'était rallumée tous ces jours durant.

Il rumina la demande que lui avait faite Emilio de les aider à acquérir une maison et, même s'il savait qu'il avait donné la bonne réponse, il se dit qu'il aurait pu se montrer plus aimable. Les assister, peut-être, d'une autre façon. Peut-être que s'il n'avait pas eu la gueule de bois… Si leurs informations étaient bonnes, la vente approchait. Il se demanda qui allait bien pouvoir enchérir pour acheter la maison de Billy Bean. Qui en avait les moyens. Phil McKevey ou un autre avocat ou médecin de la ville, mais il ne voyait vraiment pas en quoi cette maison pourrait les intéresser. Larson Henry, s'il était au courant. NonBob, sûrement. Et Lane lui-même, s'il en avait envie. Mais ce n'était pas le cas. Restaient ceux qui auraient tant aimé l'avoir mais n'avaient pas de quoi la payer. Inutile d'essayer de les compter.

Au bout d'un long moment passé sans voir un client, il ferma la boutique et se rendit au Get-n-Go où il acheta un numéro du *Courrier hebdo* vieux de six jours et une cartouche de cigarettes dont il tenta sans grand succès d'oublier le prix tandis qu'il en fumait une dans le pick-up en feuilletant le journal en quête de l'annonce de mise en vente. Il essaya de ne pas voir l'éditorial, mais son titre – "A quand une communauté de communes ?" – lui sauta au visage et le journal se déchira lorsqu'il le replia à la page des petites annonces.

Elle était là : la maison avec son garage. 3,4 hectares avec dépendances et aménagements. Comme l'avait dit Juan. Mais le nom du propriétaire n'était pas le bon : Sybil Tasker au lieu de William Bean. Après avoir lu et médité la fiche descriptive il poussa jusqu'au bureau du shérif et n'y trouva que Martin.

L'adjoint fit glisser sa chaise en arrière et sauta sur ses pieds lorsque Lane entra. Lane se souvint du temps où il pouvait se lever de cette façon mais ça remontait déjà à un moment. Dick n'est pas là, dit l'adjoint.

Pas grave. C'est vous que je voulais voir. Pour vous remercier d'avoir fichu la paix au petit. Je suis prêt à l'admettre, maintenant.

Je n'étais pas censé le faire. Allez-vous me causer des ennuis pour ça, à présent ?

Non. Et je pense que vous n'aurez pas à recommencer. Pas pour ce gamin-là en tout cas.

J'ai déjà connu ça. Un gamin s'attire des problèmes avec la police et après c'est l'engrenage.

Je vois. Vous avez sûrement raison. Désolé de vous avoir traité si rudement, l'autre jour.

Prêt à dire qui vous soupçonnez de vous avoir pris pour cible ?

Non. Mais j'aimerais autant que vous lâchiez toute l'affaire. C'est du passé.

L'enquête carbure à plein régime. Les empreintes et les balles sont parties au labo. Je n'ai rien dit au shérif.

Pourquoi ?

Martin haussa les épaules et pour la première fois il parut vaguement sympathique. Allez savoir pourquoi on fait ce qu'on fait. Ou pas.

Bon, laissez-la suivre son cours, alors. Ça ne changera rien. Doutant qu'ils parviennent à trouver.

Je pensais que c'était ce Harold Bright. Mais il est en prison en Virginie et il s'y trouvait déjà au moment des faits.

Rien de surprenant. En prison pour quoi ?

Il s'est fait choper avec une cargaison de drogue. Vous me donnez un indice sur votre suspect ?

Non. Vous avez tous besoin d'occupation. De mériter votre paye.

Lane tourna les talons, descendit la rue et gravit le long escalier de béton fissuré du palais administratif où il examina les taches d'humidité sur la coupole décorée de la rotonde en attendant à la porte du REGISTRE DES SUCCESSIONS que la conversation téléphonique soit terminée. Il entra dans le bureau et dit à l'homme qui, de mémoire de Lane, avait toujours fait partie du décor : Jack, comment va ?

Et l'homme, petit et un peu fort mais à l'air athlétique, de lancer : Lane. Qu'est-ce qui t'amène ? C'est pas pour déclarer ta mort, j'espère.

Ils se connaissaient à peine mais la parole avait toujours été facile et détendue entre eux, comme entre de vieux amis. Je me sens pas trop dans mon assiette ces derniers temps et je me suis dit que j'allais passer voir si t'avais pas eu des infos sur mon décès qui m'auraient échappé.

Ils rirent et échangèrent une poignée de main et Jack indiqua un fauteuil en chêne à roulettes et quand Lane s'y fut déposé il dit : Que puis-je faire pour toi aujourd'hui ?

La maison de William Bean, dit Lane, ignorant si Jack connaissait Billy. Comment se fait-il qu'elle soit déjà en vente ? La succession n'a pas pu se régler aussi vite, si ?

Y a pas de succession à régler. Je devrais pas te le dire mais c'est pas un secret d'Etat, j'imagine.

Y a pas de succession ? Comment est-ce possible ?

Billy Bean a une sœur. Son nom figurait sur tout ce que Billy possédait sauf le vieux pick-up – il a dû passer entre les mailles du filet – qui a été estimé à deux cents dollars, ce qui ne constitue pas un patrimoine suffisant. Donc tout revient à sa sœur. Puisqu'elle était déjà copropriétaire de tout depuis le début.

Sybil ? C'est comme ça qu'elle s'appelle ?

Jack acquiesça. Elle s'est mariée avec Thurman Tasker qu'habitait pas loin du bowling avant qu'il brûle. Dix-douze ans qu'ils ont déménagé.

Lane se rappela un couple sans relief qui marchait et parlait mais pas grand-chose de plus. Je m'en souviens vaguement. C'était la sœur de Billy Bean ? La fille de Cricket ?

Tu l'as dit, bouffi. Elle ne s'en était jamais vantée, et maintenant elle veut liquider tout ça aussi vite que l'encre peut sécher. Non qu'il y ait grand-chose à liquider mis à part la propriété.

Je veux bien qu'on me pende. Qui avait arrangé ça de cette façon ? Fait mettre leurs deux noms partout ?

Cricket. Il a dû se dire que Billy Bean saurait pas gérer ça tout seul.

J'aurais jamais pensé que Cricket se souciait qu'il s'en sorte ou pas.

Quand tu commences à faire des suppositions sur les parents et les enfants, t'as des chances de te tromper.

Pas faux.

Comment va Frank ?

A merveille. Tu savais qu'il était ingénieur, maintenant ?

Sans déconner. Tu veux pas dire du genre qui geint, en plus.

Nan. Du genre qu'en a là-dedans. Comme son père.

Moi qu'ai toujours pensé que c'était toi le père.

Occupe-toi de tes testaments et tout ça. Et laisse penser les personnes qualifiées. Ils éclatèrent de rire.

*

Lane regagna la boutique et resta assis à attendre des clients qui ne vinrent jamais. Quand les gens s'étaient cassé le nez une ou deux fois alors qu'ils s'attendaient à te trouver là ils allaient voir ailleurs. Il essaya de s'en inquiéter sans parvenir à atteindre le point critique. Après s'être trituré le flanc suffisamment longtemps pour s'apercevoir que la guérison avait atteint un stade où il ne tirait plus aucune satisfaction de ces agacements, il composa le numéro de Darlene et pressa l'interrupteur avant la première sonnerie, tenant sa promesse mais faisant quand même quelque chose, puis il appela NonBob et raccrocha de nouveau sans laisser de message.

Après être resté un moment assis à fumer, penser, se balancer, il s'aperçut que le soir était venu et que s'il avait fait quelque chose de cette journée, il l'avait bien caché. Il stationna le pick-up près de la porte de la boutique pour pouvoir entendre le téléphone et démonta la manivelle, la poignée et le panneau de garniture de la portière endommagée avant d'examiner les dégâts de l'intérieur. Vitre baissée, le verre était dans le chemin, vitre fermée, le mécanisme entravait tout espoir de renfoncer la carrosserie dans des frontières qu'elle n'aurait jamais dû quitter. Cette découverte sapa toute l'ambition qui avait pu coaguler en lui et au lieu de remettre le panneau en place, il le jeta à l'arrière du pick-up.

Lane savait qu'il aurait dû rentrer chez lui mais la maison était pleine de Mary, une Mary qui n'était plus là, et cette seule pensée lui causait une douleur qu'il n'avait pas envie de supporter s'il n'y était pas obligé. Il rentra et fuma une cigarette et retrouva le journal et relut la description de la maison de Billy Bean puis le jour tomba et le revoilà endormi dans le fauteuil, pour la quatrième fois de la semaine.

43

L'auditorium se tenait coi mais bruissait de la rumeur d'un trop grand nombre de personnes respirant, transpirant et pétant dans un trop petit espace. La scène était éclairée et la salle plongée dans l'obscurité et le sol en pente raide le désorientait et lui donnait l'impression d'être arrivé sur Mars ou peut-être au ciel ou en enfer, portant un regard tout neuf sur un monde qu'il n'avait encore jamais vu. La voix amplifiée s'accoupla aux vivats et aux applaudissements jusqu'à ce qu'il ne puisse plus les distinguer et à un moment il crut voir Frank tendre la main pour prendre un diplôme et il s'égosilla et DeeDee lui fit : Pas encore, Pap.

Lorsque Frank traversa vraiment la scène, Lane eut du mal à le discerner sous la longue robe noire et le chapeau plat et malgré l'annonce au micro il retint ses applaudissements jusqu'à ce qu'il soit sûr de lui et finit par les prodiguer au diplômé suivant.

Son garçon, ingénieur. Aussi irréel que le décor environnant.

Darlene se dressa sur la pointe des pieds et embrassa Frank sur la bouche et comme cela durait plus longtemps qu'il était convenable en pareil lieu, force fut à Lane de détourner les yeux. Gêné. Déjà il s'inquiétait de savoir comment sortir de Morgantown. Même si ce n'était pas lui qui conduisait, il estimait de sa responsabilité d'arracher sa famille de la gueule de la ville.

Dans la voiture, Toby s'assit entre Frank et Lane et ne repoussa pas son grand-père lorsqu'il le tira contre lui. T'as été sage ?

Le garçon hocha la tête et au bout d'un moment il fit : Oui msieur.

C'est bien. Et tu vas continuer ?

Oui msieur. Du ton qui convenait à un enfant de cet âge. Aussi innocent qu'il pouvait l'être et contrit même s'il ne l'était pas.

Lane regarda Darlene, jolie comme un cœur sur la banquette arrière, et Frank. Quoi qu'il arrive, dit-il, je veux que vous sachiez que je vous aime. Tous autant que vous êtes.

T'as prévu qu'il arrive quelque chose ? demanda Frank.

Non. Mais on sait jamais de quoi demain sera fait. Je tenais simplement à vous le dire. Tant que je le pouvais encore.

Frank opina du chef et Darlene posa sa main sur son bras et le petit parut se blottir un peu plus près de lui. Le rendant à peu près aussi heureux et inutile qu'il avait souvenir de l'avoir jamais été.

44

Lane déverrouilla la porte et fit valser la pancarte du côté OU-VERT. Quelque part le soleil brillait, les oiseaux chantaient et les gens pêchaient et achetaient des appâts mais ce n'était pas chez lui. Ça aurait dû le déprimer davantage mais après la soirée en famille de la veille il allait en falloir plus que les mêmes vieux dépresseurs pour l'atteindre. Lane examina les vifs dans la cuve et repêcha encore une demi-douzaine de poissons morts. Il avait rincé tout le nettoyant au pin qu'il avait pu mais les traces restantes dotaient ses vifs d'une propension à nager sur le dos sans bouger la queue. Pour les chanceux qui ne finiraient pas en crotte de poisson.

Puis il s'installa dans son fauteuil et relut l'annonce de mise en vente et regarda la pendule Trilene racler des éclats de temps et commença à se lever avant de se rasseoir. Il étudia sa montre comme si une plus petite horloge pouvait engloutir l'existence avec une régularité accrue et enfin il bondit sur ses pieds, cacha la caisse dans le bac à légumes et éteignit les lumières et partit pour la vente.

Lane se gara au bord de la route derrière une demi-douzaine de voitures et de pick-up qui débordaient de l'allée de Billy Bean et jaugea chaque véhicule en se demandant s'il s'était trompé sur le nombre d'acheteurs potentiels. A demi excité qu'il y ait si peu d'enchérisseurs et à demi alarmé que tout le monde ait des informations qu'il n'avait pas. Il rejoignit la piètre foule qui flânait dans le garage et dans l'allée où les quelques biens de Billy Bean étaient étalés ou rangés dans des cartons sur une file de tables pliantes. Le jour, couvert, sentait la pluie et il y avait un tas de bâches en plastique bleues sur le côté, prêtes à servir. Seule petite chose qui aurait intéressé Lane, et elle n'était pas à vendre. Lane franchit nonchalamment la porte ouverte avec le sentiment qu'il aurait dû frapper et découvrit un intérieur aussi propre et organisé que le garage. Où chaque objet était un tout petit peu vieilli, doté d'une qualité qu'on ne trouvait plus en ces temps de plastique et d'aggloméré.

Dehors, il étudia les gens et s'il se trouvait parmi eux quelqu'un qui avait les moyens et l'ambition d'acquérir la propriété, il cachait bien son jeu. Vous êtes là pour enchérir sur la maison ? demanda-t-il à un homme trapu et poilu vêtu d'une salopette qui aurait pu en tenir deux comme lui.

Hein ? fit-il en se collant davantage à un carton à moitié rempli d'outils bon marché. De ceux qu'on achète à l'arrière d'un camion garé derrière la fabrique d'armes. Oh, non. L'immobilier c'est pas avant midi.

Le fait que différents types d'acheteurs puissent venir à différents horaires n'avait pas traversé l'esprit de Lane. Il regarda sa montre et décida que passer deux heures à voir des gens se chamailler pour de la camelote était plus qu'il ne pouvait supporter et peut-être fut-ce là l'ultime coup de pouce qui acheva de le décider.

*

Oui, maame, dit Lane à la guichetière. Je comprends qu'il y a des pénalités d'intérêts substantielles en cas de retrait anticipé. Au lieu de me payer la somme royale de 3,4 pour cent sur mon compte à terme, vous allez me facturer pour avoir si bien pris soin de mon argent pendant tout ce temps. Mais si vous continuez à badiner, ce fichu compte va arriver à terme et les intérêts que vous m'*auriez* payés vont cesser d'être hypothétiques. Et toute votre démonstration s'écroule.

Les joues de la guichetière rosirent un peu sous son fond de teint comme si le froid glacial échappé de sa voix lui mordait la peau. Depuis qu'il avait retiré les deux pochettes de plastique vert du coffre-fort elle le traitait comme un voleur. Elle regarda ailleurs puis reposa ses yeux sur Lane et, le trouvant toujours là, poursuivit avec une détermination déconcertée. Je suis tenue de m'assurer que vous comprenez les termes et conditions.

Je sais. Et vous faites un travail remarquable. Si vous avez besoin que je signe un papier stipulant que je suis aussi bien le Lane Hollar qui possède le coffre-fort que celui qui a déposé l'argent à la banque, donnez-moi ça et un stylo. Mais n'écrivez nulle part que j'ai pas perdu la tête. Je suis assez vieux pour devenir fou sans votre autorisation. Faites-moi un chèque de banque de vingt-cinq mille et le reste ira sur mon compte courant.

Lane tapota des doigts sur le comptoir pendant qu'elle tapait le chèque mais pas aussi nerveusement qu'elle, d'après son impression. L'argent ne sera pas sur votre compte courant avant lundi douze heures, dit-elle.

Où va l'argent dans l'intervalle ? Entre le moment où vous arrêtez de me payer pour vous en servir et le moment où je peux moi-même m'en servir à nouveau ? Il rit en voyant la tête qu'elle faisait. Vous êtes censée me répondre que ça compense le trou entre le moment où je tire un chèque et le moment où l'argent est débité de mon compte. Que c'est ça qui maintient la flotte à flot.

Effectivement. C'est le cas.

Voooilà. Comme ça on a plus qu'à dire qu'on est quittes. Il examina le chèque et le trouva convenable et le plia et le glissa dans la poche de sa chemise. On se quitte bons amis ? dit-il.

Son sourire dévoilait de petites dents pointues qu'elle aurait voulu enfoncer dans le cou de Lane jusqu'aux gencives. Bien sûr, monsieur Hollar.

Lorsqu'il quitta la banque, il était neuf heures trente-cinq. Pour calmer son agitation, ou agacer encore un peu la guichetière, peut-être, il resta sur le trottoir à fumer une cigarette. Pour cinq cents il serait retourné à l'intérieur afin de s'excuser d'être fou, de remettre l'argent sur son compte à terme et de retrouver ses esprits mais personne ne passa avec cinq cents ou le désir que Lane se montre raisonnable et personne n'avait jamais été sensé au point de s'excuser de sa folie alors il jeta son mégot dans la rue et repartit chez Billy Bean.

*

A son retour, la plupart des voitures et pick-up miteux avaient disparu et il y avait des trous dans les files de véhicules du petit matin. Lane s'arrêta lorsqu'il vit le pick-up de NonBob mais se dit Oh, et puis mince et continua son chemin, passant devant une Lincoln Continental d'un certain âge mais propre, une Lexus neuve et une demi-douzaine de 4 x 4 rutilants qui ne différaient que par leurs noms. On dirait que le prix de la manche de poker vient de monter.

Toutes les tables sauf une avaient été pliées et rangées dans le garage avec deux cartons de camelote qu'ils n'avaient pas réussi à fourguer et le commissaire-priseur parcourait sa notice pour se préparer à lancer la vente immobilière. Lane fit un signe de la main au petit enfant brun qui se tenait tout seul en retrait, salua les enchérisseurs qui tournèrent leurs regards vers lui et examina ceux qui n'avaient pas envie de le faire. Il hocha la tête vers NonBob mais les yeux sombres s'effarouchèrent et l'homme recula de deux pas avec eux. Lane s'attendait à un accès de colère voire de pitié contre lui mais ce qui remonta, ce fut le comique de la situation. A la table restante, il parcourut du doigt la liste des acheteurs inscrits : Larson Henry ; Robert Paul Thrasher. Paul. Durant toutes ces années il n'avait jamais su le deuxième prénom de NonBob. Jason Martin. Son doigt s'arrêta et Lane jeta un nouveau regard à la ronde et aperçut l'adjoint adossé au coin du garage. Sandra Foster. Sandy, la petite à Jodie. Elle avait l'air plus vieille qu'elle aurait dû, mais peut-être était-ce seulement la faute aux vêtements trop serrés.

Ça va commencer, monsieur, dit la dame qui tenait la table. Si vous voulez vous inscrire.

Au prix d'un petit effort, Lane se remémora ses coordonnées puis il signa le formulaire et glissa le carton portant son numéro avec le chèque, dans la poche de sa chemise, et avant de rejoindre les enchérisseurs il s'arrêta et dit : Juan, serrant la main du chasseur de lombrics pour la première fois. Et trouvant sa poigne aussi dure que celle de son père.

Vous achetez ? demanda le petit. Les yeux pleins d'espoir.

Je sais pas. Pas pour ce que tu crois, en tout cas.

L'expression du petit disait que Lane venait de lui enlever quelque chose. De force.

Lane observa de nouveau l'assemblée. Quelques agents immobiliers trop bien habillés pour la liquidation des biens d'un mort. Tous occupés à parler dans un téléphone portable ou à pianoter sur un appareil à main dont Lane ignorait et le nom et la fonction. Comme si faire une chose à la fois n'était pas une façon acceptable d'occuper son temps, même quand cette chose consistait à s'empiffrer de ce qui résumait la vie

293

d'un homme. Sandy aussi nerveuse et impatiente que si elle attendait le sixième numéro du tirage du loto. Tapotant ses dents de devant avec son carton.

Martin s'avança au grand jour et se tint au repos comme un ornement de pelouse rustique. Sculpté dans une souche à la tronçonneuse. Lane éprouva un pincement d'envie devant un homme aussi musclé sachant rester si calme et détendu.

Larson Henry hocha la tête vers Lane qui lui décocha un petit salut pour montrer qu'il ne lui gardait pas rancune du coup de téléphone au shérif. NonBob trépignait et secouait la tête et il s'approcha suffisamment pour parler mais resta suffisamment loin pour pouvoir piquer un sprint. C'est l'adjoint, là-bas, dit-il. Au cas où tu saurais pas. Les yeux rouges, fatigués.

Comment ça va, NonBob ? Relax.

Putain de taré. Te faire interner quelque part, c'est ça que t'aurais besoin. Je te préviens, tu t'approches pas de moi.

Très bien. Je reste ici. Ça te va ?

NonBob cracha un filet de jus de tabac en direction des bois et le suivit et se plaça de façon à voir à la fois Lane et le commissaire-priseur qui était monté sur la galerie, avait ajusté sa casquette et lança : Resserrez les rangs par ici, braves gens. On n'est pas si nombreux que je mette la sono. Tous s'avancèrent en traînant les pieds et se serrèrent un peu mais pas trop. NonBob sortit de sa bouche une chique de tabac à l'air sec et la jeta dans un pin au bord de la cour.

C'est un bien pour lequel nous avons établi un prix plancher, braves gens, mais l'intention de la propriétaire est de vendre. Nous exigerons du dernier enchérisseur la somme de quinze mille dollars en espèces ou sous la forme d'un chèque de banque et une clôture du solde dans les soixante jours. Son débit ne semblait pas précipité mais s'il avait repris son souffle, Lane ne s'était aperçu de rien.

Lane tâta son chèque de banque et le déplia pour s'assurer qu'il indiquait toujours le bon chiffre et il sentit le regard noir de NonBob mais n'y réagit pas jusqu'à ce qu'il perçoive la présence de l'homme plus petit juste à côté de lui.

T'habites même pas dans la maison que t'as maintenant.

Ben, c'est un peu pour ça que je suis là.

Enfoiré, dit NonBob avec hargne.

Il faut qu'on parle. Pas ici.

Juste devant eux, Sandy se retourna et fit : Chhhh.

Y a-t-il quelqu'un qui n'a pas de numéro ? brama le commissaire-priseur. Très bien, dans ce cas, est-ce que j'ai quelqu'un à cent mille ? Cent mille, qui dit cent mille, cent mille dollars pour cette propriété ? Son doigt se promenant au-dessus des acheteurs, tentant d'en dénicher un prêt à enchérir.

Vingt-cinq mille, dit NonBob, et aussitôt Sandy lança vingt-six mille mais le commissaire-priseur l'ignora et dit : Vingt-cinq mille, qui dit cinquante, cinquante mille dollars ? Cinquante, j'ai cinquante mille, qui dit soixante-quinze mille ? Lane n'avait ni vu ni entendu la moindre enchère, seulement le doigt du commissaire-priseur vaguement pointé dans la direction de plusieurs agents immobiliers chaque fois qu'il avait dit cinquante.

Sandy lança : Cinquante et un, et le commissaire-priseur l'ignora de nouveau alors elle baissa les yeux vers son numéro comme pour y trouver l'explication de son erreur et, gêné pour elle, Lane s'avança pour se placer à ses côtés. Pour l'instant tu dois enchérir de cinq en cinq, lui dit-il. Sauf si personne ne le fait, dans ce cas tu peux faire mille par mille. Elle le regarda comme s'il parlait le patois du Kentucky ou quelque autre langue exotique et inconnue.

Dans un emballement dont Lane perdit le fil l'enchère atteignit les quatre-vingt mille et deux des agents immobiliers s'en allèrent, leur portable déjà à l'oreille, tandis que du coin de l'œil Lane voyait Sandy s'affaisser et secouer la tête et il regretta de ne pouvoir lui glisser de l'argent dans la poche sans qu'elle sache d'où il sortait.

Quatre-vingt mille, j'ai quatre-vingt mille par ici, madame, j'entends quatre-vingt-un ?

Elle secoua la tête et Lane cria : Qui est le dernier enchérisseur, en fait ?

Ce monsieur juste ici, numéro treize, a dit quatre-vingt mille dollars. Il pointa le doigt vers Larson Henry.

Quatre-vingt-un, dit NonBob.

Quatre-vingt-un, qui dit quatre-vingt-cinq ? Larson Henry secoua la tête et se mit en retrait. Quatre-vingt-un qui dit quatre-vingt-deux ? Quatre-vingt-deux ? La voix puissante mais comme contenue, pareille à celle d'un prêcheur lançant l'appel au renouveau de la foi lors d'un rassemblement évangélique en plein air. Quatre-vingt-deux. Adjugé à quatre-vingt-un ? Quatre-vingt-deux ? Quatre-vingt-un une fois.

Quatre-vingt-deux, lança Lane.

Quatre-vingt-deux, qui dit quatre-vingt-cinq ? Reparti sur les chapeaux de roue.

Quatre-vingt-trois, dit NonBob.

Quatre-vingt-trois, qui dit quatre-vingt-cinq ?

Quatre-vingt-quatre, dit Lane.

Quatre-vingt-quatre. Quatre-vingt-quatre, qui dit quatre-vingt-cinq ?

Quatre-vingt-cinq, dit NonBob.

Qui dit quatre-vingt-six ?

Sandy s'était rapprochée de Lane et son parfum lui monta aux narines et c'était celui de Mary ou un qui lui ressemblait et tout à coup Mary fut là parmi eux et Lane regarda autour de lui comme s'il venait de se réveiller d'un accès de somnambulisme et il s'ébroua.

Quatre-vingt-six, monsieur ? Le commissaire-priseur pointait le doigt vers lui.

Non. Qu'est-ce que je suis en train de faire. C'est pas moi le plus offrant, si ? Craignant d'avoir à nouveau perdu le fil, d'avoir acheté à Mary une autre maison à hanter.

Vous dites quatre-vingt-six et vous le serez. Quatre-vingt-six, monsieur, une bonne affaire.

J'arrête. Lane fourra son numéro dans la poche de sa chemise, là où même lui ne pouvait plus le voir, et tourna les talons et quitta l'assemblée. Derrière lui il entendit ce qui semblait être la voix de Martin enchérir, suivie d'une autre, grimpant maintenant dans les cent mille.

Sandy l'accompagnait et se cognait contre lui lorsque leurs pas étaient désaccordés. J'espérais que vous l'ayez quand c'est devenu trop raide pour moi, dit-elle. Je déteste quand ces gens de l'extérieur débarquent et font grimper les prix. Les gens qui vivent ici n'ont plus les moyens de s'acheter une maison.

L'occasion finira par se présenter. Sois patiente. Il la regarda s'en aller, désirant partir avec elle.

Larson Henry rattrapa Lane au moment où il montait dans son pick-up. Monsieur Henry. Je m'étais dit que vous achèteriez bien la maison.

Pas à ce prix. Si j'étais pas propriétaire de celle d'à côté je me serais même pas déplacé.

Ah, parce que vous avez acheté celle-ci ?

Oui, monsieur. Dans ce coin, près de l'école, c'est un bon investissement. C'est ce que je crois en tout cas. Mais je venais pour vous dire que j'étais désolé si je vous ai causé des ennuis l'autre fois.

Non. C'était normal de vous soucier du sort de votre copain, même s'il vaut pas grand-chose.

J'étais tout ce qu'il avait. Tout le monde a besoin d'avoir quelqu'un.

Comment va ce vieux Harold. Aux dernières nouvelles, j'ai su qu'il était en prison en Virginie.

Ouais. Il paraît qu'il rapatriait de la drogue dans mes voitures. Apparemment vous le connaissiez mieux que moi.

Vous prenez souvent vos voitures dans le Sud ?

Quand je peux. Elles sont moins mangées par la rouille.

Harold en a pris pour combien ?

Le procès a pas encore eu lieu. J'ai refusé de payer sa caution. Pendant un temps j'ai cru que j'allais finir au trou avec lui. Vu que c'était mon camion et mes voitures. J'ai vidé ma cagnotte de secours pour les récupérer.

Vous vous êtes demandé si c'était pas un coup monté ? Si c'était pas vous qu'étiez visé et non Harold, pour faire couler votre commerce ?

Il haussa les épaules. Si c'est le cas, ça a pas marché. J'avais même pas *vu* les voitures. Je les ai achetées via un intermédiaire que j'utilise de temps en temps.

Dans ce cas, très bien. Je suis content que vous vous en soyez tiré.

Prêt à vendre cette boutique de pêche, finalement ?

Lane commença à faire non par habitude mais il s'arrêta et dit : Je sais pas. Pour être franc j'en ai perdu le goût ces derniers temps. Au point que ça m'est devenu indifférent.

J'y jetterais bien un œil.

Vous gênez pas. Il faut que je passe à la banque avant la fermeture et après je vais voir ma famille. Il décrivit la pierre sous laquelle il cachait la clé. Faites comme chez vous.

S'il était surpris, Henry n'en laissa rien paraître. Je remettrai la clé sous la pierre. A quel moment je peux vous appeler ?

Quand je suis là.

Et ça tombe quand ?

Ça, c'est une bonne question, dit Lane.

Il a même pas ralenti, raconta Lane à la même guichetière, celle qui l'avait sermonné pour avoir retiré l'argent de son compte à terme avant le terme.

Pardon ?

Le vaisseau spatial. Il était censé me prendre devant l'élevage de bisons. Mais j'ai même pas vu ses stops s'allumer. Il a filé tout droit.

Elle se tourna et regarda vers le drive in à travers la vitre teintée comme si elle rêvait elle aussi de ne faire que passer en voiture. Que désirez-vous faire de cette somme, monsieur ? Elle déplia le chèque de banque qu'elle avait établi quelques heures plus tôt et le lissa sur le comptoir.

Ouvrir un compte à terme. J'ai une grosse rentrée que j'aimerais également y placer.

S'il s'agit de l'argent que nous avons retiré tout à l'heure, il ne sera pas viré avant lundi.

Oui madame.

Pour quelle durée souhaitez-vous investir ? Elle pointa le doigt vers la grille tarifaire posée sur un gros chevalet à l'entrée.

Lane étudia les taux. Six mois, je suppose. Le vaisseau doit repasser dans un an et cette fois je compte bien lui faire signe de s'arrêter. Un an à partir de lundi ce sera trop tard.

Je suis tenue de vous informer que vous encourez des pénalités d'intérêts substantielles en cas de retrait anticipé.

Ça vous dirait de m'accompagner ? Quand il repassera ?

Pardon ?

Je me suis dit que je vous demanderais. Vous m'avez l'air du genre aventureux. Du genre qu'aime vivre à cent à l'heure.

S'il y avait d'autres règles à respecter concernant l'information du client qui souhaite souscrire un compte à terme, elle les enfreignit.

45

Frank vint à sa rencontre sur le seuil et quand Lane lui demanda s'il pouvait entrer il dit : Bien sûr. Ils s'assirent à la table, prirent un café et ne parlèrent de rien. Darlene l'air moins fatiguée que d'habitude, Toby plongé dans un gigantesque livre sur les moteurs. Depuis quand t'es un passionné de lecture, toi ? lui demanda-t-il.

Tu savais que le moteur Wankel ne comportait qu'une pièce mobile ? fit le garçon.

Je savais même pas pour celle-là. Quand elle casse, ça doit être cassé pour de bon. Lane crut sentir le sourire de Frank sur sa peau. Je songe à vendre la boutique, dit-il. C'est pour ça que je passais.

Allons, Pap, dit Darlene. Vous avez besoin d'une activité.

C'est devenu plus un empêchement qu'autre chose. Une excuse pour rester inactif.

Qu'est-ce que vous allez faire de votre temps si vous vendez ?

Pêcher. Aller au ginseng. Acheter un clip-car et faire les festivals de bluegrass, peut-être. Cultiver un jardin. Tout ce qui me fera envie. Vivre ma vie pour pas avoir à pomper la vôtre, pensa-t-il sans le dire. J'ai assez d'argent pour m'en sortir. Mes frais d'entretien sont pas très élevés.

As-tu besoin de notre bénédiction ? dit Frank. Fais ce que tu veux.

Avant de m'en défaire je tiens à m'assurer que vous la voulez pas.

Même si c'était le cas, en ce moment, on n'a pas les moyens.

Si vous la voulez, je vous la *donne*.

Toby leva des yeux où dansaient les possibles. Puis les possibles furent écartés et le garçon replongea dans sa lecture.

Il est possible qu'on déménage, dit Darlene. Là où Frank trouvera un travail.

Je m'en doutais, dit Lane. Mais je vous propose pas la boutique pour essayer de vous retenir.

Nous n'en voulons pas, dit Frank. Mais merci de l'avoir proposé.

Vous allez garder la maison ? Si vous partez ?

On essaiera. Ce serait bien d'avoir un chez-soi ici dans les montagnes. Où revenir quand on pourra. Si jamais l'endroit où on atterrit devient insupportable.

Ça t'embête pas de déménager, Toby ?

Non, dit le garçon sans lever les yeux. Ce serait cool. Il regarda Frank comme pour demander son approbation.

Il pourrait venir en vacances, dit Frank. Passer de grandes parties de l'été avec toi. Si tu veux de lui.

C'est quand il veut. J'en serais ravi.

Ça te ferait plaisir, Toby ? demanda Darlene.

Le garçon examina Lane qui crut voir de la malice briller au fond de ses yeux pâles. Comme avant. Je sais pas. Tu couperas la ligne avec tes dents quand j'aurai pris un gros poisson ?

Je songe à me faire arracher les dents. Pour être sûr que ça arrive pas. Il rit devant la tête du petit. A moins que je me contente de promettre de plus jamais ronger de fil de pêche.

Ça marche, dit Toby. Ça t'a plu la remise de diplôme de papa ?

J'aurais manqué ça pour rien au monde, dit Lane. Douleur et fierté humectant ses orbites comme deux matous suspendus à un fil à linge.

46

C'est Martin qui l'a décrochée, lui apprit Dick Trappel. Il ouvrit l'un des tiroirs du bas en guise d'appuie-pied. Il la paye trop cher si tu veux mon avis. Mais j'aimerais pouvoir revenir en arrière et acheter toutes les maisons qui me semblaient trop chères à l'époque.

On en est tous là, dit Lane.

Ils sirotèrent leur café pendant un moment avant que Lane demande : Où Martin trouve-t-il de quoi acheter une maison ? Est-ce qu'il en a pas déjà une à l'autre bout de la ville ?

Il a de la chance que celle qu'il habite maintenant tienne debout. C'est un de ces bungalows que les frères Koster ont construits dans les années 1960. De la sciure et de la mélasse et chiches sur la mélasse. Mais c'est pas pour lui qu'il a acheté la maison de Billy Bean.

Il a de quoi s'acheter une maison dont il a même pas besoin ?

Il a contracté un prêt sur trente ans. Que j'ai cosigné.

Lane secoua la tête.

Il l'a achetée pour sa mère. Elle a jamais rien eu de sa vie. Le vieux était un ivrogne, et maintenant qu'il est mort elle vit en location. Le gamin roule en Plymouth Valiant, bon sang. Autant se déplacer à dos de dinosaure. Il se fait sa gamelle pour économiser. Achète ses vêtements chez Goodwill. Prend toutes les heures sup que je lui donne. Plus d'autres pour une unité de lutte contre le trafic de drogue mise en place par l'Etat. Et avec ça il suit des cours du soir. Trouve encore le temps d'entretenir sa forme. Court des marathons. Si seulement on pouvait avoir cinquante Martin dans ce comté. Ou cent. Des gars qu'ont de l'ambition et la volonté qui va avec.

Qui prennent soin de leur famille avant de filer garnir leur compte en banque.

J'avoue que je m'étais trompé sur lui.

C'est le jeune homme que tu voulais être. Moi aussi. Sauf qu'on s'y est jamais mis.

Lane laissa cette idée se poser sur lui et le piquer un instant. Pour voir s'il arrivait à encaisser. Comme la fois où il avait regardé un frelon le piquer sans le chasser. Pour savoir s'il en était capable.

Le shérif se leva, marcha jusqu'à la porte et regarda des deux côtés du couloir pour s'assurer que personne ne s'était introduit dans le bâtiment pendant qu'ils parlaient. Il ferma la porte. Ce que je vais te raconter ne sort pas de ce bureau.

Entendu.

T'avais raison sur la façon dont Ballew transporte sa came. Martin a complété le tableau et il a monté une opération pour le faire tomber.

Comment se déroule le reste ?

Comme tu le pensais, Ballew se sert de Mexicains pour faire le sale boulot. Il achète des voitures aux enchères dans le Sud. Il a même pas besoin de s'en approcher. Embauche des Mexicains pour les remonter. Si l'une d'entre elles a la roue de secours pleine de coke, qu'est-ce qu'il en sait ? Ses acheteurs récupèrent le tout, voiture comprise. Ballew n'a jamais eu besoin de voir la came de près.

Sauf une seule fois où ça lui est revenu à la figure ? Parce que je pense que c'est ça qu'y a derrière l'affaire Billy Bean.

C'est une possibilité.

Et les Mexicains le balancent pas parce qu'il prend soin de la famille s'ils vont en prison.

Y a ça et y a qu'ils savent rien de toute façon. Quand ils arrivent au tribunal tout le monde s'aperçoit qu'ils n'ont ni l'argent ni les relations pour être des trafiquants. Au pire ils sont renvoyés au Mexique et doivent travailler pour revenir mais Ballew paie pour ça aussi. S'ils vont en cabane, c'est le jackpot. Une paye correcte et un travail bien plus facile que ce qu'ils trouvent dehors. De quoi se constituer un petit pécule pour commencer. Ballew ne les utilisera pas deux fois. Ils passent à autre chose.

Comment ils vont s'y prendre pour le coincer ? S'il ne touche jamais à la came.

Il est obligé de toucher à l'argent. On va l'avoir comme ça. Je peux pas entrer dans les détails.

Il est retors. Peut-être plus malin que toi. Peut-être même plus malin que Martin.

On l'aura. Je serais prêt à parier mon étoile.

Tu risques pas grand-chose. Tu la rends dans quelques mois de toute façon.

Justement, je la rendrai. Je la perdrai pas dans un pari.

Il a pas été inquiété pour Billy Bean, mais il tombera ?

On n'a pas vraiment de quoi l'inculper dans l'affaire Billy Bean. Tant que Bright ne passe pas à table. Mais autre chose, la tentative dont t'as été victime, j'ai pas laissé tomber. On a les balles récupérées chez toi, mais elles ne correspondent à aucune des armes qu'on a trouvées. C'est du 9 mm. On n'a même pas trouvé un seul détenteur de ce calibre.

Bah. C'est pas ça qui va m'empêcher de dormir. Je pense que tout était lié. Tu savais que Frank était revenu ?

Tu crois qu'y a des choses dans ce comté que j'ignore ?

Peut-être quelques-unes. Je pensais que ça en faisait peut-être partie.

Je suis content pour toi. Un peu inquiet aussi. Juste un petit peu. Qu'est-ce que tu vaux comme menteur, Lane ?

Parle clair.

D'un homme qui trimballe des têtes par les trous de nez et s'arrête en chemin pour déterrer du ginseng, tu deviendrais un gars qui s'inquiète pas de s'être fait trouer la peau ? J'y crois pas.

J'ai jamais été cet homme-là.

Raconte ça à quelqu'un qu'était pas là.

Lane sortit une cigarette et comme le shérif ne protestait pas il l'alluma et tira une longue bouffée, la gardant à la main tandis qu'il alignait ses mots. J'ai beaucoup réfléchi. La seule chose que j'ai faite au Viêtnam, c'est de survivre. C'est d'essayer de rester en vie. J'ai fait ni plus ni moins que ce qu'aurait fait un lapin, une tortue, un cafard. Mais comme je me suis moins bien débrouillé que d'autres, me suis fourré dans un pétrin dont j'ai mis plus de temps à sortir, les gens m'ont pris pour un héros. Et quand j'en ai pas parlé en rentrant les gens y ont vu le signe que j'étais encore plus fort qu'ils l'imaginaient, et au bout d'un moment quand les gens te traitent d'une certaine façon tu finis par y croire toi-même.

Arrête de te peindre plus petit que tu n'es.

Je sais pas si je pourrais. Et après ça tu te mets à boire et ça corrode ce que t'es vraiment et au bout d'un moment il te reste plus que ce que tu penses être et ça correspond pas forcément. Quand j'ai porté cette tête c'était pas vraiment moi. C'est l'homme en lequel les gens m'avaient transformé. Et après ça il a encore fallu que je reste à la hauteur de cette tête. Je sais pas si je me fais comprendre.

Non. Essaie encore, pour voir ?

C'est peut-être parce que j'avais arrêté de boire quand ce dernier truc est arrivé. C'est peut-être pour ça que je l'ai vu différemment. Mais même là, j'ai aussitôt replongé dans l'alcool, j'ai essayé de me montrer fidèle à ce que j'étais censé être. Au lieu d'être fidèle à ce que je suis.

Tu sais ce que je crois ? Je crois que t'es exactement le même Lane Hollar que t'as toujours été. Chaque jour qui passe sans que t'entres ici avec une tête et la déposes sur mon bureau me surprend davantage que si tu le faisais. Y en a qui deviennent ce que les autres attendent d'eux mais t'en fais pas partie.

Je me suis trompé sur tout le reste ces derniers temps. Alors je vais pas te chercher querelle. Mais je me sens différent. Comme si j'avais fini par voir clair dans tout ça.

A mon avis t'es seulement fatigué de jouer les durs à cuire. Tu te sens tout chose parce que tu t'es réconcilié avec Frank. Mais moi qui par nécessité suis un observateur de la nature humaine, je peux te dire que j'ai encore jamais vu personne devenir autre chose que ce qu'il est et le rester. Tu joueras jamais que les cartes que t'as dans ton jeu.

Lane se leva, écrasa sa clope sur l'ongle de son pouce et mit le mégot dans sa poche. Je jouerai celles que j'ai jusqu'à la dernière. Au moins jusque-là.

Rallume jamais une clope ici. Je ferme les yeux sur celle-là.

D'accord. Juré. Faut que j'y aille. Merci de m'avoir laissé te fatiguer les oreilles.

Tiens, ton chapeau. T'as l'air pressé.

Ouais, je m'en vais. J'ai des ponts à réparer, et après je vais peut-être voyager un peu. Voir le monde. Du moins jusqu'où mon pick-up voudra bien m'emmener.

Quand tu m'apporteras cette tête, prends un journal à mettre en dessous. Va pas dégueulasser tout mon bureau.

Lane rit. Je peux faire ça pour toi, j'imagine.

304

Et ta boutique alors ?

Quoi que je fasse, je doute que ça la tracasse. Vu que je me suis jamais inquiété de ce qu'elle faisait.

*

Lane téléphona à Larson Henry et écouta son offre. Si jamais je vends, vous gardez la boutique ? Ou c'est seulement pour le terrain ?

Je connais quelqu'un qui pourrait tenir ça pour vous, dit-il. Un homme et son fils. Si vous n'avez rien contre les Mexicains. Avec quelqu'un qui prend ça à cœur vous gagneriez sûrement de l'argent.

Le gamin, oui. Il est bilingue. Et le père est un bosseur.

Lane écouta le silence et admira Larson Henry de le laisser s'éterniser. C'est votre dernier prix ? dit-il. Conscient d'être aussi bien placé pour marchander qu'un cochon pour négocier les horaires des repas. Quand est-ce que vous voulez que je parte ? Non qu'il me faille plus de dix minutes.

Oui, monsieur. Ça ira très bien.

Non. Vous pourrez me payer l'intégralité quand nous transférerons l'acte. A la clôture, comme ils disent. J'y avais jamais réfléchi avant, mais c'est un drôle de mot pour ça.

Oui, monsieur. Pour moi aussi. C'est pour ça que je disais que c'était un drôle de mot.

47

Lane s'en alla faire un tour du côté de chez NonBob et quand bien même le pick-up à plate-forme était là, la porte était fermée à clé et personne ne répondit lorsqu'il frappa. La pelouse avait besoin d'être tondue et le jardin produisait davantage d'herbe que de légumes. Il songea à laisser un mot mais ne savait pas trop quoi y mettre.

La boutique était fermée et lui plaisait comme ça et le vieux pick-up semblait avoir envie d'une promenade alors il le laissa faire à sa guise. Le long de routes secondaires qu'il n'avait pas empruntées depuis des années les maisons avaient poussé comme des champignons. Les fermes étaient scindées en terrains à bâtir, les champs plantés de cèdres. A un carrefour il s'aperçut qu'il n'était qu'à onze kilomètres d'Almont et il vadrouilla dans cette direction.

Juste après la demi-douzaine de maisons et l'unique station-service qui constituaient le bourg, juste avant le bras nord du Potomac et la frontière avec le Maryland, il ralentit devant la longue rangée de voitures d'occasion garées sous des banderoles de fanions bleus, rouges et jaunes. Aucun des véhicules n'était neuf, loin de là, mais tous étaient nets et étincelants. Le parking était gravillonné depuis peu, une baraque de chantier toute neuve déjà posée sur son assise définitive tenait lieu de bureau. Le tout paraissant aussi incongru qu'un pied de ginseng au milieu d'un parking de WalMart.

Le pick-up noir à arceau de sécurité était garé à côté de la baraque et Ballew était appuyé à la balustrade de la petite plate-forme et discutait avec un autre homme basané et lorsque Lane passa ils le saluèrent et il n'eut qu'une légère hésitation avant de les saluer à son tour. Il fila son chemin sans ralentir ni accélérer, avec le sentiment de fermer la porte sur une pièce sale mais qu'il n'aurait jamais à nettoyer.

De retour chez lui, Lane tondit la pelouse, débroussailla les abords de la clôture et des fondations puis il s'assit dans la cuisine, but du café et ressortit admirer les lucioles dans le crépuscule grandissant. Sitôt que la nuit fut tombée, il rentra chercher un pull et composa le numéro de NonBob et raccrocha avant que le répondeur se mette en marche.

Le bercement de la balançoire de la galerie l'avait presque endormi quand des phares vacillèrent à travers les arbres et que le pick-up de NonBob se coula dans l'allée comme un chat entre dans la niche d'un chien. Il se gara à côté du pick-up de Lane et le moteur se tut, les phares s'éteignirent

Lane ouvrit la porte d'entrée, alluma l'éclairage de la galerie et regagna la balançoire et dit : Monte.

La chemise de NonBob fut visible avant le reste. Elle s'arrêta à la bordure de la lumière. J'ai un flingue, dit-il. Si tu veux savoir. Avant de commettre une imprudence.

Ramène ta fraise. J'ai pas l'intention de te faire du mal.

Quand NonBob s'avança dans la lumière, il portait un vieux fusil rouillé à un canon. Un calibre 16, semblait-il, bien que Lane n'en ait pas vu depuis des années. Je sais pas ce que t'es allé te mettre dans la tête, dit NonBob, mais c'est de la connerie.

Monte et viens t'asseoir.

Non. Pas question. Je te fais pas confiance une seconde. NonBob se trouvait suffisamment près pour que Lane aperçoive les poches sous ses yeux. La goutte de rouge dans ses rétines. Qu'est-ce que tu me veux ?

Rien. Peut-être que tu peux me dire pourquoi tu m'as tiré dessus. Au moins ça.

J'ai foutu en l'air ton banjo, et je t'en achèterai un autre. Ou je paierai pour faire réparer celui-là. Mais je te jure que je sais rien sur cette fusillade.

Tu m'as juré que tu savais pas qui avait cassé mon banjo jusqu'à ce que je te démasque.

J'aurais pas dû faire ça non plus. Mais comment tu t'es retrouvé avec un trou dans ta poignée d'amour ça j'en sais rien du tout.

Monte par ici, assieds-toi et fais semblant que c'était toi. Juste pour le plaisir. Explique-moi pourquoi tu l'aurais fait. Si tu l'avais fait.

Si t'arrêtes pas de me harceler je vais alerter le shérif. Ma bonne femme a été obligée de partir chez sa sœur et moi j'ai pas dormi depuis une semaine. Je t'ai encore jamais tiré dessus, mais si tu te pointes encore une fois j'hésiterai pas. Et plus de coups de téléphone non plus. Je te préviens, Lane Hollar.

De te harceler ?

Tu te crois peut-être tordu et vicieux mais je vais pas te laisser faire plus longtemps. Et moi je te tirerai pas dans le bide. Pile entre les deux yeux. Et ce sera de la légitime défense. Alors fous-moi la paix.

Tu passais justement chez moi quand quelqu'un était justement en train de me tirer dessus et il se trouve que t'as réduit mon banjo en bouillie à cette occasion.

J'ai même pas d'arme à part ce vieux machin et je suis même pas sûr qu'il tire. Mais j'ai pas peur de vérifier, ajouta-t-il.

Très bien. Raconte-moi un peu ta version. Dans tous les cas, ça promet d'être intéressant.

Non. Je m'en vais aller directement voir le shérif et déposer une plainte contre toi. Je peux plus vivre comme ça.

Bon, admettons que je veuille ta peau, comme tu le dis.

Non. Comme *tu* l'as dit. Devant témoins.

Peu importe. Dis-moi comment ça s'est passé. Développe une bonne ligne de défense avant que je te tue.

J'en sais rien, moi, comment ça s'est passé. Je te l'ai dit, c'est pas moi.

Raconte-moi seulement ta partie, alors.

J'étais à la maison. Et ça ma bonne femme peut l'attester.

Et t'as écrasé mon banjo de là-bas. Vraiment, ça promet.

On a capté l'annonce sur la radio et je me suis pointé à toute blinde et il faut croire que tous les autres avaient filé chez le gamin. La vitre était cassée et je suis simplement entré pour voir ce que c'était que ce bazar. Et j'ai vu ton banjo qui dépassait de sous le lit et je l'ai foutu en l'air. J'avais même pas fini que je m'en suis voulu, mais y avait pas moyen de recoller les morceaux.

Mais pourquoi ? Pourquoi t'irais foutre en l'air mon banjo ?

NonBob traîna les pieds et vint s'appuyer au poteau. Tu sais comment je suis. Il me faut ça – dit-il en montrant un écart entre ses doigts – pour m'énerver. Et faire des choses que je devrais pas.

Et c'est quoi qui t'a énervé ? Que je me sois pas fait tuer ? Que j'aie pas le même nombril que toi ?

Non. Pas du tout. Seulement que c'était reparti, monsieur allait encore monopoliser l'attention et j'allais passer pour un imbécile et un menteur à propos de ce qui s'était passé au réservoir. J'ai vu le cadre écrasé par terre et je me suis dit : de la merde, tiens, je vais lui massacrer son foutu banjo et laisser quelqu'un d'autre porter le chapeau. Sauf que j'ai déconné, que j'ai trop forcé sur la boisson et me suis vendu et que je me suis retrouvé avec toute l'affaire sur le dos. Mais sur les escarres de ma mère, je te jure que j'ai rien à voir avec tout le reste.

Mais quelle raison t'as de casser mon banjo ? Ou de flanquer un coup de pied dans ma portière ?

Tu vois vraiment pas, hein ?

Lane se balança, rumina durant un instant et sut qu'il ne trouverait pas la réponse. Ni le début d'une réponse. La tente du petit. C'est toi qui l'as tailladée comme ça ?

C'est pas avec le petit que j'ai des problèmes.

Le canon du fusil dansait quand NonBob s'animait et pointait vers Lane plus souvent que le contraire. Décharge-moi ce truc, dit-il.

J'ai même pas de cartouches à mettre dedans, répondit Non-Bob. Il l'appuya contre le montant de la galerie.

Tandis que ces nouveaux éléments réagençaient les choses, Lane sentit la douce paix de ces derniers jours se faire pousser dehors. Il rentra et téléphona à Darlene et n'obtint pas de réponse alors il réitéra au cas où il n'aurait pas composé le bon numéro et lorsqu'il ressortit sur la galerie, NonBob avait disparu.

NonBob, hurla-t-il, et il l'aperçut tapi derrière le pick-up. Qu'est-ce que tu fiches encore ?

Je me suis dit que t'étais peut-être parti chercher un flingue.

Si c'est pas toi qui m'as tiré dessus, alors qui ? Sachant qu'il ne pouvait s'agir que de Ballew. Sachant qu'il avait baissé sa garde, croyant en la bonne foi d'un assassin.

Je te l'ai dit. J'en ai aucune idée.

Lane courut jusqu'à son pick-up qui roula dans la pente avant que le moteur ait voulu démarrer et la portière passager battit et NonBob sauta sur la banquette, son fusil rouillé traînant derrière lui, empêchant la portière de se refermer. Va pas te sauver avant qu'on ait tiré les choses au clair. Je te l'ai dit, je peux plus vivre comme ça.

Lane attrapa le fusil par le canon et le jeta par la vitre et mit le cap vers chez Darlene en faisant rugir le moteur. Autant que son vieux pick-up bleu pouvait le faire.

*

La maison était plongée dans le noir, ni veilleuses ni aucune lumière sur la galerie, pas de voiture dans l'allée. L'entrée fermée à clé. Lane tambourina sur la contre-porte d'aluminium et hurla : DeeDee. Frank. Toby. Sentant bien que la maison était vide. Comme ses tripes.

Qu'est-ce qui se passe ? demanda NonBob pour la cinquantième fois environ.

Je vais peut-être quand même te tuer finalement. Pour m'avoir fait baisser ma garde.

Ils sont probablement allés au cinéma, un truc comme ça.

Ou peut-être pas. Ça fait deux jours que je leur ai même pas parlé. Lane regarda sa montre et repartit en courant vers son pick-up.

*

A sa grande surprise, c'était la voiture de Dick Trappel qui était garée sur le parking et non celle de Martin. Dick leva les yeux vers la pendule lorsque Lane et NonBob entrèrent. Essaye le Tylenol PM, dit-il. Ça t'assommera comme si t'appuyais sur un bouton. C'est ce que je fais quand je peux pas dormir.

Darlene et Toby ont disparu, dit Lane. J'ai peur que quelque chose leur soit arrivé.

Dick regarda NonBob qui haussa les épaules. Ils sont pas ici. C'est tout ce que je peux dire.

Je les ai justement aperçus vers midi. Avec Frank. Ils se portaient très bien à l'époque. Le shérif secoua la tête. Ils vont bien. Ils sont sortis dîner, un truc comme ça.

Y a Ballew qu'est de retour, aussi.

Ça je le savais. C'est pas pour garder la santé que je travaille de nuit.

Ça ressemble pas à Darlene de traîner le soir. Elle se lève tôt le matin.

S'ils manquent toujours à l'appel demain matin on ira aux renseignements. Mais ce sera pas le cas.

J'aurais mieux fait de pas venir perdre mon temps ici, dit Lane en se dirigeant vers la porte.

Non, t'aurais pas mieux fait. Maintenant tu t'assois là et tu laisses refroidir le moteur. Toi aussi, ajouta le shérif pour NonBob.

Désolé, j'ai pas le temps, dit Lane sans ralentir.

Hollar. Tu t'arrêtes maintenant ou c'est moi qui t'arrête.

Pour quoi ?

N'importe, ce qu'il faut pour t'empêcher de foutre en l'air tout ce qu'on est en train de faire. Je plaisante pas. Gare tes fesses ici.

Dick, espèce de...

Au moment où je te parle nous sommes en train d'essayer de faire tomber Ballew. Si tu pars en chasse comme le fou que tout le monde sait que tu es, ça remontera jusqu'à ses oreilles. Et on n'aura peut-être pas de meilleure occasion de le coincer.

Et ma famille ?

S'il avait quelque chose à voir là-dedans, on le saurait. Surtout maintenant. Qu'est-ce qui t'a remis dans cet état, d'ailleurs ? La dernière fois que je t'ai vu, fallait plus s'inquiéter de rien.

Disons seulement que je me suis trompé. Lane regarda l'étoile du shérif et ce qu'elle représentait et il lâcha un mot qu'il n'avait pas appris au catéchisme et s'assit et NonBob haussa les épaules et prit une chaise à côté de lui.

Le téléphone sonna et le shérif décrocha et écouta pendant un instant avant de dire : Tu bouges pas de là. Tu continues à surveiller. Et pas de radio jusqu'au moment voulu.

Lane avait commencé à allumer une cigarette et le shérif dit : Pas ici.

T'as dit que j'avais pas le droit de sortir et je vais m'en griller une que tu le veuilles ou non.

Si tu disparais je te mets en prison et t'inculpe d'entrave à la justice. Et je ferai en sorte que tu sois poursuivi.

Lane haussa les épaules et quitta le bâtiment, suivi par Non-Bob. Il s'assit sur un banc près de l'entrée et lorsque sa cigarette fut allumée, il dit : Ce banjo, c'était un Gibson d'avant-guerre. Avec un manche d'origine. Pas un ténor sur lequel on a greffé un manche à cinq cordes. Ne sachant pas le moins du monde pourquoi le banjo était redevenu si important au milieu de tout ça. Simplement il l'était.

T'as vraiment l'esprit qui papillonne, toi.

T'as une idée de la valeur de ce banjo à mes yeux ?

Ouais. J'en ai bien peur.

Pas en dollars. *A mes yeux*. Il est irremplaçable.

Y en a qui sauraient le réparer. Y a un gars à Deep Creek qui fait des instruments. Il te le referait comme neuf.

Oui, pas comme l'ancien. Pas comme il était quand t'as passé ta bottine au travers.

Si je pouvais repasser ma bottine à l'envers je le ferais.

NonBob sortit une boîte de tabac à chiquer de la poche de sa chemise et se bourra la gencive et remit la boîte dans sa poche et les gros doigts rigides repassèrent le bouton dans l'œillet du rabat. Il mastiqua un long moment avant de cracher. Tu sais ce que c'est que de jouer de la contrebasse ? Boum boum boum boum, un cinq un cinq. C'est comme poser ces foutues briques. L'une après l'autre. Un cinq un cinq. Comme un demeuré en train d'apprendre à étrangler ses poulets.

Je saurais pas comment l'appeler mais t'as un complexe de quelque chose.

Quand j'étais petit j'en avais un d'infériorité. La vieille m'a flanqué des torgnoles jusqu'à ce que je m'en défasse. Mais écoute. Toi t'étais toujours là à jouer cette connerie de mélodie de haut en bas du manche. Eddie à la mandoline et Paul à la guitare, tous en train de parler de septièmes mineures et de neuvièmes augmentées et de hammer-on et de pull-off et après tu te tournais vers moi et tu me disais : En *ré*, NonBob. Bon dieu. Tu sais quel sentiment ça donne ?

J'espère que t'inventes ça au fur et à mesure. Que tu t'es pas laissé ronger par un accord de *ré* durant tout ce temps. Joue d'un autre instrument si la basse te fait te sentir stupide.

Je peux pas. *Je suis* stupide.

Tu as déjà songé à arrêter ? A ne pas faire quelque chose qui te faisait te sentir idiot ? Ça t'a déjà traversé l'esprit ?

Et puis, comment t'aurais fait pour trouver un autre bassiste ? D'après toi, on aurait pu descendre à l'école pour les lents et leur demander un attardé. Ou seulement frapper quelqu'un sur la tête avec une brique. Ou lui faire rentrer un cintre par le nez et lui bricoler un cerveau de bassiste. Ou apprendre à la contrebasse à jouer toute seule, il aurait suffi de quelques leçons.

NonBob regarda sa main, la renifla et l'essuya sur son pantalon. N'empêche, j'adorais ça. J'adorais faire partie du groupe.

Lane essayait d'entretenir sa colère mais en dépit de tous ses efforts, son feu s'éteignait. Je vais te dire ce que j'adorais. Tu te souviens des chansons qu'on entamait seulement avec une voix et le banjo ou la mandoline ? Le premier chanteur et juste un instrument ? Comme "Some things I want to sing about". Ou "C&O Canal Line". Là-dessus venaient le second chanteur et la guitare. Et à la toute fin seulement, la basse. Et c'est là que la musique commençait. Quand cette bonne grosse grand-mère donnait de la voix. Chaque fois qu'elle s'y mettait, on avait beau l'avoir fait des centaines de fois, ça me hérissait les poils sur les bras. Peut-être que c'est comme poser des briques. Mais alors elles ont intérêt à être droites et solides et espacées exactement comme il faut. Parce que c'est les fondations pour tout le groupe. Lane eut l'impression d'être un évangéliste en train de faire mousser la foule à l'heure de la quête. Merde, dit-il et il cracha dans l'herbe qu'il écrasa ensuite pour nettoyer. T'as pas bousillé mon banjo parce que t'es que bassiste. Si t'étais fou à ce point tu serais parti en brioche bien plus tôt.

Non. Ça c'est qu'une raison. Pour plus jamais avoir à écouter un de ces riffs recherchés que tu baladais partout sur le manche. Ou en tournant tes foutues clés. Pour épater la galerie. Pas étonnant qu'il y ait toutes ces blagues sur les joueurs de banjo. Genre, comment on joue au lancer d'anneaux chez les péquenauds ?

Si c'est une vraie question, je donne ma langue au chat.

Je connais pas toutes les règles mais je sais qu'il faut un banjo et un chiotte.

J'imagine que t'as entendu parler de Fancy et Hoab Dillard. Qu'habitaient après Leadmine, par là-bas ?

J'en ai entendu parler.

Hoab avait monté un hachoir à viande sur un moteur à essence. Ça marchait bien mais il s'était trompé dans les poulies. Le truc hachait la viande tellement vite qu'il en collait plein le mur si tu l'interceptais pas avec une bassine. Mais comme il était tout en vitesse, il manquait de puissance. Bref, un jour Hoab nous braconne un cerf et ils se mettent en devoir de le passer à la moulinette pour faire des burgers et il poussait la viande directement avec ses doigts pour bien sentir le régime du moteur et éviter de le faire caler et au bout d'un moment, tac, la vis d'amenée te le chope et te le tire presque jusqu'à la deuxième phalange. L'index coupé net, mais le moteur cale avant d'avoir eu le temps de le hacher. Et voilà Hoab qui se met à danser et saigner partout et qu'essaie de s'envelopper le moignon dans une lavette et qui braille : Emmène-moi aux urgences, Fancy. Et elle, placide comme une bousée : Maintenant tu te calmes, Hoab. Laisse-moi donc d'abord sortir ce doigt de là. Elle prend la clé à molette, démolit le hachoir, tâte un peu dans la viande et fait : Aha. Et la voilà qui sort le doigt, le regarde et s'en va sur la galerie de derrière et te le balance dans le fond en disant : En voilà au moins un qu'on m'agitera plus au visage. Allez, Hoab. Maintenant allons en ville te faire rafistoler pour que tu puisses travailler demain.

Après on dit que c'est moi qu'ai un rat dans la contrebasse.

Fancy raconte que c'était les meilleurs burgers qu'ils aient jamais mangé.

NonBob fit une grimace et cracha un filet de jus de chique dans la nuit.

Y a un parallèle, là. Entre Fancy qui jette le doigt de Hoab et toi qui détruis mon banjo.

Et tu viens de montrer où était le problème. Pile au moment où on en parlait.

Lane réfléchit un instant. OK. Je donne encore ma langue au chat.

J'ai jamais rien pu faire sans que tu veuilles faire mieux. Pas plus tard que tout de suite, je raconte une pauvre petite blague pourrie et toi, sans même rire une seconde, tu m'en sors une qui est deux fois plus drôle, qu'a du sens et qui colle à la situation comme si elle avait été écrite exprès.

Lane commença à ironiser et, sans prévenir, c'est Frank qui apparut à la place de NonBob, en train de lui dire sinon la même chose, du moins quelque chose qui y ressemblait à s'y méprendre.

Je trouve une vieille contrebasse qui dort dans les affaires de l'orchestre du lycée, l'achète deux cents dollars, et il se passe pas un mois avant que tu tombes sur une vieille dame qu'a un banjo Gibson d'avant-guerre qu'elle te vend pour la moitié de sa valeur.

De sa valeur d'aujourd'hui. Enfin d'avant que tu le fiches en l'air. Parce que c'était le prix normal, à l'époque.

N'importe. Chaque fois que je venais au dépôt de bois chercher du ciment ou des chaînages, couvert de terre et de coups de soleil des pieds à la tête et traînant mon cul derrière moi comme si j'avais des boîtes de conserve ficelées à la queue, tu étais là perché sur ton tabouret, devant le climatiseur.

Tu crois que c'était pas du travail ?

W = F x d, dit-il. Le travail est le produit de la force *par la distance*. C'est ce qu'on m'a appris à l'école. Et je voyais jamais rien bouger là où t'étais.

J'avais oublié que tu étais allé à l'école.

C'est reparti. T'avais toujours un petit truc en plastique dans ta poche pour pas tacher ta belle chemise avec ton stylo.

Je faisais ça pour Mary. Les gens se moquaient de moi mais moi je m'en moquais.

Mary. La belle Mary. La douce Mary. Mary l'aimante. Sexy Mary. Va te faire, Mary.

Oh, oh.

Toi t'as eu Mary et moi j'ai eu Cindy, la garce qui sortait des mauvais quartiers de l'enfer. Non on peut pas partir en vacances. Non tu peux pas aller pêcher. Non tu peux pas sortir boire avec les copains. Non, Bob. Non, Bob. NonBob.

Lane s'alluma une nouvelle cigarette sur le mégot de la précédente. C'est fini, ça. Mary n'est plus.

Sauf que Cindy, elle, elle est encore.

Ben. Tu l'as épousée.

Pour le meilleur et pour le pire. Le seul truc que j'avais pas prévu, c'est qu'elle resterait la même. Tu vois ce que je veux dire ?

Je vois que je ne sortirai pas vainqueur de cette discussion. Parce qu'elle ne prendra jamais fin.

Tu prends ta retraite et t'achètes une boutique de pêche où tu passes tes journées les doigts de pied en éventail à raconter des histoires de poisson. Alors je me dis que je vais peut-être pouvoir faire mieux que toi cette fois-ci et je me lance dans la location de maisons et ça marche bien pendant un moment jusqu'à ce que ces foutues banques se mettent à accorder des prêts sur cent cinquante ans au premier qui sait faire une croix si on l'aide un petit peu et du jour au lendemain les seuls qui restent à pas être proprios c'est ceux qui savent pas faire la croix ou qu'osent pas la faire pour de viles raisons. Quoi, il te plaît, ce mot ? Vil ? Résultat, la seule façon que j'ai de m'en sortir c'est de remplir ces maisons de Chicanos. Là-dessus, les toitures commencent à avoir besoin d'être refaites ou bien c'est la chaudière qui lâche ou les gamins qu'ont faim et qui bouffent les fils électriques et ça te jette ses Tampax dans les toilettes et te fiche en l'air la fosse septique alors je fais grimper le loyer et ils en font venir dix de plus pour pouvoir le payer.

Arrête tout. C'est ce que j'ai fait.

C'est ce que je ferais si je pouvais. Mais t'as pas le droit de les mettre dehors comme ça. Et personne achètera une maison dans laquelle quatre familles d'Aztèques sont entassées.

Dans ce cas pourquoi t'en achètes d'autres ? Qu'est-ce que tu faisais chez Billy Bean ?

J'avais vraiment rien décidé. Jusqu'à ce que tu débarques. Si tu te mettais à louer t'allais tout de suite gagner de l'argent et dénicher de charmants couples mariés sans enfants et sans chiens qui aiment faire la peinture et les poussières. Un peu plus et j'achetais cette baraque juste pour t'empêcher de l'avoir. Martin m'a tiré de là à la dernière enchère.

T'as de sérieux problèmes.

On peut regarder ça comme ça, j'imagine. Si c'est comme ça qu'on a envie de le voir.

Avant que Lane ait eu le temps de répondre, Dick Trappel cogna à la vitre et Lane balança son mégot et ils se ruèrent à l'intérieur juste à temps pour entendre la fin de la conversation radio. *Y a pas le feu au lac. Ils sont aussi morts qu'ils le seront jamais.*

48

Harold Bright était tapi derrière un gros Chevrolet Suburban vieux de cinq ans lorsque le pot d'échappement de Ballew se tut, que les phares s'éteignirent, que la portière claqua et que des pieds firent crisser les graviers jusqu'au bureau préfabriqué du parc de voitures d'occasion d'Almont. Ballew sifflant "Amazing grace". Harold attendit que des clés cliquettent dans le bouton de la porte avant de se glisser doucement au coin de la voiture, d'où il pouvait voir sans être vu. Comme le prédateur qu'il était devenu. Comme une panthère prête à bondir sur une biche.

Ballew laissa les clés pendiller sur la poignée et se retourna et huma l'air. Qui est là ? dit-il.

Harold tenait contre sa joue le canon chromé d'un calibre 38 qu'il avait acheté à un homme de Romney à qui Dandy l'avait adressé. Canon que ne faisait pas trembler la peur mais l'adrénaline. Le sentiment de puissance.

Si tu me voyais maintenant, Dandy. Pas la fouine terrorisée qu'ils avaient conduite menottée à la prison de Roanoke mais dur, dangereux, méchant. Il passa sa langue sur l'arête de son poing et goûta la croûte qu'il avait gardée du coup donné à sa sœur. Connasse. Le laisser moisir en prison durant deux semaines avant de payer sa caution.

Ballew huma l'air à nouveau. Serait-ce mon copain Harold ? Entre un moment pour qu'on se donne les nouvelles. Ballew posa sa mallette sur le perron de fortune et se gratta le dos. Ou bien releva sa chemise pour dégager son arme. L'éclairage du perron à côté de lui le rendait mi-noir, mi-blanc, comme il aurait dû être. Plutôt que tout mélangé.

Je sais, tu as parfaitement le droit d'être fâché contre moi. Ballew descendit du perron et vint dans la direction de Harold.

Heureux êtes-vous, mon fils, lorsque l'on vous insulte, que l'on vous *persécute*, que l'on dit faussement contre vous *toute sorte de mal*. A cause de *moi*.

Harold leva le pistolet qui heurta la carrosserie et Ballew s'approcha sans aller jusqu'à sa cachette derrière le 4 x 4.

Tu es *béni*, mon fils. La voix juste de l'autre côté du véhicule. Tes revers ne sont qu'une épreuve. Pour voir si tu es *digne* de me suivre.

Harold se laissa glisser sur son postérieur et s'assit de façon à pouvoir se tourner des deux côtés, vers l'avant ou l'arrière du véhicule, et il tint le pistolet à deux mains devant son visage. Comme il l'avait vu faire à la télé. Prêt à faire feu. Le cœur comme une tondeuse à gazon.

Un léger plonk sur la voiture et Harold pivota et regarda un gravier rebondir du capot et lorsqu'il se retourna Ballew était là debout derrière lui. La lumière du perron reflétée dans le canon de son pistolet.

Pose ça, dit une voix mais les lèvres de Ballew n'avaient pas bougé et au lieu de ça il se détourna de Harold et derrière lui un petit homme en uniforme se glissa de côté à l'orée de la lumière. Un fusil à pompe à l'épaule. Jette-le par terre. T'es en état d'arrestation. Sors de derrière cette voiture. Toi aussi.

Ballew tourna la tête vers Harold et fit un grand sourire. Il est dur pour toi-même de ruer sous l'aiguillon. Il reporta son attention vers l'homme en uniforme. Benêt, mon bon, quel est le problème. Tu viens réclamer une augmentation ?

Tu poses ça par terre, Nickel.

Ballew regarda à nouveau Harold et dit : Pourquoi faut-il toujours que quelqu'un soit de mauvaise humeur ? Je vais juste le poser tout doucement, dit-il à l'homme en uniforme. Pour ne pas abîmer le bronzage. C'était le pistolet de mon père et j'y tiens beaucoup. De mon père adoptif.

Ballew se pencha en avant et posa le pistolet sur le gravier. Heureux les artisans de la paix, dit-il. Lorsqu'il se releva sa paume cachait un fragment d'acier dur que Harold s'imagina planté dans le cœur du policier. Dans le sien. Alors il braqua son arme sur le dos de Ballew et rua plus fort, plus bruyamment qu'il l'aurait cru possible et encore une fois et encore jusqu'à ce que Ballew s'effondre à côté de son pistolet et que sa main lâche le couteau. Le rugissement encore là quand le pistolet s'était tu, comme emprisonné dans sa tête.

Le policier était là, tout près, assez pour que Harold puisse voir qu'il était adjoint. Net, compact, svelte. Eh bien eh bien, dit-il. Qu'avons-nous là. Il se tenait à moins de deux mètres et Harold sentait l'odeur du nettoyant et de l'huile à fusil. Sentait le trou noir du canon dirigé vers sa tempe.

Tirez pas, dit-il. Il allait vous planter. Et je sais comment ça marche. On peut passer un accord. Je vais poser mon arme.

Le problème, avec les accords, c'est qu'à la fin ça fait une ordure de plus qui se promène dans les rues. En toute liberté. Mais je dois reconnaître que tu m'as été d'une grande aide.

Harold regarda entre les jambes écartées du shérif adjoint vers où le seul espoir que Harold Bright ait jamais eu de s'en sortir gisait dans les graviers, mort, inutile, silencieux. Le seul qui connaissait la vérité ne pourrait jamais la partager. Ecoutez, dit-il. C'est pas la peine qu'y ait d'autres blessés. Il caressa le barillet du pistolet et sentit qu'il y avait un coup gagnant là-dedans, au moins un. Sentit aussi la vérité. Mais je parie qu'y en aura quand même. Il leva à nouveau son pistolet.

*

Martin frotta ses chaussures au dos de ses jambes de pantalon et se pencha pour ramasser le pistolet de Ballew. Il se rendit derrière le préfabriqué, où il avait caché sa voiture, et troqua le .45 ACP contre l'arme dissimulée sous son siège, un 9 mm qu'il avait apporté pour l'occasion. De retour près des corps, il l'essuya et le glissa dans la main de Ballew puis jeta un regard aux environs avant d'aller signaler l'incident. Il s'arrêta et regarda la mallette toujours posée sur le perron, essaya d'imaginer combien elle contenait. Ce que ça ferait d'avoir tout cet argent. Il secoua la tête et reprit son chemin. Ce n'était pas l'argent qui l'intéressait. Ça ne l'avait jamais été.

19

Je comprends pas comment j'ai pu te laisser m'embarquer là-dedans, dit NonBob. Son pantalon était tout crotté à l'endroit où il avait glissé sur le schiste argileux qui affleurait sous la mince couche de terre du versant presque à pic. Son chapeau juché de travers à l'arrière de son crâne où l'avait repoussé la branche dans laquelle il s'était cogné. Sa chemise de travail grise mouillée sous les deux bras.

Il faut bien que je m'occupe maintenant que j'ai vendu la boutique. Et le poisson ne mord pas les jours de canicule.

Se faire les biscotos en levant des cannettes de bière chez Rooster's, moi, ça me va.

On a fait ce que tu voulais les trois derniers week-ends. A mon tour de choisir. L'homme qui veut des amis doit se montrer amical.

Des amis, je suis plus très sûr d'en vouloir. Depuis que t'en es redevenu un.

T'en vlà un autre, dit Lane. Juste derrière toi. Pris dans cette fougère.

Je le vois pas, dit NonBob, mais il souleva la fougère et mit au jour un pied de ginseng à trois branches à la tige duquel deux baies rouges pendaient encore.

Lane descendit tranquillement s'asseoir sur un arbre abattu par le vent près de l'homme plus petit qui jurait et fouillait la terre avec un tournevis pour découvrir cette entêtée de racine. Avoue que c'est amusant.

Je me suis jamais autant amusé depuis ma dernière gastro.

Tu sais quelle vieille geignarde tu fais, NonBob Thrasher ?

Je vais faire une petite pause. Pars devant si tu veux. Je suis claqué.

Non. Je suis vanné aussi. Lane chercha dans sa chemise un sandwich au fromage devenu mou et odorant, extirpa une flasque de sirop de sa poche et but l'eau chaude, pure et édulcorée d'un léger parfum d'érable qui n'était jamais parti de la bouteille.

NonBob mit la racine dans un sac à pain, ouvrit un sachet de tranches de bœuf séché et jeta l'emballage à l'endroit d'où il venait d'extraire une racine de ginseng. Lane regarda le sachet mais ne dit rien.

T'as encore de l'eau ?

Lane lui tendit la flasque de sirop et NonBob s'essuya la bouche sur sa manche, leva le coude et but et secoua la bouteille et la brandit vers la lumière.

Finis-la, dit Lane.

Ils mastiquèrent dans un silence seulement troublé par le bourdonnement aigu des criquets de cette fin d'été jusqu'à ce que Lane pointe le doigt vers une liane à l'écorce rugueuse, grosse comme son biceps, qui tombait droit d'un peuplier dans les frondaisons duquel elle disparaissait. Tu sais ce que c'est ? Cette liane ?

C'est de la vigne, je suppose.

Nan. C'est une vigne vierge.

Ces petits machins qui courent sur la rocaille.

Ouaip.

Comment elle est devenue si grosse ?

Quand les choses sont laissées à l'abandon, parfois, elles deviennent plus grosses qu'elles ne l'auraient été naturellement.

Sûrement. Ça doit être pour ça que je suis monté comme un ouistiti.

C'est juste là-derrière qu'elle était.

Où ? Quoi ?

Cette tête. La fois où cet imbécile de chauve l'a perdue.

Elle avait carrément roulé jusque-là ?

Ouaip.

T'aurais pu attendre que j'aie fini de manger avant de me dire ça.

Je voulais revenir ici aujourd'hui. C'est ici que ma vie a pris un mauvais tournant et j'espérais reprendre la bonne route à l'embranchement.

J'espère que tu vas pas remettre le banjo sur le tapis.

Tu viens de le faire.

321

Tu t'en es pas encore remis. Je sais qu'il reste un prix à payer, et j'aimerais autant que ce soit derrière nous.

Non. Mais pas parce que c'était justifié. Ne va surtout pas croire ça. Une fois mon vieux m'avait mis une peignée pour un truc que j'avais pas fait. Il était soûl. Quand il a eu fini de cuver je le lui ai dit et il s'est contenté de hausser les épaules et de répondre : Moi je donne jamais de coups pour rien.

Ma parole, t'es bouffi de toi-même aujourd'hui. Moi je suis bouffi d'autre chose. Il se leva en gémissant, descendit un peu et resta derrière un arbre pendant un moment. Ça me touche, dit-il lorsqu'il en sortit. C'est pas sous les amis que je croule.

A qui le dis-tu. Moi, j'ai beau chercher, je m'en rappelle qu'un, et j'avais l'intention de le tuer. Peut-être que je pourrais devenir ami avec Dick Trappel s'il se débarrasse un jour de son uniforme. Mais c'est peu probable.

J'aimerais mieux qu'il prenne pas sa retraite.

Il est temps. Martin fera ça très bien.

Peut-être. Il est futé. Ça, je te l'accorde. Mais je l'aime pas.

Ben tu ferais bien de t'y mettre, parce qu'il va être shérif. Depuis l'affaire d'Almont, c'est plié. C'est peut-être mieux d'avoir un shérif que personne n'aime.

Dans ce cas il fera un shérif de première.

Ils restèrent un moment assis sans parler, même lorsque le pelage roux d'un renard trembla au milieu des rhododendrons sur le versant d'en face. Finalement, NonBob dit : Tu vas pas changer d'avis, au moins ? Venir me chercher des poux pour ton banjo ?

Lane observa NonBob comme il ne l'avait jamais fait auparavant. Regardant chaque cheveu gris sur sa tempe. La forme de son oreille. La façon dont l'articulation de sa mâchoire s'activait alors qu'il tourmentait un brin de tabac coincé entre ses dents. La façon dont les rides aux bords de ses yeux se croisaient au lieu de se rejoindre. NonBob regardant droit devant lui. Le laissant faire. Non, dit Lane. Un banjo, c'est spécial. Mais ça ne vaut pas un ami. La semaine dernière je bricolais à la maison et à un moment j'ai dû déplier une toise et au bout j'ai vu le soixante-douze pouces et il m'est venu à l'esprit que c'était assez symbolique de la durée de vie d'un homme. Et j'ai posé mon doigt à l'endroit où j'en étais. Ça te fait réfléchir à ce que tu vas faire du temps qui reste.

Qu'est-ce que tu vas faire ? Traîner chez toi ?

Je suis en train d'y penser. D'abord, je vais aller voir ce luthier à Deep Creek. A ce qu'on m'a raconté c'est un vieux grincheux qui n'aime pas les réparations. Mais je parie qu'il voudra bien travailler sur un Gibson d'avant-guerre. Après, peut-être réunir des gars et refaire un peu de musique. Voir si je sais encore jouer. Aller au seng. Plus souvent à la pêche. Me mettre à aller à l'église avec mon gosse et sa famille. Déplier cette toise, y rejeter un coup d'œil et me mettre en règle avec le Seigneur. Pendant qu'il en est encore temps. Faire du bénévolat. Pourquoi pas à la bibliothèque. Recoller des reliures cassées, tout ça. Prendre un gamin qu'a pas de père sous mon aile et lui apprendre deux ou trois trucs. Expliquer à ce gars que je connais comment il peut vendre ses maisons de location et aider des familles qui travaillent dur d'une pierre deux coups. Sans avoir à mettre personne à la rue. S'il avait le temps et l'imagination pour le faire. Et le voulait vraiment. Lane extirpa ses cigarettes et s'en alluma une et tira dessus à pleins poumons jusqu'à ce que ça fasse siffler ses oreilles. Arrêter de fumer. Suivre un régime allégé. Faire de l'exercice. Apprendre à penser à l'avenir.

Foutaises. Je te vois pas faire ça.

Une partie.

Peut-être.

Je songe aussi à monter un centre de conseil conjugal. Gratuit. Où je pourrais aider les gens à se tirer de relations difficiles. Les gens auxquels je tiens.

Frog Friend a bossé pour moi pendant une période, dit Non-Bob, avant que son dos le lâche. Un jour au boulot il ouvre son sandwich, reste figé sur place, à le regarder, et au bout d'un moment il le balance à travers les arbres et dit : S'il y a un truc au monde que je déteste plus que les sandwichs aux œufs, je saurais pas dire ce que c'est. Ben, pourquoi tu le dis pas à ta femme ? que je fais. Dis-lui de te préparer autre chose. Et il me regarde comme si j'avais perdu la tête et me dit : Ma femme ? Mais c'est moi qui l'ai préparé, ce foutu sandwich.

T'as déjà songé qu'on pourrait écrire une Bible ensemble ? Vu qu'on a pris l'habitude de parler par paraboles, je pense que ça coulerait tout seul.

Tu comprends ce que je veux dire.

Que tu aimes ta femme, j'imagine. Ou que tu veux rester avec elle, pour une raison ou pour une autre.

Pas maintenant que je l'ai, je l'aime même pas un petit peu. Mais si je devais faire sans, je vois bien que l'amour reviendrait au galop.

Lane se leva, étira son dos et fit la grimace en le sentant craquer. Il n'avait pas gravi vingt mètres que le petit NonBob le rattrapa. Avoir de longues jambes n'étant pas si avantageux dans une pente.

Et où tu comptes trouver un bassiste ?

Va falloir que je cherche. Je veux pas d'un vieux. Il faudra qu'il soit capable de faire l'aller-retour entre chez lui et le bourg à pied tout en étant à l'heure en rentrant. Comme une horloge atomique. Un qu'essaie pas de frimer et de jouer les premiers instruments. Qui en joue comme on est censé en jouer. Pas un gars qui s'ennuie et qu'a les doigts dans le nez quand on a besoin de lui.

Si seulement les gens disaient : Là c'est en *ré* mineur. Ou en *ré* trompuscule majeur parégorique de vingt-septième. Si c'est ce que c'est. Au lieu de *ré comme Raymond*. Ça ferait une différence.

Tout ça c'est pareil à la basse. *Ré* ci ou ça c'est toujours un *ré*.

Non c'est pas pareil. Peut-être que ça a l'air pareil et que ça sonne pareil mais c'est *pas* pareil.

Pour moi ça l'est.

C'est bien pour ça que t'es pas bassiste. Si les gens pouvaient simplement appeler les choses par leur nom…

Je sais pas. T'es au courant que les laboratoires utilisent des avocats à la place des souris, maintenant ?

Je crains le pire. Vas-y.

Ils disent qu'il y a bien plus d'avocats que de souris à disposition. Et que les scientifiques s'attachent aux souris. Mais la vraie raison, c'est qu'il y a des choses qu'on peut pas demander à une souris.

Elles pourraient le faire.

Mais y a peu de chances qu'elles veuillent.

Elles pourraient au moins essayer.

J'imagine. Si elles en avaient vraiment envie.

NonBob s'arrêta et se mit à bondir dans tous les sens, à hurler, à tourner en rond, et durant un instant Lane se demanda s'il s'était fait piquer par un serpent. Enfin, hurla-t-il. Nom de Dieu, enfin, tu passes devant un seng et c'est moi qui le vois. Il pointa le doigt vers un spécimen à quatre branches qui avait perdu ses baies et s'était déjà couché sur le sol, les feuilles flétries et jaunissantes.

Je l'avais vu, dit Lane. J'ai passé la journée à faire semblant de ne pas en voir en espérant que tu finisses par en trouver un tout seul. Et que tu t'aimes un peu plus.

Je te remercie grandement, mon ami, dit NonBob en tirant son tournevis et en commençant à creuser. Cet endroit restera gravé dans ma mémoire et j'y reviendrai dans quelques années. Avec tout le fertilisant qu'on lui donne, le seng y fera sûrement plus d'un mètre.

Pas de quoi, dit Lane. Qui brûlait d'envie de serrer l'épaule de NonBob dans sa poigne mais savait encore résister.

50

Un matin, vers le point du jour, Lane se rendit au réservoir et, après s'être assuré qu'il n'y avait personne dans les parages, il pataugea dans les roseaux et s'accroupit jusqu'à ce que seul son nez dépasse de l'eau, la respiration sifflante, suffoquée par le froid. Tentant de ranimer son souvenir. L'odeur de déjections humaines et de buffle d'Asie, le bruit lointain des pales d'hélicoptère. Mais tout ce qu'il trouva ce fut un vieil idiot qui, s'il n'avait pas perdu la tête, s'en approchait dangereusement. Le Viêtnam aurait aussi bien pu faire partie d'une autre planète, voire d'une autre vie, et ce n'était pas en s'accroupissant dans la boue qu'il allait le ramener. Un petit quelque chose d'aigre et de dur en lui devint plus aigre, plus dur à cette nouvelle, mais aussi plus petit.

Alors qu'il sortait des roseaux, Lester Keslo arriva vers lui, promenant un chien qui était un croisement entre une tortue serpentine et un écureuil roux. Tout en dents et en queue. Lane, dit-il, qu'est-ce que tu fais là-dedans ? Je t'ai pris pour un rat muxé. Un peu plus et je lâchais Myrtille.

Il est là quelque part, dit Lane. Ça fait trois fois que je le prends et cette fois-ci je croyais que c'était la bonne. Pas moyen qu'il casse cette ligne et je le tenais comme il faut.

Encore un maski ?

Je suppose qu'on peut l'appeler comme ça. Mais c'est une espèce de monstre parce que les maskis deviennent pas si gros. A côté, celui que tu as pris a l'air d'un nouveau-né.

Qu'est-ce qui s'est passé ?

Je m'étais avancé dans l'eau et j'avais rien à quoi me raccrocher et il a tiré tellement fort qu'il m'a entraîné là où on a plus pied. J'avais repris de la ligne mais il est reparti si net qu'il m'a emmêlé le moulinet, et après ça il m'a coulé. J'ai tenu aussi longtemps que j'ai pu mais j'ai été obligé de le laisser filer. A un moment j'ai pu le voir clairement et c'était effrayant. Je sens que ces dents vont me donner des cauchemars. Lane secoua la tête et frémit.

La vache, dit Lester. C'était un de ces serpents, non.

Non. Il était trop malin pour ça.

Alors quoi ? Tu l'as appâté avec quoi ?

Lane regarda à droite, à gauche et vers le chien.

Elle dira rien. C'était quoi ?

Toi tu vas le dire. Ou tu vas le pêcher toi-même.

Jamais de la vie. S'il y a une chose que le vieux Lester sait faire, c'est de garder sa bouche close.

Des esquimaux, dit Lane.

Dis-moi que tu mens, Lane Hollar.

Je t'aurais rien dit du tout, mais je sais que t'as pas de permis.

Comment tu fais tenir un esquimau à l'hameçon ? Ça fond pas ?

Je t'en ai déjà dit plus que j'aurais dû. Tu l'aurais jamais su mais je crois que je l'ai ferré assez profondément pour qu'il meure et finisse quelque part sur le dos. Probablement tout à l'autre bout, là-haut, où y a que des marécages. Où personne de sensé irait patauger dans la boue pour le chercher. Le chien remua la queue et Lane aurait juré qu'il souriait. Si une tortue serpentine peut sourire.

*

Jodie regarda par-dessus l'épaule de Lane et dit : Dis-moi que j'ai la berlue. Tu fais ta crise de la cinquantaine ?

Naaan. La crise de la cinquantaine c'est quand tes capacités se dégradent plus vite que tes ambitions. Moi ça fait déjà vingt ans que c'est le cas. Il se tourna pour l'aider à admirer le clip-car accroché à son pick-up. Qu'est-ce que t'en dis ?

Quel âge il a, ce truc ?

Lane fit le calcul. Vingt-deux ans.

Tu l'as fait peindre par qui ? Et pourquoi ? C'est peut-être plutôt ça la question. Pourquoi ?

C'est son coloris naturel. C'est pour ça que je l'ai acheté. Le gars qu'a préparé cette peinture s'est forcément fait virer au bout du premier gallon. Y en a la moitié qu'a servi pour mon pick-up et l'autre moitié pour ce clip-car. Si après ça ils sont pas faits l'un pour l'autre, je me demande bien ce qui peut l'être. Un pur coup du destin.

Et tu comptes le faire disparaître de mon allée avant qu'on le voie ? Je sais que les gens se moquent déjà de moi, mais…

Je fais que passer. Je vais déjeuner chez Frank, ils font un barbecue. Je ne sais pas pourquoi ils ne peuvent pas manger confortablement installés dans la maison, mais que veux-tu, ils sont comme ça. Après j'emmène le petit passer un jour ou deux à Spruce Knob. Où personne risque de nous voir et de le mettre mal à l'aise. Mais il faut qu'il soit de retour mardi pour un match de base-ball.

Elle jeta à nouveau un œil dubitatif à la monstruosité bossue garée dans l'allée. Bon, ben entre.

Non. Il faut que je file. Mais je passais pour te poser une question.

Laquelle ?

T'es déjà allée au Grand Canyon ?

C'est une blague ?

Moi non plus. Je me suis dit qu'on irait là-bas et peut-être à Yellowstone, si toutefois le temps nous le permet. Quand on sera de retour, si on se parle encore, tu pourras donner cette maison à Sandy quand on l'aura retapée un peu et venir habiter avec moi. Si nous décidons de rentrer. Sinon elle peut avoir la mienne.

Quelqu'un sait que tu t'es échappé ?

Je pense pas. J'ai mis une bouse dans le lit et tiré le drap pour que ça ressemble à moi en train de dormir.

Je vais prévenir les autorités. Avant qu'y ait des victimes.

Lane ouvrit la contre-porte et se pencha en avant sans toucher autre chose que les lèvres. Elle avait un goût de citron vert et de cigarette et une haleine de lait et un regard de plusieurs mètres de profondeur. Mercredi, dit-il. On prendra un bon petit-déj et on roulera jusqu'à ce qu'on en ait marre. Y a deux lits. Dont un dans une pièce qui ferme. Tu peux l'avoir.

Une larme courut sur sa joue et elle secoua la tête. Ça fait des années que je suis pas sortie de la maison. Et tu aimes Mary. Tu l'aimeras toujours.

C'est vrai. Peut-être que je t'aimerais jamais autant. Peut-être même pas du tout. Peut-être que je ne t'apprécierai même pas quand je te connaîtrai un peu mieux. Mais j'aimerais vérifier.

On ne fait pas ça en partant à la va-vite pour le Grand Canyon.

Lane regarda sa montre. T'as sûrement raison. Mais j'ai plus autant de temps qu'autrefois. Toi non plus. Mercredi. Disons huit heures.

Il se retourna et marcha jusqu'à son pick-up, sur les avant-pieds parce qu'il avait mal aux talons depuis ce matin pour une raison qui lui restait obscure. En sifflotant. Peut-être avait-elle dit : Je n'ai rien à me mettre. Ou : Enlève-moi surtout ce machin de là. Son ouïe n'était plus ce qu'elle avait été. Ça aurait dû l'ennuyer davantage.

51

Martin les regarda partir, il leva même la main quand les deux vieux fous passèrent cahin-caha dans le pick-up et le clip-car affreusement assortis. Il se sentit plus léger lorsqu'ils furent partis. Le vieux était de son côté, maintenant, mais Martin n'avait pas confiance. Il sentait toujours un coin dur sous les dehors affables.

Martin haussa les épaules. Le vieux n'avait aucune raison de se poser davantage de questions, et il n'avait aucune intention de lui en fournir. Le temps qu'il revienne de voyage, Martin serait shérif.

Restait le gamin. Diable, mais pourquoi le vieux n'avait pas emmené le gamin avec lui ? Le gamin savait quelque chose. Martin le sentait lorsqu'ils se parlaient. Sale petit chou merdeux d'enfant gâté. Savait même pas à quoi ça ressemblait, une tannée. Ou l'intérieur d'un placard. Le gamin, il allait falloir le surveiller. Peut-être que ça ne lui avait pas suffi de retrouver sa tente en lambeaux.

L'avenir le dirait. Pour l'instant, Martin se sentait bien. Heureux. Puissant. En forme. La folie qui s'abattait sur lui lorsqu'il réfléchissait trop aux petites inégalités de l'existence, envolée pour le moment.

Bientôt il lui faudrait se débarrasser du pistolet de Ballew. Mais pas encore. Il aimait le tenir dans l'obscurité, sentir dans sa main sa puissance noire, lourde.

REMERCIEMENTS

Merci du fond du cœur à ceux qui ont travaillé dur à ce livre : Farley Chase, Richard Nash, Laura Mazer, Roxy Aliaga, et tout le monde aux éditions Counterpoint. Ma sympathie et mon affection la plus chaleureuse aux amis et à la famille qui rendent ma vie autrement petite et mesquine vaste et gracieuse. Mon amour à Connie, grâce à qui tout semble valoir la peine.

Ouvrage réalisé
par l'atelier graphique Actes Sud
achevé d'imprimer
sur Roto-Page
en mars 2012
par l'Imprimerie Floch
à Mayenne
pour le compte des éditions
Actes Sud
Le Méjan
Place Nina-Berberova
13200 Arles

Dépôt légal
1re édition : avril 2012
N° impr. : 82065
(Imprimé en France)